GRENO 10 20

Joachim Sparre DURST

ZU DIESEM BUCH Kaum ist der Junge geboren, da sinnt der Vater schon auf seinen Tod. Ohnmächtig läßt die Mutter Attacken und Anschläge geschehen – da ist kein Spaß im Spiel. Und als das Kind Zeuge eines Mordes wird, den der Vater begeht, verschärft sich die Situation ins Entsetzliche. Der Vater stellt seinem Sohn Fallen, legt Schlingen aus, verlockt ihn zu fatalen Mutproben.

Dieser Konflikt steht im Mittelpunkt des autobiographischen Romans von Joachim Sparre: Der Vater, Bürger und Würger, Banker und Zechpreller, trachtet seinem Sohn nach dem Leben, aber arglos trachtet das Kind noch immer nach der Liebe seines Vaters. Ungestillt bleibt dieser Durst, der dem großen Durst des Erwachsenen vorangeht. »Durst hast du? Leck deine Tränen ab! Durst hast du? Sammle Spucke und schlucks runter!«

Joachim Sparre, geboren 1927 in Berlin, lebt heute in Bayreuth.

Joachim Sparre

DURST

GRENO 10 20
Verlegt bei Franz Greno
Nördlingen 1987

Erste Auflage, Mai 1987. Erstausgabe.

Gesamtherstellung Wagner GmbH, Nördlingen.
Printed in Germany.
ISBN 3-89190-822-9.

Mich dürstet nach nichts sonst
als nach einem unbekannten Getränk der Erde.
BAUDELAIRE

I

DER PORZELLANTEUFEL

Niemand erinnert sich an die eigene Geburt. Erschrak ich nicht vor meinem Schrei? Blendete mich nicht das kalte Licht? Fühlte ich mich nicht bedroht von Händen, die nach mir griffen? Und war ich nicht gewarnt durch die um meinen Hals geschlungene Nabelschnur?

Oft habe ich darüber nachgedacht, ob die weißen Gestalten bei meiner Geburt nun Engel waren, die mich entließen, oder Krankenschwestern, die mich empfingen. Es wäre besser gewesen, auf andere und sehr deutliche Zeichen zu achten. Doch vor so vielem schloß ich die Augen. Wann immer mir Arges widerfuhr, setzte ich meinen Wunsch dagegen, es möge nicht geschehen sein. Ich habe nicht wahrgenommen oder ich habe verdrängt, wann immer es möglich war. So lebte ich lange wie hinter Schleiern.

Ich hatte ein Mädchen werden sollen. Es wäre das geringere von zwei Übeln gewesen. Ich war das zweite Kind. Als mein Bruder geboren wurde, mußte meine Mutter lange Zeit am Stock gehn. Man versprach ihr Genesung durch erneute Schwangerschaft. Man riskierte mich. Meiner Mutter half es. Aber ich enttäuschte. Ich hatte einen Makel, ein Glied.

Meine Mutter weinte. Mein Vater betrank sich. Er grollte mir lebenslang. Er wußte sich zu rächen. Da ich mehr um seine Liebe warb als auf deutliche Zeichen seiner Ablehnung zu achten, tappte ich blind in alle Fallen und Finten. Vertrauensvoll schluckte ich das Gift, das mir der Vater reichte und ahnungslos half ich den Strick an einen Baum zu knüpfen, mit dem er mich zu erhängen suchte. Mein Vater war ein finsterer Jakob, der verzweifelt mit meinem Schutzengel rang. Meine Narben machten mich unverwundbar.

Solange ich klein war, bangte die Mutter um mein Leben.

Sie wußte, daß mein Vater sich mit einer Tochter eher abgefunden hätte. Sie erwog ernsthaft, mir das verhaßte Glied zu entfernen. Sie zog und riß und zwängte. Ich versteifte mich auf meine Schuld. Ich beharrte auf meinem Makel. Ich spielte mit ihm. Er verschaffte mir Zuwendung.

Eines Tages, als der Streit zwischen den Eltern wieder heftig entbrannt war, stürzte meine Mutter mit einer Schere ins Kinderzimmer, riß mich aus dem Bett und schrie: »Ich schneids ihm ab!«

Ich werde gehoben und geworfen, schützende Kissen drohen mich zu ersticken. Man ringt um mich und man zürnt mir. Ich bin schuld am Zorn des Vaters und an den Tränen der Mutter. Manchmal beugt sie sich über mich, sie klagt und bereut, sie weint, und gierige Küsse nehmen mir den Atem. Der Vater tritt lautlos ans Bett. Ich erschrecke vor seiner Hornbrille, saurer Dunst streift mich.

Es ist eine bedrohliche Obhut. Ich versuche, leise zu sein, ich atme unauffällig. Ich bin vorhanden, aber ich will nicht stören. Am besten ist, man bemerkt mich nicht.

Schlafen und Dürsten. Hunger und Erbrechen. Ich werde gestillt und ich ekle mich davor. Die Milch wird mit Gram gereicht. Und ich werde es oft zu hören bekommen: Durst hast du? Leck deine Tränen ab! Durst hast du? Sammle Spucke und schlucks runter!

Mein Vater sann auf Rat. Was zu tun ist, tut er bald. Ich soll in seine Arme fallen, aber ich falle ins Leere. Ich lerne mich vor dem Messer fürchten, mit dem man meine Beulen kühlt.

Auf dem Heimweg begegnet meinem Vater ein keuchhustenkrankes Kind. Dem hält er sein Taschentuch an den Mund. Das brachte er rasch dem eigenen Makelbalg, ließ ihn tief das Tuch einatmen. So ist es gut, das wird reichen für den lieben Kleinen. Vater Hornbrille lächelt zufrieden, Vater Schmalnase ist mit sich in Einklang.

Bald rang ich um Luft; rasselnd und keuchend schwand mir der Atem. Ich hockte am Boden und versuchte, mich an den Schaftstiefeln des Vaters festzuhalten. Die gingen achtlos, die traten zu. Der Vater ist Leder, ist Juchten, der Vater ist saurer Dunst.

Manchmal verliere ich das Bewußtsein. Ruhe, Schlaf, Fieberwahn. Dann wieder mache ich mich keuchend bemerkbar.

Warum stirbt der Balg nicht, wann endlich bleibt ihm die Luft weg?

Meine Mutter ist in großer Sorge.

Ach, das Kind wird sterben.

Der Vater sagt, was er von seinem Vater gelernt hat. Der Vater sagt: Papperlapapp.

Er sagt: Na wenn schon, dann stirbt er eben.

Mein rasselnder Atem bringt den Vater in Rage. Es wäre besser, ich stellte mich tot. Ohne Atem dürfte ich leben, da ließe der Druck der väterlichen Hand mit dem Kissen auf meinem Gesicht nach.

Ich werde wieder gesund. Meine Mutter trägt mich durchs Zimmer. Sie hält mich auf den Armen und sieht verweint aus. Sie hat einen rötlich gefleckten Hals. Noch weiß ich nicht, daß dies Würgemale sind. Sie blickt in den Spiegel und sagt: Ach, dieser Mann. Du hast einen schlimmen Vater.

Sie hat Angst um unser beider Leben. Sie fürchtet sich vor dem Strick, mit dem mein Vater hantiert und mit dem er abends vor dem Schlafengehen meinen zwei Jahre älteren Bruder verprügelt. Vergebens stellt der sich schlafend. Es nutzt ihm nichts, an den Nägeln zu kauen. Er schärft seine Krallen, er stutzt sie. Er schluchzt in ohnmächtiger Wut. Ihn »stößt der Bock«, wie der Vater es nennt, also hat er die Prügel verdient.

Meine Mutter steht weinend in der Tür.

Laß den Jungen in Ruhe. Schlag mich.

Mein Vater im Nachthemd atmet schwer. Eine dunkle, verbotene Erregung geistert durchs Kinderzimmer. Draußen klopfen die Nachbarn, sie drohen mit Polizei und verlangen Ruhe.

Mein Vater sagt: Die können mich alle mal. Das ist meine Sache. Hier bin ich der Herr. Die sollen sich um ihren eigenen Dreck kümmern.

Seufzer und Schreie dringen aus dem Schlafzimmer der Eltern. Halt dir die Ohren zu, sagt mein Bruder zu mir und laß mich endlich schlafen. Dir passiert doch nichts, dich schlägt man doch nicht. Aber warte, flüstert er noch im Einschlafen, eines Tages schlag ich zurück.

Ich getraue mich nicht einzuschlafen. Was wird geschehen, wenn ich nicht auf mich aufpasse? Ich möchte unsichtbar sein und nicht mehr atmen. Mondlicht dringt durchs Fenster. Das Weinlaub draußen raschelt. Schlaftrunken fasse ich nach meinem Makel und suche ihn zu schützen, zu wärmen, zu verbergen.

Nichts ist schöner als die Stille, die endlich eintritt.

Ein neuer Tag. Ein neuer Plan. Was du tun willst, tue bald. Schmalnase tritt mit Lächelfalten zu dem bemakelten Knaben. Der hockt am Boden und spielt mit den Spielsachen seines Bruders. Laß mich mitspielen, sagt der Vater und faßt nach einem zerbrochenen metallenen Gegenstand. Der hat eine scharfe Kante. Mein Vater streift mir einen Ärmel hoch. Rasch und spielerisch leicht ritzt er mir die Haut. Da tritt Blut heraus.

Weine nicht, sagt der Vater, das heilt bald wieder. Er greift in die Tasche, entfaltet sorgfältig ein Tuch. Etwas wie schwärzlicher Sand wird sichtbar.

Erde heilt, sagt Schmalnase mit klammen Lächelfalten; dann drückt er den Sand in die kleine Wunde.

Wirst du wohl ruhig sein, sei keine Memme! Und das bleibt unter uns, hörst du. Das ist unser Geheimnis, das ist eine Sache unter Männern, nicht wahr.

Ich bin dankbar für Vaters Zuwendung. Nun kommt er täglich zu mir und betrachtet die Wunde, die der Ärmel verbirgt. Er ist nicht zufrieden damit. Er drückt und preßt den Schorf, er hilft mit Erde nach. Endlich kann er aufatmen. An meiner Handwurzel erscheint ein kleines bläuliches Band unter der Haut.

Kein Wort zu Mami, hörst du, wir wollen sie überraschen. Ich verbinde das jetzt. Und nun schlaf.

Das bläuliche Band wird immer länger. Ich habe Schmerzen. Mein Vater kümmert sich um mich, nimmt meiner Mutter die Sorge um mich ab.

Hör zu, die Schmerzen sind ein Zeichen, daß die Wunde heilt. Die mußt du aushalten. Du bist doch ein Junge und willst ein Mann werden. Nun beweise mal, daß du tapfer bist. Und ich will dir was anvertrauen: Wenn das blaue Band ganz oben angekommen ist, bis hierher (und er faßt an meine Achsel), hier, wo das Herz nicht mehr weit ist, dann bist du gesund. Dann ist alles gut, dann hast du keine Schmerzen mehr. Hab nur Geduld, kein Wort davon zu Mami. Du hast es mir versprochen. Die Hornbrille blickt ernst auf mich. Schmalnase ist blaß und gefaßt.

Wenn ich ganz ruhig liege, und wenn ich den schmerzenden Arm mit meinem Körper belaste, kann ich mir einbilden, es sei der Körperdruck und nicht die Wunde, die schmerzt. Ich habe eine heiße Stirn. Meine Mutter kommt leise an mein Bett, sie kühlt meine Stirn, sie glaubt, ich schlafe. Nein, ich darf nichts sagen. Jetzt oder nie kann ich die Liebe des Vaters verdienen.

Nun kann ich den Körper nicht mehr wenden. Ich kann den Arm nicht mehr bewegen. Ich brauche den Körper nicht mehr, ich schwebe. Es ist, als sähe ich mich von außen.

Meine Mutter kommt ins Zimmer. Ach, das Kind ist tot.

Die Nachbarin wird geholt. Der Arzt kommt. Der ist zornig, der fragt, der will wissen, warum rufen Sie mich erst jetzt? Sehen Sie doch, haben Sie das nicht selber bemerkt? Nein, das Kind ist nicht tot, das Herz schlägt noch.

Man sticht mich mit einer Nadel.

Der Arzt kommt immer wieder. Endlich ist er zufrieden. Dann beginnt das Verhör. Es war alles umsonst. Ich muß das Geheimnis verraten und sagen, daß ich schweigen sollte und daß ich nur gesund werden würde, wenn ich dies alles für mich behielte.

Der Mann im weißen Kittel ist sehr aufgeregt.

Es tut mir leid für Sie, liebe Frau, aber ich muß das anzeigen. Das war eine böse Absicht Ihres Mannes. Den schicken Sie mal zu mir, den nehme ich mir vor.

Meine Mutter bettelt und fleht.

Bitte keine Anzeige! Ja, ich schicke meinen Mann zu Ihnen.

Ich habe versagt, ich bin schuld an der Aufregung, ich habe die Liebe meines Vaters schlecht gedankt.

Es ist zu Ende mit der Kumpanei unter Männern.

Schmalnase tritt blaß an mein Bett. Steile Falten stehen über der Hornbrille. Die wendet sich mir drohend zu:

Du hast gelogen! Du hast mich schlecht gemacht! Das vergeß ich dir nie! Es wäre besser gewesen, du wärst gestorben, dann hätte ich dich lieben können.

Und nach einer schrecklichen Pause fügt er hinzu:

Du hast mich verraten. Aber warte nur, ich krieg dich doch!

Allmählich gehen die Schmerzen zurück. Die Vergiftung des Blutes überstehe ich, so wie ich später andere Gifte überleben werde. Das Gift der schneidenden Sätze aber wirkt länger nach. Die Würgemale der Worte kann niemand sehn.

Frag nicht warum! Darum! Und damit basta!

Na wenn schon und wehe dir und keinen Mucks mehr!

Warte nur, ich krieg dich ja doch!

An mir kommst du nicht vorbei!

Lebst du immer noch? Halt endlich die Luft an!

Was du tun mußt, tue bald.

Wieder betritt Schmalnase das Kinderzimmer, diese Schlangengrube des kleinen Verräters und Störenfrieds. Ich blicke reuevoll zu ihm auf.

Nein, er verschont mich mit einer Wunde. Er hat einen Strick in der Hand. Er räuspert sich. Den Strick befestigt er am Kopfende meines Bettes, das eine Ende links, das andere rechts. Das Seil hängt in mein Bett hinunter.

Schmalnase räuspert sich mehrmals und sagt: Damit kannst du spielen. Du wirst sehn, das macht Spaß. Ich mach es dir vor, ich zeigs dir gleich.

Er knüpft eine Schlinge um meinen Leib, um einen Arm, dann eine Schlinge um meinen Hals.

Du mußt schaukeln damit, hin und her schaukeln.

Ich versuchs, es macht keinen Spaß. Das ist kein richtiges Spielzeug. Ich bewege mich nur, weil mein Vater es will, weil ich etwas gutmachen will, weil ich möchte, daß er mir nicht mehr zürnt.

Der Strick hat nicht die richtige Länge, und die Schlinge mag ich nicht.

Auch meiner Mutter gefällt der Strick nicht. Sie entfernt ihn vom Bett. Immer wieder knüpft der Vater den Knoten neu. Immer wieder nimmt die Mutter den Strick vom Bett.

Schmalnase ist wütend. Der Strick bleibt dran und damit basta. Das Kind will damit spielen.

Sag, daß Du damit spielen willst, los!

Ich wage nicht zu widersprechen. Ich darf meinen Vater nicht noch einmal enttäuschen. Ja, Papa.

Wenn ich allein bin, werfe ich den Strick hinter das Kopfende des Bettes. Ich kann ihn nicht ansehen, ich will ihn weghaben, soll er dahinten baumeln, da ist er mir aus den Augen.

Munter tritt der Vater ans Bett.

Komm, sei kein Spielverderber. Du mußt es tun, du wirst sehn, es ist ganz leicht, probier doch mal. Wir machen es jetzt mal richtig. Nein, Mami stört uns nicht, die ist nicht da.

Mein Vater lächelt starr. Die schmale Nase ist blasser als sonst. Nur die Hornbrille ist vertraut wie immer.

Ich will das Spiel nicht verderben. Ich will das Spiel überleben. Alles hängt davon ab, dem Vater zu Willen zu sein und trotzdem nicht an diesem Hunger nach Liebe zu ersticken.

Schmalnase knüpft den Knoten, macht eine Schlinge, schaukelt mit ihr über meinen Kopf.

Nun steh auf. Du mußt fallen. Du fällst doch weich, hier sind doch lauter Kissen.

Nun fällt die Schlinge über meinen Kopf.

Der Vater zieht sie locker fest.

Nun fall mal!

Nein, das tut doch weh!

Stell dich nicht so an, laß dich fallen! Wirst du wohl endlich. Sei kein Spielverderber. Ich geb mir solche Mühe mit dir!

Bitte nicht, ich will nicht, ich hab Angst!

Schmalnase bekommt Zornesfalten. Er ist blasse Wut. Wie soll ich ihm willfahren und überleben zugleich? Ich bin allein mit meinem strengen Spielgefährten, der mir nun die Beine fortzieht. Ich falle aufs Gesicht. Ich weiß, daß ich nur überleben kann, wenn ich nicht mehr atme. Also stell ich das Atmen ein. Der Strick wird fester gezogen. Ein alles verdeckendes Kissen verbirgt mich. Um mich ist rauschende Stille und alles vergessen machende Atemnot.

Ich werde von meiner Mutter gefunden. Sie zerschneidet den Strick. Ich soll eine endlos lange Zeit rasselnd eingeatmet haben. Und dann ging das Gerücht um, das Kind habe sich zu erhängen versucht. Aber vielleicht wäre alles nur ein Spiel gewesen, ein dummes Mißgeschick.

Schmalnase weiß von nichts.

Wehe dir, wehe, du verrätst mich noch einmal. Nichts wie Ärger mit dem Balg.

Warte nur, ich krieg dich ja doch. An mir kommst du nicht vorbei. Frag nicht, warum. Darum eben! Und damit basta.

Schmalnases Bruder kommt zu Besuch. Der sagt zu mir: Bei dir piept es wohl, wie! Vaters Freund Otti sagt gar nichts, er zieht eine Augenbraue hoch, lächelt verständnisvoll.

Ich muß mich in acht nehmen vor Schmalnase. Ich darf ihn nicht enttäuschen, ich muß ihn zu gewinnen suchen. In seiner Nähe muß ich mich zwingen zu atmen. Ich habe Angst, es zu vergessen. Was geschieht, wenn ich einschlafe? Kann ich schlafen, wenn ich nicht ans Atmen denke? Wie kann ich Luft holen, wenn ich nicht darauf achte? Wie, wenn mir plötzlich im Schlaf der Atem versagt? Wenn der strenge Spielgefährte an mein Bett tritt und ich ihn enttäusche, weil ich schlafe?

Ich muß wach bleiben und atmen.

Ich will meinen Vater nicht verraten.

Ich muß auf der Hut sein vor ihm.

Warte, ich krieg dich ja doch. Halt endlich die Luft an!

Atmen ist ein zu hoher Preis. Nur erstickend kann ich

Zuwendung verdienen. Du kannst nicht geliebt werden und trotzdem am Leben sein. Sieh dir die Mutter an. Sie bezahlt es mit Würgemalen. Ich werde für meinen Makel bestraft. Ich bin schuld, wenn mein Bruder gezüchtigt wird. Ich halte den Atem an, um die Prozedur abzukürzen.

Schmalnase weiß Rat. Heute kommt er unerwartet früh nach Hause. Badewasser wird eingelassen. Meine Mutter ist ganz leutselig vor Dankbarkeit, daß Schmalnase einmal pünktlich gekommen ist. Er schickt sie mit einem Vorwand fort. Ich stehe in der Wanne, die inzwischen randvoll ist.

Ihm ist die Hornbrille beschlagen. Er nimmt sie ab. Ich erschrecke vor diesem Fremden, vor der hämischen Maske Vater.

Los, tauch unter, zeig, daß du ein richtiger Junge bist. Du mußt tauchen lernen.

Ich überwinde mich und tauche unter. Das Wasser dringt in Ohr und Nase. Der Auftrieb drängt mich nach oben.

Schmalnase kommandiert.

Nochmal, du mußt unter Wasser atmen! Los, versuch es!

Ich tauche nochmals unter.

Mein Vater packt zu, drückt mich unter Wasser. Ich atme Wasser ein, ich schlucke. Mein Vater läßt nicht los.

Da kommt meine Mutter zurück. Schon auf der Treppe hatte sie böse Ahnungen. Sie reißt mich aus dem Wasser. Mein Vater sagt, ich sei hingefallen, er sei gerade hinzugekommen und sie solle sich nicht aufregen.

Ich spucke Wasser.

Schmalnase hat nun wieder seine Hornbrille auf. Drei steile Falten machen die Maske vertraut, die dem Fremden gehört, der sich mein Vater nennt.

Wehe dir, keinen Mucks, ich krieg dich ja doch.

Meine Mutter hat Würgemale, mein Bruder Striemen, ich habe nur Atemnot. Wir sind eine Familie. Morgen ist Sonntag.

Das Kinderbett hat sich als nicht sicher erwiesen. Es schützte mich nicht vor dem Strick. Wenn Schmalnase das Zimmer betritt, schreie ich laut auf. Manchmal verläßt er dann den Raum, manchmal nähert er sich mir mit beruhigenden Worten. Ich soll alles vergessen. Ich habe nur geträumt. Und er sagt auch, er könne nicht anders, er müsse es tun.

Nein, das Kinderbett ist kein sicherer Ort. Ich muß lernen, es zu verlassen. Ich muß einen Ort finden, wo ich mich verbergen kann. Ich muß mich verkriechen in dieser Schlangengrube der sauren Gerüche. Ich erkunde das Zimmer. Neben dem Fenster, hinter meinem Bett, ist ein Klapptisch. Gegenüber steht ein weißer Kleiderschrank, dessen Tür quietscht. Daneben steht eine kleine Truhe, deren Deckel mit Stoff gepolstert ist. Wenn ich den Deckel anhebe, kann ich zwischen Strümpfen und Schuhen bunte Bauklötze finden. Mein Bruder kann sie zu Märchenbildern zusammenfügen. Die Bilder verwandeln sich durch geschicktes Drehen in andere Bilder. Aus Hänsel und Gretel werden Schneeweißchen und Rosenrot, dreht man die Klötzchen von Rumpelstielzchen, sieht man die sieben Zwerge um Schneewittchen trauern, die im gläsernen Sarg liegt. Nein, sie ist nicht tot, sie schläft. Sie hält den Atem an.

Am liebsten bin ich allein und betrachte die kleinen Staubkringel, die in der Sonne tanzen. Ich krieche unter das Bett meines Bruders und betrachte den matten Glanz des Kachelofens. Mein Glück ist vollkommen, wenn meine Mutter irgendwo in der Wohnung den Staubsauger betätigt. Das monotone Geräusch löst ein angenehmes Ziehen in mir aus. Da ist die beglückende Distanz zwischen bedrohlichem Näherkommen und tröstlichem Entfernen. Die schwankende Tonhöhe, das Eben noch, das Noch immer. Das hat mit mir zu tun. Dieser Ton gewährt eine geheimnisvolle Frist Geborgenheit.

Komm nicht näher. Entferne dich nicht.

Das Geräusch sagt mir, daß der Vater nicht zu Hause ist; und daß die Mutter keine Zeit hat, sich um mich zu kümmern. Ich darf allein sein, ich bin mir überlassen. Der Kachelofen ist ein sanfter Spiegel. Jetzt muß ich nur noch lernen, den Atem anzuhalten, dann werde ich so leicht sein wie die Staubkringel, die im Sonnenlicht tanzen. Schon bin ich im matten Spiegel nicht mehr zu erblicken. Mein Atem hebt von mir ab. Ich bin nicht mehr da. Ich bin mir auf wunderbare Weise fremd, mir nicht zugehörig.

Mit nachhallendem Seufzen endet das Geräusch des Staubsaugers. Die Frist ist verstrichen. Ich krieche in mich zurück. Meine Mutter betritt das Zimmer. Der gläserne Sarg zerfällt in Holzklötze, die im Wege liegen.

Räum das weg!

Ein Ruck an der Gardine läßt die Staubkringel sterben. Jetzt hat Nacht zu sein mitten am Tag.

Schlaf jetzt. Mach die Augen zu.

Was sehe ich, wenn ich die Augen schließe?

Nur das, was ich dann sehe, gehört mir.

Da sind Gesichter hinter einer Glasscheibe, die milchig verschwimmt. Die Gesichter lösen sich in Stimmen auf. Die Stimmen werden leiser und leiser. Schützende Trauer umhüllt mich matt. Zärtlich wirbt mein Atem um mich.

Komm nicht zu nahe. Entferne dich nicht zu sehr.

Ich lerne gehen und erkunde die Wohnung. In ihrer Mitte ist eine geräumige, fast leere Diele. Hier steht nur ein Stuhl, den ich oft umfallen höre, wenn mein Vater spät nach Hause kommt. Die Wohnungstür hat Messingbeschläge und eine Kette, die auch tagsüber eingehängt wird. Manchmal spricht meine Mutter mit Besuchern, indem sie die Tür einen Spalt weit öffnet. Die Kette kann nur gelöst werden, wenn man zuvor die Tür wieder geschlossen hat.

Doch meist verwehrt ein schwerer grüner Vorhang den Blick auf die Eingangstür. Mein Vater hat ihn anbringen lassen, damit er die Geräusche schluckt, die die Nachbarn alarmieren und verärgern könnten. Eines Tages wird es ihm egal sein. Heftige Wortwechsel werden drinnen wie draußen sein. Dann werden Möbel fallen, und mein Bruder und ich, wir werden uns einschließen und uns die Ohren zuhalten.

Zwischen Eingangstür und Vorhang ist so viel Raum, daß man sich dort verstecken kann. Manchmal hält sich mein Vater dort zum Scherz verborgen. Dann hat er sich mit einem Schal und einer Schiebermütze verkleidet und springt mit einer Spielzeugpistole aus dem Dunkel. Mein Vater ist für mich auf so viele Arten ein Fremder, daß selbst nach solch einem Scherz ein erlösendes Erkennen sich bei mir nicht einstellen kann. So erwecke ich seinen Unmut. Ich bleibe in seiner Schuld, ich bleibe der Spielverderber, der Angsthase, das Muttersöhnchen, ein Zwitterbalg: kein Mädchen und kein richtiger Junge.

So bleibt der geheimnisvolle Raum zwischen Vorhang und Tür eine Schreckgrenze. Es gibt keine Flucht, wenn man nicht vorher allen Mut zusammennimmt und hinter den Vorhang blickt. Auch mein Bruder sorgt dafür, daß die Angst wach bleibt. Denn er will dem Vater gleichen, er will ihm gefallen, er will ihn zu Scherzen ermuntern, damit er endlich den abendlichen Strick vergißt.

Meine Mutter ist meist in der Küche beschäftigt. Sie klappert mit dem Geschirr und bereitet den Haferbrei. Den hält sie warm, den setzt sie mir immer wieder vor. Sie versucht es mit Güte, sie ruft mich zu Tisch. Mir ist übel schon vom Geruch des Breies. Ich versuche zu schlucken, ohne zu schmecken. Ich mag nicht. Die Mutter droht. Wehe dir. Du ißt jetzt! Schöner Haferschleim, sagt sie, und ich erbreche in den Teller. Manchmal schüttet sie lockend Kirschsaft in den Kuhsud, und ich sehe den Saft nutzlos versickern. Manchmal gelingt es mir, den Haferbrei in eine Blumenvase zu schütten. Die Mutter ist froh, daß es mir so gut geschmeckt hat, und füllt mir den Teller neu. Wenn ich Glück habe, klingelt gerade jemand an der Tür. Dann ist meine Mutter abgelenkt. Vielleicht schaffe ich es, den Brei ins Toilettenbecken zu schütten. Leider hält der Kirschsaft nicht lange vor. Wenn die Flasche leer ist, liegt der Stock neben dem Suppenteller. Ja, ich gehe heimlich an die Flasche. Und später lerne ich, Essig mit Wasser und Zucker zu mischen, und fülle den Vorrat in eine leere Lebertranflasche. Die halte ich hinter dem Kopfkissen verborgen. Ich habe keinen Hunger. Ich habe Durst. Und ich habe Ohrenschmerzen.

Meine Mutter ist bekümmert. Sie sitzt in der Küche und wartet auf den Vater. Mein Bruder darf vor die Tür und darf ihm entgegengehen. Er ist froh, daß er draußen ist. Ich beobachte meine Mutter und ich ekle mich vor ihr und schäme mich. Sie kämmt ihr Haar nicht mehr. Sie hantiert am Herd mit herabhängender Unterlippe. Ich hoffe, meine Mutter wird mich vergessen, mich allein und ohne Brei in der Küche sitzen lassen, damit ich dem leisen Zischen der einzigen Gaslampe lauschen kann, die über dem Herd angebracht ist und die ein wechselnd helles, grünes Licht verbreitet.

Wo er nur bleibt, sagt die Mutter, und sie meint den Vater. Täglich wird es später mit ihm. Und dein Bruder soll auch schon längst wieder da sein. Hier, iß den Brei auf, du hast ihn kalt werden lassen. Schade um den schönen Haferschleim.

Meine Mutter hat nasse Hände, sie zerrt ärgerlich an meinen Haaren und an meiner Kleidung. Ich versuche mich so unauffällig wie möglich zu machen.

Inzwischen habe ich das Wohnzimmer erkundet. Dort steht ein großer ovaler Tisch, dessen geschwungene Beine in Löwenpranken enden. Es gibt ein Vertiko, eine Standuhr mit Messinggewichten. Die Uhr schlägt so hallend laut, daß die Hausbewohner sich beschweren. Na wenn schon, sagt der Vater, die können ihn alle mal, das wäre ja noch schöner!

Über dem Tisch hängt eine Lampe, die Kronleuchter genannt wird. Manchmal zittern die Glasschalen, auf denen gelbe und braune Blumen aufgemalt sind, wenn der Mann, der über uns wohnt und der, wie es heißt, ein Holzbein hat, durchs Zimmer geht. Manchmal spielt der Mann auf seinem Klavier. Dann quietscht Herr Quinke mit seinem Holzbein auf dem Pedal. Schmalnase lächelt grimmig vor sich hin. Er ist neidisch auf das Klavier des Mannes und tröstet sich schadenfroh, daß der Mann so »herrlich falsch spielt«.

Mein Vater kann gut Klavier spielen. Aber wir haben kein Klavier. Sein Klavier – er betont es stets: *mein* Klavier – steht bei seinen Eltern, die es ihm versprochen haben für den Fall ihres Ablebens. In dieser Familie kann niemand etwas zu Lebzeiten geben. Man verspricht, man vertröstet auf später, man hält nicht Wort, man hat es anders gemeint, oder es kommt jemand zuvor. Da hat jemand ältere Rechte oder man vergißt oder streitet ab. Mein Vater aber spricht von seinem

Klavier und daß es ihm zusteht. Er hat es nie zu einem eigenen, selbst erworbenen Instrument gebracht. Sein Leben lang beklagte er, daß ihm etwas vorenthalten worden sei. Aber er hielt sich schadlos dafür, auf vielerlei Art und ohne irgendwelche Skrupel.

Na wenn schon, die können mich alle mal, das wäre ja gelacht, das wäre ja noch schöner, da lachen ja die Hühner, abwarten, das wollen wir doch mal sehn. Die können nichts machen, gar nichts können die machen. Die sollen mir nicht in die Quere kommen, die können mir mal im Mondschein begegnen, die werden sich wundern, die werden mich kennenlernen.

Und wehe dir, keinen Mucks, marsch ins Bett. Und ich hab dir überhaupt nichts versprochen. Sei froh, daß du Luft holen darfst. Noch ist nicht aller Tage Abend. Warte nur ab. Geh mir aus dem Weg und laß dich nicht blicken!

Wenn meine Mutter mich wegen einer Besorgung allein in der Wohnung lassen muß, stellt sie das Radio an. Mein Bruder geht zur Schule und müht sich kratzend mit der Schiefertafel ab. Ich bin gern allein. Ich betrachte die regelmäßig wiederkehrenden Muster des Teppichs, der wie ein Labyrinth ist, in dessen Ecken und Winkeln man sich in Gedanken verbergen kann und wo es immer wieder möglich ist, einem Verfolger zu entkommen. Im Radio singt ein Mann mit schöner Stimme ein Lied, worin von einer goldenen Gans die Rede ist.

Wenn meine Mutter von ihren Besorgungen zurückkommt, stürzt sie auf mich zu, weint gerührt und küßt mich; ich wische mir die nassen Küsse ab und ziehe mir den Zorn meiner Mutter zu. Der liebe Kleine ist ein dummer Bengel.

Wenn man unser Wohnzimmer betrat, fiel der Blick unvermeidlich auf den gegenüber der Tür befindlichen Kachelofen. Auf dem Ofen thronte ein gehörnter, grinsender Porzellanteufel. Ich fürchtete mich vor dieser Figur und kehrte ihr lieber den Rücken zu, um sie nicht ansehen zu müssen. Sie war der Stolz meines Vaters. Auf den Teufel ließ er nichts kommen. Die Herkunft blieb unklar. Meiner Mutter behagte die Figur gar nicht; sie meinte, der Teufel sei schuld an allem, und hoffte, er werde eines Tages vom Ofen fallen und zerspringen. Sie drohte sogar, die scheußliche Figur zum Fenster hinauszuwerfen. Seelenruhig erwiderte der Vater: Dann fliegst Du nach!

Nein, auf den Teufel ließ er nichts kommen. Er staubte ihn sicherheitshalber selber ab, solange er noch festen Stand finden konnte und die vom Trinken immer zittriger werdenden Hände ihm gehorchten. Sein Bruder Gottel besaß ein gleiches Exemplar. Es waren brüderliche Teufel. Die Besitzer verstanden sich wortlos, mit Grinsen und Augenzwinkern. Der dritte Bruder – er war jünger als die beiden – zog es vor, den Kopf zu schütteln. Er gehörte nicht zum engeren Bund. Er war der angeblich verwöhnte Liebling. Nachdem die älteren Brüder seine Spielsachen zerbrochen und ihm auf mancherlei Art das Leben schwer gemacht hatten, hatte er als Schiffsjunge sein Glück versucht. Aber nun war er wieder da, und man mußte mit ihm rechnen. Ein Magenleiden verschaffte ihm zusätzlich Aufmerksamkeit.

Unsere Wohnung hatte einen Balkon, der auf den Hof hinauswies. Um zum Balkon zu gelangen, mußte ich durch das Schlafzimmer der Eltern. Der Vater hatte vorsorglich einen kleinen Tisch auf den Balkon gestellt, damit ich mich weit genug über das Geländer beugen konnte. Der Hof war geräumig, es gab einen Sandkasten, eine Reihe Kleingärten, Mülleimer, Klopfstangen, Taxushecken und Betonwege. Manchmal kam ein Leierkastenmann und spielte die Melodie von der goldenen Gans. Ich durfte ihm in Papier gewickelte Münzen zuwerfen, und er dankte, indem er die Mütze zog. Ich fand, daß meine Mutter ihm allzu eifrig winkte. Eines Tages kam ein Akrobat auf den Hof. Er wirbelte seinen kleinen Sohn durch die Luft und balancierte ihn auf den Händen. Er begleitete seine Darbietung mit monotoner Stimme, erzählte von seinem schlimmen Geschick, vom frühen Tod der Mutter und vom Hunger des Kindes.

Mein größtes Balkonerlebnis war eine plötzliche Sonnenfinsternis. Ein riesiger Schatten tauchte den Hof in Dunkel. Der Schatten summte und hatte kleine Propeller. Es war der Zeppelin, der sehr tief über den Hof flog. Es hieß, er setze zur Landung in Tempelhof an. Unsere Wohnung lag im Stadtteil Neukölln, und von hier war es nicht mehr weit bis dorthin. Der Anblick dieses riesigen silbergrauen Vogels ohne Schwingen erweckte Furcht und Neugier. Für einen langen Moment war alles verändert. Der Sandkasten war kein Sandkasten mehr, die Klopfstangen und Mülleimer waren wie eingeebnet. Die lärmenden Sperlinge hatten sich ins Gebüsch geflüchtet. Alles war unvertraut und grauenvoll. Ich atmete auf, als die Sonne wieder vom Hof Besitz ergriff und alle Gegenstände wieder ihre Namen hatten.

Ich beschäftigte mich so gut ich konnte. Im Nähkasten der Mutter waren Knöpfe und Nadeln zu sortieren. Irgendwann sollte ich mich an Puppenkleidern versuchen. Es war die letzte Hoffnung meiner Mutter, mir den Makel zu nehmen. Aber der Vater blieb unnachgiebig. Er grämte sich so sehr, daß ich ihm aus den Augen gehen mußte.

Nein, ich werde es nicht wieder gutmachen können. Keine tätige Reue vermag das. Mein Urteil ist gesprochen. Der Einspruch meiner Mutter ist kleinlaut. Sie fühlt sich schuldig. Warum gibt es auch diesen Balg? Nichts wie Ärger deshalb!

Ich weiß nicht, wann das Urteil vollstreckt wird und auf welche Weise. Ich nutze den Aufschub, der gewährt ist. Ich versuche, so unauffällig wie möglich zu sein. Ich ziehe mich hinter den Kachelofen zurück, hänge mir eine Decke über den Kopf und summe monoton vor mich hin. Kleine leise Atemzüge bleiben bei mir, erneuern sich aus mir selbst, es gibt kein Außen mehr. Ich werfe keinen Schatten; der matte Glanz der Kacheln ist die Grenze zur Welt.

Im Schlafzimmer der Eltern hingen zwei Bilder, das eine ein Wandteppich, der von einer Holzleiste herabhing. Eine fröhliche Szene in einer Laube. Junge Leute saßen darin und sangen. Sie hatten kleine Mützen auf den Köpfen und hielten Weingläser in den Händen. Jemand spielte auf einer Laute. Im Hintergrund sah man ein Schloß, eine malerische Ruine. Weinlaub umrankte die Szene. Oft sah ich mir das Bild an. Es machte mich wehmütig. Ich konnte nicht froh werden dabei.

Über den Betten der Eltern hing eine Zeitlang in einem breiten Holzrahmen ein Engel mit kleinen zusammengelegten Flügeln. Sie standen ihm über den nackten Schultern. Der Engel stützte sein kindliches Köpfchen in rosige Patschhändchen. Sein Blick war schräg nach oben gerichtet. Ein paar Edelweißblüten garnierten das fromme Bild, sie waren gepreßt und vom Glas bedeckt. Der Engel hatte keinen anderen Zweck, als einen Spruch glaubhaft zu machen, den meine Mutter mir oft vorlas: Gott hat geholfen, Gott hilft, Gott wird weiterhelfen.

Das Bild hatte nicht immer dort gehangen. Es stammte aus dem Besitz meiner Großmutter, der Schwiegermutter meines Vaters. Nach ihrem gewaltsamen Tod kam das Bild zu meiner ahnungslosen Mutter, die in der Betrachtung des Bildes Trost über den Verlust der Mutter suchte.

Mein Vater konnte den Anblick des Bildes nicht ertragen. Er sprach von Kitsch. Meine Mutter hielt ihm seinen Porzellanteufel vor. So wurden Engel und Teufel geduldet. Es war nutzlos, Kitsch gegen Kitsch aufzurechnen. Mein Vater, der den Anblick des schräg nach oben blickenden Engels spöttisch belächelte und von der höheren Instanz, nach der der Engel Ausschau hielt, eine eigene Meinung zu haben schien, hängte das Bild an die Seitenwand, wo es ihm weniger in die Augen fiel. Meine Mutter drehte dafür den Teufel mit der Grinsefratze in die Zimmerecke. Das nun sichtbare Hinterteil war ein neues, freches Zeichen, ein schlimmes Omen.

Schmalnase gab nicht auf. Der neben dem Kachelofen stehende Stuhl, der so gut wie nie, allenfalls beim Abstauben des Porzellanteufels benötigt wurde, erfuhr eine heimliche Veränderung. Vater, der Fintenreiche, lockerte ein Stuhlbein, probierte, bedachte die Lage, half nach, stellte bereit und wartete ab. Klar, daß der Teufel nun wieder mutig die Lage überschaute. Man würde sehn, wäre ja gelacht, wehe dir, keinen Mucks und du hast nichts gesehn. Na wenn schon und wirds bald und ab ins Bett und vergiß, Luft zu holen!

Oft stelle ich mir mein Bett als Fahrzeug vor, das sich zum Fenster hinausschwingt. Ich schwebe mit ihm zur Milchstraße empor, treibe zwischen lauter Laternen dahin und gehe in einem rauschenden Traum unter. Mein Becher füllt sich mit Sternschnuppen wie mit Kirschen. Die Milchstraße ist kein Haferschleim; süßer Essig perlt. In der Schwärze der Nacht schwebt glühender Aschenstaub, den sammelt der Sandmann. Das ist der Schlaf, den man sich aus den Augen reibt. Das ist der Schreck, dessen man inne wird, wenn man erwacht.

Dann sind die Geräusche da, die zornigen Reden und die anderen unheimlichen Töne von jenseits der Türen. Das Keuchen und Stöhnen.

Halte dir die Ohren zu, zieh dir das Kissen über die Ohren. Heute wird der Herr der Ränke nicht mehr kommen.

Unser Leben war bestimmt von der zugleich herbeigewünschten und gefürchteten Heimkunft des Vaters. Wir Brüder werden zu Bett geschickt, die Mutter verspricht, sich nicht aufzuregen. Wir wissen, daß sie sich nicht beherrschen kann. Der Vater wird spät kommen. Die Mutter wird das Essen vergeblich warm gehalten haben. Der Vater wird mit dem Schlüssel mehrfach vergeblich im Schlüsselloch stochern, durch das sie längst seinen sauren Atem errochen hat, ehe die Tür endlich aufgeht und der Vater entweder fragt: »Hast du schon lange gewartet?« oder drohend und zornig hervorstößt: »Na wenn schon, das ist meine Sache, es ist mein Geld, ich mache, was ich will.«

Wir sind froh, wenn die Mutter schlafen gegangen ist. Dann hockt der Vater müde vor dem Radio und schläft dabei ein. Mein Bruder wartet: Wird der Vater ins Zimmer kommen? Haben wir alle Spielsachen weggeräumt? Mein Bruder kaut an seinen Fingernägeln. Werden die Krallen nachwachsen?

Ich schrecke aus dem Schlaf. Mein Bruder wimmert und schreit. Er bettelt, protestiert. Warum schlägst du mich, ich habe nichts verbrochen? Er wehrt sich, er versucht, den Strick oder den Stock festzuhalten. Wie lange werde ich verschont bleiben? Dann endlich schließt sich die Tür. Wehe euch! Keinen Mucks! Mein Bruder schluchzt und stößt Verwünschungen aus, die mich erschrecken.

Warum werde ich nur immer geschlagen, warum nicht auch du? Ich tröste ihn und sage, daß ich nicht weiß, wie ich atmen soll, und daß ich immer daran denken muß und nicht weiß, ob ich atmen darf. Mein Bruder will nichts davon hören. Sei ruhig, sagt er, sonst kommt er wieder und alles geht von vorn los.

Es weihnachtet sehr. Der Staubsauger dröhnt sich heiser. Das ist fern und das ist nah. Auch das Kinderzimmer wird heimgesucht. Alles liegt im Weg. Die Klötze, die Knete, der ganze Unrat fliegt in die Truhe.

Ein Baum ist beschafft worden. Der hat im Keller gestanden und wird nun rasch über den Flur ins Wohnzimmer getragen. Wir dürfen nicht hinein. In der Küche brodelt die Hühnerbrühe. In der Diele mischen sich die Gerüche. Brühe und Tannengrün.

Oben quietscht Herr Quinke mit seinem Holzbein. Er quält dem verstimmten Klavier freudvolle Lieder ab. Die Töne tropfen von den Tasten zu uns herab. O du fröhliche, o du selige und Stille Nacht, heilige Nacht.

Die Mutter singt bewegt mit. Schmalnase lächelt gezwungen. Schade, daß mein Klavier nicht hier ist. Oben schrammt das Pedal.

Die Leute im Treppenhaus sind freundlich zueinander. Frau Schönfeld, unsere Nachbarin, beginnt ein Gespräch. Das nimmt kein Ende. Ich höre immer Iwo und Naja. Ach, wie groß der Kleine geworden ist. Aber er ist so blaß. Ja, er ißt schlecht. Er mag keinen Haferschleim. Er ist bockig. Und sehen Sie mal, alle Rippen können Sie zählen. Geben Sie ihm Lebertran. Wenns nicht schmeckt, soll er sich die Nase zuhalten. Frohe Weihnachten.

Zaghaft bimmelt ein Glöckchen ein gläsernes Zeichen. Das ist der Auftakt zu einer zerbrechlichen Freude. Wir betreten das Wohnzimmer. Wir stehen vor dem brennenden Baum. Die Eltern sitzen auf dem Sofa. Mein Bruder sagt ein Gedicht auf. Von drauß vom Walde komm ich her. Und ich reime etwas mit klein und rein.

Wir bekommen einen Schlitten. Und von nun an haben wir einen Leidens- und Hausgenossen. Felix heißt der graugetigerte Kater. Er wird es nicht gut haben bei uns. Er wird sich kräftig zur Wehr setzen müssen. Er wird nicht mit uns in die Badewanne wollen. Er wird uns häufig Wunden zufügen, wird dem Porzellanteufel zu Leibe gehen, die Gewichte der Standuhr herunterreißen. Dafür wird er nachts in den Uhrkasten gesperrt werden und ganz erbärmlich jaulen. Heute ist er scheu und wild, jeder will ihn streicheln, und er rettet sich mit einem Sprung in den Lichterbaum.

O du fröhliche. Die Hühnerbrühe wird aufgetragen. Schade, daß mein Klavier nicht da ist. Die Mutter sagt: Ach, deine Eltern mit ihren leeren Versprechungen. Und deine Eltern, sagt der Vater, die lassen erst gar nicht von sich hören. Wenn du mich nicht hättest, hättest du doch gar nichts. Du bist doch nie da, sagt die Mutter. Und Vater meint: Fängt das schon wieder an?

Am nächsten Morgen hat es geschneit. Wir tragen den Schlitten nach unten. Uns fehlt eine kräftige Schnur. Nehmen wir doch Vaters Strick. Traust du dich? Niemand traut sich. Wir bitten die Mutter darum. Sie weiß nicht, wo der Strick ist. Was heißt Weihnachten, sagt sie, Weihnachten ist vorüber.

Heute ist ein guter Tag. Ich darf meinen Vater begleiten. Ich forsche in seinem Gesicht, in dem das Lächeln so oft zum Grinsen mißrät und die schmale Nase manchmal bedrohlich blaß wird. Mein Vater ist ein Rätselwesen mit Mantel; es bleibt mir nichts anderes übrig, als auf die Worte zu hören und auf die Art des Sprechens, ob er sich verräterisch räuspern muß, ob er mich anblickt und auf welche rasche Weise er die

Schultern hochzieht. Das tut er meist dann, wenn wir um eine Straßenecke biegen. Nun bleibt er witternd stehn, und entweder schickt er mich vor, oder er fordert mich auf, zurückzubleiben und ihm mit Abstand zu folgen.

Mein Vater zieht die Schultern so oft hoch, weil er sich zu klein vorkommt. Aber es hat noch einen anderen Grund. Er macht sich durch diese Gebärde nahezu halslos. Er ist äußerst empfindlich gegen jede Berührung seines Halses. Dann endet jedes Spiel, jeder noch so harmlose Ringkampf sofort. Deshalb zieht er die Schultern hoch. Es ist eine schützende Geste.

Heute also darf ich meinen Vater begleiten.

Nun, mein Filius, sagt er und die schmalen Lippen kräuseln sich, heute kannst du beweisen, daß du mich liebst.

Obschon mir scheint, daß wir im Zickzack gehen, kommen mir die Straßen immer weniger bekannt vor. Mein Vater fragt, ob ich allein zurückfinden würde, und ich muß das verneinen. Was hat er vor? Will er mich allein lassen in der großen, fremden Stadt?

Hab keine Angst, sagt er und nimmt mich an die Hand.

Ich will doch nur, daß du nicht wegläufst. Ich habe etwas vor mit dir. Heute sollst du mir helfen, heute kannst du beweisen, daß du mich liebst.

Er sagt es schon zum zweitenmal. Wir überqueren einen großen Platz und gehen durch eine Allee. Es ist Frühling. Mein Vater erklärt mir, daß die Bäume Linden und Kastanien heißen, und sagt, daß ich vor Hunden keine Angst zu haben brauche, besonders vor denen nicht, die laut bellen.

Auch vor Menschen brauchst du keine Angst zu haben. Stell dir jeden Menschen, vor dem du Angst hast, nur einmal nackt vor. Vor allem merke dir eins: Frechheit siegt. Und im Vertrauen sag ich dir, aber behalte es für dich: man darf alles machen. Man darf sich nur nicht erwischen lassen.

Ich bin von dem weiten Weg schon etwas müde, und ich weiß noch immer nicht, was der Vater von mir erwartet. Mit belegter Stimme frage ich: Was soll ich tun, Papa. Ist es was Schlimmes? Tut es weh?

Ach, was heißt schlimm! Nein, es tut nicht weh. Du

brauchst nur zu tun, was ich dir sage. Du mußt es sofort tun und ohne Widerrede. Du darfst keine Frage stellen. Die Antwort geb ich dir nachher. Ist das klar?

Ich wage nicht aufzuschauen. Ich sage nichts.

Da geschieht etwas Seltsames, Unerklärliches.

Dicht an meinem Ohr höre ich den Satz: Achim, tue es nicht. Tue es nicht, Achim. Lauf zurück!

Ich blicke zu meinem Rätselvater auf. Ich frage ihn, ob er etwas gehört hat. Nein, er hat nichts gehört. Hier hat niemand gesprochen. Wir sind doch allein. Es ist laut hier in der Straße. Nein, mit uns hat keiner gesprochen.

Aber ich weiß, was ich gehört habe. Doch wie soll ich zurückfinden ohne den Vater, der meine Hilfe will?

Soll ich die große Chance ungenutzt lassen, die Liebe meines Vaters zu verdienen? Ich habe eine deutliche Stimme gehört, aber ich hab niemanden gesehen.

Wo gehen wir hin, Papa?

Wir besuchen die Oma. Wir sind bald da. Erkennst du die Straße nicht wieder? Onkel Otti wird nachher auch kommen. Er hat es jedenfalls versprochen.

Der Fintenreiche wittert die Lage. Er zieht die Schultern hoch und räuspert sich mehrmals und atmet tief durch.

So, wir sind angekommen, sagt der Vater, siehst du dort gegenüber das Haus? Dort wohnt Oma, du mußt drei Treppen hochgehn und an der linken Tür klingeln. Oma wird sich freuen, sie wird überrascht sein, dich zu sehen.

Kommst du nicht mit? Warum soll ich allein gehen?

Ich komme gleich nach. Ich bin noch verabredet. Es dauert nicht lange. Geh nur schon vor. Nun los, nicht so zaghaft!

Ich tapse über die Straße. Vielleicht ist es das, was der Vater von mir als Beweis erwartet? Die Haustür ist angelehnt, drei Treppen also. Erinnere ich mich, wann ich schon einmal hier war? Es ist schon lange her. Sicher hat mich meine Mutter damals auf dem Arm nach oben getragen. Vielleicht war ich von ihrem Schal abgelenkt oder von den Würgemalen an ihrem Hals. Die Gerüche im Treppenhaus kommen mir vertraut vor. Es ist still, niemand begegnet mir. Später wird mich der Vater danach fragen, ob mir jemand begegnet sei, und er wird es bedauern, daß mich niemand gesehen hat.

Oma begrüßt mich herzlich. Sie weint vor Freude, vor Rührung. Sie kommt mir aber nun doch verändert vor, ganz gelb im Gesicht. Ich darf mich aufs Sofa setzen. Und nun warten wir auf den Vater, auf ihren Schwiegersohn. Am offenen Fenster hält sie nach ihm Ausschau.

Endlich kommt er. Sein Gesicht ist ganz faltig vor Lächeln. Oma fragt, Oma weint. Vater räuspert sich. Er ist geschäftig. Er will ihr helfen. Und das machen wir gleich.

Es geht um die Wäsche, die auf dem Boden hängt. Der Vater holt eine Schüssel aus der Küche. Oma ist erstaunt, über den Strick, der in der Schüssel liegt.

Was willst du mit dem Strick? Die Wäsche hängt doch schon oben. Wir brauchen sie doch nur abzunehmen.

Der Vater antwortet. Er räuspert sich. Er ist ungeduldig. Ich soll versuchen, den Küchenstuhl hochzutragen. Ich gebe mir große Mühe. Ist das die Hilfe, die er von mir erwartet? Meinem Vater dauert es zu lange. Er hat ein Tuch in der Hand, damit faßt er zu.

Oma wundert sich über den Küchenstuhl. Warum soll der hoch? Vieles ist unklar. Sie versteht nicht, und ich weiß sowieso nicht, was das soll. Man erwartet etwas von mir, und ich weiß nicht, ob ich versage oder ob alles schon gut ist. Ist nun alles geschehen oder steht mir etwas Schlimmes bevor?

Vater und Oma verlassen das Wohnzimmer.

Wir rufen dich, wenn es so weit ist.

Ich sitze auf dem Sofa. Das Fenster ist offen. Der Vater hat mir gesagt, ich soll hinausschauen, damit ich gesehen werde. Die Leute würden sich freuen, daß ich die Oma besuche. Also blicke ich aus dem Fenster. Ich sehe niemanden. So betrachte ich die Möbel. Auf den grünen Sesseln liegen in Kopfhöhe kleine Deckchen, und an den Seiten hängen Kordeln herunter, weiche Quasten, nur zum Spielen gut.

Vater und Oma müssen noch in der Wohnung sein. Ich höre sie miteinander sprechen, aber ich kann sie nicht verstehen. Sie müssen ganz vorn im Flur sein oder im Schlafzimmer.

Dann ist es wieder sehr still. Und in dieser großen Stille, die begleitet wird von Geräuschen aus dem Schlafzimmer, als würden Möbel geschoben, höre ich überdeutlich wieder eine helle klare Stimme, diesmal warnend, beschwörend, eindringlich: Achim, lauf weg. Lauf weg, so schnell du kannst!

Ich blicke mich um. Ich erschrecke. Niemand ist im Zimmer. Ich laufe zum Fenster, in den Flur, in die Küche, ins Wohnzimmer zurück.

Wo sind Sie? Ich kann Sie nicht sehen. Warum soll ich weglaufen und wohin?

Ich bin hier. Ich bin hier im Zimmer. Lauf weg, Achim, lauf weg, so schnell du kannst.

Ich bin verwirrt. Es ist ein böser Spuk. Ich muß den Vater fragen. Ich laufe den langen Flur entlang. Die Wohnungstür ist geschlossen, ein Schlüsselbund hängt am Schloß. Man würde mich hören, wenn ich den Schlüssel herumdrehe. Aber die Schlafzimmertür ist angelehnt. Ich höre Vaters heftige Stimme. Oma weint. Sie wehrt sich, sie bittet und fleht. Sie ruft um Hilfe.

Ich öffne die Tür, wage, sie aufzuschieben.

Dann meines Vaters Stimme: Wenn er reinkommt, bring ich ihn um. Willst du das?

Nein, das will ich nicht. Oma schluchzt laut.

Na also, warte.

Vater erscheint in der Tür. Er ist erregt, sein Gesicht ist rot angelaufen. Schweiß steht auf seiner Stirn. Er herrscht mich an.

Geh zurück ins Zimmer. Wehe, du läßt dich hier sehn!

Ich gehe den Flur zurück. Ich höre, wie zwei Menschen miteinander ringen. Mein Vater spricht eindringlich, er redet ihr gut zu. Nein, es tut nicht weh, es geht sehr schnell. Oma röchelt, sie ruft nicht mehr um Hilfe. Niemand wehrt sich mehr. Niemand ist mehr laut. Keine Stimme warnt mich mehr.

Das Fenster ist offen, ein sonniger Tag. Es sind Häkeldeckchen auf grünem Plüsch. Der Wohnzimmerschrank ist mir vertraut. Wir haben zu Hause einen ganz ähnlichen. Die Stühle haben geschwungene Lehnen. Die Sessel haben Kordeln. Die Kordeln sind Quasten. Auf dem Tisch steht eine Schale mit Keksen. Ich mag nichts essen. Ich habe eine trockene Kehle. Ich weiß nicht, wie ich schlucken soll. Ich kann mich nicht räuspern. Ich verhalte mich ganz still. So hab ich es immer gemacht, und es hat mir bisher geholfen.

Und dann höre ich eine vertraute Stimme. Die Stimme Onkel Ottis. Mein Vater kommt ins Wohnzimmer und sagt streng zu mir: Du bleibst jetzt hier drin. Du verläßt nicht das Zimmer. Bleib von der Tür weg. Wenn du es wagst, durchs Schlüsselloch zu gucken, bring ich dich um! Ich rufe dich, wenn ich dich brauche. Frag nicht warum. Darum! Und damit basta!

Nein, der Vater räuspert sich nicht, er spricht fest und deutlich. Ich kann mich nicht verhört haben. Hier komme ich nicht heraus. Es ist zu spät. Es geht um Tod und Leben. Ich hätte fortlaufen sollen.

Warum kommt der Onkel nicht zu mir herein? Ich höre halblaute Stimmen. Heb an, jetzt, los, mach schon, nein, es kommt niemand, beeil dich. Ich höre ein Geräusch, als wenn ein schwerer Gegenstand über den Boden geschleift wird, als wenn man einen Teppich über eine Schwelle zieht.

Ich habe mich in ein Märchen verirrt. Der Vater spielt den bösen Wolf, der die Oma verschluckt hat. Ein böser Zauber macht das Zimmer zu einem dunklen Wald. Ich hab vergessen, Erbsen zu streuen. Ich hab versäumt, Rotkäppchen zu werden. Die Tauben kommen nicht durchs offene Fenster geflogen, wegen meines Makels. Der Vater hat es nicht nötig, Kreide zu schlucken. Die Oma braucht die Kekse nicht mehr. Ich bin mit meinem Durst allein. Ich wage nicht, mich zu räuspern. Ich wage nicht, mich zu mucksen. Ich warte. Etwas muß eintreten, das den Bann löst.

Endlich höre ich meinen Vater nach mir rufen. Er ruft mit verstellter Stimme, er ruft »Achimchen« und ruft in Omas gerührter Sprechweise.

Ich gehe zum Boden hinauf. Ich kenne den Weg von vorhin, als ich den Küchenstuhl hochtragen sollte. Aber die Bodentür ist verschlossen.

Bist du es, fragt der Vater, bist du allein?

Dann öffnet er die Tür. Ich blicke in den Bodenraum. Es hängt keine Wäsche mehr. Der Küchenstuhl steht unter einem Seil, das von links nach rechts hinüberreicht. Die Oma steht auf dem Küchenstuhl, sie steht wie auf Zehenspitzen, sie dreht mir den Rücken zu und das Seil führt an ihrem Hals vorbei, der mit einem Schal umhüllt ist. Es sieht so aus, als habe sie ihr Kinn auf das Seil gehoben und verharre in dieser nutzlosen Haltung.

Komm, sagt der Vater, wir müssen der Oma helfen. Er geht an die rechte Seite und faßt das lose Ende des Seils, das von einem Knoten herabhängt. Ich laufe um die Oma herum, sehe in ihr Gesicht. Im Licht, das durch die Dachluke fällt, erkenne ich es nun deutlich.

Das Gesicht ist gelb und blau. Die Augen sind übergroß und quellen aus den Höhlen. Die Zunge ist weit herausgestreckt. Oma hat die Hände abgespreizt. Die Arme hängen herab. Ich berühre ihre kalten Finger.

Mein Vater herrscht mich an: Komm da vorn weg, nicht anfassen, los, hilf mir, zieh den Stuhl weg, wir müssen Oma runterhelfen.

Was ist mit Oma! Warum streckt sie die Zunge heraus?

Sie macht ihren Spaß mit dir, komm, spiel mit.

Mich packt Entsetzen. Oma kann nicht mehr spielen, sie kann nicht mehr antworten.

Ich laufe zur Tür. Hilfe, Hilfe!

Die Tür ist verschlossen. Ehe ich den Schlüssel herumdrehen kann, ist mein Vater bei mir, packt mich mit beiden Händen um den Hals und drückt zu.

Schmalnase ist grimmig. Der Wolf hat mich, der Unhold beißt zu. Meine kleinen Kinderhände kommen gegen diesen Griff nicht an. Oft hat der Vater im Spiel mir den Hals zugedrückt und gewartet, daß mir die Luft ausging und ich mich zu Boden gleiten lassen mußte. Auch mit meinem Bruder hat er es getan. Es war ein derbes Spiel, für meinen Vater ein Ritual der guten Laune, es gehörte dazu wie der saure Bierdunst, der um den heimkehrenden Vater war. Nun aber ist es ernst. Meine hervorquellenden Augen blicken in seine blutunterlaufenen. Seine Stirnadern sind angeschwollen und bekunden einen festen Entschluß. Ich bin in der Schraubzwinge. Meine Frist ist abgelaufen. Ich habe auf die Warnung nicht gehört. Mein Leben ist verwirkt.

Da sagt nach schrecklicher Pause und schier endloser Atemnot der Vater ruhig und fest zu mir: Ich laß dich jetzt los. Aber nur, damit du tust, was ich sage. Du bist gewarnt. Wehe dir. Ich bringe dich sonst um!

Mein Atem geht rasselnd, ich hole tief Luft, mein Hals ist zu eng geworden, ich habe Mühe und muß doch sprechen. Und ich bringe den Satz heraus, endlich:

Aber ich bin doch dein Kind!

Mein Vater wendet sich ab. Hat er wirklich Tränen in den Augen? Rinnt ihm der Schweiß vom Gesicht? Er wirkt gehetzt und erschöpft.

Er hält nun wieder das lose Ende des Seils, dessen oberer Teil fest gespannt um Omas Hals geführt ist. Warum hält der Vater das lose Ende, wo doch die Oma wie mit Fußspitzen auf dem Stuhl aufruht? Ich fasse den Stuhl an der Lehne, aber ich kann ihn nicht wegziehen.

Das geht doch nicht, Oma würde doch runterfallen!

Warte, ich helfe dir. Paß auf, machen wir es so!

Mein Vater legt jeweils zwei Finger seiner Hände auf meine kleinen, um die Stuhllehne gekrampften Kinderhände. Dann zieht er meine Hände und damit den Stuhl an der Lehne zurück.

Die Oma fällt mit einem dumpfen Geräusch, bleibt aber wie in der Hocke hängen. Ihr Körper, noch immer am Seil hängend, ist versteift, sie baumelt über dem Boden hin und her, wobei die Absätze ihrer Schuhe über den Boden scharren.

Nein, nicht so, sagt der Vater. Das war falsch. Jetzt hast du Oma umgebracht.

Aber du hast doch gesagt, ich soll den Stuhl wegziehen. Und du hast mitgeholfen.

Nein, das war ein Mißverständnis. Ich habe geschoben, du hast gezogen. Das ist ein Mißgeschick. Das ist dir passiert. Du kannst nichts dafür. Du bist ein Kind. Dir kann man nichts tun. Ich stelle mich schützend vor dich. Sei ohne Sorge.

Ich bin müde und bekomme kaum Luft. Ich verstehe nichts mehr. Ich begreife nur, daß ich, statt dem Vater zu helfen und seine Liebe zu gewinnen, nun die Oma umgebracht haben muß. Sie wird nicht mehr Achimchen, Liebling und Kleiner zu mir sagen.

Der Vater wird der Enttäuschte bleiben. Ich werde ihn lebenslang um Schweigen bitten müssen. Und was wird die Mutter sagen? Sie wird mich gar nicht zu Wort kommen lassen. Ich darf gar nicht daran denken und kann doch nicht anders.

Nun ist der mit dem Makel endgültig schuldig geworden. Es wäre besser, sein Atem wiche für immer von ihm. Der ungeschickte Balg hat die Oma vom Stuhl gestürzt. Und sie hat doch nur mit ihm spielen wollen, mit zum Scherz herausgestreckter Zunge und zum Spaß weit aufgerissenen Augen.

Mein Vater läßt mich heraus. Ich gehe die Treppe hinunter. Die Wohnungstür ist nur angelehnt. Das Fenster ist noch offen. Die Sonne scheint auf die Häkeldeckchen und auf den sanften, grünen Plüsch. Die Quasten sind weich. Die Kekse stehen auf dem Tisch. Ich muß mich geirrt haben, ich habe geträumt. Wirklich, ich muß bald ans Ende dieses Märchens kommen. Der Wolf muß die Oma herausgeben. Das alles ist die Probe, die ich bestanden haben werde. Alles wird gut werden. Ich höre keine warnende Stimme mehr. Die Uhr tickt, die Vögel singen draußen. Und von weit her höre ich Kinder spielen.

Ich sitze und rühre mich lange nicht. Ich achte auf meine Atemzüge, ich lebe, es gibt mich, ich bin zu nichts nutze, aber ich bin da. Vielleicht ist es gut, mich zu vergewissern, daß alles nur ein böser Traum war.

Ich gehe leise wieder auf den Boden. Wieder ist die Tür verschlossen. Ich halte die Klinke niedergedrückt in der Hand und höre hinter der Tür die Atemzüge meines Vaters. Wir schweigen beide eine Weile. Mein Vater muß mich vielleicht durch das Schlüsselloch erspäht haben, er öffnet die Tür. Der

Bodenraum ist leer. Das schlimme Seil ist fort. Oma sehe ich nicht. Auch der Stuhl ist nicht mehr da.

Komm rein, sagt der Vater.

Wo ist Oma? frage ich.

Oma schläft.

Wo ist sie denn?

Na hier, komm her, da liegt sie.

Da ist ein Kaminvorsprung, eine Ecke, in die ich von der Tür aus nicht sehen kann. Mein Vater ermuntert mich, geht vor, bückt sich, nimmt ein Seil, eine Schlinge, komm, sagt der Fintenreiche, komm nur her, sieh nur, wie Oma schläft.

Ich sehe den Strick in der Hand des geschäftigen Vaters. Nun warnt mich keine Stimme mehr. Plötzliche Erinnerungen werden in mir wach. Wortfetzen. Dich krieg ich ja doch, wehe dir, du hast mich verraten, besser wäre es, du wärest gestorben, und das verzeih ich dir nie ...

Ich laufe so schnell ich kann die Treppe hinunter. Diesmal ist die Bodentür nicht verriegelt. Ich stand ja noch auf der Türschwelle. Noch war ich nicht ganz in die Falle getappt. Nun warte ich wieder in der Wohnung. Ich schließe lieber das Fenster. Der Vater würde mich vielleicht bitten, ich solle mich hinauslehnen. Nein, daran soll er gar nicht erst denken. Ich will mit ihm fort, ich will hier lebendig heraus, und er wird schon wissen, wie er der Mutter alles erklärt.

Er kommt und fragt nicht viel, räuspert sich, zieht den Schrank auf und sucht und kann nicht finden. Die schmale Nase wird blaß, er ist enttäuscht, jemand ist ihm zuvorgekommen. Schmalnase geht in die Küche, holt ein Tuch und wischt über alle Möbelstücke, Türklinken, Stühle, wischt übers Fensterbrett; er überlegt, wo er heute hingefaßt haben könnte. Dann hebt er mich hoch, und ich fühle mich für einen kleinen Augenblick als ein in die Arme genommenes Kind, nicht als schuldiger Balg; er hebt mich an den Schrank und läßt mich dort oben überall hinfassen. Hierhin patschen, dorthin patschen, nein, faß richtig zu, ja, die ganze Hand, alle Finger, so ist es gut.

Warum soll ich das tun, Papa?

Frag nicht immer warum. Darum! Basta!

Dann gehen wir hinaus. Zuletzt muß ich noch an die Messingschilder der Tür fassen.

Nun paß auf. Jetzt spielen wir Indianer miteinander. Niemand darf uns sehen, niemand darf uns hören. Du weißt, was du getan hast. Ich will nicht, daß dir etwas passiert.

Ich gehe ihm immer ein Stück voraus. Ich weiß nicht, ob die Gefahr von oben oder von unten kommt. Alles scheint davon abzuhängen, ob wir ungesehen das Haus verlassen können.

Nun sind wir im Hausflur. Wir hören Schritte von draußen. Mein Vater reißt mich in den Kellereingang, hält mir den Mund zu. Die andere Hand drückt meinen Hals.

Ein Mann kommt ins Haus, geht die Treppe hoch, bleibt in halber Höhe stehen.

Ist dort jemand?

Wir verhalten uns ruhig. Der Mann geht langsam wieder die Treppe herunter, kommt näher.

Geh jetzt, sagt mein Vater, geh raus, ich bleibe hier und komme nach. Er zischt es mir leise zu. Also gehe ich.

Der Mann sieht mich, er scheint mich zu erkennen. Er fragt, ob ich meine Oma besucht habe und warum ich so allein im Keller gewesen bin. Nein, ich bin nicht allein. Und schon kommt mein Vater und sagt: Lassen Sie nur, mein Sohn hat sich hier versteckt, es ist nur ein Spiel und wir gehen schon. Nein, Sie kennen mich nicht, Sie müssen sich irren.

Nun sind wir draußen, mein Vater räuspert sich, atmet tief durch; nun, mein Filius, sagt er verzeihend und gutgelaunt, am besten ist, du gestehst, was du getan hast, bring es hinter dich. Dort ist ein Polizist, sieh nur, das ist ein freundlicher Mann, hab keine Angst, stell ihn dir nackt vor. Nun lauf schon, ich paß auf, dir kann nichts passieren!

Ich laufe auf den Polizisten zu. Der denkt, ein Kind will nach dem Weg fragen, wendet sich dem Kind zu. Das aber stottert, kriegt kaum ein Wort heraus: Mein Vater, ... ich soll ... ich habe ... die Oma ... ich weiß nicht ... es war da ein Stuhl, den sollte ich ... und ich kann nichts dafür ...

Na ja, was ist denn, mein Kleiner, unterbricht der Mann

den stotternden Wortstrom. Und mein Vater kommt hinzu. Er räuspert sich nachdrücklich, sein Gesicht ist eine Maske aus Lächelfalten. Bitte verstehen Sie, das Kind ist so aufgeregt, dem ist was passiert. Der Junge war mir weggelaufen, da muß was Schlimmes geschehen sein, der Junge ist sonst nicht so aufgeregt, der kann ja kaum sprechen. Meine Schwiegermutter wohnt hier in der Nähe.

Mein Vater nennt die Adresse und will, daß der Mann das notiert. Der aber hält das für unnötig, wir werden ja sehn, sagt er und selbstverständlich können Sie meine Dienstnummer haben. Natürlich, ich werde mich schon an die Sache erinnern.

Der fintenreiche Ränkevater sorgt für Alibis. Das wäre ja gelacht. Schmalnase lächelt. Nein, er hat keine Polizei zu fürchten; er hat sogar gutgelaunt eine Hand auf die Schulter des Uniformierten gelegt. Das ist doch klar. So was kann man nur mit reiner Weste. Er war ganz Sorge um sein Kind, das sich verlaufen hat und das inzwischen wer weiß was und vermutlich etwas Schlimmes erlebt hat.

Nun beruhige dich, wir gehen ja jetzt nach Hause. Die Oma ist eingeschlafen, sie ist tot, sie schläft für immer. Sie nimmt dir nichts mehr übel. Das war ein Mißgeschick, ein verunglücktes Spiel. Das war eine dumme Sache mit dem Stuhl. Sag Mami nichts davon. Überlaß mir das, ich bring es ihr schonend bei.

Er redet auf mich ein. Er überredet meine zaghaften Fragen. Da gibt es kein Wie und Warum. Das ist nun mal so, und er hält zu mir und wir müssen es abwarten und es wird alles schon gut werden und es ist halb so schlimm.

Geh nur voraus, sagt räuspernd der Vater, sag deiner Mutter, du hättest hier in der Straße gespielt und dich verlaufen, es ist noch nicht spät. Ich komme gleich nach, ich hab noch was zu erledigen.

Ich gehe unsicher. Ich weiß keine Fragen mehr, und all die Antworten habe ich nicht verstanden. Ich habe Worte gehört und Räuspern, da waren Schreie und Stimmen und Stille war und Vögel haben gezwitschert. Omas Schuhe sind über den

Boden geschrammt, und Häkeldeckchen gab es und Kordeln und Kekse. Es ist, als gehörten meine Beine nicht mehr zu mir. Ich bin eine Marionette und hänge an Fäden der Schuld. Ich werde auf einer rätselhaften Bühne bewegt. Ich muß mich an die vielen Schnüre und Stricke gewöhnen. Da gibt es Porzellanteufel und rosige Puttenengel, mattschimmernde Kachelöfen und grünen Plüsch. Da liegen Bauklötze herum mit Märchenbildern, die sich verwandeln. Im gläsernen Sarg hat die Prinzessin zu atmen vergessen, und der Wolf hat die Oma verschluckt.

Mir ist die Kehle wie zugeschnürt. Von nun an werde ich noch wachsamer an den Atem denken müssen, damit er mich nicht vergißt. Er wird mir von nun an immer ein Stück voraus sein, ich werde ihn nur stotternd einholen, und er wird mir die Worte abpressen. Nur mit gepreßtem Atem werde ich Stimme haben, und manche Worte kann ich nur herausbringen mit einem Rest an Luft.

Von nun an kann ich nicht mehr schlucken, ohne an das Schlucken zu denken, weil eine Schraubzwinge mir den Hals zuschnürt; und eine Zunge werde ich haben, die fast immer trocken ist, die mir nicht gehört, die mir immer fremder wird, weil es die Zunge einer Toten ist, die sich mir entgegenstreckt, die um Wort und Atem bittet.

Und weil ich trotzdem schlucken muß und weil ich Luft holen muß und weil eine fremde Zunge in meinem Mund ist, werde ich trinken müssen, öfter und zur Unzeit und in großen Mengen. Denn Trinken hilft gegen den Schluckzwang, weil es ihn begründet; es hilft gegen den Atemholzwang, den Denkzwang, gegen das Gefühl der fremden Zunge in meinem Mund.

Und nachts im Schlaf werde ich mit den Zähnen knirschen, daß es meinen Bruder graust. Heimlich werde ich aufstehen und auf keine Warnung hören. Ich werde an den Kirschsaft gehen und werde Essig mit Wasser und Zucker mischen und werde auf meinen Atem achten von Schluck zu Schluck. Nichts soll mir im Halse stecken bleiben. Ich werde alles herunterwürgen.

Jahre werden vergehen. Ich werde älter werden und der Durst wird mit mir wachsen. Ich werde den Kirschsaft gegen den Cognac vertauschen und den Essig gegen Absinth. Mein Atem wird flüchtig bleiben und die Fremdheit wird zunehmen. Ich werde eines Tages des aus Hefe und Wasser Gebrauten überdrüssig sein, aber ich werde nicht aufhören, nach einem Getränk zu suchen, das aus nichts anderem besteht als aus Lethe und Luft.

2

DER HAMPELMANN

Ich darf nicht sprechen darüber. Ich muß alles für mich behalten. Nein, mein Bruder darf nichts erfahren. Auch das hat der Vater verboten. Er allein entscheidet darüber, ob ich am Leben bleiben kann. Ich muß mich bewähren. Niemand darf wissen, daß ich die Oma vom Stuhl gestoßen und sie dadurch am Strick zu Tode gebracht habe.

Was aber ist, wenn ich im Schlaf spreche? Wenn ich laut träume? Mein Bruder wird oft wach, wenn ich mit den Zähnen knirsche. Ich weiß davon nichts. Ich muß also über meinen Schlaf wachen. Mein Bruder muß vorher einschlafen. Beim Einschlafen muß ich immer an Omas herausgestreckte Zunge denken, an ihre aufgerissenen Augen. Ich weiß nicht, wie ich schlucken soll. Und wie das mit dem Atmen geht, weiß ich auch nicht. Geht es überhaupt, wenn man nicht daran denkt? Bei mir geht nichts mehr von selbst. Ich kann mich auf nichts verlassen. Ich muß alles bewachen und kontrollieren.

Schmalnase ist blaß. Er ist in Sorge. Er kommt nun für eine Weile früher nach Hause und kommt immer zuerst zu mir ins Zimmer. Hast du geschwiegen? fragt er und sieht mich prüfend an. Wird er mir glauben? Werde ich Gnade finden? Wird er dem Versager trauen? Auch mein Bruder sieht mich mit einem seltsamen Blick an. Soll er mich prüfen? Weiß er etwas? Wenn ich darüber rede, so viel ist gewiß, werde ich sterben müssen. Und der Vater selbst wird das Urteil vollstrecken.

Wenn deine Mutter davon erfährt, wird sie dich nackt ausziehen, dich auspeitschen und vielleicht der Polizei übergeben. Und was die tut, weiß man noch nicht. Denke daran, du hast die Oma umgebracht. Auch wenn du es ohne Absicht getan hast, so bist du doch schuld.

Ich sitze ratlos am Klapptisch und betrachte meinen an der

Wand hängenden hölzernen Hampelmann. Er hat eine Schnur um den Hals und baumelt vom Haken herab. Seine Glieder sind bunt und starr. Er hat ein Gesicht, das lustig sein soll, aber ich finde den Hampelmann nicht mehr lustig. Wann wird er mir die Zunge herausstrecken? Wann wird dieser schmale Mund, der wie ein Halbmond gebogen ist, rund und voll werden und aufgerissen?

Vor allem hängt ein Strick unter seinen Beinen. An diesem Strick muß ich ziehen, um den Hampelmann zu bewegen. Ich mag keinen Strick mehr anfassen, keinen mehr ansehen. Der Hampelmann grinst mich an. Er lacht mich aus. Der weiß alles. Nein, das ist kein lustiges Spielzeug.

Ich sehe mich selber. Ich bin der Hampelmann. Ich hänge an Vaters Strick. Ich habe mich in der Schlinge gefangen. Ich hänge an seinem Schweigen, an seiner Geduld mit mir.

Immer wieder lese ich in seinem Gesicht. Das ist unergründlich. Ich sehe kein Mitleid darin. Es ist eine Maske, bleich und starr. Auf der Straße lächelt er, aber das Lächeln ist aufgesetzt, eingeübt, leblos.

Ich warte darauf, daß etwas geschieht. Denn etwas muß geschehen. Diese Bedrückung muß ein Ende nehmen. Und dann geschieht etwas. Der Vater ist nach Hause gekommen und hat, ohne das Kinderzimmer zu betreten, leise und eindringlich mit der Mutter gesprochen. Und die schreit laut auf, ruft: Nein, nein, und weint. Mein Vater redet auf sie ein, sehr behutsam, er sucht sie zu trösten. Ich höre es am Tonfall, ich kann die Worte nicht verstehen.

Die Eltern beraten sich. Wird der Schuldige nun herausgerufen? Wird ihm nun das Urteil verkündet?

Mit wenigen Worten bringt man uns bei, was geschehen ist. Oma habe mit einem nassen Lappen hantiert, sei dabei an eine kaputte Steckdose gekommen und habe einen elektrischen Schlag erlitten. Mein Bruder stellt eifrig Fragen. Ich atme auf. So war es also. Es war alles anders. Ich kann gar nicht schuld gewesen sein. Ich bin nicht schuld. Es war nur ein böser Traum.

Als ich in die eifrigen Fragen meines Bruders einstimme, sieht mich mein Vater bedeutsam an und schüttelt den Kopf.

Warum fragst du so dumm? Du weißt doch, wie es war.

Die Hornbrille mustert mich kühl. Freu dich nicht zu früh. Ich krieg dich doch. Das verzeih ich dir nie, daß ich deinetwegen deiner Mutter Lügen auftischen muß. Warte nur ab, an mir kommst du nicht vorbei!

Es ist so weit.

Zieh dich an, komm mit, wir gehen beide jetzt weg!

Ich frage nicht. Der Wortkarge geht immer wieder dieselbe Straße auf und ab. Immer wieder räuspert er sich, zieht die Schultern hoch und blickt nach allen Seiten.

Also, hör zu. Du weißt, was geschehen ist. Du hast den Stuhl weggezogen, dabei ist die Oma zu Tode gekommen. Es war ein dummer Scherz von dir. Es ist ein Unglücksfall. Niemand wird dir dafür was tun, denn du bist ein Kind.

Aber sie hat doch mit dem nassen Lappen an den Strom ...

Unsinn, das haben wir nur gesagt, um deinen Bruder zu schonen. Du weißt doch, wie es wirklich war.

Und Mami, weiß sie es auch?

Nein, sie weiß es nicht und darf es nie erfahren. Es wäre zu schlimm für sie und auch für dich. Du weißt schon. Du mußt schweigen darüber, für immer. Aber jetzt mußt du der Polizei etwas sagen. Die wollen was wissen von dir. Deshalb sind wir hier. Dort drüben müssen wir reingehen. Sammle dich. Was also wirst du ihnen sagen?

Kommst du denn nicht mit? Du warst doch dabei. Du hast doch gesagt, daß ich den Stuhl wegziehen soll. Du hast doch selbst deine Hände auf meine Hände gelegt.

Um Himmels willen. Das darfst du nicht sagen. Du warst allein bei der Oma. Du bist mit ihr auf den Boden gegangen. Du hast im Scherz ihr den Stuhl weggezogen und bist weggelaufen. Mehr weißt du nicht. Ach so. Und die Papiere hast du aus dem Schubfach genommen und beim Weglaufen auf der Straße verloren.

Was denn für Papiere? Ich hab doch keine genommen!

Ja, man hat aber Fingerabdrücke von Kinderhänden am

Schrank gefunden. Man wird dich fragen. Sag, das war ein Briefumschlag, den hast du verloren. Was drin war, weißt du nicht. Hast du mich jetzt verstanden?

Warum muß ich denn allein da rein. Ich verstehe das alles nicht. Komm doch bitte mit.

Ich komme mit. Aber man wird dich allein verhören, da bin ich nicht dabei. Das ist so üblich. Du brauchst keine Angst zu haben, die tun dir nichts. Die fragen dich nur was. Dann bist du wieder draußen, wir gehen nach Hause und alles ist gut. Du mußt nur die Wahrheit sagen: Du hast den Stuhl weggezogen.

Und du hast geholfen dabei. Du hast mir die Kehle zugedrückt und mich gezwungen, das zu tun. Das ist doch wahr.

In diesem Moment kommt ein Polizist heraus und sagt zu meinem Vater: Nun kommen Sie doch endlich, beeinflussen Sie doch das Kind nicht. Der Junge weint doch schon. Wir können nicht mehr so lange warten.

Ja, Herr Wachtmeister, der Junge soll sich nur beruhigen, wir kommen gleich.

Und zu mir sagt er plötzlich heftig: Bitte, verrate nicht, daß ich dabei war. Ich bin kein Kind mehr wie du. Dir tut man nichts. Ich aber muß sonst sterben! Willst du, daß dein Vater durch deine Schuld stirbt? Könntest du mit diesem Wissen leben? Und deine Mutter würde das auch nicht überleben. Dann wäret ihr beide, dein Bruder und du, allein auf der Welt. Niemand würde euch helfen. Ihr müßtet ins Waisenhaus und würdet vielleicht verhungern. Daran mußt du denken. Also kein Wort von mir. Du bist allein zur Oma gegangen, bist mir weggelaufen. Wir haben uns später auf der Straße getroffen. Du weißt nicht mehr, an welcher Stelle. Und du hast aus Angst geschwiegen. Und geschwiegen hast du ja, das stimmt doch. Ich weiß, daß du geschwiegen hast. Wir halten doch zusammen, nicht wahr.

Mein Vater ist blaß und voller Angst. Mein Vater weint. So habe ich ihn noch nie erlebt. Nein, ich kann ihn nicht verraten. Mir schwirrt der Kopf, ich kann keinen Gedanken mehr fassen. Auf meine Worte kommt es an, und ich kann doch seit

Tagen nur noch stottern, kann kaum Luft holen und schlukken. Ich bin zum Hampelmann geworden, dem man einen Strick gedreht hat. Und wenn ich mich in einem Spiegel betrachte, muß ich zwanghaft nachmachen, wie mein Vater grinst. Und dann habe ich Angst, daß die Uhr schlägt und ich für immer grinsen muß wie er.

Jetzt komm, mein Junge, atme tief durch. Es wird alles gut. Der Vater nimmt meine Hand, macht eine freundliche Maske und betritt mit mir den Raum. Da sind zwei Männer, die ihr Gespräch unterbrechen. Ein anderer Mann wird gerufen.

Na, mein Junge, da bist du ja. Du brauchst doch nicht zu weinen. Komm nur mit, wir gehen nach nebenan. Nein, Sie bleiben hier. Mit dem Jungen rede ich allein.

Ich höre noch, wie mein Vater fragt, ob er hier oder draußen warten soll, und wie man ihm antwortet, das sei egal.

Muß ich jetzt sterben?

Der Polizist blickt mich entsetzt an. Was? Hat man dir das gesagt! Warte auf mich.

Der Mann geht wieder in den anderen Raum zurück. Ich höre nicht, was gesprochen wird. Es dauert nicht lange.

Nun, mein Junge, nun erzähl mal, wie das war.

Ich war bei der Oma. Die war auf dem Boden. Ich hab mir nichts bei gedacht. Ich hab im Scherz den Stuhl weggezogen und bin weggelaufen ...

Erzähl mir doch nichts! Das ist doch nicht wahr. Du bist doch viel zu klein dazu. Wenn deine Oma auf dem Stuhl stand, konntest du den Stuhl gar nicht wegziehen.

Er steigt auf seinen Stuhl.

Los, zieh ihn weg, streng dich an.

Ich gebe auf, es hat keinen Sinn. Was soll ich jetzt sagen? Am besten ist, weinen und gar nichts mehr sagen. Der Mann betrachtet mich. Dann entdeckt er etwas an meinem Hals.

Was ist denn das? Was sind das für rote Flecke? Wer hat dich denn da gewürgt?

Ich weiß es nicht mehr.

Also hör mal zu. Das mußt du doch noch wissen. Soll ich deinen Bruder fragen? Soll ich den auch noch herholen lassen?

Sag endlich die Wahrheit. Ich will nur zwei Dinge von dir wissen. War dein Vater dabei? Und was hast du mit dem Geld gemacht?

Was denn für Geld?

Da war im Schubfach ein Briefumschlag mit Geld und das ist seit dem Tod deiner Oma verschwunden.

Ich hab einen Briefumschlag genommen, den hab ich verloren.

Und wie bist du an das obere Schubfach herangekommen?

Mein Vater hat mich hochgehoben!

So, jetzt hast du dich verraten. Dein Vater war also dabei!

Ich hab ganz weiche Knie, mir verschwimmt alles vor Augen. Ich hab mich zu allem Unglück auch noch verplappert. Man hat mich obendrein noch als Lügner entlarvt. Ich bin ein stotternder Hampelmann, der den Strick nicht wert ist, an dem er baumelt.

Der Mann da vor mir faßt einen Entschluß. Er zieht seine Uniformjacke aus. Ich denke, nun wird er gleich eine Peitsche holen und mich verhauen.

Komm mal mit, mein Junge!

Werde ich jetzt bestraft? Muß ich jetzt sterben?

Angst schnürt mir die Kehle zu. Der Mann geht vor mir her in einen kleinen Raum, in dem nur Schränke stehn. Und ein Stuhl. Auf den setzt sich der Mann, zieht mich zu sich heran. Ich stehe zwischen seinen Knien.

Nun beruhige dich, mein Junge. Ich bin jetzt mal kein Polizist. Darum habe ich die Jacke ausgezogen. Du sollst zu mir jetzt wie zu einem guten Freund reden, und ich will dir auch sagen, was ich von allem halte. Also, du willst deinen Vater retten. Dein Vater hat dir Angst gemacht. Du bist nicht schuld am Tod deiner Oma. Das muß alles ganz anders gewesen sein.

Was geschieht denn mit meinem Vater?

Meine Stimme kommt zaghaft. Ich höre mich kaum selbst. Es ist ein scheuer Versuch, die Wahrheit zu gestehen, den Vater dabei nicht zu verlieren. Und wer weiß, vielleicht erwache ich aus diesem schlimmen Märchen.

Vor deinem Vater brauchst du keine Angst zu haben! Den behalten wir gleich hier!

Und was ist mit meiner Mutter? Und wohin komme ich dann?

Also weiß deine Mutter von nichts.

Sie weiß nur, daß Oma tot ist.

Lieber Junge, du willst deinen Vater schützen. Aber das ist ein großer Fehler. Was du für ihn auf dich nimmst, wirst du nie mehr los. Das wird dich ein Leben lang begleiten. Das steht für immer in deinen Papieren. Und dein Vater wird es dir nicht danken. Du weißt gar nicht, in welcher Gefahr du schwebst. Jetzt können wir dir helfen. Du kannst alles für immer hinter dich bringen. Sag mir nur, ob dein Vater dabei war. Das genügt.

Ich weine leise vor mich hin. Mein Taschentuch ist naß. Meine Augen müssen entzündet sein. Ich weiß, was der Mann nicht weiß. Mein Vater wird doch nach Hause kommen. Er wird mich zur Strafe erwürgen. Das verzeih ich dir nie! An mir kommst du nicht vorbei! Ich krieg dich ja doch! Du hast mich enttäuscht. Du hast mich verraten. Du hast die Schuld auf mich gewälzt. Jetzt werde ich dir für immer die Kehle zudrükken. Du stotternder Hampelmann hast gewagt, aufzumucken. Dir werde ichs zeigen. Meine Geduld ist am Ende.

Der Mann fragt noch ein paar Dinge. Ob ich Geräusche in der Wohnung gehört habe und ob noch jemand in der Wohnung war.

Soll ich ihm nun von der warnenden Stimme erzählen, von dieser eindringlichen Stimme: Achim, lauf weg!

Ich hatte ja niemanden gesehn. Der Mann wird mir nicht glauben. Ich habe Schleifgeräusche gehört und die Stimme von Vaters bestem Freund Otti. Aber das darf ich auch nicht sagen. Das ist mir streng verboten. Otti selbst hat mich ins Gebet genommen.

Der Mann vor mir ist traurig und müde. Vielleicht hat er es gut mit mir gemeint. Vielleicht war er auch nur listig. Er hat sein Ziel wohl nicht erreicht. Er ist verärgert. Ich hab mich verplappert, ich hab ein bißchen von der Wahrheit preisgegeben, so viel, daß man mich leben läßt, aber nicht so viel, daß man meinen Vater hierbehält.

Der Mann steht auf, und ich gehe leise hinter ihm in sein Büro zurück. Dort nimmt er einen Kasten. Und ich muß meine Finger in schwarze Tusche tauchen und jeden Finger einzeln auf ein Stück Papier drücken. Aber das geschieht jetzt wortlos. Man will nichts mehr wissen von mir. Ich bin überführt. Ich bin schuldig. Ich bin bockig gewesen und habe den guten Rat nicht befolgt. Ich bin der Balg mit den schwarzen Fingern, der die Oma umgebracht und die Familie ins Unglück gestürzt hat. Wozu hole ich denn noch Luft? Ich brauche nicht mehr zu schlucken. Das kann man sowieso nicht runterwürgen. Das bleibt im Halse stecken. Ich bin keinen Kirschsaft mehr wert. Essig wäre das Richtige für mich. Irgendeine Strafe muß ich mir ausdenken. Omas trockene Zunge ist in meiner Kehle, und meine Worte sind gezeichnet davon. Ein herausgepreßtes Stottern wird mich zum Gespött machen. Seht den blassen Hampelmann, den Stotterfritzen. Wenn man genau hinschaut, sieht man den Strick. Mir ist jede Tücke zuzutrauen.

Mein Vater steht blaß zwischen den wortkargen Leuten. Er räuspert sich. Er räuspert sich nochmals und fragt: Was wird denn nun? Ist nun alles in Ordnung?

Wie bitte, Sie machen wohl Scherze!

Mein Vater zieht die Schultern hoch.

Was denn? Wollen Sie denn dem Jungen was tun? Er hat doch gestanden, oder?

Die Uniformierten wechseln Blicke. Sie sind verärgert, nehmen sich gerade noch zusammen. Sie finden das Ganze unverschämt. Der Mann, der mit mir so lange und eindringlich gesprochen hat, verweigert meinem Vater jede Auskunft.

Von mir erfahren Sie nichts. Nur so viel will ich Ihnen sagen. Für mich steht fest: der Junge ist nicht heimtückisch, wie Sie meinen, ganz und gar nicht. Ich sehe die Sache ganz anders. Und was den Jungen angeht, so rate ich Ihnen nur: Machen Sie keinen Fehler. Dem Jungen darf nichts passieren! Und nun gehen Sie bitte. Sie hören von uns.

Ich kann kaum die Stufen zur Straße hinunter. Mein Vater ist nicht zufrieden mit mir. Die Sache ist nicht nach Wunsch gelaufen. Nichts wie Ärger mit dem Balg. Der hat jetzt entzündete Augen. Wie soll man das der Mutter erklären? Die schöpft doch Verdacht. Die wird den Jungen erst richtig verhören. Das kann nur noch schlimmer werden.

Mein Vater blickt mich sorgenvoll an. Die Lächelfalten haben Sorgenkerben.

Hoffentlich hast du mich nicht verraten.

Nein, ich hab gesagt, ich hab den Stuhl weggezogen.

Wie war das mit dem Geld. Haben sie dich danach gefragt.

Ja, ich hab gesagt, du hast mich hochgehoben. Aber ich hab dann gesagt, das war mal früher.

Mein Vater bleibt stehen. Ihm fehlen die Worte. Er zieht die Schultern hoch, blickt nach links und rechts. Vielleicht werden wir verfolgt. Vielleicht sucht man ihn schon. Mein Lauervater räuspert sich, sein Balg schluckt.

Also das versprech ich Dir. Wenn ich sterben muß, stirbst du vor mir. So viel Zeit bleibt mir immer. Wenn du jemals über die Sache reden solltest, ist es zu Ende mit meiner Geduld. Merk dir das. Und jetzt komm nach Hause. Mach dir deine Knie etwas schmutzig. Sag, du seist gefallen. Du siehst so verheult aus.

Ich frage meinen Vater: Warum hast du den Leuten gesagt, ich sei tückisch?

Na, ich mußte doch was sagen. Man zieht doch sonst nicht einen Stuhl weg, wenn jemand drauf steht.

Und der Mann hat mir gesagt, das wird für immer in meinen Papieren stehn. Was bedeutet das?

Na wenn schon. Papier ist geduldig. Kommt Zeit, kommt Rat. Etwas mußt du schon mal auf dich nehmen. So ist das im Leben.

Er zieht sich einen schwarzen Anzug an. Meine Mutter hat sich ein schwarzes Kleid geliehen. Sie soll eine Tablette nehmen. Aber sie verweigert das Glas Wasser. Von nun an wird sie allem und jedem mißtrauen. Aber heute gehn die Eltern zur Beerdigung. Mein Vater setzt sogar einen Zylinder auf, den er zuvor mit einem leisen Knall aus einer schwarzen flachen Scheibe in einen feierlichen Hut verwandelt hat.

Wir bleiben allein. Mein Bruder fragt mich nichts. Ich mache zaghafte Versuche, etwas anzudeuten. Er sieht mich befremdet an. Weiß er etwas, ist er gewarnt worden vor mir? Drohen ihm Prügel für ein vertrautes Gespräch mit dem Bruder? Dann aber gibt er sich einen Ruck. Komm wir spielen! Und wenn du sprichst, mußt du zuerst Luft holen und dann reden, nicht vorher ausatmen und dann reden. Ist ja klar, daß du dann stotterst.

Ich kann nicht spielen. Bei den Bauklötzen kommt irgendwann ein gläserner Sarg zum Vorschein. Am besten ist, man läßt die in der Truhe. Den Hampelmann würde ich am liebsten von der Wand nehmen. Wenn man ihn nicht mit dem Strick bewegt, hängt er wie eine tote Oma von der Tapete herunter. Ziehe ich aber am Strick, höre ich ihn in der Stille höhnisch um Hilfe rufen.

Tage voller Schluckzwänge, Atemholzwänge, Schuldgefühle, Schweigezwänge. Und immer dieser Durst wegen der fremden, trockenen, mir nicht gehörenden Zunge. Die hat Oma mir herausgestreckt und in meinen Mund gesteckt. Die bleibt durstig, die ruft um Hilfe, die will und darf nicht reden. Ich weiß nicht, wie ich sie im Mund halten soll. Soll ich sie an den unteren oder an den oberen Gaumen legen? Muß ich sie gegen die Zähne pressen, muß ich sie locker im Mund halten? Spaltet die Zunge nicht meine Worte, wenn ich spreche? Kann ich überhaupt einen Satz reden, der nicht mit Hilfe anfängt? Wozu ist meine Zunge noch gut? Ich könnte mich verplappern, wenn ich nicht an sie denke. Sie könnte mir abhanden kommen über Nacht, wenn ich im Traum rede oder wenn ich mit den Zähnen knirsche und mein erschreckter Bruder mich anstößt und droht: Wenn du noch einmal mit den Zähnen knirschst, dann ...

Die Zunge ist zu nichts nutze, die ist nur zum Stottern gut. Wäre ich stumm, hätte ich keine Sorge damit. Keiner würde über mich lachen. Schmalnase würde nicht ärgerlich sagen: Rede erst mal ins Unreine, man blamiert sich ja mit dir. Dabei stottert er selber, und seine Hände zittern. Aber ich darf es ihm nicht sagen. Und er verrät mir nicht, wie man das Stottern los wird und das Händezittern auch. Er behält alle Geheimnisse für sich.

Frag nicht so dumm warum. Darum, damit basta.

Aber er geht nun oft mit mir allein durch die Straßen.

Siehst du dort das Haus. Da ist die Polizei drin. Erinnerst du dich nicht? Nun, wie ist es, willst du reingehen und alles sagen. Los geh, ich warte.

Und ich schicke mich an zu gehn und weiß nicht, was ich eigentlich sagen soll. Was sollen die mit meinem Gestotter anfangen?

Mein Vater hält mich fest.

Laß, es war nur ein Scherz!

Ich bin so traurig, Papa. Ich möchte nicht mehr leben.

Mein Vater scheint das nicht ungern zu hören. Das wäre wohl die beste Lösung.

Wenn du tot bist, mein Junge, kommst du in den Himmel. Mach dir nicht so viel Sorgen. Es wird schon alles werden.

Schmalnase ist bleich und verschlossen. Seine Gedanken gehen dunkle Pfade. Er geht mit mir im Zick-Zack-Kurs durch unser Viertel, als folgte er einem inneren Labyrinth. Ich finde mich nicht zurecht.

Wenn ich zu dem Rätselwesen, das mein Vater ist, aufblicke, sehe ich in eine Maske, die eine Hornbrille trägt. Die schmalen Lippen darin lächeln ohne Anlaß, lächeln unentwegt, sind eine Tarnung. Nein, dieser Unbekannte ist nicht freundlich, er ist mühsam beherrscht. Da geht nur ein Mantel neben mir, der aussieht wie ein Vater, ein Mantel, aus dessen Ärmeln Hände heraushängen, die meine suchende Hand nicht halten.

Mein Vater denkt sich Mutproben für mich aus. Nachdem ich so viel Unheil über die Familie gebracht und die notwendigen Verhöre nur weinerlich durchgestanden habe, ist es nun Zeit, zum Mann zu werden, der etwas aushält, der die Zähne zusammenbeißt, der nicht kneift, wie es der enttäuschte Vater nennt.

Vor den Mutproben kommt die Belehrung.

Vor allem eines: was auch passiert, ich will keinen Ärger haben. Wir machen das alles nur deinetwegen. Also du mußt dichthalten, verstanden? Du darfst nie sagen, wie du heißt, allenfalls sagst du deinen Vornamen. Meinetwegen erfinde einen Namen. Und wenn ich in der Nähe bin: was auch immer geschieht, du bist nicht mein Sohn. Ich bin nicht dein Vater.

Nein, du bist nicht mein Vater. Aber was geschieht dann mit mir? Werden sie mich bestrafen und für was?

Keine Sorge. Laß mich nur machen.

Mein Vater grinst.

Mutproben machen Spaß. Aber es könnte sein, daß andere Leute sich darüber ärgern. Darum sollst du deinen Namen nicht verraten. Du kannst auch weglaufen. Ich paß schon auf. Egal, wo wir sein werden, ich finde dich. Hast du nun alles verstanden?

Ja, Papa, sage ich und habe nichts verstanden. Ich habe nur gehört, was ich alles nicht darf. Vor allem darf ich mich wohl nicht erwischen lassen. Ich bin namenlos, bin niemandes Kind und soll meinen Mut beweisen.

Hör zu, geh ein paar Schritte voraus oder ein paar Schritte hinter mir. Bleib so nahe, daß du mich hören kannst. Und wenn ich *Jetzt* sage oder *Los*, dann springst du auf die Straße. Meinetwegen kannst du die Augen dabei zumachen. Das wäre noch mutiger, hast du mich verstanden?

Ich suche die vorgeschriebene Distanz einzuhalten. Es wird ernst. Es ist soweit. Ich habe nur Sorge wegen der vielen Autos, die schnell herankommen.

Los!

Ich springe auf die Straße. Das Auto verscheucht mich mit einem Hupsignal.

Sei keine Memme, sagt der Vater.

Jetzt!

Ich springe erneut. Bremsen kreischen. Ein Mann springt aus dem Wagen.

Hallo, Sie da, passen Sie doch auf das Kind auf!

Was wollen Sie denn? Was geht mich das an? Achten Sie doch auf die Fahrbahn und lassen Sie mich gefälligst in Ruhe!

Der Mann ist wütend. Ich gehe langsam hinter meinem Vater her. Der Mann ist wieder eingestiegen und fährt langsam neben uns.

Der Vater zischt mir zu: Geh weg, ich will keinen Ärger!

Wir probieren es noch ein paarmal. Mein Vater schickt mich in ein Fahrrad. Ich bringe einen Jungen zu Fall, der mit dem Rad heranrollt und von dem mein Vater meint, er wolle mit mir spielen. Der Junge ist sehr erschrocken. Er weiß nichts von einem Spiel. Ich blute. Nach meinem Namen werde ich nicht gefragt, und der Junge ist ratlos, als mein Vater wie ein teilnehmender Fremder mein blutendes Knie betrachtet.

Später bringe ich einen Lastwagen zum Halten. Ich schlage meinem Vater vor, einem herankommenden Pferdewagen mutig den Weg zu kreuzen. Aber da die Pferde vermutlich eher stehenbleiben werden, als einem Kind die Mutprobe zu gönnen, geht er auf den Vorschlag nicht ein.

Nein, ich habe versagt. Mein Vater ist verstimmt. Man könnte die Wunde mit Erde behandeln, sagt er und räuspert sich nachhaltig.

Für heute ist es genug. Findest du allein von hier nach Hause? Ich habe noch was zu erledigen.

Ich trolle mich.

Wegen der Wunde muß ich mir etwas ausdenken. Ich darf der Mutter nicht sagen, daß ich in ein Fahrrad gesprungen bin, weil es der Vater gewollt hat. Die würde sowieso nur den Kopf schütteln und sagen: Bei dir piept es mal wieder!

Mein Vater blickt mir eine Weile nach. Dann zieht er die Schultern hoch und wendet sich ab. Er hat Durst. Er muß was runterspülen. Nichts wie Ärger mit diesem Balg.

Na, man wird sehen. Kommt Zeit, kommt Unglück. Wäre ja gelacht. Und die können ihn alle mal. Ihm kann keiner.

Nein, mit den kleinen scherzhaften Mutproben ist es vorbei. Was Großes muß her.

Schon lange genügt es nicht mehr, eine faule und darum giftige Paranuß zu schlucken, die mir der Listenreiche in den

Mund zwängt. Wirst du wohl gefälligst, nichts wird ausgespuckt, wehe dir!

Oder rückwärts mit geschlossenen Augen auf eine Grube zugehen und hab Vertrauen zu mir und wirst du wohl nicht gucken und ich falle und halte mich an bröckligem Gestein und finde keinen Halt und blicke in die grinsende Maske des Rätselwesens, das mir mürrisch heraushilft.

Oder der Vater ist gut gelaunt und sportlich und sagt: Lauf, lauf schneller, ach, viel zu langsam, schneller, viel schneller mußt du laufen. Und ich renne, was ich kann und fliege hin, rutsche auf Händen und Füßen auf das Pflaster, und der Vater lacht und sagt, so war es schnell genug, so sollte es sein, es reicht.

Warum nur?

Frag nicht warum! Darum und damit basta!

Die Familie macht einen Ausflug ins Grüne. Meine Mutter sagt: Komm her, bleib bei mir, dann passiert dir nichts. Aber der Weg wird schmal, wird abschüssig. Der Vater bleibt stehen, ich muß an ihm vorbei. Nein, nicht hier herum, hier vor mir lang gehst du! Da stößt er mich locker hinab, und ich fasse nach seinem Fuß, der nach mir tritt. Wirst du wohl, was fällt dir ein, willst du mich runterreißen, du frecher Junge? Eine Memme bist und du wirst das Fallen schon lernen!

Und er macht es ganz locker. Er räuspert sich kaum. Gib deinen Gürtel her, sagt er und schlingt ihn mir rasch um den Hals und hängt das Kinderbündel, den greinenden Balg an einen kurzen Aststumpf. Und der Balg scheuert mit dem Rücken an der Kiefer und kann nicht schreien, und nur der Bruder sieht die zuckenden Arme, die Hilfe heischenden Zeichen, kommt herbei und nimmt das Bündel Bruder vom Ast.

Bist selber schuld, sagt die Mutter, warum bleibst du nicht bei mir? Ich hab doch gesagt, du sollst den Gürtel zu Hause lassen. Die Mutter weiß, was mir droht. Sie ist es leid. Sie ist den mürrischen Vater leid und den greinenden Balg auch. Es muß was geschehen. Und immer den Schal tragen wegen der Würgemale, und das noch im heißen Sommer. Was sollen die Leute denken? Das geht so nicht weiter mit dem Kerl. Der säuft immer mehr, und jetzt zittern dem Kind schon die Hände wie dem Alten, und durstig ist der Junge auch immer. Das nimmt ein schlimmes Ende. Ich glaube, ich werd dich mal tüchtig verhauen müssen, damit du wach wirst.

Sonntags gehen wir an den nahen Kanal. Es ist schön, unter der dämmrigen Brücke den Geräuschen zu lauschen, die von oben kommen. Mein Bruder macht mir vor, wie man Steine über das Wasser hüpfen lassen kann. Neben dem Kanal sind Schienen gelegt. Zwischen den Schwellen und neben dem rostigen Eisen blüht es. Das ist Wegerich, und Wegerich ist gut für Wunden, das kühlt. Mein Bruder zeigt mir, wie man, wenn man ein Blatt abreißt, an den kleinen Fasern ziehen kann und wie das Blatt sich leicht bewegt. Guck mal, das ist wie bei einem Hahnenfuß, da bewegen sich die Krallen, wenn man an den Sehnen zerrt.

Es riecht nach Pfefferminz und Teer, und an der Böschung, wo die Eltern allein sein wollen, sind sogar Margeriten, kleine, zerknickte, und die blassen blauen Blumen sollen Kornblumen sein. Ich habe Schnecken gefunden, eine Menge leerer Gehäuse. Ob wir die mit nach Hause nehmen dürfen? Ich verlaufe mich, komme immer höher, weit weg von den Eltern, bis zu einem Gebüsch. Mein Bruder ruft: Bleib, geh nicht weiter. Aber da keucht doch jemand, und ich sehe zwei nackte Menschen übereinanderliegen. Der nackte schwitzende Mann winkt ärgerlich mit der Hand. Ich gehe betreten und kleinlaut weg. Ob da jemand umgebracht wird? Ich muß das der Mutter erzählen. Sie will es genau wissen. Dann sitzen wir am Uferstein. Es ist heiß. Ich blicke ins Wasser, das graugrün schimmert. Nun kommen die beiden fremden Menschen, ein Mann, eine Frau. Sind die das gewesen? fragt meine Mutter, und ich sage ja. Meine Mutter ist rot im Gesicht und die fremde Frau auch. Der Mann sagt in forschem Ton zu meinem Vater: Passen Sie besser auf ihre Kinder auf! Passen Sie gefälligst auf sich selber auf, gibt mein Vater patzig zur Antwort. Und die Leute gehen weiter. Ich hab mal wieder was falsch gemacht, nichts wie Ärger mit dem Balg.

Mein Vater würde am liebsten allein fortgehn. Aber Sonntag ist Sonntag für die ganze Familie. Meine Mutter besteht darauf, und so beginnt es immer mit Ärger und Gezänk. Um nicht wieder Ohrenschmerzen zu bekommen, bleibe ich zurück, trotte hinter den zankenden Eltern her. Der Abstand wird größer, ich messe ihn nach der Lautstärke und halte mich an der erträglichen Lärmgrenze. Das bekommt mir schlecht. Man bemerkt mein Bummeln. Wirst du wohl bei uns bleiben! Ich bringe dich gleich auf Trab! Und was heißt hier Zanken und Ohrenschmerzen. Was fällt dir ein, deine Eltern zu kritisieren? Du bist sowieso an allem schuld. Laß ihn doch laufen, sagt der Vater, soll er hingehen, wo der Pfeffer wächst.

Schmalnase geht witternd vor mir her. An jeder Ecke hält er inne, man weiß ja nie, was kommt. Wer weiß, vielleicht erkennt man ihn.

Bleib stehn, laß die erst vorübergehn, nein, bleib hier an der Litfaßsäule, ich komme gleich wieder.

Manchmal kommt er aber nicht wieder. Der Knirps steht und wartet. Er will ja Wort halten. Aber dann trollt er sich doch. Hoffentlich ist dem Vater nichts passiert.

Und die Mutter fragt vorwurfsvoll: Wo hast du den Vater gelassen? Man kann wirklich nichts anfangen mit dir.

Einmal erblickt mein Vater den Polizisten, der mich damals verhört hat. Der ist heute in Zivil, und ich erkenne ihn nicht mehr. Der Mann erkundigt sich nach mir.

Wie hat der Kleine es denn verkraftet?

Mein Vater räuspert sich mehrmals und antwortet einsilbig, dann aber fragt er, wie die Sache denn nun ausgegangen ist und ob nun alles erledigt ist. Vor lauter Räuspern kann ich kaum verstehen, was der Mann sagt.

Warum fragen Sie? Sie wissen doch, daß und warum das Verfahren eingestellt wurde. Ich mache mir Sorgen um den Jungen. Dem ist die Zukunft vielleicht versaut. Übrigens können Sie mir nichts vormachen.

Der Mann beherrscht sich.

Mein Vater hat sich genug geräuspert.

Sie können mir nichts beweisen. Sie können mir gar nichts. Mein Vater ist mutig. Sein Gesicht ist blaß, seine Hände zittern nicht.

Der Mann in Zivil reagiert versöhnlich. Es ist nichts mehr zu machen, das weiß er, aber er sagt: Lassen sie mich mal allein mit dem Jungen reden!

Aber bitte sehr, entgegnet der Vater.

Der Mann nimmt mich am Arm und geht ein paar Schritte mit mir zur Seite. Er beugt sich zu mir herunter und spricht auf mich ein.

Hör zu, du hast es für deinen Vater getan. Der Stuhl war nicht daran schuld. Du hast deinem Vater das Leben gerettet. Hoffentlich vergißt dein Vater das nicht. Mehr kann ich dir nicht sagen, mehr darf ich nicht sagen. Paß gut auf dich auf.

Der Mann in Zivil fragt mich nichts. Ich habe umsonst gefürchtet, ihm was vorstottern zu müssen. Er richtet sich auf, streicht mir übers Haar, dann wendet er sich ab und geht, ohne meinen Vater weiter zu beachten, grußlos fort. Nein, die Hand, die der ihm entgegenhält, nimmt er nicht an. Er nickt nur, kaum merklich.

Mein Vater geht wortlos mit mir weiter. In seinem Gesicht kann ich nicht lesen. Die Lächelfalten, die Hornbrille, das Stirnrunzeln sagen nichts. Sie sind immer so. Sie werden sich nie ändern. Wenn Leben über diese Züge huscht, dann wird das Lächeln allenfalls zum Grinsen mißraten, und so wird man nie wissen, ob er Anteil nimmt oder höhnisch frohlockt. Wenn diese Gesichtszüge in ihre natürlichen Falten fallen, dann wirken sie immer noch angestrengt, verkniffen, eine Maske. Und immer wenn später jemand scherzhaft sagen wird, Schadenfreude sei die reinste Freude, wird mein Vater sich ertappt fühlen und zu lächeln vergessen. Dann wird er für einen Moment ohne Maske sein.

Es kommt ein sonniger Tag. Mein Vater reibt sich die Hände. Der Kater Felix verkriecht sich. Heute hat mein Vater einen freien Tag, er will hinaus, und mich will er mitnehmen.

Warum nicht auch Wolfgang, fragt die Mutter. Sie kann nicht mitkommen, sie hat mit der Wäsche zu tun. Und Wolfgang, mein Bruder, muß Schularbeiten machen. Außerdem wolle er lieber im Hof Indianer spielen, mault er. Der Vater läßt ihn.

Was hast du mit dem Jungen vor? fragt die Mutter und sieht ihn an. In letzter Zeit ist sie nicht nur traurig und verweint, sondern auch gereizt und mißtrauisch.

Man kann nie wissen, sagt sie oft und: Wer weiß, wie alles war. Und manchmal sagt sie: Ich trau es ihm zu.

Und wenn ich frage: Was traust du wem zu? bekomme ich keine Antwort. Meine Mutter ist oft in Gedanken. Es kommt vor, daß sie mir zwei Jacken anzieht, die beide zu klein geworden sind. Ich hab das Gefühl, ich muß ersticken.

Die Mutter lacht dann grundlos auf. Oder sie klagt, daß wir nicht genug Geld haben, um eine andere Jacke zu kaufen. Das ginge alles durch die Kehle, sagt sie.

Dem Vater vergeht die gute Laune bald.

Was willst du? Wenn der Junge die Luft anhalten würde, paßte ihm die Jacke noch eine Weile.

Nun guck nicht so verbiestert. Laß die Jacke hier und komm so mit. Es ist warm genug heute.

Wir gehen zum Kanal. Ich bin gern dort. Da sind Kieselsteine und Schneckengehäuse. Manchmal kommt ein Kahn vorüber. Mein Vater nennt sie immer »Äppelkahn«. Oft läuft ein Hund bellend über das Deck. Manchmal flattert die Wäsche im Fahrwind.

Mein Vater nennt Hunde »Kläffer«, sie hätten zu gehorchen oder Prügel verdient. Ich möchte Kieselsteine über den Kanal werfen. Mein Vater ist wortkarg.

Such dir flache Steine, sagt er, dann klappt es besser. Schade, daß mein Bruder nicht da ist. Mit meinem Vater kann man nicht spielen. Er hat Sorgen, hat was anderes zu tun, er hat was zu erledigen, oder er muß mal schnell fort und verspricht, bald wiederzukommen.

Heute ist es anders. Da kommt ein fremder Mann mit einem kleinen Mädchen. Und wenn mein Vater ein kleines Mädchen sieht, wird seine Nase noch blasser. Nein, ich werde meinen Makel nicht los. Mein Vater spricht mit dem fremden Mann, geht mit ihm ein paar Schritte. Sie reden und reden. Der Mann fragt viel, blickt ihn erstaunt an. Er scheint nicht zu verstehen, er schüttelt den Kopf. Mein Vater kommt mit dem Mann zu mir. Der Listenreiche räuspert sich und sagt munter zu mir: Nun geh mal mit dem Onkel ein bißchen spazieren. Ich hab was vergessen. Ich komme gleich wieder zurück. Der freundliche Onkel geht so lange mit dir hier am Kanal entlang, er will bis zu dem kleinen Hafen mit dir gehen. Da wolltest du doch schon immer mal hin.

Der fremde Mann spielt inzwischen mit seinem Kind und wartet auf mich.

Nun hab keine Angst, ich komme bald wieder. Und dann, noch etwas, vergiß nicht. Du sagst nicht, wie du heißt. Du sagst nur deinen Vornamen, meinetwegen, wenns sein muß. Es ist besser so, ich erklär es dir später.

Die Worte »Ich erklär es dir später« werde ich wieder und wieder zu hören bekommen. Das Später wird nie eintreten. Das Später ist nur scheinbar tröstlich, es ist eigentlich der Aufschub des Schlimmen, es ist das unergründliche Warum selber. Wenn das Später einträte, wäre es zu spät.

Der fremde Mann ist sehr freundlich zu mir. Er nimmt mich an die Hand und erzählt mir, wo die Schiffe herkommen, die an uns vorübertreiben. Manchmal wechselt er lachend ein paar Worte mit den »Schiffern«, wie er sie nennt. Wir kommen über einen kleinen Seitenarm des Kanals. Eine eiserne Brücke führt hinüber. Geh nur voraus, sagt der Mann. Ich bin ängstlich. Ich wittere überall Gefahr. Ich erwarte immer, daß jemand sagt: Zieh den Stuhl weg. Auch dort, wo keine Stühle sind, könnten doch Stricke sein, und vielleicht höre ich auch einmal wieder die Stimme von damals, auf die ich nicht gehört habe. Ich muß aufpassen, daß mir das nicht wieder passiert.

Mein Vater ist sehr schweigsam. Dieser Mann hier redet mir gut zu. Ich bekomme Bonbons, und er fragt mich nach meinem Namen.

Ich darf meinen Namen nicht sagen, geb ich schüchtern zur Antwort. Mein Vater will es nicht.

Das ist doch seltsam, nicht wahr? entgegnet der Mann. Und er hat recht, denke ich.

Wir gehen noch eine Weile schweigend weiter. Der Mann überlegt. Ich lese in seinem Gesicht. Der Mann ist traurig und besorgt. Schließlich sagt er: Also gut, du willst mir deinen Namen nicht sagen. Dein Vater hat es dir verboten, sagst du. Aber meinen Namen kannst du wissen, und meine Tochter würde dir auch gern ihren Namen nennen, wenn du sie fragst. Weißt du, ich mache mir Sorge um dich. Ich sage ganz offen, ich habe Angst, daß dir was passiert. Dein Vater hat was mit dir vor. Er hat ein schlechtes Gewissen. Darum darfst du deinen Namen nicht sagen. Weißt du, was er mir vorhin gesagt hat?

Weshalb, meinen Sie, darf ich meinen Namen nicht sagen und was hat mein Vater zu Ihnen gesagt?

Nun, er hat mir Geld geboten, sehr viel Geld, wenn dir was passiert, wenn dir was zustößt, wenn du also ins Wasser fällst oder sonst irgendwas passiert. Verstehst du mich richtig?

Was haben Sie vor mit mir? Ich will zurück zu meinem Vater! Bringen Sie mich bitte schnell zurück! Mein Vater hat gesagt, er wartet auf mich!

Lieber Junge, ich tue dir doch nichts. Ich erkläre dir nur, was dein Vater mir gesagt hat und weshalb ich Sorge um dich habe und daß es besser wäre, wenn du mir wenigstens deinen Namen sagst. Außerdem halte ich es für besser, wenn wir nicht zu Deinem Vater zurückgehen, sondern gemeinsam zur Polizei! Was hältst Du davon?

Bitte keine Polizei, bitte tun Sie mir nichts, bringen Sie mich zu meinem Vater zurück. Das kann alles nicht stimmen, ich glaube das nicht. Es ist so schrecklich.

Reg dich doch nicht auf. Wir gehen ja schon zurück. Dein Vater ist übrigens noch gar nicht zu sehn. So eilig ist es also nicht. Erzähl mir mal, was dein Vater für einen Beruf hat.

Ich weiß es nicht genau. Er ist, glaube ich, in einer Bank. Aber wir haben doch gar kein Geld, sagt meine Mutter.

Wo wohnt denn deine Mutter?

Ich glaube, das darf ich auch nicht sagen, wo wir wohnen.

Hast du noch Geschwister?

Ja, einen Bruder.

Warum ist der denn nicht dabei heute? Nun, mich geht es nichts an, aber ich mache mir Sorgen um dich. Irgendwas stimmt nicht.

Mir ist es egal, wieviele Schiffe den Kanal hinuntertreiben. Ich gehe wieder wie eine Marionette. Kein Bonbon kann mich aufmuntern. Der Wegerich ist staubig, die Kamille riecht scharf, die Kieselsteine interessieren mich nicht, das träge fließende Wasser flößt mir Grauen ein. Ich möchte weg von den Schienen, von der Böschung, vom Kanal, von dem Mann. Und das Kind des Mannes, das so lustig spielt mit dem Vater, scheint mich mit seinem Lachen zu verhöhnen.

Ich kann plötzlich wieder nicht schlucken, und ich weiß nicht, ob ich bis nachher, bis zu meinem Vater, noch atmen kann oder ob ich es vergessen habe. Meine Zunge ist trocken.

Der Mann will, daß ich mir alles überlege. Es sei besser, wenn ich mit ihm käme. Die Polizei würde meinen Namen herausbekommen, und man würde vorbeugen, damit nichts Schlimmes passiert mit mir. Natürlich würde mein Vater alles abstreiten, meint er; natürlich könne er das nicht beweisen, weil es keine Zeugen gebe, aber es sei jedenfalls besser; man sei gewarnt.

Der Mann zeigt mir eine große Schnecke, die er von der rostigen Schiene abhebt. Die Schnecke biegt sich in ihr Gehäuse zurück. Als erstes zieht sie ihre spitzen Fühler ein. Bald ist sie ganz im Gehäuse verschwunden.

Nein, ich will die Schnecke nicht haben.

Wie atmen Schnecken in ihrem Gehäuse?

Nun sind wir an den Ausgangspunkt zurückgekehrt. Hier ist der vertraute Landungssteg. Mein Vater kommt die Holztreppe von der Brücke herunter. Ist er enttäuscht, mich zu sehen?

Der fremde Mann hält sein Kind an der Hand und sagt zu mir: Nun geh zu deinem Vater! Alles Gute für dich und denk drüber nach, was ich dir gesagt habe.

Mein Vater geht mit kurzem Kopfnicken an mir vorbei auf den Mann zu. Ich will ihm nach.

Warte einen Moment, sagt mein Vater.

Lassen Sie doch den Jungen mitkommen, sagt der fremde Mann, der kann ruhig hören, was ich Sie fragen möchte. Ich würde nämlich gern wissen, wie Sie heißen. Eigentlich wollte ich zur Polizei gehen, und Sie wissen, warum. Sie sehen, Ihr Sohn hat den Namen nicht verraten. Ist doch seltsam, daß er seinen Namen nicht sagen darf. Sie haben es ihm verboten, sagt er. Was soll denn dieser Unsinn? Was hat das zu bedeuten? Da stimmt doch was nicht? Werden Sie etwa schon gesucht?

Mein Vater runzelt die Stirn. Er überlegt nur kurz, wie heftig er reagieren soll.

Wissen Sie, ich will mich mit Ihnen nicht herumstreiten. Denken Sie, was Sie wollen. Von mir aus! Das ist meine Sache!

Mein Vater wendet sich zum Gehen. Was habe ich nun wieder falsch gemacht? Ein Schatten ist auf den sonnigen Tag gefallen, mir ist die Freude vergällt, ich habe Durst, ich würde gern dort oben am Kiosk eine Limonade trinken.

Du kannst Wasser trinken, wenn wir zu Hause sind. Ich will hier weg. Ich ärgere mich über diesen Mann. Was hat er denn gesagt und warum hast du verraten, daß ich dir verboten habe, deinen Namen zu nennen?

Aber ich konnte doch nicht sagen, daß ich nicht weiß, wie ich heiße! Was soll der denn denken von mir!

Na, ist dir egal, was er jetzt von mir denkt? Was hat er denn gesagt, worüber habt ihr gesprochen? Sag die Wahrheit, ich bekomme es sowieso heraus. Ich habe den Mann nur auf die Probe gestellt, damit du's weißt, falls er dir Unsinn erzählt hat!

Er sagte (und ich fühle, wie schwer ich Luft bekomme und

wie ich um jedes Wort ringe, und ich weiß nicht, wie ich es ohne zu stottern herausbringen soll), daß du ihm Geld dafür geboten hast, wenn mir was zustößt; ja, viel Geld, wenn mir was passiert!

Mein Vater blickt mich bestürzt an. Er räuspert sich wieder und wieder und ist dennoch fast heiser.

Glaubst du solch einen Blödsinn? Sag mir, traust du mir das zu? Hast du so wenig Vertrauen zu mir? Da wäre ich aber sehr enttäuscht!

Als wir fast zu Hause angelangt sind, bleibt der Rätselvater noch einmal stehn, räuspert sich und sagt: Damit du es nur weißt, ich war vorhin immer in der Nähe, ich bin oben über der Böschung auf der Straße gewesen und habe aufgepaßt. Glaub ja nicht, daß dir was passiert wäre. Und von der ganzen Sache zu deiner Mutter kein Wort. Hast du mich verstanden?

Ich habe wie immer nichts verstanden. Ich weiß nur, daß ich wieder etwas für mich behalten muß. Immer, wenn der Vater tief aufatmet und »Nicht wahr, wir sind doch Freunde« sagt, weiß ich, daß mir die Luft knapp wird. Immer dann, wenn er sagt »Darüber darf ich nicht reden«, weiß ich, daß ich etwas schlucken muß, das ich nicht verstehe. Er wird keine Fragen beantworten, er wird mich auf später vertrösten, und er wird sagen, dafür sei ich zu klein.

Um mit der Atemnot fertig zu werden, muß ich herausfinden, auf welche Weise ich den Atem anhalten kann. Ist es besser, tief einzuatmen und aufzuhören, oder ist es besser, auszuatmen und dann so lange wie möglich auszuhalten? Ich kann mir einbilden, nicht zu atmen, wenn ich ganz flach atme, so daß ich die Bewegung meiner Lungen kaum wahrnehme.

Meine Mutter stößt mich heftig an: Los atme, du vergißt immer, Luft zu holen! Jeder Mensch muß atmen.

Aber warum muß ich immer daran denken?

Unsinn. Das geht von ganz allein!

Nein, solange man mich nicht vergißt, solange ich es nicht verstehe, mich unsichtbar zu machen, vielleicht so unsichtbar wie der Mensch, dessen Stimme damals zu mir sprach, werde ich dieses Problem mit meinem Atem nicht lösen können.

Wenn ich es leidlich vermocht habe, mich selbst zu vergessen, und wenn es mir gelang, mich in meine Gedanken einzuspinnen – und manchmal ist mir sogar die Angst dabei behilflich –, werde ich aufgeschreckt, aus einem Winkel aufgestört.

Ich werde dich schon wachmachen, sagt die Mutter, paß nur auf, wenn die Schule beginnt.

Meine Mutter ist eine Meisterin im Angstmachen. Um die Sache gehörig ins Licht zu rücken, legt sie schon einen Stock zurecht.

Nun bin ich das Atmen für eine Weile los. Nun ist das Schlucken dran. Wenn ich diese Nacht nicht schlafen kann, werde ich heimlich an die Flasche mit dem Kirschsaft gehn.

Was ist nur mit dem Essig los, fragt die Mutter, ob der verdunstet? Die Flasche ist doch zugekorkt.

Mein Vater hat meiner Mutter zum Geburtstag ein gerahmtes Foto ihrer verstorbenen Mutter geschenkt. Er hat ein kleines schwarzes Band unters Glas gesteckt und behutsam die Mutter gefragt, ob sie das auch nicht zu sehr aufrege. Die Mutter ist sehr gerührt. Oft steht sie nun weinend vor dem Bild und klagt und fragt: Ach, warum hast du das getan? Und sag mir, war er es, ich trau es ihm zu.

Inzwischen wird nicht mehr vom elektrischen Schlag gesprochen. Nun weiß die Familie, daß die Oma sich erhängt hat.

Wenn ich die leise Zwiesprache meiner Mutter mit dem Bild höre, bedrückt mich meine Schuld besonders stark. Manchmal bin ich nahe daran, ihr alles vom Stuhl, vom Strick, von Omas vergeblichen Hilfeschreien zu sagen. Aber dann müßte ich auch von den Schleifgeräuschen im Flur sprechen, müßte sagen, daß mein Vater dabeigewesen ist. Aber wie soll ich das herausbringen mit so wenig Atem und mit dem geringen und zerbrechlichen Mut und dem Wehe dir des Vaters im Genick? Meine Mutter würde mich gar nicht anhören. Gegen diese Wand der Klage, des Bedauerns, des tiefen Grolls kann ich nicht aufmucken mit meinem frechen

Bekenntnis: Ich war dabei, ich weiß, wie es war. Und um zu reden, müßte ich gerade dies mit gepreßtem Atem sagen. Man müßte mir Zeit lassen, es Stück um Stück herauszuwürgen. Man müßte mein Stottern ertragen, ohne mich zu belehren, wie man erst Luft holt und dann antwortet, wenn man gefragt wird. Und verstehen kann ich es ja wirklich nicht, noch immer nicht, und es wird mir ein Rätsel bleiben, eingehüllt in den Mantel des Vaters, versiegelt auf immer in seinem blassen Lächeln. Nur wenn er sich räuspert, ahnt man, daß auch ihm etwas in der Kehle sitzt.

Nein, ich kann der Mutter nichts sagen, nicht jetzt und auch später nicht. Sie wird ihren Verdacht vergessen und wird die Ahnung verdrängen. Aber immer wenn sie weinend vor dem Bild ihrer Mutter steht, wähle ich – zwischen der Angst vor dem Vater und dem befreienden, stotternden Aufschrei – den verstockten Kleinmut, die Flucht ins Kinderzimmer.

Ich will den grinsenden Hampelmann von der Wand nehmen. Ich mag keine Stricke mehr sehn und seien sie noch so klein. Meine Mutter läßt das nicht zu. Was soll der Hampelmann in der Truhe, da geht er doch kaputt. Wozu ist der Nagel an der Wand! Da gehört der Hampelmann hin und den siehst du an, das ist doch lustig! Und so blickt der Grinsemann auf mich herab. Die Laterne vor dem Fenster gibt ihm genügend Licht. Eia popeia, was hängt da am Strick. Das ist deine Oma, die hat's im Genick …

Mein Vater hat versprochen, mit uns den Zoo zu besuchen. Am liebsten würde er ins Krokodilhaus gehen, aber nur dann, wenn es nicht zu voll ist. Meinem Bruder ist das Gedränge egal, und meine Mutter hat sowieso Angst, sie hält mich fest und sagt, du bleibst heute bei mir. Und das gefällt dem Vater gar nicht. Ja, es sind viele Leute da, man macht Witze, und ich denke immer, die lachen über mich und meine aufgeregte Mutter. Mein Vater geht wortlos an den Käfigen vorüber. Ihm steht der Sinn nach Krokodilen. Komm mit, sagt er. Wir gehen ins Tropenhaus. Da ist eine Brücke. Man muß durch eine Glastür und dann über einen Steg, der ein Geländer hat. Hier ist die Luft dumpf und warm. Das ist wie in den Tropen, sagt mein Vater. Unten ist schlammiges Wasser. Ein paar längliche Rachen ragen aus dem Sumpf. Ich kann ein mächtiges Tier erkennen, das sein Maul öffnet und träge heraufblinzelt. Mein Vater blickt nach links und rechts, er wartet, bis die Flügeltür sich schließt. Wir sind für einen Moment allein. Meiner Mutter war es zu warm, zu unheimlich geworden. Mein Vater hebt mich hoch. Seit damals, seit jenem Tag bei der Oma, als ich mit meinen Fingern das obere Fach des Schrankes berühren sollte, hat mich mein Vater nicht mehr auf den Arm genommen. Nun aber tut er es. Ich ahne rasch, daß es nichts Gutes bedeuten kann. Mein Vater hebt mich übers Geländer. Ich schwebe über dem Abgrund und schreie laut in die bleiche Maske, aus der alles Lächeln und Grinsen verschwunden ist, um Hilfe. Laß los, schreit der Vater, aber ich verkrampfe meine Hände im Mantel des empörten Vaters.

Der verdammte Schutzengel von dem Balg. Dabei war der Zeitpunkt gut gewählt. Es hatte geläutet. Die Besucher waren auf dem Weg zum Ausgang. Man wollte schließen, man hatte die Tiere gesehen, nun war man müde und ging. Meiner Mutter war es auf dem Steg im Tropenhaus zu warm geworden. Außerdem waren die Krokodile ihr unheimlich. Sie war durch die Schwingtür vorausgegangen. Nun kommt sie schreiend zurück. Ich löse endlich meinen Griff vom Mantel, mein Vater stellt mich mürrisch auf den Steg zurück.

Na wenn schon, warte, dich krieg ich doch. Was schreist du so, du Memme.

Und meine Mutter reißt mich an sich, quetscht meine Hand.

Du bist selber schuld, ich hab doch gesagt, du sollst bei mir bleiben.

Mein Vater geht durch die entgegengesetzte Schwingtür hinaus. Einige Leute tuscheln, lachen, blicken neugierig zu uns herüber. Man hat den Wärter benachrichtigt.

Meine Mutter wird gefragt, ob sie den Mann kennt. Sei ruhig, sagt sie zu mir. Sie will kein Gespräch, sie sucht nach ihrem Taschentuch. Wo mag Wolfgang sein?

Das alles ist mir peinlich. Ich möchte so gern unsichtbar sein, und nun sind so viele Leute um mich, in deren Gesichtern ich alles mögliche lesen kann; Spott, Mitleid, Neugier, Staunen. Man weiß nicht recht, was man für möglich halten soll. Ich möchte weg.

Wir sind nicht zum erstenmal hier. Mein Vater ist schon einmal aufgefallen. Ich hab das nicht verstanden. Immer war der Mann mit dem Schlüsselbund und der grauen Schirmmütze in der Nähe. Schmalnase witterte; was will der bloß; mir können sie gar nichts; sie können mich mal; heute will es der Wärter genau wissen. Lassen sie uns in Ruhe, sagt meine Mutter, und: Ich will hier raus.

Sie zerrt mich zum Ausgang. Sie quetscht meine Hand, sie läßt nicht los.

Du bist selber schuld, warum bist du nicht bei mir geblieben!

Draußen wartet mein Bruder und versucht, meine Mutter aufzumuntern. Irgendwas Scherzhaftes sagt er zu mir, er lenkt ab, das ist alles nur ein Spaß. Nein, mein Bruder weiß von nichts, er kennt nicht den bodenlosen, den wortlosen Raum zwischen dem schmalen Steg und den drohenden Krokodilen ganz unten. Er weiß nicht, daß ich mit meinem Vater allein auf einem schmalen Pfad gehe, wo jederzeit alles möglich ist und wo nichts mehr gewiß ist, nicht das Atemholen und nicht das Schlucken. Wie soll ich das alles erklären, wie es zu Ende stottern, ohne daß die anderen lachen?

Mein Bruder weiß, daß der Vater auf der anderen Straßenseite wartet. Er hält, wie oft, Abstand. Nur kein Aufsehen erregen.

Ich will keinen Ärger haben, sagt er und fügt hinzu: Na, wenn schon, selber schuld. Die können mir gar nichts, das wollen wir erst mal sehn. Da müssen die früher aufstehn.

Nein, der verärgerte Vater will nicht mit uns nach Hause. Geht nur vor. Er sieht mich nicht an. Ich blicke nur scheu an ihm vorbei. Ich habe den Tag verdorben. Ich bin am Mißklang schuld. Ich hab mich geweigert, zu fallen. Ich hab kein Vertrauen gehabt und also kein Vertrauen verdient.

Mit mir kann man nirgendwo hingehn. Nichts wie Ärger mit dem Balg.

In den Augen des Vaters hab ich vorhin mein Urteil erkannt. Das war kein Spaß. An mir Hampelmann hat er auch keinen Spaß mehr. Da hängt der Strick dran. Das ist ein schlimmer Makel neben dem anderen Makel, der auch schlimm ist und kaum verzeihlich. Mein Vater macht keine Späße mit mir. Und noch habe ich keine von den Mutproben bestanden, durch die ich meine Liebe beweisen und seine Liebe verdienen könnte. Ich werde keine Mutprobe bestehen, so lange ich sie überlebe.

Nun sind die Tropen im Wohnzimmer. Wir sind zu Hause. Wer weiß, wann der verärgerte Vater heimkommt. Ich habe großen Durst. Mir ist heiß. Ich habe eine trockene Kehle und eine Zunge im Mund, die mir nicht gehört.

Ich trinke ein Glas Wasser. Etwas anderes kann ich heute nicht erbitten. Ich trinke und kann mit zitternden Händen nicht genug davon bekommen.

Nein, du kriegst nichts mehr, sagt die Mutter. Du zitterst jetzt auch schon wie dein Vater. Der zittert vom Saufen. Dich sollte man verhauen, du wirst genauso wie er.

Meine Mutter redet in einem fort. Sie will ihre Angst fortreden, will die Sorge wegreden. Sie steht unter einem Redezwang. Meine Mutter braucht keine Zuhörer, sie macht sich selber Mut, sie redet ihre Angst heraus. Es ist eine verärgerte drohende Leier, sie sagt immer wieder dasselbe. Sie weiß von dem Schlimmen nichts und fürchtet doch viel mehr, als in den Worten steckt. Das kann man nur fühlen. Es gibt keine andere Verständigung zwischen uns.

Der Vater ist nicht da. Die Mutter redet. Der Bruder kaut an den Fingernägeln. Er stutzt seine Krallen und hofft, daß sie nachwachsen und daß man ihn nicht dabei ertappt.

Ich muß an mein Schlucken denken und wie ich das vergessen kann. Man müßte sich in sich selber verbergen können und nicht mehr gefunden werden.

Ich höre Worte. Ich werde aus Worten nicht mehr klug. Es kommt nicht mehr auf die Worte an. Sie sind nicht dazu da, sich zu verständigen. Mit Worten redet man sich heraus. Man stottert von Not zu Not. Eigentlich sind die Zungen unnütz. Sie gehören in einen anderen Mund. Den eigenen Mund muß man halten, die fremde Zunge muß man im Zaum halten. Es kommt nicht auf das an, was man sagt. Es kommt darauf an, was man schweigt. Und das sitzt in der Kehle. Davon darf die Zunge nichts wissen, und der Mund, diese Stottergrube, muß schön zubleiben. Mach den Mund zu, sonst kommen Fliegen rein, sagt der Vater. Sein Räuspern ist beredt. Das sagt mehr als alle Worte der Mutter.

Ich bin genau wie der Vater. Ich muß mich räuspern, als hätte ich was zu sagen. Das steckt in der Kehle. Was ich sagen will, darf ich nicht sagen. Das kann man nur sagen, wenn der Atem vergeht. Das hat keine Worte. Das schluckt man runter. Das ist gut gegen den Durst. Das macht durstig.

3
LAUTER SPRÜCHE

Schmalnase besaß Witterung. Auch er, der Einzelgänger war und der bevorzugt durchs Dunkle streifte, brauchte und hatte einen Gefährten. Mit Otti, seinem Freund verstand er sich. Ob sie einander wirklich trauten, weiß ich nicht, zweifle aber daran. Beiden lag an den Tips, am leisen Austausch darüber, ob man aufgefallen war und was die andern wohl denken würden und wie man es nächstes Mal besser machen könnte.

Die beiden kannten sich von Kindheit an. Otti war ein Jahr jünger als mein Vater. Aber seit mein Vater einmal »sitzengeblieben« war, drückten sie die gleiche Schulbank. Gemeinsame Streiche, gemeinsam erlittene Prügel verbanden sie. Beide waren, wie sie sagten, zu streng erzogen und zu kurz gehalten worden. Sie hatten nachzuholen und waren entschlossen, es zu tun. »Mit List und Tücke«, feixte Otti, zu dem ich Onkel sagen durfte. Sie waren wie »Blut- und Leberwurst« und wußten, »wo der Mostrich zu holen ist«.

Sie hatten viele gemeinsame Erinnerungen. Beispielsweise die Ruderregatten. Zwischen Panke und Krumme Lanke hatten sie so manches Boot vollaufen lassen oder auf Grund gesetzt. Das behaupteten sie jedenfalls.

Manchmal nahmen sie mich mit. »Ob er dichthält«, fragte Onkel Otti, und mein Vater antwortete: »Klar doch, der muß dichthalten, sonst ist er dran«.

Wir können dich brauchen. Du kannst dich nützlich machen! Sie hatten etwas vor. Sie durchstreiften die Laubenkolonien. Gartenlokale wurden erst mal von der Rückseite begutachtet. Vor allem ging es darum, ob man hier womöglich schon bekannt war. Dann gaben mir beide ihre Mäntel und Hüte, und Onkel Otti vertraute mir sogar seinen Krückstock an. Geduldig hielt ich diese Requisiten, mit denen sie sich anschließend notdürftig ein anderes Aussehen verleihen würden. Nachdem Otti, der Kriegserfahrung besaß, die »Sappe genügend gesichert hatte«, blieb ich durstig zurück und stand, ohne es zu wissen, Schmiere. Lief die Sache gut, erinnerten sie sich vorzeitig an mich. Dann waren sie wahrscheinlich freigehalten worden, und für mich fiel ein Glas Limonade ab. Manchmal lief es auch anders. Die beiden kamen nicht wieder; sie hatten sich verirrt. Irgendwie fanden sie mich dann doch. Manchmal hatten sie mich auch vergessen. Ich hatte den Mund zu halten, wie immer.

Meist aber lief alles wie vorbereitet. Dann kamen sie rasch und mit rotem Kopf zurück, verwandelten sich mit Hut und Mantel in zwei Sonntagsbürger, die ihrem kleinen Begleiter die Rabatten und die Petersilie erklärten. Ich fühlte, daß Grund zur Sorge bestand. Es gab da eine Sprache besonderer Art. Da hieß es, die Sache sei nicht koscher, oder: bloß kein Flagranti heute. Blut- und Leberwurst, das hieß wohl Klemm und Klau.

Sie prellten die Zeche. Aus lauter Spaß ließen sie auch die Bierseidel mitgehen. Einmal schickte mich Onkel Otti sogar allein in ein Lokal, wo er eben sein Bier getrunken und ich meinen Himbeersaft mit Strohhalm gesaugt hatte. Mal sehn, ob du groß bist. Ich hätte meinen Strohhalm vergessen und ich solle doch seinen Bierseidel mit herausbringen, den habe er stehenlassen. Ich kam nur bis an die Ausgangstür. Ein Mann mit weißer Schürze packte mich bei meiner ohnehin zu engen Jacke. Onkel Otti war bekümmert. Mit mir war nichts anzufangen. So was macht man doch geschickter und läßt sich nicht erwischen.

Man kann alles machen, man darf sich bloß nicht erwischen lassen. Das war ein Kernsatz der beiden. Aber es gab Sprüche, durch die sie sich voneinander unterschieden. Die Losung meines Vaters war: Frechheit siegt! oder: Na, wenn schon! Manchmal sagte er auch: Schön dumm! oder: Man darf sich nicht verblüffen lassen!

Mein Vater schien danach zu leben. Wenn er sich freute,

freute er sich heimlich. Er lachte in sich hinein und versuchte, auch das noch zu verheimlichen. Über Witze lächelte er nur verständnislos, er war mit seinen Gedanken woanders. Die wahre Freude ist Schadenfreude. Wenn es ihm gelungen war, jemanden zu verblüffen, wenn er jemanden hineingelegt hatte, wenn ihm die Frechheit zum Erfolg verholfen hatte, dann gereichte ihm dies zur Ehre. Darauf war er stolz.

Meine Mutter hatte auch einen Wahlspruch: Damit wollte sie mir aber Mut machen. Sie sagte: Mit die nackten Beene in die Lackschuh!

Sie selbst lachte am meisten darüber. Ich lief sowieso nur mit Turnschuhen herum.

Onkel Ottis Wahlspruch war neutraler. Er hielt sich aus allem heraus, behielt seine Meinung für sich, beschrieb nur die Lage so, als würde er zugleich beklagen, was doch gottseidank so ist.

Er sagte ohne sichtliche Genugtuung und ohne eine Miene zu verziehen: Der größte Lump bleibt obenauf! Ich hatte immer den Eindruck, dieser Befund sei eher ein Rat, in jedem Fall Haltung zu bewahren. Onkel Otti räusperte sich nicht, er atmete durch und stand gerade.

Spürnase und Otti gingen auf Pirsch. In den Laubenkolonien gabs keine Hochsitze, wohl aber schmale Schneisen. Man witterte und horchte. Wo klappern Flaschen? Wo leere Bierkästen standen, konnten die vollen nicht weit sein. Bevorzugte Destillen waren jene, die die sogenannte Gelegenheit nicht unter dem gleichen Dach hatten wie die Schankstube; da konnte man mal eben so, ohne viel Aufhebens verschwinden.

Wie ernst die Lage war, erkannte ich eines Tages in einem belebten Lokal, das ziemlich oft genannt wurde. Man nahm mich mit zu Aschinger. Mir mißfiel der Name, ich hatte ungute Gefühle, mußte dabei an das »Haschee« denken, das ich einmal hatte herunterwürgen müssen. Bei Aschinger gabs Bockwürste mit Senf. Man stand an runden Tischen. Kinder stellten ihre Teller auf die runde Ablage unterhalb. Onkel Otti trank oben sein Bier, und unten griff seine freie Hand in die Geldbörse eines Nachbarn, mit dem er sich wortreich unterhielt. Da Münzen klappern, hielt er sich an die lautlosen Scheine. Ich sahs mit Entsetzen und blickte warnend zu ihm auf. Mir wurde vor Angst schlecht. Ich mußte die Bockwurst stehenlassen. Das alles hatte sich ja dicht vor meinen Augen abgespielt und am Nachbartisch hatte man es auch gesehn. Und als Onkel Otti vorsorglich mir die Scheine in die Jackentasche stecken wollte, lief ich auf die Straße. In der Eile vergaß der Onkel zu zahlen. Nun aber sagte er grinsend zu mir: *Du* hast geklaut, ich habs gesehn!

Schmalnase und Otti waren wie Brüder. Sie schoben alles von sich auf andere, notfalls aufeinander. Sie verschafften einander Alibis. Das hab ich gesehn. Das kannst du nicht beweisen. Na wenn schon. Die können uns doch alle mal. Ich wußte nie, was »die alle« eigentlich können sollten.

Na, eben mal im Mondschein begegnen oder besser nicht, fügte Schmalnase hinzu. Ich erfuhr viel zu spät, was es mit dieser lockeren und scheinbar nichtssagenden Anspielung auf den Mond wirklich auf sich hatte. Das war alles andere als harmlos. Da gab es einen Mann im Mond, der, wenn der Mond voll war, als ein Anderer von meinem Vater Besitz ergriff. Da blieb es nicht beim Scheinen. Aber das begriff ich erst viel später, und in mancher Hinsicht viel zu spät.

Vorerst bin ich noch klein. Ich soll demnächst in die Schule. Der Mutter bin ich im Wege. Ich esse schlecht, ich gehe heimlich an Essig und Kirschsaft, schütte den Lebertran in den Ausguß. Das alles muß anders werden, das geht so nicht weiter mit mir. Außerdem kann ich sowieso schon meinen Namen schreiben und die Schnürsenkel selber zumachen. Und der Christian unten, der muß auch, und du wirst schon sehn, da gibts was mit dem Stock. Das können wir auch schon mal üben.

Schmalnase ist anderer Meinung.

Du willst den Jungen nur weghaben, wer weiß, das da im Spiel ist. Der Junge hat noch ein Jahr Zeit. Es ist viel zu früh, er ist blaß und blutarm und ist der Sache nicht gewachsen, das wirst du sehn.

Meine Mutter läßt sich nicht beirren. Es ist nicht genug

Geld da. Das geht alles durch die Kehle. Sie muß nun vormittags zum Nähen und was dazuverdienen. Natürlich wird der Vater ihr dann noch weniger geben. Du hast ja selbst. Jetzt sieh zu, wie du klarkommst.

Der Junge muß aus dem Haus, der darf nicht mehr herumsitzen und träumen, der traut sich ja nicht mal allein auf den Hof und das Stottern müssen die ihm auch abgewöhnen und wenn er schreiben lernt, wird er das Zittern schon vergessen, kein Wunder, wenn der nicht richtig atmet und kaum was ißt, der Bengel.

Man wird sehn, sagt Schmalnase, ich überleg's mir. Und er wird seinen Otti fragen, was der davon hält. Der versteht von allem was.

Ach der, der soll mal herkommen, der soll sich mal blicken lassen bei mir, der immer mit seiner heimlichen Tour, und mal hat er einen Bart und mal keinen, da weiß man nie, wo man dran ist, das ist gerade der Richtige, der paßt zu dir.

Schmalnase mißfällt der Ärger. Wieder einmal bin ich der Anlaß.

Komm, wir gehen, sagt mein Vater.

Wann kommt ihr wieder? fragt meine Mutter.

Ich kann nichts versprechen, das weißt du doch.

Das ist die übliche Antwort. Ich verstehe nicht, wozu noch gefragt, wozu noch geantwortet wird. Worte sind wie Geschirrspülen, man reibt, man schüttet, man schimpft; einmal flog sogar anstelle der Worte ein Teller durch die Küche und mein Vater ging zum Arzt und ließ sich das attestieren, das hatte er schwarz auf weiß, das wird gut sein für alle Fälle, man kann nie wissen, der kleine Riß an der Stirn ist peinlich genug, das hätte ins Auge gehen können.

Draußen kommt mein Vater auf die Schule zurück.

Ich frage stotternd nach dem Rohrstock und wie das mit dem Stottern denn werden wird und weshalb man mich deshalb verhauen wird. Schlimm genug, wenn sie mich hänseln.

Papperlapapp, sagt Vater, das wächst sich aus, das kenne ich auch, das geht vorüber. Das sind nur die Nerven, du mußt nur tief durchatmen, und über Stottern und Atmen nun kein Wort mehr. Du hättest ja noch Zeit mit der Schule. Wer weiß, ob sie dich überhaupt nehmen. Das müssen wir erst herausbekommen. Ich möchte, daß dich Onkel Otti untersucht. Der versteht was davon. Wir haben kein Geld für einen Arzt, und ein Arzt wäre vielleicht sowieso dagegen, daß du zur Schule kommst. Aber ich will das jetzt mal genau wissen. Und Onkel Otti kennst du doch. Ein Arzt tut dir vielleicht nur unnötig weh. Onkel Otti kennt sich aus in solchen Dingen. Aber das bleibt unter uns Männern, ist das klar?

Klar ist mir nur, daß jetzt was passiert. Daß wir kein Geld haben, habe ich oft genug gehört. Ich frage nicht weiter. Wir machen den langen Weg zu Fuß. Wenn ich Arzt höre, denke ich an einen weißen Kittel, an Nadeln, an Aufregungen, an Fieber und Schmerzen.

Was wird denn Onkel Otti mit mir machen?

So genau weiß ich das auch nicht. Ich bringe dich nur eben hin. Er hat gerade heute Zeit. Ich muß dich auch allein lassen mit ihm. Ich hab was zu besorgen. Ich hole dich dann ab.

Onkel Otti war freundlich. In Momenten, in denen mein Vater sich zu räuspern pflegte, holte Otti immer tief Luft und ließ seine Brust anschwellen.

Ich war schon ein paarmal bei ihm. Er hatte ein dickes Buch mit lauter lustigen Zeichnungen. Ich durfte mir die Bilder ansehen, und er las vor, was darunter stand.

Da gab es den besoffenen Raben Hans Huckebein und da gab es auch Onkel Ottis Wahlspruch mit dem Lumpen, der immer obenauf bleibt. Aber am Ende baumelte er doch ziemlich tief vom Strick, und mir mißfiel der Anblick, zumal Onkel Otti augenzwinkernd und bedeutsam fragte: Was fällt dir bei dem Strick denn ein. Du wirst so rot dabei?

Heute gabs keine Verse, keine Zeichnungen.

Mein Vater räusperte sich, Onkel Otti steckte ihm Geld zu, das war kein Kleingeld, das war eine glatte Sache, die noch nicht mal raschelte. Mein Vater ging, und Otti wandte sich mir zu.

Er schickte mich ins Bad. Ich mußte mich ausziehen und

waschen. Mich störte, daß er dabei war, aber es war wohl unvermeidlich. Dann durfte ich ins Schlafzimmer. Onkel Otti brauchte wenig Licht. Er zog die Gardinen zu. Ich sollte mich am Fenster nicht sehen lassen.

Onkel Otti atmete schwer. Ich legte mich aufs Bett, und er betastete meinen Körper. Da war wohl kein Befund. Schließlich mußte ich mich aufrichten, und er fühlte an meinem Makel. Dann setzte er sich aufs Bett und öffnete seine Hose, als müsse er was vergleichen. Ich sollte seinen Makel sehen, der war viel größer, und ich hatte Angst davor. Ich sollte anfassen und das in den Mund nehmen.

Ich wehre mich. Onkel Otti ist verärgert, ja wütend ist er. Nun sei alles umsonst gewesen und er müsse von vorn anfangen. Ich muß mich nun in die Ecke stellen und mich bücken, und er steht schwer atmend hinter mir. Mir ist das sehr unangenehm, ich fühle etwas Drängendes und habe das Gefühl, ich muß aufs Klo.

Mir wird übel, ich will raus.

Reiß dich jetzt zusammen, zischt Onkel Otti, sei keine Memme, dein Vater erwartet eine ernsthafte Untersuchung von mir.

Weinend geht es vorüber. Ich fühle mich naß und elend. Mich stört ein Geruch, den ich nicht kenne. Er hat was Verbotenes.

Mein Makel ist mir noch peinlicher als vorher. Vermutlich hat der mir das alles eingebrockt. Der hat Schuld. Der Onkel ist müde. Der Lump ist nicht mehr obenauf.

Zieh dich an, wasch dich noch mal. Dein Vater wird auch bald wiederkommen. Dann klopft er mir versöhnlich auf die Schultern und meint: Also das bleibt unter uns, nicht wahr. Jetzt haben wir ein Geheimnis miteinander. Und ob du wirklich gesund und schulfähig bist, das muß sich erst noch herausstellen, das kann ich mit einer Untersuchung auch nicht bestimmt sagen. Ich spreche mit deinem Vater darüber.

Mein Vater fragt erst gar nichts. Wir gehen ein Stück weg, dann sieht er mich prüfend an und fragt: Hat er dich untersucht? Was war denn nun? Hast du dich ausziehn müssen?

Ja, er hat mich untersucht. Aber warum hat er dir Geld dafür gegeben?

Mein Vater ist verblüfft, ärgerlich. Ausgerechnet dieser Bengel wagt es, ihn zu ertappen. Von wegen, das wollen wir doch mal sehn!

Das geht dich gar nichts an. Das hat mit dir nichts zu tun. Und damit das klar ist, zu niemanden ein Wort!

Ich will zu diesem Onkel nicht mehr in die Wohnung.

Das kann ich dir nicht versprechen! Das warte mal ab. Das wollen wir erstmal sehn. Gemacht wird, was ich bestimme. Ich sage, wo's lang geht. Und an mir kommst du nicht vorbei! Und das alles bleibt unter uns, verstanden?

Es blieb nicht unter uns. Ein paar Tage danach – mag sein, daß das Geschirrspülen meiner Mutter mir Mut machte, auch ohne Lackschuhe und einfach nur so, weil das alles vielleicht mit weggespült, vergessen und erledigt werden könnte – gestand ich zwischen breiigen Tellern und schmutzigen Tassen die Sache mit Onkels offener Hose, dem großen Makel und dem kleinen Geheimnis, das wir miteinander hatten. Auch mochte das laute Klappern und das Scharren der Tassen und Teller mein Stottern hilfreich übertönt haben. Nun war es heraus, die bedrohlichen Messer lagen noch unten in der Schüssel, und eine peinliche Stille trat auf. Mit einem Abwasch, das fühlte ich, war es nicht getan. Mutter wollte es genau wissen.

Ja piept es bei dem oder bei dir? Das ist ja nicht zu glauben, aber das glaub ich aufs Wort, das trau ich dem zu. Von wegen kleines Geheimnis und offene Hose, dem werde ich heimleuchten, der lernt mich kennen, und das ist der Freund deines Vaters, dem Lump werd ich zeigen, wo obenauf ist, daß der sich nicht schämt, vergreift sich an Kindern und gar noch an Jungs und nun gar an meinen. Von wegen, ob schulreif, den zeig ich noch an. Du trocknest jetzt ab, und ich stell den Pirschgänger zur Rede, den Saufkumpan, das dauert nicht lange. Von wegen Angst, die brauchst du nicht haben. Zittern muß der und nicht du.

Sie trocknet die Hände in fliegender Eile, den Mantel greift sie, die Kette ist weg von der Tür und schon ist sie fort.

Was ist nun fertig von dem Geschirr und was nicht? Nun liegt alles im Wasser, und das sieht ziemlich trüb aus, eine lauwarme Brühe. Ich kann nicht mehr auf den Grund sehn, und bald wird sie kalt werden. Ich reibe die Teller schön sauber, das soll einen guten Eindruck machen. Mir schwirrt der Kopf vom Gedröhn, vom Geschirr und von Worten.

Das wird Ärger geben, man wird mir nicht glauben, man wird abstreiten. Der Junge spinnt, wird es heißen, und schlimm ist es so oder so.

Als die Mutter zurückgekommen war, schimpfte sie leise vor sich hin, aber sie schimpfte nicht auf mich.

So, das ist klar, der weiß nun Bescheid. Das wollen wir doch mal sehn. Na, der hat mich kennengelernt, der weiß jetzt, wo's lang geht ...

Anders mein Vater.

War denn das nötig? fragt er. Du solltest doch schweigen darüber. Du hast mich wieder enttäuscht. Wer weiß, ob du nun in die Schule kommst. Jetzt reden die Leute wer weiß was. Deine Mutter kann nichts für sich behalten. Das ist alles betrüblich.

Onkel Otti seh ich für eine Weile nicht. Dann an der Hand meines Vaters trau ich mich, ihm scheu in die Augen zu sehn und er nimmt mir scheinbar nichts übel. Etwas verlegen zieht er seine Augenbrauen hoch, aber nur kurz.

Das hast du alles falsch verstanden, aber Schwamm drüber! Die vielen Schlingen und Haken, die Finten und Fallen, wie kommt man da herum? Das ist alles bedeutsam und unverständlich. Es gibt keinen harmlosen Hampelmann, und ob nun der Engel und der Teufel Kitsch sind oder nicht, immer ist Streit, und man steckt dazwischen, ist schuld, steht im Wege.

Gewisse Augenblicke sind trotz allem voll Zauber. Ich muß plötzlich staunen und kann gar nicht sagen warum. Ich staune, weil ich »ich« bin, und bin ganz erschrocken dabei, daß es meine Augen sind, die die Knospen an den Bäumen in unserer Straße sehen, und plötzlich sind diese Knospen ganz hell und grün, wie über Nacht, und ich stehe am Morgen darunter und staune, und eine fremde Frau nimmt mich leicht in den Arm und sagt: Nicht wahr, das ist schön, und ich lächle zurück.

Augenblicke, über die man nachdenkt, zerfallen.

Meine Mutter bekommt einen wirren Ausdruck. Manchmal ist sie wie abwesend. Sie steht am Fenster und lächelt vor sich hin. Sie lacht und weint ohne Anlaß. Wenn sie mir zu Trinken eingießt, gießt sie immer weiter, obschon die Tasse gefüllt ist und der Kakao schon über den Tisch fließt. Ich kann nicht aufhören, sagt sie.

Sie läßt Gegenstände fallen, die ich dann aufheben muß; aber sie fallen gleich wieder, und das befehlende »Heb auf!« ertönt unentwegt. Schließlich lege ich den Gegenstand auf den Tisch und fliehe aus dem Zimmer. Sie hat Angst, allein zu sein, und sie braucht mich, um mir weh zu tun.

Nicht wahr, du hast auch Angst? fragt sie. Und es scheint ihr zu helfen, wenn ich bejahe. Ihr mag die Angst dann vertrauter und weniger unbegründet sein. Aber wie geht das Spiel weiter? Auch sind mir die Fluchtwege versperrt. Die Kette hängt vor der Tür, der Riegel ist vorgeschoben, der Schlüssel ist zweimal umgedreht. Ich bin froh, wenn mein Bruder in der Nähe ist.

Schmalnase kommt immer seltener und immer später nach Hause. Wir sind allein, und wir sind gefährdet. Meine Mutter kommt ins Kinderzimmer und hat zwei große Küchenmesser in den Händen.

Ich mache Schluß, sagt sie. Ihr braucht keine Angst zu haben, ich lasse euch nicht allein, ich nehme euch mit. Sie will mir zeigen, daß ein Messerstich ins Herz nicht weh tut. Sie besteht darauf, daß ich mein Hemd ausziehe.

Gib endlich Ruhe, sagt sie, ich tue es ja nicht. Ich will dir nur zeigen, daß es nicht schlimm ist, daß es nicht weh tut.

Mein Bruder steht hinter ihr, er nickt mir zu. Ich soll auf das Spiel eingehen.

Und die fremde Frau dort, die meine Mutter ist und die friert in ihrem dicken Pullover und dem Bademantel obendrüber und von der ein Geruch nach toten Mäusen ausgeht, setzt das lange Messer zwischen meine Rippen direkt über dem Herzen. Mein Bruder hält ihren Arm fest. Sie bittet selbst darum, damit sie nicht vollends die Gewalt über sich verliert. Ich spüre einen leichten Stich. Mir wird nur die Haut geritzt, ich darf aufatmen.

Mein mürrischer Vater meint, das hätte ich nur erfunden, und solange der Stich nicht tiefer gehe, solle ich mich nicht beklagen. Von diesem Tag an haben mein Bruder und ich ein Messer unter dem Kopfkissen. Mein Bruder nimmt es leichter. Er meint, nun spielen wir also ernsthaft Indianer bei Nacht. Mein Vater hofft, daß etwas passiert. Er erwartet eine Katastrophe.

Und zum erstenmal höre ich von ihm jenen Satz, den ich später noch mehrmals und über Jahrzehnte hin hören werde. Ich öffne dem Heimkehrenden die Tür, und er sagt: Ach, du lebst ja noch!

Grinsevater betrachtet Mutter Wirrblick witternd durch zwei offene Türen. Die steht am Herd und schiebt die Töpfe hin und her oder putzt immer wieder die Messingstange, die den Herd umgibt. Sie brabbelt mit hängender Unterlippe und klagt der verlorenen Liebe nach und schimpft über den Mann, zu dem er geworden ist.

Ich kann mir die Ohren nicht zuhalten, weil ich wissen muß, wann ich die rettende Tür erreichen, den Schlüssel umdrehen und entkommen muß. Denn ich muß hier raus. Ich kann keine Messer mehr sehn. Die Blutprobe galt nicht. Ich bin kein Indianer.

Die Mutter hat sich frisiert und gut angezogen. Sie ist sehr aufgeregt, und mich haben die vielen Vorwarnungen und Ankündigungen so matt gemacht, daß mir nun schon alles egal ist. Heute werde ich im Schulbüro vorgestellt. Wir brauchen nicht weit zu gehen. Die Schule ist ein großer roter Backsteinbau. Wir betreten einen Saal. In einer Ecke ist eine Stellwand. Hinter der sitzen ein paar Männer und Frauen, die Papiere vor sich haben. Ein Mann mit weißem Kittel ist dabei. Jedes Kind wird untersucht. Einige Worte werden gewechselt, es wird geweint, gelacht, scherzhaft gedroht und amtlich gesprochen.

Die Mütter sitzen mit ihren Schützlingen an der Seite. Meine Mutter sucht eine Frau, mit der sie reden kann. Es will ihr nicht recht gelingen. Nun dauert ihr die Prozedur zu lange. Zweimal haben wir einen Fehlstart. Sie reißt mich zu früh nach vorn, sie hat sich beim Namensaufruf verhört und meint, ich würde wieder mal träumen und nicht aufpassen. Sie quetscht meine Hand. Die heftigen Reaktionen fallen den anderen Müttern auf. Man tuschelt. Wirrblick wird immer aufgeregter, und ich könnte schon jetzt vor Scham in den Boden versinken.

Nein, hier ist nichts im Lot, hier erklimmt nur die Angst eine neue Stufe. Ich bin der Sproß dieser Frau, über die man unverhohlen tuschelt. Endlich sind wir an der Reihe. Mutter entkleidet mich hinter der Stellwand. Nun kommt mein Makel zum Vorschein; der verhält sich zum Glück nicht zornig, sondern ist verschreckt wie ich.

Ja, er hat einen Bruder, der Kleine, eigentlich sollte er ein Mädchen werden.

Der Mann im Kittel lächelt mich an. Ich werde mit Knöcheln abgeklopft, muß atmen und die Luft anhalten, werde für blutarm befunden.

Aber muß das denn sein, liebe Frau? Der Junge hat doch noch Zeit, und wir wollen doch nichts überstürzen.

Aber ich werde versuchsweise für schulreif befunden. Mutter reißt mich, halbnackt wie ich bin, in den Saal zurück. Allein hätte ich mich schneller angezogen. Ihre Hände fliegen:

Wirst du wohl endlich, nun mach schon, beeil dich!

Mütter lachen gutmütig. Doch viele Kinder kreischen. Der halbe Bubi dort soll in die Schule, der gehört doch in den Kindergarten. Und was ist nur mit der Frau los, das arme Kind!

Mutter hat es leider nicht so geschafft, wie es ihr vorschwebte. Schmalnases Widerstand ist noch nicht gebrochen. Da bleibt alles offen. Probeweise schulreif. Das ist ein ernstes Omen. Da wird man nachhelfen müssen.

Und das geschieht auch! Die Schiefertafel kommt auf den Tisch, der Rohrstock daneben, ich bekomme einen Griffel in die Hand und kratze meine ersten Buchstaben vernehmlich ins Liniensystem. Rote Linien. Die andere Seite der Tafel ist nur schwarz. Die ist wohl zum Malen da.

Die Mutter überwacht meine Übungen von der Küche aus.

Ich höre nichts mehr, ruft sie, und ich setze erneut an, auf und ab, gerade und rund, klein und groß, mutig und ängstlich, kreischend oder kleinlaut, Strich um Strich in steiler, steifer Sütterlin, einer Schrift, die ich sehr bald, kaum versuchsweise eingeschult, wieder verlernen darf.

Der Listenreiche versucht sein Veto mit meiner Hilfe durchzubringen. Er zeigt mir eine Zeitung.

Sieh dir die vielen Buchstaben an! Die müßtest du alle lernen. Und er verschweigt mir, daß sich die Fülle auf eine ganz begrenzte Anzahl von Zeichen reduzieren läßt, die nach geregelter Willkür zu Silben, Worten und Sätzen werden. Warum ist er eigentlich dagegen? Ich weiß, daß es nicht die Sorge um mich ist.

Den Spielen bin ich nun entwachsen, zu den Büchern, zum Lesen noch nicht gereift. Auf dem Hof draußen stehe ich herum, weil ich noch nicht Indianer sein darf. Ich hocke im Wigwam und reibe allenfalls ein bißchen rote Kreide, damit die anderen großen Brüder sich für den Kriegspfad bemalen dürfen. Die schnitzen sich Holzdolche, und ich darf noch nicht einmal sagen, daß ich nachts ein richtiges Messer unter dem Kopfkissen habe. Sie würden mich gar an die Klopfstange binden, an den Marterpfahl oder mir, wie meinem Bruder, als Mutprobe eine Spinne aufs Auge setzen.

Ich stehe überall rum und im Weg. Die Spielsachen hat man mir weggenommen.

Jetzt wird nicht mehr gespielt. Jetzt wird gelernt.

Vater ist weder mit dem einen noch dem anderen einverstanden. Nichts wie Ärger mit mir. Wozu ist der überhaupt da? Der hält nur zu seiner Mutter.

Zu wem halte ich denn? Ich halte zu keinem. Ich fürchte sie beide. Ich sorge mich um sie. Ich wäre am liebsten weg, ich weiß nicht wo.

Ich bin ein Möchtegernindianer, der gerne vergäße, was er schon vorher weiß: daß auch dies nur ein Spiel ist; daß der Sandkasten keine Savanne ist, daß der Mülleimer kein Grisly ist, auf den die anderen Kinder mit kleinen Pfeilen schießen.

Noch ehe ich lerne, Indianer zu spielen, schäme ich mich der Komödie, des Rituals, der Kriegsbemalung. Die gespielte Tapferkeit macht mich verlegen, obschon ich noch gar nicht dazugehöre.

Aber wem soll ich sagen, daß ich weder große noch kleine kindliche Spiele spielen möchte? Es hört niemand hin oder man hört weg, oder man ist nicht da.

Ich will nicht spielen. Ich will wirklich Kind sein. Und ich will nicht mehr länger am wirklichen Marterpfahl stehen. Ich möchte endlich weg von dem Strick, der so lange ich denken kann über meinem Kopf zu hängen scheint.

Mein Bruder vergißt über seinen Indianerbüchern die Schularbeiten. Nun ist er Unkas, der letzte der Mohikaner und stellt sich vor, wie er allein durch die großen Wälder im fernen Westen streift. Er will nun auch mir eine kleine Ahnung von Wald verschaffen. Er nimmt mich mit über das Häuserkarree hinaus, das unseren Hof, die uns erlaubte Welt umschließt. Jenseits der großen Straße befindet sich Wolfgangs Kanada. Man muß nur Mut haben, die strenge Pforte zu durchschreiten, über der in goldenen Lettern steht »Friedhof der Emmaus-Gemeinde«.

Und daneben »Zutritt für Kinder ohne Begleitung verboten«. Keine Sorge, sagt mein Bruder. Das gehört zum Abenteuer. Wir schleichen an einer Hecke vorüber, damit wir vom Haus des Friedhofswärters aus nicht gesehen werden können. Hinter der Friedhofskapelle ist wirklich der Wald zu ahnen. Hohe Laubbäume und ganz hinten sogar eine Fichtenschonung, wo man sich verbergen könnte.

Noch sind auf auf numerierten Pfaden. Hier liegen die Toten, sagt Wolfgang. Es ist friedlich, feierlich und still. Wie ist das, wenn man tot ist? Wolfgang kann es mir nicht sagen, er hat nur gelesen, daß Indianer es verstehen, schweigsam zu sterben.

In großen Holzkübeln vermodern verwelkte Blumen. Dieser strenge Geruch liegt über allem. Es hatte geregnet heute. Nun schien wieder die Sonne. Die Erde duftete, der Staub roch, das feine Moos an den Platanen und die Wacholderbüsche. Wir kamen an richtigen kleinen Häusern für die Toten vorüber. Familiengrüfte, da gab es kleine Türen und sogar Fenster. Wir drangen weiter vor bis zu den kleinen Grabstätten, wo auf grauem und weißem Kies große schwarze und braune Vasen standen.

Das sind Urnen, sagt Wolfgang, da ist die Asche von Toten drin.

Der Regen hatte viele Blumen zerknickt. Eine schöne rote Blüte lag abgefallen auf dem Kies; eine Begonie. Die hob ich auf. Die wollte ich aus Kanada mit nach Hause nehmen. Das bekam uns schlecht. Eine Dame mit Gießkanne und kleinem Spaten hatte die Trapper entdeckt und war entschlossen, die überführten Grabräuber zu melden.

Sie hielt meinen Bruder fest, und ich wich nicht von seiner Seite. Wir mußten mit der aufgeregten fremden Frau wieder durch die Pforte hinaus und ins Haus des Friedhofswärters. Der stand breitbeinig vor einem Spiegel in Unterhemd und mit Hosenträgern und seifte sich mit einem Pinsel das halbe Gesicht ein. Man brachte uns zur Unzeit. Während er seine Rasur fortsetzte, nahm er meinen Bruder ins Verhör. Aber der war ja nicht schuld. Ich hatte die Blume aufgehoben. Ich konnte nicht beweisen, daß sie abgefallen war.

Nein, ich war kein Trapper. Das war eine klägliche Rolle für mich. Ich würde nie nach Kanada kommen. Und ich bemerkte nicht, daß dies schon längst ein Spaß für die anderen geworden war. Der Mann verbarg sich hinter Seifenschaum, die fremde Frau lächelte, aber durch den Tränenschleier nahm ich nichts wahr davon.

Ich hatte die schöne Blume vergeblich zu retten versucht. Sie flog in den Mülleimer des schlüsselgewaltigen Wächters. Kleinlaut verließen wir Kanada.

Die fernen blauen Berge lehrten mich das anhaltende unterdrückte Schluchzen. Noch als wir zu Hause waren und zu Mittag aßen, sagte meine Mutter leichthin: Den stößt wieder der Bock.

Mein Vater nahm mir ganz beiläufig und so, daß die Mutter es nicht merkte, mein sonntägliches Kotelett vom Teller.

Das brauchst du nicht. Wehe, du sagst was. Und Strafe muß sein.

4
SCHONFRIST

Meine Mutter hat es eilig; sie ist wie immer aufgeregt und redet unentwegt vor sich hin. Ich weiß nie genau, ob ich gemeint bin. Nun bin ich in den Schuhen.

Du mußt endlich lernen, die Schleife selbst zu knüpfen. Der Christian unten kann das auch schon. Nun komm, wir können nicht lange bleiben. Dein Vater braucht nicht zu wissen, daß ich dich mit auf den Friedhof nehme. Weiß auch nicht, warum der das nicht will. Ist doch nichts dabei.

Wir besuchen also Omas Grab.

Ich war schon einmal dort. Meine Mutter hat sehr geweint. Ich stand in der Sonne, da war ein schmaler Weg. Leute mit ernsten, bekümmerten und neugierigen Gesichtern gingen vorüber. Ich durfte nichts anfassen und mich nicht schmutzig machen.

Dann besuchten wir Opa. Er war nicht zu Hause. Meine Mutter ärgerte sich, daß sie nicht in die Wohnung kommen konnte; früher hatte sie einen Schlüssel gehabt. Aber der war seltsamer Weise eines Tages nicht mehr zu finden – seit jenem Ereignis, an das ich mich dunkel erinnere und über das ich nicht reden darf.

Meine Mutter geht mit mir wieder zurück auf die Straße. Sie will zum Hammelmaxen. Das ist ein Lokal, wo sie Opa vermutet. Sie unterhält sich mit dem Wirt, und ein Mann an einem kleinen Tisch macht mir inzwischen Kunststücke mit Papierkügelchen vor. Das geht alles sehr schnell, der Mann zaubert die Kugeln aus meinen Taschen.

Ja, der Opa war hier und ist schon wieder weg. Wir versuchen es also erneut und diesmal ist er da.

Opa war sehr freundlich zu mir, obwohl ich ein schlechtes Gewissen hatte.

Das ist schön, daß du mitkommst, sagte er. Ich blickte scheu zu ihm auf. Ein Auge in seinem Gesicht war stark gerötet und an seinem Bauch schaukelte eine Uhrkette. Meine Mutter redete in einem fort und bestand darauf, in allen Schubladen nachzusehen. Sie suchte nach einem letzten Willen, irgendeiner Nachricht, die Oma doch hinterlassen haben müßte. Nein, es ist nichts da und das ist nun mal passiert, gib endlich Ruhe, und wenn du willst, dann sieh doch selber nach.

Als meine Mutter im Flur war, zog Opa mich zu sich. Wird er mich jetzt verhauen? denke ich.

Armer Junge, das ist alles schlimm, nicht wahr!

Ich kann doch nichts dafür, Opa, sage ich. Ich sollte doch den Stuhl wegziehen, Papa hats doch verlangt.

Opa sieht mich entsetzt an.

Mein Gott, sei still. Das ist ja furchtbar. Sag kein Wort mehr. Sag deiner Mutter nichts. Das habe ich nicht gewußt. Das darf niemand wissen. Hörst du, sprich niemals darüber.

Opa steht auf und ist ganz aufgeregt. Er wischt sich über die Augen und schüttelt den Kopf. Was wird er nun machen? Meine Mutter hat auch keine Zeit mehr. Sie hat nichts gefunden, nein, da ist nichts. Und daß der Schlüssel verschwunden ist, dafür gibt es auch keine Erklärung.

So war das damals bei dem ersten Besuch. Und seitdem ist mein Vater dagegen, daß ich mit auf den Friedhof komme. Das hat wohl mit Opa zu tun, weil der in der Nähe wohnt und weil mein Vater nicht will, daß Opa was erfährt. Das kurze Gespräch mit ihm behalte ich für mich. Nein, das darf ich dem Vater nicht sagen. Das war Verrat! Das muß ich für mich behalten, das geht nur Opa und mich etwas an. Das muß ich vergessen, das muß ich runterschlucken.

Heute nun sind wir wieder an Omas Grab. Alles sieht verändert aus. Das Grab ist mit Efeu bewachsen. Die Hecken sind höher und dichter. Wir sind auch auf einem anderen Weg gekommen. Auf dem an der roten Kapelle vorbei. Es ist ein sehr großer Friedhof. Sankt Nicolai und Sankt Marien.

Meine Mutter steht auf der einen Seite des Grabes, ich auf der anderen. Sie weint laut und klagt in einem fort.

Warum hast du das getan? (Ich erschrecke zwar, doch sie meint mich nicht.) Warum nur? Gib mir doch ein Zeichen, laß es mich wissen! Hat er es getan oder nicht? Ich trau es ihm zu, immerzu hat er was mit dem Strick, ich habe Angst um mein Leben und um das Kind auch.

Meine Mutter weint sehr laut. Ich möchte sie beruhigen. Ich befürchte, es könnte ihr etwas zustoßen. Sie könnte zusammenbrechen, und wie kommen wir dann hier weg?

Bitte, beruhige dich doch! Die Leute gucken schon her!

Ach was, hier sind keine Leute. Laß mich doch mal ausweinen, dann geht es mir besser. Einmal im Leben muß ich mich ausweinen dürfen. Das geht doch nicht mehr so weiter mit deinem Vater.

Sie schluchzt und weint. Ich kann sie nicht beruhigen. Endlich kommt Hilfe. Plötzlich steht eine Frau da. Ich hatte gerade die Augen geschlossen und ganz fest um Hilfe gebeten, nur in Gedanken. Plötzlich war da etwas wie ein Ruck. Ich weiß nicht, was es war. Jedenfalls steht hier eine Frau. Sie hebt eine Hand und winkt mir zu. Ich kenne die Frau nicht. Sie hat einen Hut auf und trägt eine Brille. Obwohl es warm ist, hat sie einen Mantel an. Und an den Füßen hat sie sogar Regengamaschen. Die sind seitlich geknöpft. Sie hat ganz zierliche Füße. Die Frau macht einen ernsten, würdigen Eindruck. Sie wirkt sogar streng. Mir fällt auf, daß sie einen Schal um den Hals trägt und daß sie immer wieder an den Schal faßt.

Bitte, helfen Sie doch meiner Mutter. Die ist so verzweifelt!

Die Frau schüttelt den Kopf.

Ich kann ihr nicht helfen. Du mußt ihr helfen. Du mußt ihr sagen, wie es gewesen ist. Du warst doch dabei. Du brauchst deswegen keine Angst haben. Ihr müßt beide zur Polizei gehen.

Ich war ja dort. Und mein Vater hat gesagt, ich sei schuld und müsse schweigen. Auch zu meiner Mutter.

Das ist ja das Schlimme. Darum bist du in Gefahr. Du mußt reden. Du mußt mit deiner Mutter hingehen. Das ist die einzige Möglichkeit! Auch für dich. Du bist in Gefahr. Dein Vater trachtet dir nach dem Leben. Du wirst vielleicht blind werden.

Um Himmels willen! Warum das? Und wieso wissen Sie das? Kann man denn gar nichts machen?

Doch, du mußt tun, was ich dir gesagt habe. Ganz genau wissen wir nicht, wie es ausgehen wird. Ich will sehn, was man machen kann.

Aber woher wissen Sie das alles? Wer sind Sie? Ich habe Sie noch nie gesehen. Ich kenne Sie nicht.

Aber ich kenne dich. Und ich kenne deinen Vater.

Warum sagen Sie das alles mir? Warum sagen Sie es nicht meiner Mutter? Helfen Sie ihr doch. Sie kann sich gar nicht beruhigen.

Die Frau schüttelt den Kopf.

Das geht nicht, sagt sie, das hat keinen Sinn. Deine Mutter kann mich nicht sehen! Sei einen Moment still, da kommen Leute, die verstehen das nicht, wenn wir uns hier unterhalten. Ich will gerne noch bleiben, laß die Leute erst weggehen!

Ich bin verwirrt, ich weiß nicht, was das heißen soll. Ja, da kommen Leute, ein Ehepaar, die Frau hat eine Gießkanne in der Hand. Sie werden aufmerksam und sehen her.

Ich rede also weiter.

Wieso kann meine Mutter Sie nicht sehen? Ich sehe Sie doch auch.

Sei still!

Die Frau hebt die Hand und blickt beunruhigt zu den Leuten hin, die gerade vorüberkommen. Sie fürchtet wohl, daß wir gestört werden. Aber meine Mutter weint und klagt noch immer so laut, daß die Leute ohnehin aufmerksam werden müßten.

In diesem Moment bleiben die beiden Leute stehn, und der Mann oder die Frau, ich weiß nicht mehr, wer von beiden, fragt mich:

Sprichst du mit uns?

Die Frau am Grab winkt mit der Hand, sie gibt mir deutlich Zeichen, daß ich sie nicht verraten soll, aber da ich das Ganze nicht begreife, sage ich: Nein, nicht mit Ihnen, mit dieser Frau hier!

Mit welcher Frau denn?

Na der hier!

Die Frau mit Mantel und Hut, Brille und Schal, schweigt zu allem. Es ist ihr nicht recht.

Jetzt sagt die Frau mit der Gießkanne zu ihrem Mann: Komm hier weg, das ist ja unheimlich.

Beide entfernen sich eilig.

Nun tritt die Frau mit Mantel und Schal, die Frau, die so viel weiß und so vieles befürchtet und die alles durchschaut hat und die mir streng aufgetragen hat, was ich tun soll, wieder näher ans Grab heran.

Bitte, sage ich noch einmal, helfen Sie doch meiner Mutter, sprechen Sie doch mit ihr! Und warum laufen die Leute dort weg? Was hat das zu bedeuten?

Laß nur, die Leute sehen mich genausowenig, wie deine Mutter mich sieht. Ich kann deiner Mutter nicht helfen. Sie hört mich nicht und sie sieht mich nicht.

Aber warum denn nicht?

Ich bin tot.

Wieso tot? Sie stehen doch vor mir und leben. Ich sehe Sie doch!

Ja, du siehst mich und das ist gut so. Ich habe hier schon lange auf dich gewartet. Aber das ist nun mal so. Ich bin tot. Man hat mich umgebracht. Ich sage dir nicht, wer es war. Ich will dir dein Herz nicht schwer machen. Du kannst es dir vielleicht denken. Ich bedaure nur, daß meine Familie denkt, ich hätte mich aufgehängt. Hör zu, geh mit deiner Mutter zur Polizei. Oder wenn du nicht zur Polizei gehen möchtest, weil du Angst hast, dann sprich mit einem anderen Menschen, zu dem du Vertrauen hast. Und mit diesem Menschen mußt du zu mir nach Hause gehen und meinem Mann sagen, was mit mir geschehen ist. Mich bedrückt es, daß sie es bei mir zu Hause nicht wissen. Schreib dir meinen Namen und meine Adresse auf. Du kannst doch schreiben?

Ich gehe noch nicht zur Schule!

Aber schreiben kannst du doch schon.

Ja, das kann ich, ich hab nichts zum Schreiben bei mir.

Die Frau macht einen verzweifelten Versuch, mir Papier

und Bleistift zu reichen. Ich fasse zu, alles in ihrer Hand löst sich auf. Es ist wie ein Schemen. Die Frau selbst aber bleibt deutlich vor mir. Sie schüttelt ärgerlich den Kopf.

Hör zu, merke es dir genau. Ich heiße Mechthild L.

Dann sagt sie mir ein paarmal die Adresse, nennt mir das Stockwerk, die Tür, den Namen des Nachbarn. Ich bin so verwirrt, daß ich den Namen genau behalte, aber ich weiß nicht, wie ich mir die Adresse merken soll.

Sag das alles gleich zu deiner Mutter, sie wird sich's merken. Aber vergiß nicht, ihr müßt zur Polizei gehen, sonst wird alles noch viel schlimmer. Du bist in großer Gefahr und deine Mutter ebenso.

Bitte, helfen Sie ihr doch!

Es hat keinen Sinn, sie sieht und hört mich nicht. Ich will es versuchen.

Jetzt tritt die Frau hinter meine Mutter, legt ihre Hände auf deren Schultern. Meine Mutter reagiert nicht, sie weint etwas leiser, wischt sich die Augen und blickt mich an: Mit wem sprichst du denn da immer?

Na, mit dieser Dame hier. Sie steht doch hinter dir!

Unsinn, da ist niemand. Wir sind allein. Vorhin kamen Leute vorbei, ich hab nicht darauf geachtet.

Die Frau tritt nun zurück und steigt über den Grabhügel. In diesem Moment sehe ich, daß ihre Art zu gehen ganz ungewöhnlich ist. Mit ihren kleinen Gamaschen geht sie auf den Fußspitzen. Es sind kleine Schritte. Es macht gar kein Geräusch. Kaum, daß sich der Efeu bewegt.

Ich sage zu der Frau: Was ist mit Ihnen? Sie gehen so komisch!

Meine Mutter sagt: Was heißt hier komisch?

Die Frau sagt: Ich muß so gehn, ich kann nicht anders. Ich muß jetzt fort, man wartet auf mich. Vielleicht sehen wir uns wieder. Denk daran, was ich dir gesagt habe. Es ist wichtig.

Und was ist mit dem Blindwerden? Können Sie da was tun?

Ich will es versuchen. Ich kann nichts versprechen. Mein Grab ist hier drüben, ein paar Reihen weiter, an der Mauer. Bitte, sieh mir jetzt nicht nach.

Die Frau geht zwischen den Hecken auf einen Hauptweg zu. Ich blicke ihr doch nach. Was für eine sehr seltsame Frau. Sie weiß so viel und ist angeblich für andere nicht zu sehen. Ich bin verwirrt. Vor allem kann ich nicht verstehen, daß meine Mutter sie weder gesehen noch gehört hat. Die Frau ist nun vom Hauptweg verschwunden, ganz plötzlich.

Meine Mutter hat sich beruhigt. Sie ist nun ganz auf das konzentriert, was ich ihr sage. Daß wir zur Polizei gehen sollen und wie die Frau heißt und was mit ihr geschehen ist. Aber ich habe Angst, meiner Mutter auch von dem zu erzählen, was meinen Vater und die Oma betrifft. Mir fehlt der Mut. Ich werde darüber nachdenken müssen.

Als wir den Ausgang erreicht haben, steht das Ehepaar dort. Die beiden haben auf uns gewartet.

Sag mal, Junge, hast du uns da was vorgemacht? Hast du wirklich mit jemandem gesprochen? Da war doch niemand außer deiner Mutter!

Doch, da war jemand, eine Frau. Haben Sie die Frau nicht gesehen? Ich kenne sogar ihren Namen.

Meine Mutter hat es eilig. Ihr ist das unheimlich.

Wieso Polizei? Wer weiß, wie das ausgeht. Das muß ich mir überlegen. Jetzt müssen wir erstmal nach Hause. Dein Vater wird warten. Na ja, nun kann ich ja nicht verschweigen, daß du mitwarst. Es ist zu spät geworden, er wird es sich schon denken.

Bitte, vergiß den Namen nicht, schreib ihn auf. Mechild.

Nein, nicht Mechild, es muß Mechthild heißen, verbessert mich meine Mutter. Ja, diesen Namen gibt es. Ja, ich merke ihn mir. Mechthild L. und die Adresse auch, ja die Straße gibt es. Nein, zu den Leuten gehe ich nicht. Wie soll ich denen das erklären? Da misch ich mich nicht ein. Das überlassen wir deinem Vater. Der wird schimpfen.

Ich bin ganz benommen von dem vielen Dafür und Dagegen, dem Warum und Weshalb.

Zu Hause warte ich ab. Ich sitze vor meinem Klapptisch. Ich höre meine Eltern miteinander reden. Mein Vater stößt die Tür auf. Er ist kreidebleich im Gesicht. Er hat den Stock gleich mitgebracht. Seine Stimme ist ganz hoch und dünn, er ist völlig heiser: Wer hat dir den Namen gesagt? Wo hast du den Namen her? Sag mir die Wahrheit! Ich krieg es doch heraus!

Da war eine Frau auf dem Friedhof. Die hat mir ihren Namen gesagt. Sie hat mir gesagt, daß sie tot ist.

Na also, sie ist tot. Tote reden nicht. Tote sind tot. Du lügst mich an! So kann es nicht gewesen sein.

Aber wer soll mir denn den Namen gesagt haben, ich weiß doch den Namen von ihr. Sie hat ihn mir doch gesagt.

Mein Vater ist wütend, er räuspert sich. Er kann es nicht fassen. Das darf nicht sein. Das ist unheimlich. Das ist gefährlich. Dieser Balg weiß alles, einfach nur so. Der wird alles ausplaudern. Daß Tote nicht tot sind, das ist schrecklich. Der Junge muß krank sein. Aber der Name, wo hat er diesen Namen her? Er kennt die Frau, er kennt ihr Schicksal; er selber weiß, wie wahr das alles ist. Und der Junge kann die Frau beschreiben.

Nun ist er fertig mit Räuspern. Er ist ratlos, blaß, klein, unglücklich.

Hat dir die Frau gesagt, wie sie gestorben ist?

Mein Vater spricht leise. Ich sehe zu ihm hoch. Anscheinend komme ich um Schläge herum. Dann blicke ich an ihm vorbei.

Die Frau hat gesagt, sie sei mit dem Strick erwürgt worden. Sie hat mir nicht gesagt, wer es gewesen ist. Sie wollte mich nicht damit belasten. Sie hat nur gesagt, daß wir zur Polizei gehen müssen.

Also das überlaß mir. Sprich zu niemanden darüber, hörst du. Und den Namen vergiß sofort. Kannst du den Namen schreiben, versuch es, los.

Ich schreibe den Namen auf. Mein Vater nimmt mir den Zettel aus der Hand.

So, das zerreißen wir jetzt. Und nun ist es raus aus deinem Gedächtnis! Versprich mir, daß du den Namen vergißt! Ich frage dich morgen noch einmal, und wehe, du weißt den Namen noch!

Ja aber, die Frau hat doch gesagt, wir sollen ...

Kein Wort mehr darüber, das überlaß allein mir! Dich geht das nichts mehr an. Du bist ein Kind. Dir glaubt keiner.

Aber warum machst du, daß ich blind werde? Die Frau hat gesagt, du tust mir was und ich würde wohl blind.

Unsinn! Traust du mir sowas zu? Also, ich verspreche dir, ich tue dir nichts und ich sorge dafür, daß du nicht blind wirst.

Es wird immer verworrener. Meine Mutter ist ein paar Tage lang sehr schweigsam. Mein Vater kommt täglich zu mir ins Zimmer und fragt. Schließlich scheint er überzeugt, daß ich den Namen vergessen habe.

Immer wieder frage ich ihn, warum er mir was tun will. Ich wolle doch auf keinen Fall blind werden. Eines Tages beruhigt er mich. Er wisse nun, was man gemeint haben könnte, und er verspricht mir fest, daß es nicht geschehen wird.

Die Rätsel nehmen zu.

Ich darf nicht reden über Omas Tod. Ich darf meiner Mutter nichts vom Strick sagen, nichts vom weggezogenen Stuhl. Ich darf meinem Vater nicht sagen, daß ich Opa etwas verraten habe. Ich muß darum bangen, daß Opa schweigt. Er darf es meinem Vater nicht sagen, weil der versprochen hat, mich zu töten, wenn ich es verrate. Ich darf mich nicht an den Namen der Toten erinnern. Und ich bin erneut schuldig geworden, schuldig gegenüber einer Toten. Ich habe ihren Rat nicht befolgt. Und mein Vater hat versprochen, mir nichts zu tun. Mein Vater sagt, ich käme in eine Anstalt, wenn ich verrate, daß eine Tote mit mir gesprochen hat. So etwas sagen nur Leute, die verrückt sind. Und er will es für sich behalten, damit ich nicht in eine Anstalt muß. Es ist ein schlauer Pakt zwischen lauter rätselhaften Leuten, und ich stecke mittendrin und kann nicht heraus.

Ränkevater versteht die Welt nicht mehr. Da hat er alles so fein gesponnen, es gibt keine Zeugen, man kann ihm nichts beweisen, und sein Freund Otti steckt mit drin in der Sache. Sie haben sich, wie sie sagen, beide in der Hand.

Und da geht dieser Makelbalg mit seiner Mutter auf den Friedhof und erfährt nebenbei alles das, was keiner wissen soll.

So etwas gibt es nicht. So etwas darf es nicht geben. Der Junge muß weg, der plaudert aus, der muß zum Schweigen gebracht werden, der darf nichts mehr sehen.

Otti ist auch der Ansicht. Der Junge hat das erlebt, was man eine »Erscheinung« nennt. Man muß es ihm ausreden. So einfach ist das aber nicht. Denn seine Mutter war dabei, war Zeuge, ohne selbst etwas zu sehen.

Und die Mutter läßt nicht locker. Sie geht mit dem Jungen mehrmals auf den Friedhof, forscht nach einem Grabstein, nach Namen. Und auch das Ehepaar ist wieder da, und man sucht gemeinsam.

Ich stehe dabei und habe das Gefühl, daß hier halbherzig eine Sache bewegt wird, die doch viel entschiedener angepackt werden müßte. Ich bin ein Kind, was soll ich tun? Und meine Mutter hat Angst vor Menschen, vor der Polizei. Wer weiß, vielleicht nehmen die uns beide mit. Ich will nach Hause. Ich will von dem Ganzen nichts mehr wissen.

Ich hab's dem Vater versprochen. Der läuft seit Tagen nur noch bleich und wortkarg durch das Viertel. Er war, wie er später gesteht, zu »Tode erschrocken«.

Ich suche nach einem Schlupfwinkel. Nachts bin ich im Traum verborgen, es sei denn, mein Bruder weckt mich, weil ich mit den Zähnen knirsche und er vor Schreck nicht wieder einschlafen kann. Bei Tag verberge ich mich in meinen Gedanken und, wenn es nur irgend geht, liege ich bäuchlings unter dem Bett oder hocke hinter den Gardinen im Wohnzimmer.

Ich bin bei mir, und da draußen ist die Welt. Die Welt, das sind die Geräusche, der Lärm, die Gespräche. Die Worte sind sehr weit weg. Das ist eine fremde Sprache. Es geht um etwas, was ich nicht kenne. Das geht an mir vorüber, das meint mich nicht. Niemand weiß von mir, niemand kennt mich.

In einem solchen verborgenen Moment kommt mein Vater ins Wohnzimmer. Ich höre das Knirschen seiner Schaftstiefel. Nun steht er vor dem Foto der toten Oma und spricht leise mit sich selbst, mit dem Bild der Toten.

Verzeih mir, ich kann nichts dafür, ich mußte es tun, ich weiß nicht, warum, und ich werde es wieder tun müssen...

Mein Versteckspiel ist nicht mehr harmlos. Ich wollte versunken sein und fernen Geräuschen lauschen, eintauchen ins Bedeutungslose. Nun muß ich wirklich unsichtbar sein. Jetzt gilt es, unbedingt den Atem anzuhalten.

Vater verläßt das Zimmer. Vielleicht sucht er mich in der Küche. Ich husche ins Kinderzimmer. Schmalnase kommt zu mir.

Wo warst du denn eben? Warst du etwa im Wohnzimmer?

Nein, log ich, ich lag unter dem Bett.

Ein zweitesmal Zeuge sein, das wäre tödlich für mich.

Was ist nur mit meinen Augen? Manchmal ist für Minuten alles weit weg. Meine Arme sind lang und klein. Der Löffel ist winzig in meiner Hand. Ich führe ihn wie aus dem Horizont zu meinem Mund.

Schränke, Tische, Stühle sind klein wie in einer Puppenstube. Und was draußen, hinter den Fenstern ist, könnte ebensogut das Innere eines Aquariums sein. Die Wolken sind kleine Fische, und die Bäume sind Algen.

Wenn ich die Augen eine Weile geschlossen halte, wächst das Zimmer manchmal wieder zur normalen Größe an. Manchmal hilft das Augenschließen nicht. Der böse Zauber bleibt. Und dann zweifle ich daran, daß ich vorher alles richtig gesehen habe. Vielleicht sehe ich die Dinge erst jetzt so, wie sie sind.

Die Leute draußen auf der Straße sind hastende Käfer; sie krabbeln eilig zwischen kleinem Grün und grauem Gestein. Wenn jetzt die Standuhr schlägt, werde ich für immer so sehen müssen. Ich muß mir die Ohren zuhalten. Ich muß die Augen schließen. Und den Mund halten muß ich sowieso.

Ich kann es nicht für mich behalten. Ich versuche, zu erklären, was mit meinen Augen ist.

Meine Mutter ist beunruhigt: Du bist krank. Mit dir stimmt was nicht. Oder sie sagt: Du hast Angst vor der Schule. Du kneifst, du willst dich drücken.

Schmalnase putzt beiläufig seine Hornbrille und sagt: Wenn

du krank wirst, kommst du in eine Anstalt. Wer weiß, vielleicht hast du was geerbt.

Geerbt? von wem? und was?

Was ist nah? Was ist fern? Wie sehe ich richtig? Vielleicht werde ich blind. Ich muß aufpassen, daß ich nicht blind werde. Nachts stehe ich auf und schalte das Licht an, um zu wissen, ob ich noch sehen kann. Manchmal brennt das Licht noch morgens.

Der Junge spinnt. Mit dem stimmt was nicht.

Mein Bruder versucht, mich aufzumuntern.

Komm, wir spielen Bergsteiger.

Er hat die Wäscheleine genommen, bindet sich das Seil um den Leib und mir auch. Ich soll ihn sichern.

Wir steigen vom Sofa aufs Vertiko. Der Gipfel wäre die Standuhr. Die dröhnt verdächtig. Die Gewichte rasseln. Da schlagen Stunden, die es nicht gibt. Mein Bruder entschließt sich für den Kronleuchter.

Szenenwechsel. Jetzt ist er Pongo und will sich an den Lianen schaukeln. Die Lampe reißt vom Haken, bleibt aber an den Strippen hängen. Zu unserem Glück klingelt gerade der Gasmann. Er tritt lachend in den Urwald und hängt die Lampe wieder an die Decke. Eine Glasschale ist zerbrochen. Wir verbergen die Scherben zuunterst im Mülleimer.

Der Gasmann will uns nicht verraten. Er wünscht uns viel Glück für den Kilimandscharo.

Im Hof ist Sommer. Marienkäfer erobern die Taxushecken. Wir bauen im Sand künstliche Zoos; decken kleine Gänge mit Glasscherben ab. Der hat die meisten Punkte, der ist ein Löwe.

Wir sind Indianer und üben das lautlose Anschleichen. Wir graben nach Gold und finden spatentief eine unverrückbare Betonplatte. Das könnte ein Grab sein. Schnell Erde drauf und weg.

Mittags schreckt die Trillerpfeife des Hausmeisters die Indianer zurück zu den Greenhorns. Unkas, Winnetou und

Inschuschuna müssen zu Erbsensuppe oder Haferbrei oder Klößen. Hoffentlich Klöße. Man läßt die Kriegsbeile sinken und begibt sich mürrisch zu den Löffeln.

Also bis nachher. Aber nie konnte man dort wieder beginnen, wo man im Spiel aufgehört hatte. Jemand hatte keine Lust mehr, jemand blieb weg. Oder die Indianer waren sich inzwischen fremd geworden. Das kam von den Schularbeiten.

Die Marienkäfer waren dem Glashaus entkommen, oder der Sand hatte sie verschüttet. Die kleinen Löwen sind los.

Das Spiel verändert sich mit dem Winkel der Sonne. Für mich ist das kein Spiel. Ich möchte etwas, das bleibt. Ich bin ein Abenteurer nach innen. Es muß Savannen geben, die unvermutet im Sinn auftauchen; Wüsten oder Urwälder, aus denen man nicht durch Trillerpfeifen von Hausmeistern herausgerissen wird. Blaue Berge, von denen man nur selber weiß. Und niemand kann einen vor den Aufseher bringen, vor Rasierschaum und Hosenträger, und Gericht halten.

Ich muß diese sicheren Savannen finden. Vielleicht weiß noch niemand davon. Ich bin sicher, das steht nicht in den zerlesenen Büchern meines Bruders.

Manchmal schickt man uns in die Kirche. Sie ist gleich um die Ecke. Philipp-Melanchthon-Gemeinde. Roter Backstein wie meine künftige Schule.

Es ist wie im Kino, sagt mein Bruder. Da sei vorn anstelle einer Leinwand ein großes Bild von Jesus.

Ich bin in Sorge, daß ich dort reden muß. Nein, sagt Wolfgang, da mußt du ganz still sein. Aber es kommt dann doch anders. Nach der Predigt verteilen sich ein paar Männer in den Reihen der Kinder und reden freundlich auf uns ein. Man soll fragen, was man nicht verstanden hat.

Willst du denn gar nichts sagen? fragt mich einer von ihnen. Soll ich sage, daß es hier schön friedlich ist, daß mir aber trotzdem die Hände zittern?

Am schönsten ist die Orgel. Da redet niemand, und niemand fragt.

Meine Mutter geht nicht mehr zum Nähen. Sie schimpft auf die Chefin. Ich denke, sie hatten vor ihr Angst. Sie solle zum

Arzt gehen, sagen sie ihr, aber sie will nicht. Sie friert und legt sich ins Bett.

Wolfgang macht Schularbeiten oder spielt mit seinem Bleiauto, seinem Silberpfeil, Bernd Rosemeyer. Mein Teppichlabyrinth von ehedem wird zur Avus. Vorsicht an der Nordkurve.

Es ist was Schlimmes passiert. Im Treppenhaus wird getuschelt; meine Mutter erfährt es und sagt es dem heimkehrenden Vater.

Hast du gehört, Frau Soundso hat sich aufgehängt. Die kennst du doch. Die wir immer auf dem Markt getroffen haben und der du damals geholfen hast, den Korb nach Hause zu tragen.

Mein Vater weiß nicht, von wem die Rede ist, er kann sich nicht erinnern. Er kennt die Frau nicht. Und er hat von nichts gehört. Vor allem wäre es besser, wenn meine Mutter nichts davon erzählt. Was sollen die Leute denken!

Wie? Du kennst die Frau nicht? Du kannst dich nicht erinnern? Sag mal, warst du das etwa? Hast du die Frau aufgehängt?

Mein Vater ist empört.

Du weißt nicht mehr, was du redest. Sag bloß nicht, daß wir die Frau kannten, Ja, ich habe davon gehört. Ich weiß jetzt, wovon die Rede ist.

Warum hast du gesagt, du kannst dich nicht erinnern?

Um dich nicht aufzuregen. Und ich will nicht, daß du darüber sprichst!

Meine Mutter sagt nichts mehr. Sie ist verstört. Mein Vater ist verärgert. Er räuspert sich. Er zieht die Schultern hoch und den Kopf ein. Er muß noch was erledigen.

Wann kommst du wieder?

Ich kann dir nichts versprechen.

Das Gespräch ist vorbei. Es endete so wie die meisten Gespräche. Aber etwas blieb in der Luft hängen.

Man redet nicht mehr vom Strick.

Ich möchte mich nicht erinnern. Ich möchte weghören. Draußen blüht es. Ich würde gern in einer Hängematte in einem Baum schlafen. Aber die Hängematte wäre aus Stricken geflochten, und ich müßte auf einer Strickleiter zu ihr hochklettern. Nein, von dem Baum bleib ich lieber weg.

Erzähl mir von Indianern.

Mein Bruder will nicht mehr von Unkas reden. Er liest jetzt Rolf Torring und andere Schmöker, wie er sie nennt. Komischerweise sind sie alle zweiunddreißig Seiten lang.

Aber ich höre gern die alten Indianerworte. Unkas, Winnetou. Winnetou soll »heißes Wasser« bedeuten. Das muß ein Name für eine Seele sein. Das ist mehr als ein Mensch. Und für Manitu weiß er keine Übersetzung. Das ist für mich wie ein Schlüssel nach innen, für Abenteuer, die im Herzen beginnen. Das verborgene Gold. Die verlorene Blume. Die blauen Berge.

Zutritt für Erwachsene verboten. Leute mit Rasierschaum vor dem Mund dürfen den Friedhof der Träume nicht betreten. Hosenträger und Stricke aller Art sind nicht erlaubt.

Manitu ist auch die Pforte zum Schlaf. Mein Bruder weckt mich verärgert: Du knirscht schon wieder mit den Zähnen!

Mein Blutsbruder zürnt mir. Bald werde ich ganz allein sein.

Die Sache mit der erhängten Frau geht meinem Vater deutlich nach. Was reden die Leute, was denken sie. Gucken die etwa mißtrauisch?

Der Fintenreiche sucht ferne Lokale auf. Manchmal nimmt er mich mit.

Einmal sitze ich mit ihm im Lokal, und er flüstert mir zu: Ich muß mal weg. Ich komme wieder. Und wenn ich nicht komme, gehst du auch weg.

Ich bin mit meinem Himbeersaft zuende. Mein Vater war durstig. Da waren kleine Gläser mit was Klarem und große Gläser mit viel Schaum drauf.

Ich weiß nicht, was ich machen soll. Ich will nach Hause, aber ich bin nicht sicher, wie ich nach Hause komme. Ich muß den Wirt nach dem Weg fragen.

Der Wirt schimpft auf meinen Vater, weil er mich hier allein zurückläßt und die Zecke prellen will. Das Kind soll's nun auslöffeln.

Laß doch, sagt die Frau des Wirts, nicht vor dem Jungen. Der hat doch Angst. Laß ihn laufen.

Draußen wartet mein Vater auf mich.

Das hat aber lange gedauert, sagt er. Ich wollte schon weggehen, fügt er hinzu, dann hättest du sehen können, wie du allein nach Hause findest. Hast du etwa deinen Namen gesagt?

Einmal hatten wir schon fast die Wohnung erreicht. Da stürzen zwei Männer über meinen Vater her.

Haben wir dich endlich. Hast du etwa gedacht, du kannst dich drücken!

Ich bin erschrocken. Fremde Männer duzen meinen Vater. Die Männer haben bunte offene Hemden an und mein Vater einen dunklen Anzug mit Krawatte. Das macht auf die Männer aber gar keinen Eindruck.

Mein Vater ist blaß. Seine Nase wird ganz schmal. Er zieht den Kopf ein und nimmt die Brille ab. Das ist jetzt ein ganz fremder Mensch.

Die Männer wollen meinen Vater verhauen. Sie werden handgreiflich. Ich werfe mich mit Kindermut und weinend vor Schreck dazwischen. Die Männer lassen von dem halslosen Vater ab.

Sie betonen, daß sie ihn mit Rücksicht auf mich verschonen wollen.

Der Listenreiche faßt sich schnell. Na wenn schon, die können mich mal. Das ist alles ein Irrtum. Die haben mich verwechselt. Kein Wort darüber. Danke, daß du mir geholfen hast. Hat da jemand zugesehn? Hat da jemand aus dem Fenster geguckt?

Ich weiß von nichts. Ich sehe wie durch Schleier. Ich verstehe nichts mehr und habe längst aufgegeben, darüber nachzudenken. Die Ereignisse treten auf und jedes ist rätselhaft. Man kann keine Erklärungen erwarten für Dinge, über die man nicht reden darf.

Draußen hatte sich was verändert. Aus den Fenstern hingen Fahnen.

Das sind Hakenkreuze, sagte mein Vater. Aber es gab auch schwarz-weiß-rote Fahnen, und es gab rote Fahnen, da war das Hakenkreuz nur aufgenäht. Wenn es stark regnete, wurden die Fahnen eingerollt. Wer das vergaß, hatte das Nachsehen. Mein Vater feixte und zeigte auf eine Fahne, bei der das Rot ins Weiße gelaufen war.

Die sieht ganz verheult aus, wie? Mein Vater kicherte, wurde aber gleich wieder ernst. Es kamen Leute.

Wir hatten lange keine Fahne. Eines Tages brachte mein Vater eine mit nach Hause. Sie hing nun aus dem Kinderzimmer heraus. Sie wurde umständlich mit Schnur befestigt und hing klein und traurig runter. Die Leute im Haus spotteten.

Der ist doch PG, und dann so ein Fähnchen!

Einmal waren wir ziemlich weit gelaufen. Es kamen immer mehr Menschen zusammen. Ich sah braune Uniformen, Leute mit Armbinden. Und sie trugen Schaftstiefel; manche hatten nur eine Art von Lederstulpen über den Straßenschuhen. Stulpen auf Halbschuhen sahen komisch aus.

Guck mal, da will einer und kann nicht, grinste mein Vater.

Ich hatte Angst in der Menge. Ich faßte nach einer Hand; schließlich merkte ich, daß die Hand einem Fremden gehörte. Nun suchte der Fremde mit mir nach meinem Vater. Mein Vater hatte sich klein gemacht und war untergetaucht. Schließlich fanden wir ihn. Der Fremde war ganz stolz.

Hier haben Sie ihren Jungen zurück, sagte er. Er sagte »Kamerad« zu meinem Vater, aber er duzte ihn wenigstens nicht.

Mein Vater machte einen Scherz, über den ich erschrak.

Den Jungen kenne ich nicht, den können Sie mitnehmen, sagte er zu dem Fremden.

Er war nicht froh, daß ich wieder da war. Ich merkte, daß ich mich nicht freuen durfte. Wenn er das sah, bekam er eine schmale Nase.

Wir trotteten nebeneinander her. Meine Hand wollte er nicht. Wir sind doch Männer, sagte er und räusperte sich. Wir mußten zur Seite treten, es kamen Marschkolonnen, braune und schwarze. Die gingen im Gleichschritt und hatten Fackeln in den Händen.

Die Straße wurde immer breiter. Immer mehr Menschen. Man machte Witze, man lachte. Jemand rief »Aufschließen!«. Aber da war keine Tür. Viele wiederholten das Wort, das war so was wie ein Befehl. Man hakte sich unter. Nun machte auch mein Vater mit. Sein Lächeln fiel in die gewohnten Falten.

Irgendwo ging es nicht mehr weiter. Alles war dicht. Die Fackeln waren angezündet worden, denn nun wurde es dunkel. Erst wurde gesungen, dann wurde gerufen und schließlich schrie alles und tobte.

Wir standen am Brandenburger Tor. Es war der 30. Januar 1933. Jemand schenkte mir eine abgebrannte Fackel.

Die Schonfrist ist abgelaufen. Ich habe zu Hause Lesen und Schreiben gelernt und werde nun eingeschult. Ich habe einen braunen Ranzen, eine hölzerne Federschale und eine Schiefertafel, an der ein Schwamm baumelt.

Meine Mutter begleitet mich. Ich bin der erste oben auf der Treppe. Aber andere drängen nach und mich hinunter. Erst auf die zweite, dann auf die dritte Stufe. Die anderen Mütter lachen und winken. Meine Mutter ist empört. Ihr Sproß wird zurückgedrängt, bevor es überhaupt begonnen hat. Sie fürchtet das Schlimmste. Der wird überrundet, der wird abgehängt. Der wird sitzenbleiben.

Endlich wird die Tür geöffnet, die Pforte zum Verlies. Der Schwächling wird mitgeschoben und eingezwängt und hockt schließlich ramponiert – und um den Schwamm, der aus seinem Ranzen herausbaumelte, erleichtert – in einer der vorderen Bänke.

Das ist ein schlechtes Omen. Ich werde mich nicht verschreiben dürfen. Der Schwamm ist weg, und der Lehrer sieht alles.

Es riecht nach Leder, Kreide, Schweiß und Urin.

Der Lehrer hält eine Ansprache. Ich forsche in seinem Gesicht. In der Spindecke steht es wirklich, das versprochene Utensil, der Rohrstock. Damit wird man mir das Stottern abgewöhnen.

Die Mütter sind weggeschickt worden. Wir üben ein Lied und dürfen nach Hause.

Meine Mitschüler lehnen mich ab. Sicherlich werden sie mich am Ende irgendeiner Schulstunde verhauen, weil ich lesen und schreiben kann und sie Auf- und Abstriche, schräg und gerade, rund und eckig üben müssen. Mir ist gar nicht wohl. Schon haben sie einen anderen Schüler, weil er so fleißig war, mit einer Schreibfeder, der man Papierflügel zum Werfen angeheftet hatte, ins Auge getroffen. Der hatte dann lange Ferien und erschien eines Tages mit einem Glasauge wieder in der Klasse.

Schließlich bekomme ich ein gutes Zeugnis. Mutter triumphiert. Das zeig mal deinem Vater!

Der bekommt eine schmale Nase. Er ist verärgert. Ich bin ihm in den Rücken gefallen. Ich hab meiner Mutter gegen ihn recht gegeben. Ich kannte die Regeln in diesem Streit nicht. Die guten Zeugnisse sind ein Makel mehr.

Eine Schulstunde ist ausgefallen. Ich komme früher als erwartet. Ich habe keinen Schlüssel. Meine Mutter meint, ich würde ihn sicher verlieren oder andere Kinder könnten ihn mir wegnehmen.

Ich höre Geräusche in der Wohnung. Ich höre meine Mutter, ich höre sie seufzen, stöhnen, schreien. Ich klingele Sturm. Ich trommle gegen die Tür.

Hilfe, man bringt meine Mutter um!

Die Nachbarin macht nicht auf. Dann höre ich die Stimme meiner Mutter hinter der Tür.

Du kannst jetzt nicht rein. Du hast was in der Schule vergessen. Du hast noch eine Stunde Unterricht. Geh zurück in die Schule.

Nein, die Stunde fällt aus.

Ich klingle vergeblich, setze mich dann traurig auf die Treppe und lasse die Tür nicht aus den Augen. Von oben kommt eine Frau herunter.

Komm mit mir, sagt sie, warte so lange bei mir. Deine Mutter ist noch nicht da.

Doch sie ist da. Ich hab sie doch eben gehört.

Komm mit zu mir.

Ich setze mich neben diese Frau, die mich freundlich ansieht und vor einer Nähmaschine Platz nimmt.

Was ist mit meiner Mutter? Warum schreit sie so? Wer tut ihr was? Ich verstehe das nicht.

Du brauchst dir keine Sorgen zu machen, mein Junge.

Endlich darf ich hinunter. Meine Mutter macht die Tür auf und fragt: Wo warst du denn so lange? Ich hab schon gewartet.

Und unten geht eine Tür, jemand verläßt das Haus.

Wehe, du sagst was deinem Vater.

Nun darf ich beiden nichts sagen. Es ist besser, ich stelle das nutzlose Stottern ein. Wozu noch mit gepreßtem Atem Worte herausbringen, die mir nur Verdruß bringen und die sowieso keiner hören will.

Ich schäme mich. Im Treppenhaus drücke ich mich scheu an den Leuten vorbei. Am liebsten wäre ich unsichtbar. Meine Ohrenschmerzen nehmen zu. Ich fürchte mich vor dem heißen Öl, das man mir gegen die Schmerzen einträufeln will. Aber es hilft. Schon wegen der Watte, die dann eine Weile im Gehörgang bleiben muß.

Ferne Geräusche, gedämpfter Streit. Für eben und jetzt wird niemand kommen.

Die schöne, schreckliche Lust zu lesen suchte mich heim. Unstillbar war diese Sucht nach Büchern. Im Lande des Mahdi. Ich ritt durch die Wüste und erfuhr endlich von Winnetous Tod; von seinem zerfetzten Testament und von der rätselhaften Bedeutung weniger Silben, die im Wind treiben.

Kaum daß ich meinen Namen schreiben konnte, hatte ich ihn auf ein Papierschiffchen geschrieben. Das vertraute ich nach einem Wolkenbruch dem rinnenden Wasser am Straßenrand an. Das Schiffchen verschwand in einem Gulli. Mein Name ins Wasser geschrieben.

So war es mit Winnetous Testament. Eine unentzifferbare Inschrift flatterte in den Abgrund. Die Papierfetzen trieben in der Luft. Der Wind trug sie fort.

Diese Luft will ich atmen. Diese unlesbare Schrift könnte mein Stottern bannen, könnte mich mündig machen.

Nein, der Goldschatz ist nicht zu finden. Ratten werden an den Nuggets nagen. Niemand kennt den Weg in den schweigenden Berg. Der Häuptling der Apachen steht mit seiner Silberbüchse unter einem Baum, der nur in einer Sage vorkommt. Der sagenhafte Baum muß einen bestimmten Schatten werfen. Das ist die Stunde, die keiner kennt. Das ist niemals. Das ist immer.

Ich liege in der Badewanne; Wirrblick ist abgelenkt. Der Vater kommt an die Wanne.

Steh doch mal auf, halte mal kurz hier das Kabel. Du mußt mir helfen. Nein, hier an den beiden blanken Enden mußt du es halten. Hast du nasse Hände? Ja, so ist es gut.

Bin ich ausgerutscht oder nicht?

Wirrblick reißt die Tür auf. Sie hat den Vater gehört. Der rollt das Kabel zusammen und steckt es in die Tasche. Wirrblick fehlen die Worte, dann stammelt sie hastig: Los, zieh dich an, raus aus der Wanne.

Sie reißt den Stopfen aus dem Abfluß. Ich bin ihr nicht schnell genug. Halbnaß bin ich endlich in Hemd und Hose. Wirrblick zieht mir eine Jacke über, die längst zu eng ist, und verläßt mit mir die Wohnung.

Ich warne dich, ruft der Vater ihr nach: Wehe, das überlebst du nicht. Überleg dir, was du tust.

Das mußt du gerade sagen, ruft sie entschlossen zurück.

Von wegen, ich spinne und das wüßten doch alle. Und mir

wird keiner glauben. Das wollen wir doch mal sehn. Wir gehn jetzt zur Polizei, die müssen uns helfen. Der will uns umbringen.

Wir gehen sehr schnell. Dann wird meine Mutter langsamer.

Was soll ich nun sagen? Du mußt von dem Kabel erzählen. Sag, wie es war.

Wie was war? Was soll denn sein mit dem Kabel?

Wir stehen vor dem Polizeibüro. Niemand geht rein, niemand kommt raus.

Wenn doch nur jemand käme und uns einen Rat gäbe. Was soll ich bloß machen? Sag doch, sollen wir reingehen?

Ich habe Angst, daß die Polizei mich wiedererkennt. Sie werden vom Tod der Oma erzählen und werden sagen, wie es gewesen ist und was ich alles verschwiegen habe. Manchmal habe ich das alles fast vergessen. Die bedrückende Traurigkeit, das Schuldgefühl sind einem unbestimmbaren, dunklen Befürchten gewichen. Das ist fast ohne Ursache; das bleibt in der Schwebe wie ein zerfetztes Papier in der Luft. Nun steh ich hier vor der gleichen Tür, aber niemand kommt raus und sagt zu meiner Mutter wie damals zum Vater: Warum kommen Sie nicht. Wir warten auf Sie!

Meine Mutter verläßt der Mut.

Der wird uns alle umbringen, sagt sie. Ich bin den Strick leid und die Würgemale. Er wird sagen, ich spinne, es ist alles nicht wahr. Und wem werden sie glauben? Nein, hier kommt keiner raus. Ist vielleicht überhaupt keiner mehr da. Was wird nun werden? Wir werden sagen, wir waren nicht hier. Er wird froh sein, daß keiner was weiß. Komm wir gehen zurück, na und sowas nennt man nach Hause.

Mein Vater, regattaerfahren, macht mit uns eine Bootsfahrt. Müggelsee, Havel, ich weiß nicht mehr.

Vater spricht mit dem Bootsverleiher, stellt sich mit einem anderen Namen vor. Der lächelt und meint: Ich glaube, ich kenne Sie, heißen Sie nicht anders?

Nein, das muß ein Mißverständnis sein.

Meinem Vater ist es noch zu hell. Abends macht es mehr Spaß, meint er.

Wir kommen später wieder.

Mein Vater entscheidet sich für einen ganz bestimmten Kahn. Der hat ein Leck. In der Dämmerung fällt das nicht so auf. Der Bootsverleiher ist gehbehindert.

Lassen Sie, wir kommen schon selber klar!

Die Brüder teilen sich die beiden Ruder. Jeder hat seine Seite. Der Vater steuert. Er weiß, wo er hin will. Er will weit auf den See, auf die andere Seite. Dort ist Wald. Dort ist es schöner. Dort sind keine Leute. Dort sieht uns niemand. Es wird rasch dunkel. Wir wechseln die Plätze, jetzt will der Ränkevater rudern. Wir passen nicht auf. Ein Ruder ist weggeglitten. Ränkevater tut, als bemühe er sich, mit dem anderen Ruder das verlorene aufzufischen, dabei geht auch das zweite verloren. Pech gehabt, kann vorkommen. Plötzlich ist der Stopfen von der Leckstelle des Bootes verschwunden. Wasser dringt ein. Wir bekommen nasse Füße. Mein Bruder findet eine Blechdose im Boot. Die hatte der Vater nicht gesehn. Kann vorkommen. Wolfgang schöpft und schöpft.

Ich habe inzwischen schon Hilfe gerufen. Niemand hört uns. Mein Vater grollt: Du Memme, halt den Mund.

Wolfgang entdeckt den Stopfen zum Leck in Vaters Hand. Der tut erstaunt.

Ja, der paßt. Ist ja seltsam!

Die Ruder sind weg, die treiben auf dem See. Wir rudern mit den Händen.

Mein Bruder flüstert mir zu: Die Ruder hat er mit Absicht weggleiten lassen. Der wollte uns versaufen lassen. Er kann schwimmen. Wir nicht. Komm, wir müssen hier raus.

Der Vater ist verstimmt, wortkarg, bleich. Er hat umsonst nasse Füße.

Zu Hause davon kein Wort, hört ihr. Das geht keinen was an!

Wir sind froh, daß wir Boden unter den Füßen haben. Unkas ist schweigsam. Das sind nicht mehr die Jahre des

Nägelkauens. Jetzt braucht man Witterung und gute Augen für lecke Stellen.

Was wird mit dem Boot? Wir müssen es doch zurückbringen?

Ach was, der kann mich mal, der kennt mich nicht, der hat sich geirrt. Nicht mit mir. Und na wenn schon.

5
KUCKUCK UND PISTOLE

Den Bettlern sollte nichts mehr gegeben werden.

Gehen Sie doch zur NSV, sagte meine Mutter. Ich wußte nicht, was NSV ist. Das mußte mit Essen und Bettlern zusammenhängen. Manche Bettler wurden böse, wenn das Wort fiel. Sie lachten mitleidig, sagten was von Lager und daß wir nicht wüßten, was wir reden. Bettler waren seltsame Leute; einer sang laut und hielt sich am Geländer fest. Mir kamen sie unheimlich und verwegen und manchmal wie verirrte Trapper vor.

Wir hatten eine Kerbe an der Tür. Die soll ein Bettler gemacht haben. Ich fragte meinen Vater, was sie bedeutete.

Na, was soll das schon heißen, sagte er, vermutlich gutmütiges Luder. Und er meinte wohl meine Mutter damit.

Einen Stock über uns soll ein Bettler eine ganze Schmalzstulle an die Tür geklebt haben. Vielleicht war das der Sänger mit dem Trapperhut, der wollte wohl Zungenwurst haben.

Einmal saß mein Vater mit mir in einem Lokal. Er trank sein Bier. Da ging die Tür auf und eine ganze Schlange von SA-Männern kam herein. Sie spielten Ente und sagten alle »quak-quak«. Mein Vater stand auf und wollte rasch weg. Aber die Schlange nahm kein Ende. Das Gequake dröhnte uns in den Ohren. Die anderen Leute lachten. Mein Vater konnte nicht schnell genug weg, und die da hereinkamen waren gutmütig. Einer hielt ihn fest und sagte: Bleib doch hier, du kannst mir ein Bier spendieren.

Irgendwie kamen wir raus.

Die haben mir gerade noch gefehlt, sagte mein Vater, diese dämliche Anbiederei, die suchen nur Dumme. Nicht mit mir, die können mich alle mal. Na, wenigstens hab ich bei dem

Gedränge mein Bier nicht bezahlen brauchen. Schade, ich hätte noch schneller trinken sollen, hätte sich gelohnt.

Die Leierkasten kamen auch nur noch selten. Das Lied von der goldenen Gans hatte ich fast vergessen. Man warf keine Groschen mehr aus dem Fenster. Die Groschen steckte man jetzt in große weiße Blechdosen, die klapperten an allen Straßenecken.

Guck mal, sagte mein Vater, jetzt betteln sogar die Polizisten. Alles für die Winterhilfe.

Mein Vater drückte sich, wo und wie er nur konnte. Aber es war einfacher geworden, er brauchte nur auf das Rasseln und Klappern achtzugeben. Manchmal unterbrach er seinen Pirschgang für eine Weile in fremden Hausfluren. Er gab keine Erklärung. Ich fragte nicht. Ich hatte es aufgegeben.

Aber mein Vater prägte einen Satz, den ich immer wieder hören sollte. Er sagte ihn damals und sagte ihn später, wann immer es um mich und meine Zukunft gehen sollte: Schade ums Geld!

Ich hatte nichts zu hoffen, doch ich wußte es nicht. Ich trabte wortlos neben ihm her, blieb stumm neben ihm im Hausflur stehen. Er war auf der Flucht. Auch vor mir.

Warum rennst du mir immer nach? sagte er.

Wo hast du deinen Vater gelassen? fragte meine Mutter.

Wenn der fintenreiche Vater mit mir allein fortgeht, fragt meine ahnungsvolle Mutter jetzt immer seltener: Wann kommt ihr wieder und wie wird es mit dem Essen? Sie fragt jetzt immer häufiger: Nicht wahr, versprich mir, du bringst ihn doch nicht um?!

Und ich stehe schon ein paar Stufen tiefer auf der Treppe und meine, mich verhört zu haben. Schmalnase zieht gekränkt, ertappt, fast hoffnungslos die Schultern hoch und blickt mir kühl und nichtssagend in die Augen.

Ich gehe neben ihm her und weiß nicht, was er vorhat. Es hat keinen Sinn, Fragen zu stellen. Der fremde Mann im Mantel neben mir ist tief in Gedanken, er hat einen Plan, und den verwirft er; er braucht einen neuen Plan, aber der ist auch nicht gut.

Es darf keine Zeugen geben und keine Spuren.

Es muß wie von selber kommen.

Es muß ein Unglück sein.

Weißt du, wohin wir gehen?

Nein!

Weißt du, wie du heißt?

Nein!

So ist es gut. Ränkevater räuspert sich, du weißt doch, du kannst Vertrauen zu mir haben.

Ich habe banges Vertrauen. Ich hoffe, daß meine Zuneigung ihn endlich von mir überzeugt.

Mein Vater strebt mit mir dem großen Bahnhof zu. Dort wo die Fernzüge einlaufen. Die Halle ist voller Dampf und Lärm. Es zischt und stößt und rasselt.

Ich soll eine Bahnsteigkarte lösen. Ich soll allein durch die Sperre gehn. Er kommt gleich nach. So geschieht es auch. Will er sehen, wie selbständig ich bin? Will er nicht an der Sperre mit mir gesehen werden?

Wir gehen dann doch gemeinsam auf den Bahnsteig hinaus.

Komm nach vorn, geh mit Abstand hinter mir her. Dort vorn sind weniger Leute. Dort haben die Züge noch Fahrt, das macht mehr Spaß, da kannst du die Lokomotiven noch unter Dampf sehen!

Vorsicht am Bahnsteig. D-Zug aus Stettin hat Einfahrt. Zurücktreten von der Bahnsteigkante!

Ich stehe neben meinem Vater.

Plötzlich zieht er mein kleines Lieblingsspielzeug aus der Tasche, meinen Silberpfeil, ein Bleiauto. Er weiß, wie sehr ich daran hänge. Er wirft es auf die Gleise.

Komm rasch, mir ist was hingefallen. Hol es schnell rauf, ehe der Zug kommt. Ich helfe dir wieder hoch. Die Gleise liegen tief. Der Vater sieht mich bleich an. Beeil dich.

Ein Mann mit einem großen Hammer kommt vorbei.

Laß nur, mein Junge! Er steigt runter, gibt mir das Auto.

Dann blickt er meinen Vater sehr lange an. Er will etwas sagen und sagt schließlich zu mir: Sieh dich vor! Dieser Mann will dir was tun. Geh lieber nach Hause.

Das ist doch mein Vater!

Mischen Sie sich nicht ein, herrscht ihn mein Vater an.

Aber der andere erwidert: Ich habe Sie genau beobachtet. Sie lassen sich hier besser nicht mehr sehen. Außerdem haben Sie sich verrechnet. Wie Sie sehen, läuft der Zug auf der Gegenseite ein.

Mein Vater hat eine schmale Nase. Die ist vor Enttäuschung noch blasser. Das Spielzeugauto hat er mir wieder weggenommen. Was soll es in seiner Tasche?

Er versucht es noch einmal.

Ich stehe am Bahnsteig. Mein Vater blickt um sich. Die Halle ist voll Dampf und Lärm und voller Leute.

Bleib hier jetzt stehn. Rühr dich nicht von der Stelle.

Der Zug rollte ein. Mein Vater dreht mir den Rücken zu. Ich weiß seinen schützenden Rücken hinter mir und vor mir das Gleis, darauf der anrollende Zug aus Königswusterhausen.

Plötzlich tritt mein Vater zurück, stößt mich zum Gleis. Im Fallen drehe ich mich zu ihm hin, bekomme seinen Arm zu fassen, klammere mich an ihn. Der Bleiche schreit: Laß mich los, du ziehst mich ja auf die Schienen!

Nun eilen Leute herbei. Sie haben etwas gesehen.

Der Mann hat den Jungen gestoßen. Das war Absicht. Junge, bleib hier, geh nicht zu dem Mann, der will dir was tun. Wie heißt du denn?

Ich darf meinen Namen nicht sagen. Der Mann ist mein Vater!

Das ist unerhört. Der gehört angezeigt. Da kommt ja schon die Bahnpolizei.

Bitte, lassen Sie mich weg, sage ich.

Mein Vater ist fort. Ich kann ihn nicht mehr sehn. Dampf, Rauch, Lärm, aufgeregte Leute, ganz empörte in meiner Nähe.

Jemand lacht: Dahinten rennt er ja, dein Vater. Der hats aber jetzt eilig.

Ich strebe ihm nach. Ich bin wieder die Marionette, die ihre Beine nicht mehr spürt. Ich denke, daß meine Atemnot vom Rauch kommt. Ich will mein Spielzeugauto haben, ich will hier raus, ich will, daß mein Vater mir das Mißverständnis erklärt, daß alles halb so schlimm ist, daß er nicht vor mir weglaufen wollte und auch nicht schuld ist an dem Vorfall und daß er endlich wieder das beruhigende Na wenn schon und ich bin doch dein Vater zu mir sagt.

Fintenvater steht bleich im dunkelblauen Mantel hinter einer Anschlagsäule, dort, wo die Lampe einen Schatten gelassen hat.

Da bist du ja, wo warst du denn so lange? Ich dachte, du bist schon weitergegangen und habe mich darum so beeilt. Was war denn da los? Was wollten die Leute von dir?

Die wollten wissen, wer du bist und wie ich heiße.

Du hast es doch nicht etwa verraten? Das wäre gegen die Verabredung.

Nein, ich habe geschwiegen.

Dann ist es gut. Hier ist dein Auto, ich habs im Trubel gerettet.

Mein finsterer Vater ist entschlossen. Noch einmal strebt er mit mir auf einen Bahnsteig. Ein paar Wochen nachher. Er ist in Eile und ist in Gedanken.

Frag nicht, komm mit. Vielleicht holen wir Onkel Otti vom Bahnhof ab.

Mein Vater prüft die Ankunftsliste, die Bahnsteignummern, den nächsten Zug. Wieder gehn wir getrennt durch die Sperre. Ich will keinen Ärger haben. Ich erklär es dir später. Warte auf mich.

Ich warte, und er geht vor mir her.

Es klappt nicht. Ich halte mich krampfhaft an seiner Hand. Schließlich schüttelt er mich ab und sagt: Geh da herum! Ich soll, während der Zug einrollt und ich halb erstickt vom Dampf bin, zwischen Bahnsteig und den wartenden Gepäckkarren hindurchgehen. Die Männer, die dort stehen, hindern mich daran.

Halt, nicht hier durch. Du kommst unter die Räder!

Mein Vater will, daß ich hier gehe.

Aber wo gibts denn so was! Halten sie den Mann auf, schnell!

Mein Vater wird festgehalten. Nein, er kann sich nicht sofort losreißen. Er muß es sich gefallen lassen, daß ein Mann im schwarzen rußigen Anzug ihm die Faust vor das bleiche Gesicht hält.

Sie sollten sich schämen, Sie Pinkel im Anzug, daß Sie so leichtfertig mit dem Leben eines Kindes umgehen. Sie sollten froh sein, daß Sie den Jungen haben.

Den können Sie haben, wenn Sie wollen!

Ach so ist das. Also das sag ich Ihnen, wenn diesem Kind was passiert, ob hier oder woanders, dann steht es in der Zeitung, das krieg ich heraus und bei Gott, ich finde Sie, darauf können Sie sich verlassen.

Mein Vater hat sich inzwischen wie angeekelt aus dem Griff des Mannes befreit.

Was fällt Ihnen ein. Wissen Sie denn, wen Sie vor sich haben. Kümmern Sie sich gefälligst um Ihr Gepäck und nicht um meine Angelegenheiten.

Ich höre den Mann antworten, aber die Worte erreichen uns nicht mehr. Mein Vater hat mich mit sich fortgezogen. Wir verlassen schnell den Bahnhof. Wer weiß, vielleicht sagt der Junge doch mal seinen Namen.

Nein, ich will keinen Ärger haben.

Schmalnase atmet tief durch. Er hat eine trockene Kehle.

Du mußt einsehen, sagt er, das war Aufregung genug. Du hast mich falsch verstanden, kein Wunder bei dem Lärm vorhin. Was der Mann da zu mir gesagt hat, habe ich kaum verstanden. Wer weiß, was der gesehn und wen er gemeint hat. Am besten ist, du vergißt das Ganze. Von hier findest du ja den Weg nach Hause allein. Ich hab noch was zu erledigen.

Zu Hause wird mich die Mutter verärgert fragen: Wo hast du deinen Vater gelassen? Warum bleibst du nicht bei ihm? Warum hast du ihn nicht mitgebracht?

Ich sitze an meinem Klapptisch zwischen Fenster und Bett und mache Schularbeiten. Da ist etwas. Irgend etwas geschieht. Ich fühle ein inneres Ziehen, mehr einen Ruck. Und dann, ganz schwach zuerst, bald aber unüberhörbar meinen Namen.

Achim! Sieh dich doch mal um!

Auf dem Stuhl hinter mir an der Wand, von mir nur durch den schmalen Gang getrennt, der zur Tür führt, sitzt eine ältere Frau. Sie hat graues Haar. Ich kenne sie nicht. Sie hat neben sich eine kleine Ledertasche.

Die Frau blickt mich freundlich an und sagt, sie sei schon öfter hiergewesen und ich hätte sie nicht bemerkt. Warum ich denn nicht wiedergekommen sei, ich wüßte schon wohin, und sie solle mich von der Oma grüßen.

Wieso, wer sind Sie? Ich kenne Sie nicht. Meine Oma ist doch tot!

Na ja, das sage man so. Und wo denn mein Vater sei. Ich müsse mich vor ihm vorsehen. Mein Vater wolle mir etwas antun. Wir haben Angst um dich.

Ich verstehe Sie nicht. Wer sind Sie denn? Sie wollen doch sicher zu meiner Mutter. Die ist nebenan.

Nein, ich will zu dir. Wenn du deine Mutter rufst, muß ich weg. Wo ist denn dein Vater?

Mein Vater kommt erst abends nach Hause.

Und nun wird die unbekannte, kleine, grauhaarige, freundliche Frau plötzlich sehr unruhig. Im Flur war ein Geräusch.

Kommt jetzt dein Vater? Ich hab Angst? Hat er wieder einen Strick dabei? Kommt er jetzt?

Nein, mein Vater ist nicht da. Draußen ist meine Mutter. Warten Sie, ich hole sie.

Bleib hier, geh nicht weg. Ich wollte wirklich nur zu dir. Wenn du gehst, muß ich verschwinden!

Mir ist nicht wohl bei diesem Gespräch mir der fremden Frau. Wie kommt sie in mein Zimmer? Jemand muß sie doch hereingelassen haben. Ich möchte nicht länger mit dieser Frau allein sein. Ich stehe auf und gehe an ihr vorbei zur Tür. In diesem Moment spüre ich einen sehr deutlichen kalten Hauch.

Aber ich drehe mich nicht mehr um. Ich hole meine Mutter ins Zimmer und weiß schon, ohne hinzuschauen, daß die fremde Frau nun nicht mehr da ist. Meine Mutter ist beunruhigt, sie prüft, ob die Wohnungstür verriegelt ist. Wie immer hängt die Kette davor. Es ist niemand da, in keinem Zimmer, auch nicht auf dem Balkon.

Du mußt dich getäuscht haben. Du hast gerträumt. Hast du vielleicht Fieber?

Ich habe kein Fieber. Ich habe Schularbeiten gemacht. Die Frau hat mich vor Vater gewarnt, und sie hatte Angst vor ihm. Da ist was mit dem Strick!

Meine Mutter wird sehr still und nachdenklich.

Schmalnase kommt abends sehr blaß zu mir ins Zimmer.

Was hast du da erzählt? Wer war die Frau? Wie ist sie reingekommen und was hat sie gewollt?

Sie hatte Angst vor dir. Und sie hat mich vor dir gewarnt. Ich verstehe das nicht.

Schmalnase räuspert sich, zieht die Schultern hoch, seine Hornbrille sieht an mir vorbei.

Du verschweigst mir etwas. Du weißt doch sicher, wer die Frau war. Du erzählst da eine Geschichte. Du willst mich wohl auf die Probe stellen? Sieh dich bloß vor!

Nein! Wer war denn die Frau? Kannst du dir denn denken, wer sie gewesen sein könnte?

Wieso ich? Woher denn? Wie meinst du das?

Ich weiß nicht. Die Frau hat doch gesagt, daß sie dich kennt. Sie hatte Angst.

Also hör zu! Sprich nicht mehr darüber, vor allem nicht mit deiner Mutter! Die ist immer gleich so aufgeregt. Es ist besser für dich, wenn du das für dich behältst. Schon in deinem Interesse. Und wenn die Frau noch einmal wiederkommt, dann schick sie weg, beachte sie gar nicht. Die will dich doch nur aufhetzen gegen mich. Und du hast doch Vertrauen zu mir, oder nicht?

Ja, aber ...

Kein Aber! Schluß jetzt! Das bleibt unter uns! Das mußt du vergessen! Denk nicht mehr dran!

Ich darf nicht fragen. Ich darf nicht daran denken. Ich darf nicht hinsehen. Ich darf nicht darüber reden. Ich muß schweigen. Ich muß Vertrauen haben. Ich muß vergessen. Ich muß alles für mich behalten.

Wir sitzen gemeinsam um den runden Tisch, um den mit den Löwenpranken. Jeder hat seinen Teller vor sich. Die Mutter hat die Suppenterrine auf den Tisch gestellt. Wir löffeln schweigend.

Plötzlich springt die Tür auf, sie öffnet sich leise und geht so weit auf, wie ein Mensch benötigt, um ins Zimmer zu kommen.

Wir sind alle erschrocken. Mein Vater wird blaß. Er blickt kurz zur Tür und dann auf mich. Ich habe vor Angst nur den einen kleinen Satz herausgebracht: O wer da kommt! Dabei sah ich niemanden, war nur erschrocken.

Mein Bruder fragt locker und amüsiert: Na wer denn, ich seh nichts?

Meine Mutter steht auf, geht zur Tür, blickt auf den Flur, schließt die Tür erneut, die sie vorher vermutlich nicht fest genug angedrückt hatte, so daß ein Luftzug genügte, sie aufspringen zu lassen. Dann setzt sie sich wieder hin. Auch sie hat sich erschrocken, sie löst sich nun von diesem Schrecken, indem sie mir eine runterhaut.

Na, nun sag mal, wer da kommt!

Mein Vater ist skeptisch. Er bleibt blaß, seine Nase ist ganz weiß. Wolfgang lacht und sagt: Indianer kennen keinen Schrecken.

Später fragt mich der Vater: Nun sag ehrlich, wen hast du gesehn, ich will das jetzt genau wissen!

Die Lage wird ernst. Wir haben kein Geld mehr, und das wird ruchbar.

Manches hat mein Vater zum Pfandleiher gebracht. Bei einer Schwägerin ist Schmuck verschwunden. Meine Mutter besaß einen kostbaren Ring. Den kann sie nicht mehr finden.

Erst klingelt ein Kneipenwirt persönlich. Dem gibt meine Mutter Bescheid.

Sie haben mir gerade gefehlt. Geben sie doch dem Kerl nichts zu saufen!

Ihr Mann hat gesagt, ich soll zu Ihnen gehen und kassieren!

Ist das bei Ihnen so üblich? Da tun Sie mir aber leid. Bei mir ist nichts zu holen.

Meine Mutter hat die Kette von der Tür nicht gelöst. Sie spricht durch den Türspalt. Die anderen Leute im Haus hören mit. Ihr ist es schon egal.

Dann kommt einer in anderer Sache, ein Mann in amtlicher Eigenschaft. Er klingelt. Eine Frist ist verstrichen. Die Mutter geht im Bademantel an die Tür.

Tut mir leid, sagt sie, ich bin nicht salonfähig, ich kann Sie nicht empfangen.

Der Mann hat Humor. Er lacht und sagt: Ich will nicht zu Ihnen, ich will in Ihren Salon, ich muß was pfänden.

Kommen Sie, wenn mein Mann da ist.

Wann kommt Ihr Mann?

Das fragen Sie ihn mal selber, der kann nichts versprechen. Der ist unterwegs.

Der Mann kommt wieder. Meine Mutter muß ihn hereinlassen.

Der Mann mit dem Aktenkoffer bedauert; sieht sich um, als wäre er hier zu Hause und erfüllt seinen Auftrag. Die Standuhr, den Schrank mit den geschwungenen Linien und den großen Tisch mit den Löwenpranken hat es erwischt. Den Porzellanteufel will er nicht nehmen.

An welchem Tisch sollen wir nun essen, fragt meine verzweifelte Mutter.

Sie haben doch noch einen Küchentisch. Außerdem haben Sie ja noch Zeit, und die Dinge bleiben noch hier.

Die Uhr schlägt jetzt auf Pump. Auf die Löwenpranken paßt nun ein Papiervogel auf, den man Kuckuck nennt. Habe und Zeit sind geliehen. Schmalnase beunruhigt das nicht.

Na wenn schon. Das wollen wir erst mal sehn.

Schmalnase braucht ein Opfer. Als erstes muß der unnütze

Fresser weg. Felix, der Kater, der den Vater böse kratzt und der sich meist in mein Bett verkriecht. Er wird nicht zum zweitenmal in den Christbaum springen. Wir werden sowieso keinen haben.

Der Listenreiche tut so, als wolle er das Tier zu einem Arzt bringen, um es einschläfern zu lassen. Mein Vater hat jetzt einen Rucksack. Den wird er von nun an behalten. Eines Tages wird er nach dem Rucksack genannt werden. Aber jetzt und später weiß keiner, was darin ist, nämlich ein Strick.

Heute kommt der Kater hinein, dazu ein Beil und ein Sack, aber das haben wir nicht gesehen.

Es ereilt Felix am Landungssteg, unten am Kanal. Es war kein Zeuge dabei. Es mußte wie immer sein.

Wütend kam der Vater nach Hause, mit Kratzspuren.

Er geht mit uns zum Kanal. Es ist schon dunkel, Wolfgang und ich folgen zögernd. Wir wissen nicht recht, ob wir uns oder den Vater retten müssen. Wir stehen nebeneinander am Steg, dicht am Wasser. Auf der Brücke oben brennen die Gaslaternen.

Liebst du mich, fragt mich mein Vater.

Ja, warum fragst du?

Würdest du hier ins Wasser springen für mich?

Nein, ich kann nicht schwimmen.

Aber ich würde dich doch retten.

Warum soll ich dann springen?

Ich bekomme Geld dafür, wenn ich dich rette. Und wenn du untergehst – Ertrinken ist nicht schlimm. Du kommst direkt in den Himmel. Die Sterne da oben, siehst du, die leuchten auch da unten.

Wolfgang hat sich ein Stück von uns zurückgezogen. Ich sehe ihn an der Treppe. Er winkt, ich soll kommen.

Ich bin traurig wie mein Vater. Wir können einander nicht helfen. Ich verstehe ihn nicht. Er tut mir leid.

Einmal ist mein Vater hier im Winter mit uns aufs Eis gegangen. Der Kanal war nicht zugefroren. Wir hielten uns an den Uferseiten. Nur ich als der Leichteste von uns sollte zur Mitte gehen. Ich hörte das Eis unter meinen Schritten knirschen und reißen. Oben auf der Brücke hatten sich viele Menschen versammelt. Man rief, man drohte, man schimpfte. Ein Polizist kam zu uns herunter. Mein Vater hatte keinen Ausweis bei sich. Er nannte einen falschen Namen und eine falsche Adresse. Ich hab sie in Erinnerung behalten. Hufeisenstraße. Mein Vater wählte das Glückssymbol. Der Polizist verglich die Angabe in seinem Buch. Er war beruhigt. Die Straße gab es wirklich. Und dann sagt er: Sie müssen verstehen, die Leute da oben regen sich auf. Mir klopfte er auf die Wange.

Nun laß mal, Kleiner, zu Hause gibts heiße Klöße!

Und als wir ein Stück gegangen waren, sagte der Listenreiche: Zu Hause kein Wort darüber, klar!

Damals hatte mein Vater in sich hineingelacht und sich die Hände gerieben. Heute steht er lange hilflos am dunklen Kanal, und die beiden Söhne wissen nicht, ob sie warten und ihn beobachten, ob sie Hilfe holen oder gar nichts machen und nach Hause gehen sollen.

Es gibt keine Verständigung. Es ist in allem schleichende Sorge und ungewisser Ausgang.

Das sind nicht die Abenteuer, die wir gesucht hatten, wenn der Vater manchmal mit uns über die Dachböden des ganzen Häuserblocks gegangen war. Er hatte sich seinen Säbel aus dem Weltkrieg umgeschnallt und uns die Blutrinne an der Schneide gezeigt.

Der Säbel ist versetzt.

Der Rätselvater steht leicht schwankend am Wasser. Erst geht mein Bruder weg, ich folge ihm nach einer Weile. Mit Abstand, noch langsamer, folgt der Vater.

Wo habt ihr ihn gelassen?

Er kommt gleich nach.

Der Fintenreiche macht keinen sieghaften Eindruck. Zieht er die Schultern nicht mehr hoch? Er räuspert sich heute kaum. Er nimmt meine Mutter in den Arm, so wie ganz früher. Sie weint und fragt: Was ist denn?

Nichts, ich will nur Aufwiedersehn sagen, gibt der Vater zur Antwort.

Er verabschiedet sich von meinem Bruder. Der bleibt arglos.

Ich möchte mit, sage ich.

Und ich spüre, daß etwas Schreckliches droht und daß ich meinen Vater jetzt nicht allein lassen darf.

Willst du das wirklich, fragt er.

Er blickt mich lange an, und es ist etwas, was sonst nicht so war.

Wir gehen wortlos nebeneinander her. Mein Vater hat etwas im Ärmel. Es ist ein Strick. Das kann nicht jeder sehen. Außerdem ist es dämmrig. Uns begegnen nicht viele Leute. Mein Vater geht mit mir auf den Friedhof. Das ist Wolfgangs Kanada. Das sind die blauen Berge. Dort habe ich die schöne rote Blume gefunden und verloren.

Mein Vater sagt: Du bleibst jetzt hier draußen stehn. Wenn ich winke, kommst du. Ich bin dort unter den Bäumen.

Ich beobachte ihn. Es sind hohe Platanen. Mein Vater hat ein Seil, das wirft er nun mehrmals über einen hohen Ast. Er hat Mühe. Aber ich könnte ihm nicht helfen. Außerdem hat er nicht gewinkt. Ich wünschte, es käme jemand. Anscheinend rasiert sich der Wärter wieder zur falschen Zeit.

Ich höre meinen Vater sprechen, aber er hat mir nicht gewinkt. Er redet mit sich selbst, er meint mich nicht. Ihm ist egal, ob ihn jemand hört, er blickt nach oben. Da hängt nur das Seil. Es sitzt niemand auf dem Baum.

Die Stimme meines Vaters wird eindringlich, es muß was geschehen. Winkt er mir oder greift er nach dem Seil? Mir ist es zu dunkel. Ich sehe nur noch Schattenrisse.

Endlich ist mein Vater zurück. Er ist blaß.

Warum bist du nicht gekommen?

Ich habe nicht gesehen, daß du mir gewunken hast. Aber ich habe dich sprechen gehört. Mit wem hast du denn gesprochen? Ich habe niemanden gesehn.

Mein Vater schweigt. Er nimmt mich um die Schulter und sagt: Du hast mir heute das Leben gerettet.

Ich verstehe ihn nicht. Es hat keinen Sinn, Fragen zu stellen. Es ist einfach so, wie es ist. Wie eine Wüste oder wie ein dunkles Wasser. Da fragt man nicht warum.

Auf dem Heimweg bleibt mein Vater an jedem Mülleimer stehn. Er zieht einen Brief aus der Tasche und den zerreißt er in viele kleine Stücke. Die Stücke verteilt er in verschiedene Eimer. Ich soll dabei helfen. Zum Schluß geht er noch mal an den einen oder anderen Eimer und überzeugt sich, daß auch alles weg ist. Und er überzeugt sich, daß ich nichts in den Taschen habe davon.

Mein Vater bleibt auf dem Heimweg plötzlich stehen und sieht mich eindringlich an: Du mußt mir etwas versprechen! Du mußt es mir ganz fest versprechen!

Was denn?

Versprich mir, daß du nie im Leben trinken wirst! Trinken ist furchtbar. Da kommst nie mehr davon los!

Aber was soll ich tun, wenn ich durstig bin? Dann muß ich doch trinken, das tut doch jeder!

Du weißt schon, was ich mit Trinken meine!

Ja, ich kann es mir denken.

Also, versprichst du es mir?

Ja, ich verspreche es!

Gib mir deine Hand. So. Das ist nun abgemacht.

Ich bin überrumpelt. Ich habe nicht begriffen, was mit mir geschieht. Ein paar Tage danach gehe ich wieder an den Kirschsaft. Aber dabei bleibt es nicht. Ich werde das Versprechen nicht halten können. Ich werde wortbrüchig im Laufe der Jahre. Es gibt kein Versprechen gegen den Durst. Der Durst sitzt tief, tiefer als alle gegebenen Worte. Es geht um was anderes. Man hält das Glas an den Mund und meint ein Geheimnis.

Im Hof sind Kinder, die malen zum Spaß ein Zeichen unter die Balkonbrüstungen. Dort, wo nicht jeder hinkommt, wo aber wir Kinder uns verbergen können.

Das sind »Drei Pfeile«, sagen sie. Und sie malen sie mit

Kreide. Nein, keine Indianerzeichen, ein Symbol für eine politische Meinung.

Ich frage den Vater danach, und der verbietet mir den Umgang mit diesen Kindern.

Ganz oben in unserem Haus treffen sich abends viele Leute. Wir hören die Schritte im Treppenhaus. Das sind Fremde. Meine Mutter guckt durch den Türspion. Sie ist beunruhigt. Das ist da oben ein »Kommunistennest«, wird geflüstert. Mein Vater will nichts wissen, nichts hören. Das geht uns nichts an.

Eine Frau nimmt mich mit nach oben, als ich allein vom Hof komme und nicht in die Wohnung kann. Ich spiele mit ihrem Sohn. Ab und zu geht die Frau und sieht nach, ob bei uns jemand zu Hause ist. Es wird spät. Mein Vater ist betrunken. Die Familie, bei der ich bin, versammelt sich an der Tür. Mein Vater will seinen Sohn haben. Der soll rauskommen. Den kriegen Sie nicht. Sie sind betrunken.

Mein Vater kommt noch einmal, er wird lauter. Und er hat eine Pistole. Die Frau sieht es entsetzt durch den Spion.

Geben Sie meinen Sohn raus oder ich schieße.

Wenn Sie schießen, schießen Sie Ihren Sohn tot. Der steht nämlich hier an der Tür.

Na wenn schon, den bring ich sowieso um.

Ich verkrieche mich mit dem neuen Spielgefährten unters Bett. Er lacht, nimmt die Sache nicht ernst. Er steckt nicht in meiner Haut. Er muß nicht zu einem Vater, der eine Pistole besitzt.

Doch, sagt der Junge, mein Vater hat auch eine. Du brauchst keine Angst zu haben. Du kannst hier bleiben.

Es ist still geworden. Die Frau war nach unten gegangen und hat gehorcht.

Du kannst gehen. Es ist jetzt alles ruhig. Deine Mutter ist auch da. Wenn du magst, kannst du wiederkommen. Hab keine Angst, dein Vater hat sich wohl schlafen gelegt.

Mein Vater sagt: Da gehst du nicht wieder hin. Ich will keinen Umgang mit diesen Leuten.

Warum wolltest du denn schießen?

Ach was, ich wollte denen nur Angst machen.
Hättest du wirklich geschossen?
Na wenn schon!

Die Pistole muß aus dem Haus.

Mein Mutter ist krank. Sie liegt im Bett. Sie hört Stimmen und sieht Farben. Sie fühlt sich verfolgt. Alles kommt von der Pistole, die oben auf dem Kleiderschrank liegt. Ein Mann in brauner Uniform kommt und redet beruhigend auf meine Mutter ein. Mein Vater hat den Mann mitgebracht. Der ist nun öfter hier und spricht mit dem Vater. Die Leute oben müssen angezeigt werden. Das sind Kommunisten oder gar Anarchisten.

Die muß man wegholen, die müssen ausgeräuchert werden.

Es sind sonderbare Gespräche, komische Worte und manches wird nur getuschelt. Das ist kein Indianerspiel. Da wird auch kein Anschleichen geübt. Da kommen sehr rasch eine Menge Männer in Stiefeln die Treppe hoch. Die treten da oben die Tür ein, weil niemand öffnet.

Man hört Geschrei. Man bringt die Leute da oben weg, die freundliche Frau und den netten Jungen auch. Man hat sie alle erwischt. Auf der Treppe sind Blutflecke. Unkas ist blaß. Auch Winnetou kann nicht helfen.

Wirrblick hat Angst. Sie fürchtet die Rache der Leute, die man aus der Wohnung vertrieben hat. Sie hat die Kette vorgehängt, den Riegel vorgeschoben und zweimal abgeschlossen. Das kontrolliert sie immer wieder und achtet auf alle Schritte im Haus.

Ich fühle mich gefangen. Wir sitzen beide auf dem Sprung. Ich fürchte mich vor ihr und weiß nicht, wie ich wegkommen soll. Und sie fürchtet sich vor Menschen, die kommen könnten. Schließlich wird sie von ihrer Furcht überwältigt, reißt das Fenster auf, um sich hinunterzustürzen. Ich halte sie an den Beinen fest. Aber sie hat nur einen kleinen Fensterflügel geöffnet. Was sie will, ist Hilfe. Sie will nicht wirklich fallen. Nach dieser Hilfe ruft sie nun.

Leute kommen. Es gelingt mir, die Tür zu öffnen. Ich darf raus. Ich stehe in einer Ecke des Hofes und sehe mir die kleinen Pflastersteine draußen vor dem Haus an. Nichts ist jetzt wichtiger, als diese Steine zu betrachten, wie sie auf Ecke und Kante sitzen, damit da nur ja kein Gras wächst, und die schöne Regelmäßigkeit ein verläßliches, nichtssagendes Muster ergibt.

Dem Vater berichte ich, was sich ereignet hat.

Soso, hättest sie ja ruhig aus dem Fenster fallen lassen können. Na wenn schon.

Wirrblick wird abgeholt. Es hat viel Lärm gegeben, Möbel sind umgefallen, die Nachbarn und Mitbewohner im Hause hatten sich im Treppenhaus versammelt; man äußerte Meinungen, man schimpfte. Die einen auf den Vater, die anderen auf die Mutter.

Mein Vater kämpft mit Wirrblick. Mein Bruder soll helfen.

Nein, ruft sie, ich lasse die Kinder nicht hier. Ich nehme sie mit! Los, zieht euch an.

Dann kommen zwei Männer in weißen Anzügen. Die sind sehr gelassen und wissen die Sache mit ruhigen Worten anzugehn.

So, liebe Frau, nun trinken Sie das erstmal aus.

Meine Mutter traut keinem mehr. Sie wirft das Glas an die Wand und spuckt die Tablette aus.

Nehmen Sie lieber meinen Mann mit. Das wäre besser. Und ich will in die Klinik Herzberge.

Nein, liebe Frau, die ist überfüllt, das geht nicht.

Ich blicke auf meinen Vater. Der hat sich inzwischen den Schweiß von der Stirn gewischt. Wie kann er nur jetzt so schrecklich grinsen? Ich stehe nutzlos in der Tür. Ob ich mitgehen muß? Wird der Vater sich kümmmern? Dann tritt Ruhe ein. Auch die Leute im Treppenhaus sind wieder in ihre Wohnungen gegangen. Vater hat ihnen zugerufen, sie sollten sich gefälligst um ihren eigenen Kram kümmern.

Die Leute haben Angst vor meinem Vater. Man muß sich

vorsehen, sagen sie. Der Mann ist in der Partei. Ich weiß nicht, was die Partei ist. Vater ist mir ein Rätsel.

Wirrblick ist nun in einer Klinik. Aber die Pistole ist noch im Haus. Mein Vater säubert sie. Er zeigt sie mir und meinem Bruder.

Das ist ein »Browning«, sagt er, und hier ist der Sicherungsbügel. Wenn der Bügel auf »sure« steht, kann nichts passieren.

Ist die Pistole geladen?

Ja, hier ist das Magazin. Das wird hier reingeschoben. Jetzt könnte man damit schießen.

Wolfgang weiß genug, er hat begriffen. Er geht auf den Balkon.

Willst du auch mal die Pistole in die Hand nehmen? fragt mich mein Vater.

Ich möchte eigentlich nicht, warum denn, was soll ich damit. Winnetous Silberbüchse ist für mich eine Friedensfahne.

Nun los, nimm schon.

Mein Vater hat mit einem Tuch die Pistole abgewischt und reicht sie mir, indem er mit dem Tuch den Lauf der Waffe faßt und ich den Griff in die Hand bekomme.

Keine Angst, die Waffe ist gesichert.

Kimme und Korn hat er erklärt. Nein, weit schießen kann man damit nicht. Das ist was für den Nahkampf, wie er sagt.

Du könntest jetzt abdrücken, es passiert nichts.

Ich halte die Pistole auf den Balkon gerichtet, in die Luft.

Nein, sagt mein Vater, nicht nach draußen, richte den Lauf auf dich, so! Und er biegt mit dem Tuch in der Hand den Lauf auf mein Herz. Und ich sehe, daß die Waffe, wenn ich es richtig verstanden habe, nicht gesichert ist.

Da stimmt doch was nicht, sage ich, die ist doch gar nicht gesichert. Der Hebel steht doch falsch!

Hast du denn gar kein Vertrauen zu mir. Los, drück ab.

Nein!!

Mein Bruder wird aufmerksam, er stürzt hinzu, schiebt den Hebel auf »sure«.

Schutzengel treten in vielerlei Gestalt und Verkleidung auf.

Sie tragen rußige Arbeiteranzüge oder kommen im Arztkittel. Sie sind auf dem Wasser, auf dem Eis, man erkennt sie nicht. Manchmal hört man sie nur. Manchmal erscheinen sie in Gestalt des eigenen Bruders. Und der Bruder bekommt nun eine Ohrfeige.

Misch dich nicht ein, dich hat keiner gefragt.

Ich gehe in mein Zimmer. Mein Bruder kommt nach. Wir sehen uns nur an.

Alles nur deinetwegen, sagt Wolfgang. Du solltest dich selber erschießen, hast du das nicht gemerkt?

Meine Mutter hat recht gehabt. Die Pistole muß aus dem Haus. Die Pistole kommt aus dem Haus. Sie landet im Pfandhaus. Und wir haben gottlob kein Geld, sie auszulösen.

Du liest doch gern, sagt der Vater zu mir. Ich hab was für dich. Hier!

Er reicht mir drei handliche, in grüner Pappe gebundene Bücher. Auf dem Deckel steht nur ein Wort: »Matteo«.

Die kriegst du schnell durch, du brauchst immer nur eine von zwei Seiten zu lesen, links ist Französisch, rechts Deutsch. Die Geschichte ist spannend, du wirst schon sehn. Aber das bleibt unter uns, nicht wahr. Ich muß die Bücher bald zurück haben.

Die Geschichte ist einfach. Sie ist ergreifend. Sie ist im Grunde unverständlich, weil sie so direkt und ohne Umschweife ins Verderben führt. Und weil ich nicht begreifen kann, wie ein Vater sein eigenes Kind töten kann.

Die Geschichte spielt zur Zeit Napoleons. Da suchen in verschneiten Bergen ein paar verirrte französische Soldaten den Weg über einen Paß. Matteo, ein kleiner Junge, der dort oben bei seinem Vater wohnt, zeigt den Fremden den Weg, sie bedanken sich und gehen weiter.

Aber diese freundliche Auskunft hat schlimme Folgen. Die Soldaten sind Feinde. Sie haben einen Weg gefunden, den sie nicht hätten finden dürfen. Matteo ist wie sein Vater Italiener. Matteo hat das Vaterland verraten. Matteo muß sterben.

Der traurige Vater spricht bekümmert und entschlossen das Todesurteil aus. Er nimmt sein Gewehr von der Wand und befiehlt seinem Sohn mitzukommen. Der folgt ihm ergeben, weint und bittet um Gnade. Er wußte nichts vom Krieg und wußte nicht, was Feinde sind.

Der Junge muß an einem Felsen niederknien. Hier oben sind nur Felsen, hier sind keine Menschen. Hier sind nur er und sein Vater und das Gewehr. Matteo darf ein Gebet sprechen und er hat Mühe, die Worte zu finden. Dann zielt der Vater und schießt. Das Urteil ist vollstreckt.

Die Geschichte erklärt nichts. Sie schildert nur, was geschieht. Ich gebe meinem Vater die Bücher zurück.

Hast du zu Ende gelesen?

Ja.

Hast du verstanden, was da passiert?

Ich kann nicht verstehen, wie der Vater sein eigenes schuldloses Kind erschießt!

Der Junge war schuld. Er hat etwas verraten!

Aber er hat doch nicht gewußt, was er tat!

Verstehst du, warum ich dir die Bücher zu lesen gab?

Wegen der spannenden Geschichte, denke ich. Aber sie ist schrecklich und traurig. Ich könnte weinen darüber. Ich muß die Geschichte vergessen.

Ich wollte dir mit der Geschichte etwas klar machen. Man darf seinen Vater nicht verraten. Und wenn du mich verrätst, würde ich dich auch töten. Ist das klar?

Der Rätselvater sieht mich ungerührt an. Ja, das ist der vertraute, fremde Mann, der immer Na wenn schon sagt.

Ich hocke mich vor meinen Klapptisch und suche Vergessen und eine bessere Welt bei Winnetou. Die Zeilen verschwimmen vor meinen Augen.

Meinem Vater haben sie das Eiserne Kreuz verliehn. Warum? Er ist im Weltkrieg gewesen. Das kriegen jetzt alle ehemaligen Kriegsteilnehmer, sagt er.

Hat er es bekommen, weil er oben das »Kommunistennest«

angezeigt hat? Weil die freundliche Frau mit ihrem Kind weggeholt wurde, die mich vor meinem wütenden Vater und seiner Pistole beschützt haben?

Ich will nicht fragen. Wozu daran erinnern?

Wir sind allein, wir müssen Geschirrspülen. Mein Vater hat eine große Schüssel in Scherben fallen lassen. Jetzt sagt er: Nicht wahr, Wolfgang, du bist Zeuge, daß Achim es war!

Und der bezeugt es. Unkas bleibt kühl. Winnetou hält das Geschirrtuch traurig in der Hand. Hart ist der wilde Westen in der Wohnküche.

Mein Vater packt die Schachtel mit dem Eisernen Kreuz in die Schublade.

Das schick ich denen wieder zurück, sagt er. Die spinnen wohl, die wollen Geld haben dafür. Dabei reden die von Ehre und Verdienst. Schade ums Geld!

Er behält das Kreuz, und er verweigert die Bezahlung. Er hat eine kranke Frau und zwei Söhne. Er hat genug bezahlt.

Die können mich mal. Nicht mit mir!

Es ist heiß heute. Ich laufe in der Turnhose herum. Ich mag nicht auf den Hof gehen. Manchmal nimmt der Makel auf mich keine Rücksicht, er blamiert mich, er prahlt, das dumme Ding macht sich steif, und mich macht es wütend. Ich weiß keinen anderen Rat dagegen, als mich zu schlagen. Dann hab ich Ruhe für eine Weile.

Schräg gegenüber wohnt ein Mädchen. Sie ist 10 Jahre alt, genau wie ich. Sie ist blond und fröhlich und wirft gern mit einem Ball an die Hauswand. Ich soll mitspielen, aber vor Aufregung konnte ich kaum fangen, mir fehlt die Übung. Sie kann das unheimlich rasch und mir bleibt sowieso bald die Luft weg. Ich habe Angst, zu stottern und mich noch mehr zu blamieren.

Am liebsten würde ich mich in den Schatten setzen, ihr zuschauen, ihr blondes Haar in der Sonne sehen, die blaue Samtschleife und ihr ballseliges Spiel von weitem betrachten.

Helga Lück, so heißt sie, zum Glück fehlt ihr nur das G, und das kann der Stotterer nicht aussprechen. Heute sehe ich sie vom Balkon aus. Sie übt Handstand gegen die Hauswand mit anderen Kindern. Helga steht leicht und locker auf ihren Händen. Nur hat sie nicht daran gedacht, daß sie der Hitze wegen kein Höschen unter dem Kleid trägt. Nun fällt ihr der Rock über die Ohren, die Kinder lachen und Helgas Po glänzt in der Sonne.

Eine Mutter ruft zornig, eine Tür fällt zu. Ich gehe vom Balkon weg. Ich schäme mich.

6
SCHULESCHWÄNZEN

Meine Mutter ist wieder zurück. Man sagt uns, sie sei noch nicht gesund. Sie sei schonungsbedürftig. Und wir sollen uns entsprechend verhalten. Mein Bruder wagt es, auch den Vater darum zu bitten.

Komm bitte früher nach Hause. Sie wartet immer so lange auf dich.

Schmalnase beherrscht sich. Er antwortet kurz: Davon verstehst du nichts. Das ist meine Sache. Ich hab meine Gründe.

Die Möbel gehören uns wieder. Der Kuckkuck ist fortgeflogen. Großvater hat ausgeholfen. Der Vater tut so, als habe er selbst die Sache geschaukelt. Das ist ein Ausdruck von ihm. Das werden wir schon schaukeln.

Bist du schön fleißig in der Schule? fragt meine Mutter. Sicher bekommst du ein gutes Zeugnis.

Ich schlucke. Ich sehe das anders. Ich glaube, nächstes Mal wird nur mein Vater mit mir zufrieden sein.

Einmal stöberte meine Mutter zuoberst im Flurschrank die Zeugnisse meines Vaters auf. Da hat sie sehr lachen müssen. Na guck einer an. Ein paarmal sitzengeblieben. Na ja, Latein und Französisch, wozu braucht er das in der Kneipe?

Mein Vater war aufs Graue Kloster gegangen. Er wollte es seinen Söhnen zeigen. Der Pedell wies die späten Besucher vom Hof. Mein Vater lachte grimmig. Der alte Haß für erlittenes Leid brach sich Bahn. Er nahm einen Stein und warf eines der Fenster ein.

Los weg hier! Wenn sie uns kriegen, sagt ihr, ihr habt geworfen!

Lies nicht so viel, sonst wirst du blind! Wer nachts liest, verliert sein Augenlicht!

Meine Mutter ist nicht immer weitschweifig. Weitschweifig ist sie nur, wenn sie allein vor sich hinbrabbelt. Dann meint sie alle und keinen, dann kann man gehen und kommen. Bleiben kann man nicht. Da schwirrt einem der Kopf, und ich bekomme bald Ohrenschmerzen.

Wie bitte? Ohrenschmerzen? Ich werde dir mal eine tachteln, dann weißt du, was Ohrenschmerzen sind!

Ich setze mich ab, möglichst unauffällig. Geschirrklappern stört mich und nasse Lappen sind gefährlich.

Als ich eine gute Zensur nach Hause bringe, komme ich gerade recht. Noch bevor ich den Mund öffnen kann, habe ich den nassen Lappen im Gesicht.

Ach so, warum sagst du denn das nicht gleich! Ja, das zeig deinem Vater, der wird sich ärgern.

Der Dschungel in den Büchern ist übersichtlich. Man weiß, was die Lianen zu bedeuten haben. Man kennt die Stromschnellen und die Stellen, wo die Kanus verborgen sind. Man hält sich an die Strömung. Krokodile kommen nur selten vor. Diese Seiten überschlage ich.

Die lebendige Seite hier kann ich nicht überschlagen. Ich kann den Lärm nicht in den Zeilen enden lassen. Das Gerede hat keinen Buchdeckel, den man schließt. Ich darf die Tür auch nicht zumachen, meine Mutter will nicht allein sein. Die Strömung ist überall und nirgendwo ein Kanu.

Wer weiß, vielleicht werde ich wirklich blind? Man kann ja nicht wissen, ob es bei den Schluckbeschwerden und der Atemangst bleibt. Bei mir ist alles möglich. Die Ohrenschmerzen glaubt man mir nicht. An den Kopfschmerzen bin ich selber schuld. Die stehen mir nicht zu.

Du hast Migräne. Sag das deinem Vater. Du bist gar kein Junge. Ich weiß gar nicht, was du wirklich bist. Lies nicht soviel!

Ich gehe jetzt auf eine andere Schule. Ich mußte eine Prüfung bestehen. Sogar mein Vater war dabei. Der hat vorher mit dem Lehrer gesprochen. Und er hat meinen Namen auf der Liste streichen lassen. Wer bestanden hat, wird aufgerufen und darf gehen. Mein Name wird nicht genannt. Ich bin ein Versager. Ich habe enttäuscht. Man läßt mich erst gar nicht mitmachen.

Der Vater grinst. Die Mutter läßt nicht locker. Sie fragt im Schulbüro nach. Ein Mißverständnis. Es klärt sich auf. Ich darf in diese Schule kommen.

Der Fußweg ist lang. Zwei Stationen wären es mit der U-Bahn bis zur Leinestraße. Das Geld sparen wir. Ich zähle meine Schritte, meine Atemzüge, bis ich die Schritte und die Atemzüge vergesse. Ich höre die Amseln und andere Vögel. Leute hasten an mir vorüber, drängen mich an die Seite, sie reden und reden. Ich gehe und lasse mich nach innen rutschen. Das ist ein schöner Moment, wenn man geht und das Gehen vergißt. Die Beine gehen allein, und man spürt sie nicht. Die Beine kommen allein zu spät zur Schule.

Das dauert alles zu lange, und es passiert zu oft. Ich kann nicht mehr schreiben. Die Zitterschrift kann keiner lesen. Da stimmt was nicht. Ich muß an die Tafel. Man nennt mir eine vierstellige Zahl, die soll ich aufschreiben. Ich erfinde eine andere. Die Meute wiehert. Man nennt mir eine dreistellige Zahl, und ich schreibe lieber erst gar keine hin, denn ich habe sie sofort vergessen. Das Gelächter dröhnt mir in den Ohren. Schon wieder die Ohren. Man nennt mir eine zweistellige Zahl, und ich hebe mit zitternden Händen die Kreide an die Tafel. Das Stück Kreide zerbricht, nein, das hält keine Kreide aus. Da ist nur ein schweißnasser weißer Fleck an der nachtschwarzen Tafel.

Ich habe einen Makel. Ich bin der Paria in der Meute. Mit mir redet keiner. Ich atme ja immer erst aus, wenn ich spreche. So viel Zeit haben die nicht. Die falten kleine Papierpfeile und schießen sie mit einem zwischen Daumen und Zeigefinger gespannten Gummi auf den, der sich nicht wehrt. Ich kann froh sein, wenn die Stunde beginnt und wenn die Folter einen geregelten Fortgang nimmt.

Der beste Leser bin ich nicht mehr. Ich mache den Mund

nicht mehr auf. Ich bin verstockt. Ich antworte nicht, wenn man mich fragt. Und da ich die Antwort weiß und nicht sage, bin ich der Lügner unter den Lachern. Ich bin hier fremd. Ich hab mich verlaufen.

Die Mutter hat kein Kleid an. Sie läuft im Unterrock und im roten Bademantel herum. Sie kommt mit dem Teppichklopfer und haut auf das Bett, an den Schrank, auf den Tisch. Ich zucke zusammen.

Los, befiehlt sie, du gehst jetzt weg, ich komme mit, du läufst vor mir her und rufst um Hilfe.

Aber du mußt dich doch erst anziehen. So kannst du doch nicht auf die Straße. Was sollen denn die Leute denken!

Papperlapapp, keine Widerrede, los, geh.

Ich habe keine Zeit, meine Schuhe anzuziehn. Das geht alles nicht schnell genug. Wenn ich mich bücke und die Schuhe anziehen will, geht es ohnehin nicht gut aus. Meistens schubst mich der Vater und lacht vor Vergnügen, wenn ich aufs Gesicht falle. Nein, mit dem Rücken zur Wand, das gilt nicht. Das macht keinen Spaß. Aber dieser Spaß fällt heute aus. Mit einem Schuh am Fuß, den anderen Schuh in der Hand, muß ich die Treppe runter, hinaus auf die Straße.

Wirrblick hat den Teppichklopfer in der Hand und jagt mich.

Los, ruf um Hilfe, lauf zu dem Mann dort.

Der Mann sagt: Laß mich in Ruhe, und geht peinlich berührt weiter.

Ein anderer Mann, ein alter, bleibt stehen und sagt zu mir: Lauf doch weg von der Verrückten. Laß dir doch das nicht gefallen.

Aber das ist doch meine Mutter!

Da bleiben Leute stehn, man hält meine Mutter auf. Ein Mann bringt sie zurück. Meine Mutter weint und sagt: Endlich hilft mir jemand.

Ich stehe mit meinem Schuh in der Hand und versuche ihn nun anzuziehen. Wenn nur die Hände nicht so zittern würden!

Man bringt meine Mutter ins Haus zurück. Ich schäme mich. Ich denke, ich habe wieder alles falsch gemacht. Ich bin zu nichts nutze. Nicht mal den Schnürsenkel kann ich binden. Ich komme mit Knoten und Schleifen, den Schnüren und Stricken nicht zurecht.

Meine Mutter geht mit mir in ein Lokal. Da ist ein Tisch frei.

Wenn ein Mann kommt, dann stehst du auf.

Aber warum, was ist, wenn eine Frau kommt?

Dann ist eben hier alles besetzt, ist doch klar. Du kannst komische Fragen stellen!

Ein Mann an der Theke wird aufmerksam, kommt näher.

Meine Mutter spricht ihn an: Haun sie dem Jungen mal eine runter, der Junge ist unartig! Der Junge hat keinen Vater. Der Vater kümmert sich nicht.

Der Mann ist gutmütig und freundlich, er gibt mir eine mächtige Ohrfeige.

Was habe ich Ihnen getan. Was fällt Ihnen ein!

Ich bekomme noch mal eine an die Ohren. Das war kein heißes Öl. Das dröhnt.

Der Mann schimpft, er ist nicht nüchtern. Meine Mutter muß ihn beruhigen. Er soll Platz nehmen. Nein, einladen kann sie ihn nicht. Sie hat kein Geld. Aber er könne ja mitkommen.

Der Mann scheint zu verstehen. Jetzt wird er wütend. Er geht zurück an die Theke, tuschelt mit seinen Kumpanen. Meine Mutter ist rot geworden und wütend.

Was denkt der sich? Los, wir gehen, wir haben sowieso nichts bestellt!

Sie zerrt mich vom Stuhl, der fällt um. Die Leute lachen, der Wirt sagt auch was, von wegen aber nicht bei mir und in meinem Lokal, die soll sich hier nicht mehr sehen lassen.

Beim Hinausgehen hält mich ein Mann fest, der auf dem Hocker sitzt, und fragt mich grinsend: Na, Kleiner, du bist wohl ein Zuhälter, wie?

Mensch, halts Maul, sagt ein anderer zu ihm.

Ich weiß nicht, was das soll, ich sage: Ich halte nicht zu!

Nun lachen sie alle. Heiterkeit und Bierdunst. Der Mann fällt beinahe vom Hocker.

Meine Mutter ist verärgert. Sie geht mit mir nach Hause.

Ich muß dich verhauen, sagt sie.

Aber warum denn, wofür?

Ich weiß nicht, ich muß. Und es muß weh tun!

Ich will nicht!

Na dann lauf weg.

Der tägliche Gang zur Schule konnte mir nicht lang genug sein. Ich zögerte; wollte das Ziel nicht erreichen. Gespräche mit Mitschülern, die mich Nachzügler manchmal eilig einholten, waren mir unlieb. Sie gaben es auf, mich anzutreiben. Das letzte Stück des Wegs war von weniger Lärm erfüllt. Sperlinge hockten in der Nähe der Kellerfenster.

Wenn ich eine Amsel hörte, drückte mir etwas auf die Brust. Warum muß ich jetzt in dieses viel zu große Gebäude, über den baumlosen sandigen Hof, durch dieses Gitter, die grauen Stufen hinauf, in den Flur, der nach Angstschweiß riecht und nassen Mänteln?

Algebra und Geometrie. Ich multipliziere die Vogelkehlen, vielstimmige Unbekannte, mit der Blume Namenlos. Ich ziehe die Quersumme des Gezwitschers, behalte den Rest im Sinn. Es könnte ein Lied sein, auf der Flucht vor mich hinzusingen. Winkel, Hyperbel und Tangente. Wie steht der Wacholder in Kanada? Vorhin hätte ich nach Australien ausweichen können, wenn ich die Kurve gekriegt hätte. Aber ich habe mich von den mißtrauischen Blumenfrauen verschrecken lassen. Was will der Knirps frühmorgens auf dem Friedhof? Will wohl Blumen klauen. Ich hab mich nicht getraut, da reinzugehn.

Nun bin ich hier und muß ausharren, bis es klingelt. Roßdorf, der Zeichenlehrer, macht mir Angst mit seinen roten Haaren. Er drückt mir einen ganz kurzen, weichen Stift in die Hand und führt sie, läßt mich einen Kreis zeichnen.

Weiter, immer weiter, nicht aufhören, bis es richtig rund ist. Er macht es mir vor, er zeichnet locker und leicht einen makellosen Kreis auf meinen Block. Das ist schön. Das ist vollkommen. Das laß ich so.

Der Rothaarige kommt zurück, blickt auf mein Blatt: Du hast einen Zirkel genommen, gestehe!

Nein, ich habe gar keinen.

Und stotternd füg ich hinzu: Das haben Sie doch eben selbst gemalt!

Der Rothaarige läuft rot an. Das ist empörend. Mein Nachbar weiß, wie es war, er schweigt, er mischt sich nicht ein. Ich bin schuld, daß der Lehrer sich jetzt aufregt. Das haben alle auszubaden, nur wegen dem Stotterfritzen.

Jawohl, der lügt. Der träumt, der kommt immer zu spät, der spinnt. Mit dem kann keiner und der läuft immer so scheu, der hat vielleicht was verbrochen.

Meine Kehle ist zu. Die Beine gehen von allein nach vorn. Da macht jemand Platz, zieht angeekelt seinen Block von der Bank. Darüber beugt sich jetzt der Amselhorcher, dem ziehen sie jetzt die Hose stramm. Das muß sein, das ist gut gegen den hohen Blutdruck des Rotgesichtigen, der braucht Entlastung.

Und Strafe muß sein.

Ich sehe nicht mehr viel. Das alles ist tröstlich verschleiert. Ich kenne die hämischen Gesichter. Meine Algebra ist die Angst. Die kann ich auswendig. Das verlern ich nicht. Da gibt es zwangsläufig unvergeßbare Regeln. Den Dreisatz von Schlucken, Atmen und die Zunge beachten. Das geht nicht von selber, das muß man beherrschen.

Ärgerlich diese Pausenklingel, oder ist wirklich Schluß? Nein, wir haben noch Turnen. Aber da mach ich nicht mit. Man wird meine Striemen sehen und lauthals loswiehern. Ich kenne die Bande. Die haben kein Mitleid. Ich nehme meinen Kram und setze mich ab.

Langsam durch die Geruchsschleuse hindurch, nur nicht auffallen, lieber mal stehenbleiben und nach den Schnürsenkeln sehen. Lieber den eiligen Knuff hinnehmen als aufmukken, Hauptsache raus hier. Turnen ist heute im Hof, Schlagball wie üblich. Ehe die anderen kommen, muß ich das Gitter erreichen.

War es schön in der Schule? fragt meine Mutter.

Soll ich ihr sagen, daß man mich verhauen hat? Daß mich der Lehrer verhauen hat, weil er Lust dazu hatte? Und weil ich die Wahrheit gesagt habe und niemand den Mut hatte, es zu bezeugen?

Es hat keinen Sinn, etwas zu sagen, ich weiß die Antwort vorher. Der wird schon wissen warum, das war längst mal fällig, und deine zittrige Schrift, und wie sehn die Hefte nur aus, ich sag's immer wieder.

Nein, ich bade das allein aus. Dem Bruder sag ich auch nichts. Ah Achim, das Abenteuer beginnt. Drei Bände Im Lande des Mahdi. Die Bücher sind mürbe, die Seiten fallen von selber in schönen handlichen Stößen heraus. Wieviel nehme ich morgen mit? Das läßt sich gut verstauen. Das fällt nicht auf. Auch Proviant werde ich haben. Ein Brot mit Margarine und eines mit Marmelade. Hoffentlich regnet es morgen nicht. Die tägliche Versuchung, den Friedhof, wo am Eingang die Blumenfrauen sitzen, habe ich Australien getauft. Gegenüber ist ein weiterer Friedhof. Da sind die Leute katholisch gestorben. Da sind wir einmal zu Allerseelen hingegangen. Eine Kerze für jede Seele. Es war still und feierlich.

Das könnte der Orient sein. Khartum, der Nil. Die Blumenfrauen kennen mich noch nicht. Wenn ich im U-Bahn-Tunnel abwarte, bis die Nachzügler, die Eiligen und Flotten, vorbei sind, kann ich auftauchen aus der Höhle, dann gehe ich über die Straße. Wenn da jemand Halt riefe, könnte es nur der Vater sein, aber der kommt mir nicht nach. Wenn ich gehe, rasiert er sich meist erst, schimpft auf die stumpfen Klingen. Aber er schneidet sich, weil ihm vor allem morgens die Hände zittern. Manchmal geht er mit einem Pflaster am Kinn aus dem Haus.

Und er verkleidet sich. Mal geht er salopp in Knickerbokkers, mal feierlich in Schwarz. Er geht ohne ernsten Grund mit einem Zylinder. Die Leute lächeln hinter ihm her, wenn er seinen Spazierstock mit angewinkelten Armen quer hinter seinem Rücken trägt. So geht er sehr gerade, nimmt Raum ein, blickt niemanden an, sondern schräg nach oben.

Die Leute sollen denken, was sie wollen, oder schämst du dich etwa meinetwegen, na sag schon. Ich trag meine Nase so hoch, wie es mir paßt. Das ist mir doch piepe!

Nein, hier denkt sich jeder sein Teil und geht seines Wegs. Ich mach es nun auch so, aber ich will nicht gefragt werden, von keinem, die sollen mich laufen lassen. Ich tue keinem weh, ich weiche jedem Ellenbogen aus. Ich drücke mich an der Seite entlang. Da trete ich manchmal in Hundekot, aber wenigstens stehe ich niemandem im Weg, und niemand sagt: Da bist du ja schon wieder. Ich mache mich klein, mich gibt es nur scheinbar. Ich will nicht wie mein Vater mit Hanteln und Expander die Muskeln trainieren. Ich will in mein inneres Afrika, will meinen Nil hinunter, in einem Korb will ich mich finden lassen, den ich mir selber flechte.

Es ging alles nach Wunsch. Ich hab mich verdrückt, ich bin auf dem Schulweg einfach abhanden gekommen. Nun sitze ich an einem Haselgebüsch, und die Spatzen lärmen, als hätten sie was gemerkt. Ich lese und lese. Wenn ich die Leute nicht ansehe, werden sie mich auch nicht fragen, was ich hier will.

Was werden die Mitschüler denken? Werden die Lehrer mein Fehlen bemerken? Ich könnte ja krank sein. Das wird sich geben. Erst mal wird nichts sein. Ich bin hier so still wie dort. Was sollte auffallen? Wie spät mag es sein? Onkel Otti hatte mir eine Nickeluhr geschenkt, eine mit Kette. Wer weiß, wo er die geklaut hatte? Die durfte ich nicht lange tragen. Mein Vater meinte, die Uhr kommt ins Fach, und das Fach ist schon lange leer. Die Uhr ist versetzt. Und untersteh dich, was davon zu sagen! Mein Nickel ist flüssig geworden, hingeschmolzen, meine große Freude für seinen kleinen Schluck. Und Vater schiebt's auf den Bruder.

Ich schäme mich für alles und jedes. Jetzt endlich geht es gerecht zu, jetzt hab ich Gründe. Ich drücke mich. Das ist ein schönes Gefühl, ich verliere mich darin. Wenn man mich in der Schule erwartete, so hat man mich jetzt, in diesem Moment, schon wieder vergessen. Der Junge ist krank. Der Junge ist faul. Wer weiß, was sonst mit dem ist? Der ist sowieso immer abwesend, ob er nun hier ist oder nicht. Sie werden fortfahren mit Algebra und Geometrie und englischen Vokabeln, und der Rothaarige wird Kreise begutachten und ein anderes Opfer finden.

Irgendwann muß ich meinem Bruder gestehn, daß ich das Land des Mahdi so seltsam in vorgetäuschte Schulstunden zerteilt habe. Eigentlich ist er der Effendi, der Kara Ben Nemsi, denn ihm gehören die Bücher. Irgendwann wird das alles herauskommen. Und irgendwas ahnt meine Mutter, sie schickt mir den Bruder heimlich nach. Seit ich das weiß, muß ich rascher im Hausflur verschwinden. Ich muß jedem Zweifel zuvorkommen, ich muß, wenn nötig, ein Meister im Zögern sein oder rascher als jeder Verdacht.

Noch ist nichts eingetreten, was dem Sog, der mich ins Nirgendwo zieht, Einhalt gebieten könnte. Täglich gelingt mir die Flucht in den Winkel. Da bleibt keine Spur. Von mir haftet nichts an dem, was ich sehe und spüre. Gefahr ist dort, wo die Kontur ist, eine Eisentür, eine Mauer, ein Gitter. Hier könnte ich auffallen und entdeckt werden. Ein leichtes Anstoßen würde genügen, das Gitter könnte ein Geräusch machen, die Eisentür quietschen, man würde hinsehen und den blassen Knirps fragen, ob die Schulstunde heute zwischen Gräbern stattfindet.

Meine Mutter ist wieder in eine Klinik gebracht worden. Der Vater, der allzeit Schweifende, kam immer später nach Hause. Da schrieb niemand mehr an in der Gegend, da mußte er immer weitere Kreise ziehn und in immer neue Verkleidungen schlüpfen. In der Bank, in der er arbeitete, ging es abwärts mit ihm, und meine Mutter hatte versucht, ihn dort abzuholen. Da erfuhr sie von Schulden, von geliehenem Geld. Alles wurde ruchbar und sie schwieg nicht länger. Da sind doch Kinder, zwei Söhne, und so gehts doch nicht weiter.

Der Vater rächt sich. Das wirst du bereun. Ich krieg dich dahin, wo du hingehörst. Und da ist sie nun, in einer Klinik. Mein Vater, ausgestattet mit allen Attesten und Alibis, nimmt mich mit auf ein Amt. Da soll ich etwas bezeugen, da fällt ein Satz, der ist wohl anrüchig, ich verstehe ihn nicht, für mich sind es sinnlose Worte, und als ich zögere, sagt der Vater munter: Nun los doch, sag's doch der Dame! Ich stottere es heraus, und die Dame ist ärgerlich und errötet.

Dabei weiß das Schlimme niemand. Nun hat auch die Mutter mir bei Strafe des Todes verboten, über etwas zu reden. Sie zog mich ins Bett, und ich sollte, was ich nicht konnte. Zu nichts war mein Makel nutze, der machte sich klein, der verkroch sich, der ließ mich im Stich, und ich war nackt und wußte nicht wozu.

Du bist kein Mädchen geworden und bist nun kein Mann, du wirst nie einer werden, das seh ich voraus, du bist ein Versager.

Nein, sie läßt mich nicht los, du bleibst, und zwingt meinen Kopf in den Schoß, da stammst du her, da gehörst du nun hin, und tu dies und tu das.

Ich ekle mich, ich muß mich erbrechen. Ich muß hier raus. Meine Mutter hält sich ein Kissen vor das Gesicht und weint.

Ich bin in meinem Zimmer. Ich kann nicht schlucken, mir ist die Zunge noch fremder als sonst. Meine Mutter kommt herein: Wehe du sprichst darüber, dann müssen wir beide sterben.

Sie geht mit mir hinaus. Es kommt mir so vor, als müßten uns alle Leute anstarren. Nun soll ich ein Eis essen, doch es schmeckt mir nicht. Die Mutter bekommt es mit der Angst zu tun.

Das alles ist gar nicht wahr, das hast du nur geträumt, das bildest du dir nur ein. Nun mach nicht solch ein trauriges Gesicht, sonst kommt alles heraus.

Wenigstens brauche ich jetzt, wenn ich mittags nach Hause komme, nicht mehr zu sagen, wie es in der Schule gewesen ist und ob ich auch fleißig gelernt habe. Diese Lüge bleibt mir erspart. Mich fragt keiner mehr. Ich kann sogar bald, wenn der Vater die Wohnung verlassen hat und der Bruder in der Schule ist, wieder zurückgehn.

Auf den Friedhöfen sind die Amseln leiser geworden. Die klagenden Töne verstummen. Das sind mehr Signale. Das Haselgebüsch ist nun dicht. Hier sieht keiner mehr hindurch. Ein sicherer Ort für den Schuleschwänzer.

Ich war in Afrika, Australien und sogar nach Kanada habe ich mich getraut. Nur den reinen glänzenden Kies bei den Urnen habe ich gemieden. Ganz hinten ist die Schonung. Dort sind die blauen Berge. Der schöne Horizont erweist sich als Kompost, der dampft und riecht. Das ist der Preis für die verwirklichten Träume.

Manchmal glaube ich, ich müsse mich nur gründlich genug erinnern. Es sei vielleicht nur ein kleiner Schritt nötig. So wie ja auch alles anders ist, wenn ich die laute Straße verlasse und dem Friedhof entkomme. Schon hier sehen die Leute anders aus als draußen. Ernster und weniger eilig.

Noch immer hat niemand nachgefragt. Man hat mich vergessen. Man hat mich im Klassenbuch gestrichen. Der Stotterfritze ist an Luftnot eingegangen.

Zuerst hatte ich die Tage gezählt. Nur heute verbirgst du dich, das fällt nicht auf. Anderntags war die Versuchung schon stärker, es war ja so leicht auszuweichen. Heute noch; denn morgen wird die vorgetäuschte Krankheit glaubhafter sein. Dann noch ein Tag, weil die Sonne scheint und weil es warm ist und hinter der Mauer sicherlich still. Wie geht es weiter? Wenn ich morgen in die Schule gehe, ist mir eine Strafe gewiß. Da kommt es auf einen Tag mehr oder weniger auch nicht an, und so schichtet sich Zeit auf meine Schuld.

Wollte ich abhanden kommen? Wollte ich, daß man mich vermißt? Das Ende kam ohne Warnung. Vater hatte mich in der Schule abholen wollen, weil wieder ein Amt eine Frage an mich hatte. Und nun erfuhr er, daß hier der Sohn nicht mehr vorhanden sei. Wohl blickte ich meinen Vater scheu an, als er so unbefangen wie möglich fragte, wie es in der Schule gewesen sei. Ich sagte leichthin, und es war ja nicht falsch: Ach, wie immer.

Wo bist du heute gewesen, fragte er. Und in diesem Moment klingelte es an der Tür, und der Vater sah mich mit erbleichendem Gesicht an.

Aha, du warst bei der Polizei, du hast mich verraten, jetzt kommen sie, um mich zu holen. Sag, so war es, bei Gott, sag die Wahrheit, ich bringe dich um!

Es klingelt noch einmal. Der Vater hat schon meinen Hals umfaßt.

Also, ich sehe jetzt nach. Steht draußen die Polizei, dann erwürge ich dich auf der Stelle. Du kommst nicht davon. Verräter müssen sterben. Ich hab's dir versprochen.

Glaub mir, ich war nicht bei der Polizei, ich war auf dem Friedhof.

Rachevater schließt das Kinderzimmer ab. Ich warte, höre Stimmen vor der Tür. Man redet, es ist nichts. Oder ist wirklich die Polizei gekommen? Nun dreht sich der Schlüssel im Schloß. Der blasse Vater ist besänftigt, er atmet ein, räuspert sich.

Es ist gut. Du hast nicht gelogen. Es war nicht die Polizei. Aber ich trau dir nicht. Du warst nicht in der Schule. Wo warst du wirklich?

Ich versuche, zu erklären, das Stottern, den Makel, die Amseln, den verdächtigen Kreis, die zitternde Hand an der Kreide und die Unbekannte in der Gleichung und die eingeklammerten Buchstaben. Die Auflösung der Rätsel, die ich nicht finden kann und von denen das größte er selbst ist, weil ich ihn liebe.

Der Vater ist still. Schmalnase sieht blaß an mir vorbei.

Es sind Ferien. Zu viele Kinder sind auf dem Hof. Die Sonne blendet mich. Das ist nicht meine Zeit. Die Mülleimer werden hin- und hergerollt. Das sind schon längst keine Grislys mehr. Und wer kann von Savannen träumen, wenn Teppiche geklopft werden?

Ich möchte gern ungestört bleiben. Und nicht nur deshalb gehe ich gern zur Stunde der Dämmerung hinaus, weil ich scheu bin und mich von den anderen Kindern oft belästigt fühle, sondern auch wegen der tieferen Schatten und weil ich mich von einem Gefühl tragen lasse, bei dem auch einer, der kein Stotterer ist, stottern müßte.

Ich stottere nicht immer. Nur bei Satzanfängen und nur dann, wenn man von mir eine Antwort erwartet und immer dann, wenn am Anfang des Satzes ein Wort mit G oder K oder D steht. Ich muß Umschreibungen suchen. Ich muß solche Worte vermeiden. Ich kann das Gemeinte und Erfragte einkreisen, umgehen, vergleichen, mich nähern und manchmal auch geschickt entfernen. Und so wie das Umkreiste in der Schwebe bleibt, gewinnt es im Verschwiegenen eine noch viel tiefere Wahrheit. Dann geht es plötzlich nicht mehr um eine Sache, für die ich das Wort nicht sagen kann; es ist dann das Wort, das sich von der Sache entfernt; ich müßte ein Wort für das Wort finden, einen verwandten Klang. Der paßt nicht in den Satz. Der Satz trennt. Der sagt etwas genau und spießt es auf. Das ist eine zerplatzende Seifenblase. Mit dem Klang ist es anders. Da ist nichts zu greifen. Man hält nichts fest. Man kommt nicht heran. Das tut weh und tut auf sonderbare Weise wohl.

Worte müssen einen doppelten Boden haben. Man kann plötzlich einsinken und sich selber verlorengehen. Es ist egal, ob man stottert oder nicht. Am nächsten kommt man den Worten, wenn man nicht spricht. Das ist wie Atemholen.

Es gibt Momente der Freude, die sind grundlos. Sie zerbrechen sofort, wenn man nach einem Grund für diese Freude sucht. Bitte, frag mich nicht. Die Freude selber ist Grund. Aber der Grund fängt mit G an, den bringe ich nicht heraus.

Schön waren die Frühpartien mit Onkel Paul. Er war der jüngste Bruder meines Vaters. Manchmal holte er uns ganz früh ab, und mit der ersten S-Bahn fuhren wir zum Grunewald.

Dazu mußten Ferien sein und Onkel Paul mußte Zeit haben. Er kannte die Schleichwege, die Seitenpfade, und er wußte, wo die Rehe standen. Wir bewarfen uns mit Kiefernzapfen und übten Anschleichen und lernten Überfall. Und wenn keine Rehe mehr zu erwarten waren, übte er mit uns Indianergeheul und hatte sogar Munition für unseren »Tesching« dabei, Wolfgangs kleine Spielzeugpistole.

Manchmal waren wir auch abends im Grunewald. Einmal lief uns grunzend ein Eber über den Weg. Das war schon eher der wilde Westen.

Fürchtet ihr euch, wenn ich euch mal einen Moment allein lasse?

Natürlich nicht. Wir haben ja unseren Tesching.

Gut, ich schleiche mich jetzt mal allein an. Und zwar dorthin, wo das Haus ist.

Wir sahen den Gasthof in der Dämmerung. Es wurde etwas später. Onkel Paul kam aus dem Schatten.

Über den Tannen war der Sternhimmel sichtbar. Ein ganz anderes Abenteuer, weit weg.

Das ist die Milchstraße, das ist der Große Bär, man nennt ihn auch Wagen, und das dort ist der Polarstern. Der ist wichtig, nach dem richten sich alle Seeleute.

Onkel Paul mußte es wissen, er war zur See gefahren. Er kannte auch viele Sternbilder, und die Namen waren schön. Es war Musik. Es war alles sehr fern und machte wunderbar traurig.

Eigentlich ergab es keinen Sinn, jetzt die letzte S-Bahn zu nehmen, um nach Hause zu kommen. Wir glitten gerade die Milchstraße entlang und hörten von Andromeda und Kassiopeia. Und nun wurden wir an Witzleben erinnert und daß wir Yorkstraße umsteigen müssen.

Wir hatten unsere Munition verschossen. Onkel Paul gab uns Ratschläge für den Alltag.

Ihr dürft euch nicht verblüffen lassen! Bange machen gilt nicht! Immer Gesicht zeigen, und wenn ihr einen Hut tragt, dann müßt ihr ihn locker und schräg nach hinten rücken, wie ich. Schlips gerade und Brust raus, tief durchatmen und damit ahoi!

Da kommt eine Frau von der Fürsorge und will in die Wohnung. Wir dürfen niemanden rein lassen, sagt mein Bruder. Kommen Sie wieder, wenn mein Vater da ist. Die

Frau kommt noch einmal. Sie kommt ziemlich gleichzeitig mit meinem Vater. Schmalnase ist aufgebracht.

Ich hab Sie nicht bestellt, was wollen Sie hier?

Die Frau beruft sich auf einen Auftrag, sie weist sich aus. Sie wolle sich nicht streiten, es gehe um die Kinder.

Die Frau kontrolliert unsere Schulhefte. Mein Bruder hat vorsorglich ein paar schlimme Seiten aus seinen Heften herausgerissen. Die sind ziemlich dünn. Meine Hefte sind vollständig, lauter leere Seiten.

Das sieht beides nicht gut aus. Die fremde Frau mit dem Amtsgesicht ist nicht zufrieden.

Für ein paar Tage müssen wir nach der Schule in einen Kinderhort. Da ist viel Lärm und Getobe. Ich muß eine Pappschachtel zuschneiden und rutsche mit dem scharfen Messer ab. Die Kinderschwester wird arg verletzt. Ich bin vor Schreck wie gelähmt.

Mein Bruder wirft draußen, hinter einem Bauzaun verborgen, mit einem Ziegelstein in das Fenster eines vorüberfahrenden Autos. Der Mann kann bremsen und den Werfer erwischen.

Der Vater glaubt mir die Sache mit dem Messer nicht. Er meint, ich hätte das absichtlich gemacht. Und mein Bruder hätte sich nicht erwischen lassen dürfen.

Nein, bezahlen tut er nicht, weder das Heim, noch die Fensterscheibe. Das wollen wir doch mal sehn. Mit Steinewerfen muß man doch rechnen. Seine Schuld!

Aber der Mann hat bereits bei der Nachbarin das Geld für das Fenster kassiert. Von einer Anzeige sieht er ab.

Wir brauchen nicht mehr ins Heim.

Ich gehe wieder zur Schule. Niemand verlangt von mir eine Erklärung. Da scheinen Dinge ruchbar geworden zu sein, die für sich selber sprechen. Roßdorf streicht mir beiläufig übers Haar. Ich bin gerührt und mir ist übel.

Wo war ich eigentlich die ganze Zeit? Und wie weit seid ihr?

Mein Banknachbar fragt mich: Kennst du mich nicht mehr?

Nein!

Aber ich hab dir doch den Schlagball ins Auge geworfen!

Wie soll ich das noch wissen?

Ich blicke unsicher um mich. Vielleicht kommt doch noch einer, der mich über die Bank zieht.

Ich hab mein Gedächtnis aufgebraucht. Ich bin zurückgeblieben. Man läßt mich mitlaufen.

Irgendwo bei Algebra bin ich verlorengegangen. Mit einer Unbekannten ging ich zur Blume Namenlos. Die Geometrie mit ihren Regeln war nicht anwendbar im imaginären Raum. Ich war durch eine schöne Wunde geglitten. Nun mußte ich über die Narben nachdenken. Man ließ mir Zeit. Man ließ mich in Ruhe.

7
DER HOLZAPFEL

Es gab viele Zeichen, die mich hätten warnen müssen. Ich duckte mich, ich erschrak, aber ich begriff nicht, ich zog keine Schlüsse. Ich konnte nicht weglaufen. Mitgegangen, mitgehangen. Auch das ein Spruch aus dem sarkastischen Repertoire meines Vaters.

Ich sah und wartete ab. Die Familie hat keine Fluchttür. Ich spähte nach einer Aufhellung im Mienenspiel des Vaters.

Das blieb besorgt und verschlossen. Nein, Rätselvater gab nichts preis. Das wäre ja noch schöner. Wo kommen wir da denn hin!

Wenn er genug getrunken hatte, gab er sich vor anderen umgänglich. Wenn wir allein waren, wollte er keine Gespräche, schon gar nicht auf dem Heimweg. Frische Luft macht nüchtern. Mach den Mund zu, es kommen Fliegen rein.

Er saß nicht gern draußen in Gartenrestaurants. Der Kellner kam nicht nach. Bitte, drei Korn. Wo sind die anderen Gäste? Er kippte die Gläser in kurzen Abständen. Nur nicht auffallen. Manchmal half ihm mein Bruder und hob ihm das erste Glas an den Mund. Vaters Hände zitterten zu stark. Ich hätte da wenig ausrichten können, hätte das meiste verschüttet.

Dann paß wenigstens auf und gib mir ein Zeichen, wenn keiner herguckt. Nur nicht auffallen. Ich saß und wartete ab. Heute gehen wir zu Opa und Oma, und wenn wir Glück haben, ist Oma allein.

Die steckte ihm was zu für den Heimweg und neben dem Klavier standen bald diskret die nötigen Inspirationen. Oma stand auf dem Flur und lauschte. Ihr Sohn spielte sein Paradestück. Eine Konzertfantasie von Franz Schmidt. Die Noten waren zerblättert. Er benötigte sie nicht mehr.

Wenn es dämmerte, zündete Oma die Kerzen am Klavier an. Ich machte mich unsichtbar unter Opas Schreibtisch. Da lag ein dickes steifes Fußkissen. Wenn Opa kam, änderte sich schlagartig die Lage. Die Töne perlten nicht mehr frei, sie kamen korrekt und wohltemperiert. Und Vater fragte: Was möchtest du hören, Papa?

Dem war es gleich. Wir waren nicht angemeldet. Opa wollte eigentlich an seine Börsenberichte und Aktienstände. Er klapperte hüstelnd mit der Papierschere und rückte die Kristallkugel zurecht.

Großvater war ein strenger Herr, ein Despot. Keiner warf so herrisch wie er den Kopf in den Nacken. Na wenn schon und Papperlapapp tönte es auch bei ihm. Aber er kommentierte die bannenden Sprüche: Kinds Willen ist Drecks wert. Er wußte, wovon er sprach. Er hatte es selbst erlebt.

Keine Widerrede. Man kam nicht zu Wort.

Man durfte Bitten äußern, aber nicht stottern dabei. Man wurde belehrt, unterbrochen und hingewiesen. Eine Antwort bekam man nicht. Das überleg ich mir. Warte ab.

Kinder hatten zu kuschen. Kinder haben nur zu reden, wenn sie gefragt werden. Kinder werden nicht gefragt. Opa trieb mit ihnen seine Art Schabernack; er verstellte ihnen den Weg; es war sehr schwer, an ihm vorbeizuhuschen. Einen flehentlichen Blick mußte man ihm zuwerfen. Das war die verlangte Devotion.

Manchmal ging Opa mit Drohgebärde durch den Flur, schlug mit einem Stück Seil oder der Hundeleine gegen Wand und Möbel. Dann lief Oma herbei und suchte die Unruhe zu beschwichtigen. Und Opa stieß sein höhnisch-humorvolles »Ach Jott, ach Jott« aus. Das hieß so viel wie: Na wenn schon, habt euch nicht so, das war schon längst mal fällig.

Ich saß zu jener Zeit unter Opas Schreibtisch – ein verschreckter Daniel in der Löwengrube. Einmal verkroch ich mich dort vor dem Weihnachtsmann und war weder durch Drohen noch Locken zum Hervorkommen zu bewegen. Darüber sprach man lange.

Opa hatte Geld, er war der Patron dieses kleinbürgerlichen

Clans und wußte es. Man hielt sich lieber an die sanfte Großmutter, an die kleine, dunkle, sentimentale Dulderin, die aber listig war und meist kichernd in sich hineinlachte.

Großvater und Großmutter gingen nie nebeneinander her. Sie ging stets einige Schritte hinter ihm. Jubiläumsfotos zeigen die beiden umgeben von ihren drei Söhnen, Schwiegertöchtern und Enkelkindern, die jüngsten verschreckt vom Blitzlicht.

Man kann nicht geben, was man nicht hat. Man gibt weiter, was man bekommen hat. Opa hatte von seinem Stiefvater viel Prügel bekommen. Das verzieh er ihm nie. Die Schläge gab er weiter an den ältesten Sohn, meinen Vater.

Der geschmähte Stiefgroßvater war bei den Söhnen nicht unbeliebt. Er hatte Vermögen und Besitz und bedachte die Enkel. Auch unser mitunter bedrohtes Mobiliar, die Standuhr, der Löwenfußtisch, das Vertiko stammten von ihm. Dieser Mann mit weißem Rauschebart muß ziemlich belesen gewesen sein. Die Brüder stritten sich redlich um die Bibliothek; von Brehms Tierleben wußte man nie, wem die Bände nun wirklich zustanden. Bei uns zu Hause verstaubten Felix Dahns Sämtliche Werke.

Angespornt von seinem Groll gegen den Stiefvater hatte es der Großvater bis zum Bankdirektor gebracht; und er spekulierte erfolgreich an der Börse.

Anders als der jüngste Sohn, der gleich nach der Schule zur See ging und sich später vorübergehend ohne Erfolg als Inspektor auf einem Gut versuchte, um dann ins Bankfach zu wechseln, traten die beiden älteren Söhne sofort in die Fußstapfen des Vaters. Das Geld zog sie an. Sie hofften vergeblich, mit Hilfe des Vaters zu avancieren. Doch der mischte sich nicht ein; er traute ihnen nicht wirklich. Er half höchstens, wenn Gefahr im Verzug war, aber auch dann nicht immer.

Opas Strenge und Omas auf List angewiesene Güte schufen ein ganz besonderes Klima; es begünstigte unter den Söhnen den Neid und das Taktieren. Da wurde geflüstert und verschwiegen, da wurde freundlich konspiriert und vorgebeugt, und lebenslang blieben Alibis, Unterschriften – diese möglichst blanko –, Schließfächer und Kassetten wichtig. Die

Aktien wurden genauso zum Mythos (dessen reale Seite nur der Logenbruder kannte) wie der geheimnisvolle Besitz, der eigentlich von altersher der Familie zustehen sollte. Man trieb Ahnenforschung. In den Briefen an Grundbuch- und Kirchenämter war dann auch stets von Gütern und Höfen die Rede. Und wenngleich in den Wirren der Zeiten der Boden, auf den man hätte pochen dürfen, verloren war, so blieb doch die Hoffnung, die angelaufenen Zinsen und Tantiemen irgendwie und möglichst so, daß die anderen es nicht merken, anzuzapfen.

Man war stolz auf den Urahn, den Schwedischen Grafen Erik, der mannhaft für seine Überzeugung den Kopf auf den Block gelegt hatte. Ihm galt der Königseid mehr, als politisch klug war. Den fernen Enkeln aber gings um die Habe.

Im Grunde endeten alle Nachforschungen ärgerlicher Weise bei einem Tagelöhner, den es von Schweden nach Pommern verschlagen hatte. Pommernland ist abgebrannt. Man sprach nicht vom Tagelöhner.

Man sprach vom Wappen. Gekreuzte Palmwedel und springende Hirsche. Das waren vermutlich Elche. Blau und Silber. Pro lege, rege et grege. In der Mitte des Wappens ein kleineres, in dem ein goldener Giebel, ein »Sparren«, prangte. Den hatten sie.

Als der Erste Weltkrieg hereinbrach, mußten die beiden ältesten Söhne Großvaters »ins Feld ziehen«. Sie hatten eine bewegte Kindheit mit achtbaren Streichen hinter sich, die vom unbefugten Ordern von Tortenlieferungen an den Schulrektor bis zum Kappen von Signalkabeln bei der Kleinbahn reichten. Mein Vater hatte es nicht leicht mit sich und anderen gehabt. Man hatte ihn wegen seiner Beine gehänselt, hatte ihm Ixer nachgerufen. Prügel hatten ihn zum Stotterer gemacht. Großvater duldete niemals Widerrede. Nun mußte er Soldat werden. Da er zum Felddienst nicht geeignet war, machte man ihn zum Zahlmeister. Es verschlug ihn nach Polen. Er hatte Quartier bei einer polnischen Witwe, die eine Tochter hatte. Eines Tages wurde diese Tochter erhängt aufgefunden. Mein Vater ließ sich versetzen.

Die Söhne kamen schließlich wohlbehalten aus dem Krieg zurück. Man besuchte sich gegenseitig. Die Familien trafen sich bei den Großeltern; man bat um Geld, man borgte und versprach, man grollte und war herzlich zugetan, man ließ Blumen sprechen oder dachte sich beim Bier sein Teil.

Vergessen und vergeben wurde nie. Vieles war heimlich und blieb es. Schone Papa, denk an sein Herz. Und Mama schloß sich in der Küche ein. Das Bier stand in Kästen im Flurwinkel. Der Flur war ungewöhnlich lang und führte um eine Ecke. Man hatte, was immer man im Schilde führte, reichlich Bedenkzeit.

Beim Bier wurde man gesprächig. Opa war deutsch-national und liebte Senf auf Ei und scharfen Harzer. Die Käseglocke war durchsichtig; die Biergläser standen für mich in Augenhöhe. Mich stimmten die Schaumperlen melancholisch. Manchmal durfte ich nippen, einmal sogar von Opas Glas.

Politische Meinungen trafen mitunter hart aufeinander. Nicht immer gelang es meinem Vater, sich herauszuhalten. Er war zwar in der Partei, aber es ging ihm um das Alibi. Ein Bruder war Freimaurer. Der jüngste Sohn wurde Nazi aus »Daffke«, auch nicht aus Überzeugung.

Man hatte keine Meinung oder behielt sie für sich; man mußte sehen, wie man am wenigsten auffiel; man betrat den Hausflur nicht, solange dort noch Schritte anderer Leute zu hören waren; man trat vom Fenster zurück, wenn jemand heraufsah; man blieb unauffällig; was man tat, tat man heimlich; man meldete sich nicht an; man überraschte; man wollte sehen, was der andere zu verbergen hatte; man schaute nach, wenn der andere es nicht bemerkte.

Die Mäntel hingen im Flur. Vieles war beiläufig und im Vorübergehen zu klären. Im Flur war auch ein Reck. Daran übten Opas drei Söhne und machten es nun den Enkelkindern vor. Der jüngste Sohn, ein Nachkömmling, hatte es mit seinen Brüdern schwergehabt. Sie zerbrachen ihm das Spielzeug und taten ihm was ins Essen. Plötzlich war Schmieröl in der Feldflasche. Und es war ein heißer Tag gewesen. Trotz seines Magenleidens war der Onkel noch gut am Reck. Der andere

Onkel war durch ein Hüftleiden behindert. Der hielt sich zurück und zog warnend die Augenbrauen hoch, wenn die Enkel sich ans Reck wagten. Mein Vater hielt nichts von diesen Übungen. Vor allem wollte er das Bier nicht vorzeitig ausschwitzen. Das mußte vermieden und für den Nachschub gesorgt werden.

Man liebte »Schlusnus« und »Caro mio ben« und Omas Obstkuchen; oder man tat jedenfalls so; man schätzte Taubers »O Mädchen, mein Mädchen wie lieb ich dich« und scheute den Strick nicht im Schlafzimmer. Das verschwieg man wohlweislich. Das hörte man nur bisweilen. Das waren die düsteren Weihen, nicht für Kinderohren.

Opa besaß ein Detektorradio; er hielt mir den Kopfhörer ans Ohr und ich vernahm Geräusche aus dem Äther. Auch einen Feldstecher trug er auf der Brust; damit ließ er mich die Dohlen auf der Dachrinne betrachten. Das Detektorradio wurde manchmal versteckt. Opas Logenbrüger hielten nichts von dem Teufelswerk.

Immer wieder wurde ich ermuntert, in den Holzapfel zu beißen, der in Omas Obstschale im sonnigen Vorderzimmer lag. Ich tat, was der Ränkevater riet, und Omas Warnung kam meist zu spät. Mein Vater wußte, wo seine Mutter das Geld verwahrte. Und auch da kam Oma nicht immer rechtzeitig.

Oma hatte einen Dackel, der hieß Lone. Und Lone war das Problem. Lone war aus der Art geschlagen, sie bellte alles heraus. Klingelte man bei den Großeltern – die Klingel hatte einen schöngeschwungenen Messingbügel –, so gab Lone auf dem langen Weg von der Küche zur Wohnungstür bellend, knurrend und heiser fauchend ihr Mißfallen kund. Seit mein Bruder von Lone gebissen worden war, wurde bei unserem Kommen der Dackel erstmal eingeschlossen. Der rächte sich für die Verbannung und schiß im sonnigen Berliner Zimmer auf den Perser.

Für meinen Vater war es sehr hinderlich, daß der Dackel in

diesem Zimmer eingeschlossen wurde. Da konnte er mich nicht ohne weiteres zu dem Holzapfel verleiten. Der Schritt zum Schubfach wurde ruchbar. Lone war ein Ärgernis. Ich ekelte mich vor dem Anblick ihrer hochgestellten Rückenhaare und dem Geräusch ihrer über den Flur scheuernden Zitzen. Aber Oma ließ nichts auf den Hund kommen. Die kleinen Mahlzeiten wurden in der Küche eingenommen. Lone hatte ihren Napf neben der Tür, und ich versuchte, meine Beine auf den Küchenstuhl zu bringen, ohne Opas Sinn für Etikette zu verletzen.

Wenn mir Omas Erdbeerkonfitüre schmecken sollte, durfte ich nicht zu Lone hinsehen, die böse knurrend ihre Haare sträubte. Opa aß bedachtsam, und führte den Löffel dann doch mit unglaublicher Eile zum Mund. Die oberen Enden des weißen Tuchs sahen hinter seinen Ohren hervor. Es sah drollig aus, Opa mit vier Ohren.

Opa hörte tatsächlich das Gras wachsen, war im Bilde, konnte sich sein Teil denken und war an allem anderen nicht interessiert. Man sollte ihn in Ruhe lassen. Ich glaube, Opa sah keinen der Enkel gern; er blieb lieber ungestört bei seinen Börsenkursen und seinem Lokalanzeiger. Manchmal drang ich bis zum Kamin vor und betrachtete durch den Spalt in der Feuerungstür die Glut. Opa hantierte mit der Papierschere, und ich lernte, Fidibusse zu drehen. Später durfte ich Kienspan mit dem Küchenmesser schnitzen.

Opa benötigte seine Ruhe und seinen Gang. Wie lange bleiben die Enkel hier? Es ist Zeit für die Mittagsruhe. Ergeben sorgte Oma, die Dulderin, für den äußeren Frieden. Wir durften später wiederkommen.

Manchmal mußte ich wegen meiner Ohrenschmerzen die Chaiselongue hüten. Dann träufelte mir Oma heißes Öl in die Ohren, und müde genoß ich ihre Fürsorge. Sie deckte mich mit der Hundedecke zu, denn eigentlich gehörte die Chaiselongue dem Hund. Der Geruch blieb haften. Meine Mutter sagte dann, ach, du warst bei Oma und hattest Ohrenschmerzen.

Im Halbschlaf vernahm ich das gedämpfte Vorüberrauschen der S-Bahn. Begegneten sich zwei Bahnen, so war der Anprall des Schalls stärker. Da entstand eine höhere Woge und trug mich fort. Nachlassender Schmerz, weiche Welle aus Öl und Schlaf. Andere und unerklärliche Geräusche von nebenan ließen sich verdrängen, gingen in der alles besiegenden Monotonie unter.

Lone weckte mich knurrend. Sie verlangte ihre Chaiselongue zurück.

Waren wir gegen Abend da, so gingen wir alle ums Viertel. Das war belebter als bei uns zu Hause. Hier hießen die Straßen Damm oder Chaussee. Die Autos fuhren rascher. Wir strebten dem Lietzenseepark zu. Wir sammelten Kastanien gegen Rheuma, hielten uns brav auf den Wegen. Wenn keiner hinsah, warf man mit Steinen. Es gab Trauerweiden und Ruhebänke. Der See war weithin mit Enten bevölkert. Einmal traf mein Bruder mit einer Eichel einen Erpel. Der tauchte weg und blieb verschwunden.

Die Zeit im Park mußte genutzt werden. Hier hoffte man auf den günstigen Augenblick, Oma einen Wunschzettel in die Hand zu drücken. Mit Augenzwinkern nahm sie ihn entgegen. Wenigstens bestand Hoffnung, sofern Opa nicht argwöhnte, daß man ihn umgangen hatte.

Einprägsamer als alle Gegenstände in der Wohnung der Großeltern, das überlange Vertiko, die Korbmöbel im Erker, der große Eßtisch mit den vielen Jugendstil-Stühlen, die mit geschnitzten Vögeln verziert waren, der Schaltkasten für das Dienstpersonal, der längst funktionslos, ein bloßes Statussymbol, im Flur hing, die Stuckdecken in beiden Wohnzimmern, unverlierbarer als all dies war der im Aufgang und im Treppenhaus herrschende Geruch. Es war eine eigentümliche Mischung, die sich von Stockwerk zu Stockwerk veränderte, aber dadurch nicht jenen besonderen Charakter verlor. Im Aufgang, der Kühle des Marmors gemäß, hielt sich der Duft neutral. Hier hatte er etwas von Rauch und von nasser Erde an sich. In den oberen Stockwerken, zu denen man über Läufer gelangte, die von schönen Messingstangen gehalten wurden, bekam der Duft einen Hauch von Eau de Cologne.

Wenn wir von unserem Gang durchs Viertel zurückkamen, gab es Wiener Würstchen, Butterbrote und Kakao, der stark gesüßt war.

Zu Weihnachten hatten die Großeltern den schönsten Baum. An einem der unteren Zweige hing eine Wurst für Lone. Und wir bekamen Trapper und Indianer aus Blei. Zu Ostern versteckte Oma die Ostereier hinter den Sofakissen.

Oma liebte Tiere. Sie zerdrückte den Meisen die Hanfkörner, um ihnen die Mühe zu erleichtern. Mit Vorliebe aß Oma Täubchen.

Opa mußte einsehen, daß mit Geld nicht alles zu machen und zu regeln war. Er versuchte vergeblich, unsere Lage dadurch zu bessern, daß er meiner Mutter Geld anbot. Sie lehnte es ab, nicht aus Stolz, sondern weil sie wußte, daß damit nichts mehr zu kitten war.

Opa sah Grenzen, über die er nicht reden mochte. Seine strenge Erziehung hatte den Sohn nicht gewappnet, sondern gebrochen.

Der ging nun mit seinem eigenen Sohn, dem sonderbare Atemnöte zu schaffen machten, der scheu, störbar und brav war, auf Pirsch. Vom Schuleschwänzen wurde selten gesprochen. Woran mochte der Rätselvater denken? Mit Fragen war er nicht zu erreichen. Alle Antworten kannte ich schon. Sie sagten nichts. Gab es Gründe für meine Zuneigung, für meine Werbung? Es gab wohl nur Gegengründe.

Mein Vater zuckte die Achseln. Einige Male war er sehr direkt: Das ist dein Pech, sagte er. Ich liebe dich nicht. Ich habe dich nicht gewollt. Das ist nun mal so. Finde dich damit ab. Später hieß es resignierend: Wieso lebst du eigentlich noch? Und sehr viel später fast grollend: So viele Schutzengel gibt's doch gar nicht!

Einmal erzählte mir meine Großmutter eindringlich und zugleich verschleiernd von einem dunklen Vorfall in der Familie. Da war von einer Neigung die Rede, die nur auf Söhne käme. Und ob ich wohl verstünde, wovon sie spräche. Ich verstand es nicht. Ich war zu scheu, nachzufragen. Und Oma zitierte das Bibelwort von der Heimsuchung bis ins dritte und vierte Glied. War Opa das erste Glied, war er gar das zweite oder dritte?

Für mich lag in diesem familiären Eden ein Holzapfel zum Bisse. Da war nichts zu schmecken. Keine Erkenntnis dämmerte. Was war denn ehedem Schlimmes unter den Teppich, den Perser, gekehrt worden? Warum war Großvater so scheu, so abwehrend herrisch?

Los, aufstehen! Packt eure Sachen, aber dalli. Wir reisen ab!

Was ist los, wohin soll es gehen?

Ihr werdet schon sehen. Marsch jetzt und keinen Mucks!

Was war passiert? Dem plötzlichen Aufbruch aus unserer Wohnung, dieser Angstgrotte mit den erträumten Indianerzelten, waren Zeichen vorausgegangen. Rauchzeichen.

Eine fremde Frau hatte stimm- und lachgewaltig die Szene betreten. Wolfgang und ich saßen allein zu Hause beim Schachspiel. Es klingelte. Wir kannten die Frau nicht, die da Einlaß begehrte. Sie betrat die Wohnung ohne Zögern und berief sich auf ihre alte Bekanntschaft mit den Eltern. Nun war sie da, mischte sich mit ihrer Meinung in unser Spiel und hielt in der Hand eine Zigarette der Marke Overstolz mit Goldmundstück. Sie sprach wie ein Mann und roch nach Pitralon.

Der Vater kannte die Frau von früher. Sie war auch einst die Freundin unserer Mutter gewesen. Aber hier gab es Pläne, von denen meine Mutter nichts wußte. Nur Vater war eingeweiht. Die Lächelfalten verbargen alle gefaßten Entschlüsse.

Den Vater drängte es schon lange in die Wälder. Er fühlte sich verfolgt von den Geprellten. Er hatte keinen Kredit mehr. Die Weiden waren abgegrast. Auch in abgelegenen Schenken kredenzte man ihm statt des Biers alte Rechnungen. Nun sicherte er seit langem an jeder Straßenecke die Lage. Nicht immer war ein rettender Hausflur in der Nähe. Die Flucht war nicht mehr aufzuschieben.

Die Freundin lockte mit einem geplanten Hausbau im Harz.

Diesen Hochsitz hoffte er zu erreichen. Von dort wollte er auf die Lichtung blicken und im Schutz des Dufts von Pitralon in Ruhe seine Flaschen trinken.

Man würde sehen. Vor allem mußten die Söhne weg, sie waren schon lange im Wege. Schon nahm mein Bruder eine drohende Stellung ein, wenn er verprügelt werden sollte. Alle Anschläge waren fehlgeschlagen. Ich hatte überlebt, wenn auch scheu und gezeichnet zwar, ein verklemmter Schulschwänzer.

Die Tage im weißen Sarg unseres Kinderzimmers waren abgelaufen. Die Rauchzeichen der Overstolz hatten die Wende angekündigt. Nun war die Mutter der unbekannten Frau mit der Overstolz, eine weißhaarige Alte vom Lande, aufgetreten. Die kochte sich ihren Kaffee und fragte mißtrauisch: Wo bleibt denn nur euer Vater so lange? Sie sah nach dem Rechten und vermutete das Unrechte und überwachte uns beim Packen unserer Habseligkeiten.

Unsere Totemzeichen und die aus Holz geschnitzten Dolche, unseren Kopfputz aus Hühnerfedern warf sie in den Mülleimer. Wir bargen das heimlich und vergruben es im Sand, hinten im Hof. Die Totemzeichen waren die Insignien unserer Erwartungen gewesen. Sie standen für das, was das Spiel nicht zu halten vermochte. Unsere Spiele waren eine bloße Hülle über einem Ernst, der sich bewahrte, wenn die Spiele aufhörten oder zerbrachen.

Irgendwo mußte es Habichte geben in der Luft und große Milane; auch Adler würden kreisen. Dort, wo die Häuser aufhören und wo die Schienen enden, dort mußten Savannen sein. Wir hofften, dorthin zu entkommen.

Wir nahmen Abschied vom Kinderzimmer. Die Eile war ernüchternd und gewaltsam. Mein Bett sollte verkauft werden. Der Traumschlitten stand zerlegt und sperrig im Flur. Kaltes Metall, weiß und abgegriffen. Keuchhusten, Ziegenpeter und Mumps, Masern und Angstträume. Dieser Gruft war ich entstiegen. Leid tat es mir um den braunen Kachelofen. In seinem Schatten verborgen, hatte ich auf die monotonen Geräusche gehorcht und war in glücklichen Momenten zu einem süchtig lauschenden Ohr geworden. Er war mein Paravent vor der Welt. Ihn mußte ich zurücklassen.

Pakete standen herum. Die weißhaarige Alte war sehr geschäftig. Vater räusperte sich unentwegt. Ihm behagte nicht, daß diese Frau ihm auf die zittrigen Finger sah. Die hörte das Gras wachsen. Die sagte, wer eine Reise tut, der hat was zu erzählen. Und er wollte nicht, daß ihre Tochter, die Frau mit der Overstolz, womöglich noch Bedenken bekäme.

Möbelpacker betraten die Szene. Nachbarn standen im Flur herum und tuschelten. Wir wußten nicht, wohin es gehen würde. Wir konnten die Frage nicht beantworten. Und der Vater verweigerte schroff jede Auskunft. Meine Mutter war vor einiger Zeit wieder in eine Klinik gebracht worden. Schmalnase hatte mit unverhohlener Häme den letzten Zusammenbruch betrieben. Nun hofften er und die Frau mit der Overstolz, daß die Kranke für immer in einer Klapsmühle bleiben müsse. Es sollte anders kommen.

Mir fielen die Gardinenstangen aus der Hand. Sie rasselten die Treppe herunter. Ich solle gefälligst artig »Auf Wiedersehen« sagen, und ich sagte es jedesmal, wenn ich treppauf und treppab ging. Die Nachbarin fühlte sich verhöhnt, mein Vater mischte sich ein.

Das hätten Sie mir eher sagen sollen, das hätte ich wissen müssen, dann wäre es leichter für mich gewesen, und warum kommen Sie mir jetzt damit, ich brauche Ihre Belehrungen nicht, und wieso erinnern Sie mich jetzt an Geld und an das leidige Autofenster, Sie hätten sich ja nicht einmischen müssen, Ihre Schuld, nun verschwinden Sie schon in Ihre Wohnung, Sie stehen hier im Weg.

Einige Monate später sollte meine Mutter nichts ahnend aus der Klinik kommen, sollte mitten im Winter in Sommerkleidern auf der Straße stehen, an ihre Wohnungstür klopfen und nach ihren Kindern fragen. Aber die waren weg, und keiner wußte, wohin. Und daß Vaters ehemalige Freundin, die Frau mit der Overstolz, ihre Hand im Spiel hatte, daß Söhne und Mann und Habe bei ihr waren, daß all dem ein bauernschlauer Plan zugrundelag, das ahnte die Mutter nicht.

Eigentlich sollten die Söhne mit dem Möbelwagen fahren, das wäre vermutlich billiger gewesen, aber die Packer spielten nicht mit. Vater bekam eine blasse Nase. Na dann nicht! Und zu uns gewandt: Kommt jetzt, dalli und keinen Mucks! Nichts wie weg! Die können mich alle mal! Die kriegen mich nicht mehr! Die habe ich reingelegt. Seid dankbar und benehmt euch anständig!

Der Gepäckträger am Bahnhof war der letzte, den er prellte. Der Zug ruckte an. Na wenn schon, sein Pech! Wolfgang lachte, ich schämte mich. Die Alte witterte vergeblich. Kein Wort darüber, das bleibt unter uns.

Erst mit der S-Bahn. Der letzte Blick auf die Höfe, die Reklameschilder, die Blumenfenster im grauen Geviert. Unsere Zimmerlinde hatte den Auszug nicht miterlebt. Sie war schon vorher vertrocknet.

Dann der große Bahnhof, die Halle voller Dampf. Ich wollte mich nicht erinnern. Träum nicht, komm weiter, faß zu, wir müssen weg.

Erst im Zug, erst nach dem Anrucken, als wäre bis dahin noch Flucht möglich gewesen, erfuhren wir von dem Ziel der Reise. Man versprach uns Wälder, eine neue Heimat, ein geordnetes Zuhause.

8
SENSE UND SCHATTENMORELLE

Der Zug hielt. Ein Mann mit roter Mütze scheuchte draußen auf dem Bahnsteig eine Schar »E's« in die Luft des Spätsommertags. Das »E« war nicht frei von Dialekt, es klang fast wie »Ä«: »Hedersleben-Wetterstedt«. Wir waren angekommen. Wir mußten raus. Die Frau mit der Overstolz erwartete uns; vorsorglich bat der Vater meinen Bruder, nach ihr Ausschau zu halten. Er war nicht sicher, ob er sie wiedererkennen würde. Das war schon seltsam, denn wir sollten doch Mutter zu ihr sagen.

Ich brachte diese Anrede nur widerstrebend, später gar nicht mehr heraus. Die Schwierigkeiten, die ich mit dem Aussprechen von Worten hatte, die mit G und K beginnen, dehnten sich nun auch auf das M aus. Ich half mir mit der gleichen Technik: erst ausatmen, dann reden.

Der Weg zum Dorf war weit. Viel Bedenkzeit. Erwarten und Befürchten. Erst die Kastanienallee und dann an der Selke entlang über den Anger. Die Wiese war weithin weiß gefleckt. Hier hatten die Gänse ihren Austrieb. Manche Ganter stellten sich uns in den Weg. Es war ein Schnattern und Hecheln, bis wir die Obstbaumallee hinter uns hatten.

An einer breiten, flachen Furt saß ein alter Mann und dengelte seine Sense. Helles Hämmern. Wir gingen voraus. Immer wieder hörten wir hinter uns das laute, kehlige Lachen der Frau. Vater verhielt sich kleinlaut, ihn dürstete. Die Fahrt war lang gewesen, zweimal hatte er bei kurzen Aufenthalten den Zug verlassen, und wir hatten gemeint, wir müßten ohne ihn weiterfahren. Nun war er trocken und vergrätzt. Er schickte uns voraus. Seine Kommandos wurden knapper, er wußte hier ohnehin nicht Bescheid. Außerdem wurde ihm gerade von der Frau die Lage erläutert. Er, der Schlucker, war geschluckt worden. Er zappelte im Netz. Fürs erste half da kein Räuspern.

Zwar würde er in der kommenden Nacht heimlich in den Keller steigen und die Spinnweben vom Schlehenwein wischen, aber die Alte würde ihn überraschen. Hier knarrten alle Türen und Stiegen, hier war man mit den Hühnern wach; und die Alte war wachsam und leise wie eine Schleiereule.

Was reden sie nur? Mal sollen wir zurückbleiben, mal vorauslaufen. Das war eine ernste Debatte. Mit Na-wenn-schon und Die-können-mich-mal war es diesmal wohl nicht getan, hier mußte schon versprochen und verbindlich in Aussicht gestellt werden.

Wolfgang war es egal, er gab sich gelassen, warf sogar mit Steinen nach den Gantern. Wer weiß, vielleicht würden ihm hier die Fingernägel nachwachsen; der Anger war groß, die Bäume waren hoch. Dichte Nebel würden kommen. Wolfgang malte sich Abenteuer aus. Bald würde er sich eine Keule schnitzen. Unkas würde frohgemut ein Wespennest in Brand stecken, und Winnetou würde gestochen werden.

In jedem Winkel des Dorfes roch es anders. Es roch nach Dung und Stroh, nach Abflüssen und zerquetschten Rüben, nach Moder und nach Feuer. Wir stolperten über Kopfsteinpflaster und blickten unsicher in die forschenden Gesichter der Leute, die vor den Hoftoren standen oder auf Bänken vor einer Mauer saßen. Hier kannte jeder jeden, man redete übereinander; und uns, die Berliner, wie man uns bald nannte, hatte man schon lange erwartet. Das sind sie also, die heimlich entbundenen Söhne der ins Sündenbabel verirrten Dorf-Dore. Dora, so hieß die Frau mit der Overstolz.

Dora hatte es nicht leicht gehabt. Sie hatte so viel Prügel von ihrer Mutter bezogen, daß sie sie für ihre Stiefmutter hielt. Jetzt aber würde die Alte alles für ihre Tochter tun. Sie würde sich um die beiden verschreckten Söhne, um uns, kümmern. Denn bald würde die Tochter unter der Haube sein. Endlich.

Mit ihrem Vater verstand Dora sich gut. Der Alte war Feldwebel gewesen und hatte bei Preußens in Metz gedient. Seine Polterstimme hatte er der Tochter vererbt. Von seinem guten Herzen hatte sie nichts abbekommen. Immer mit dem Mundwerk voraus und mit Worten Wunden schlagend, um mit neuen Worten Pfeffer hineinzustreuen, hatte Dora mit Männern nicht viel Glück. Ihr Verlobter fiel vor Verdun anno 17; ein anderer Mann brachte sie in den wilden Jahren, die man später die goldenen Zwanziger nennen sollte, zweimal in Nöte. Aber ihre Mutter war in die sündige Stadt gereist, sie kannte die Schliche und wußte zu helfen.

Wir waren nur die späte Legitimation. Von uns wurde eine Rolle erwartet. Wir hatten den natürlichen Stand herzustellen, nachträglich den guten Ruf in fremde Ohren zu blasen. Wir sollten sagen, daß wir nicht bekannt, sondern verwandt mit ihr seien. Vor allem sollten wir uns ihre Liebe verdienen. Wir irrten folgenschwer, als wir diese Sache genau umgekehrt sahen. Wir sahen uns auch nicht als Symbole für irgend etwas. Wir waren hier fremd und verschreckt. Und Dora mit der Overstolz haßte die damals begangene Tat an uns noch einmal. Wir wurden noch einmal abgetrieben, aufs Altenteil dieser neu geschlossenen Verbindung nämlich.

(Die Ehe von Ränkevater und Overstolz sollte halten; Häme und Tücke erwiesen sich als unauflöslich.)

Nun kommt schon endlich, rief sie, und:

Aber dalli! ergänzte der vergrätzte Vater.

Sie gab das Stichwort. Wir waren jetzt mitten im Dorf, jetzt sollten wir einträchtig nebeneinander gehen. Noch waren ihre Worte freundlich harsch. Es würden Worte wie Stiche kommen, spöttische Pfeile und jähe Dolche, je nach Lust und Unmut. Mit uns hatte das alles nichts zu tun. Die Wetter gingen über uns hin. Wir konnten das Klima nicht beeinflussen. Schmalnase und Overstolz, Wolke und Blitz.

Wir gingen an einer Ziegelmauer entlang, wir sahen eine Scheune, ein rostiges Tor, den Hof, dahinter das Wohnhaus. Dora griff nach meiner Hand, Wolfgang entzog ihr die seine. Nein, so klein war er nicht mehr. So kamen die beiden verschreckten Indianer aufs Dorf.

Die weißhaarige Alte empfing uns am Hoftor. Der Türgriff war eine geschmiedete Löwenpranke. Unter einem Quietschlaut öffnete sich die Tür. Wir betraten die Arena der nächsten Jahre. Ein Hof zwischen Scheune, Stallung und Wohnhaus. Eine Schar Hühner kratzte auf dem Mist. Ein bunter Hahn kam auf uns zu. Er war hier der Herr, und er war steinalt. Man hatte vergessen, ihn zu schlachten, auch hatte es wohl an Mut gefehlt, ihn zu greifen, und nun war er zu zäh.

Am Haus ragten Birnbäume empor. Im Flur drinnen war es kühl. Wir betraten die immer dämmrige Stube mit den Mahagonimöbeln und den knarrenden Ohrmuschelsesseln. Über dem Tisch hing eine grün schimmernde Lampe. Der Schirm war mit Glasperlen behangen. Der Tisch war gedeckt. Der preußische Feldwebel begrüßte uns lärmend. Man setzte sich. Ich kam in die äußerste Sofaecke.

Vater zierte sich, nein, bitte keine Suppe. Ich sah, wie seine Hände zitterten und schämte mich für ihn und mit ihm. Es war klar, die Suppe würde ihm wieder vom Löffel rinnen. Mit den Rouladen ging es leidlich. Wir kamen zum Nachtisch. Man hatte Wort gehalten, es gab keinen Haferschleim. Aber wir täuschten uns doch; ich blieb zwar fürderhin vom Hafer verschont, aber das Hungern und Frieren sollten wir lernen, sobald Dora und Vater unseren Augen entschwunden waren. Doras Mutter lächelte. »Schönchen« und »Wer eine Reise tut, der kann was vertellen«. Sie umschloß mit ihren hageren Händen den dampfenden Kaffeetopf. Ihr Gesicht glühte. Die Tochter war heimgekommen, nun hatte sie Mann und Söhne. Dem fintenreichen künftigen Schwiegersohn war es gelungen, ein Gespräch unter Männern zwischen sich und dem Alten zustandezubringen – außerhalb des Hauses, versteht sich. Sie gingen beide zum Dorfkrug. Der Alte ließ sich nicht lumpen. Hier zog kein Wirt unter dem Tresen einen vollgekritzelten Deckel hervor. Hier wurde vom Faß gezapft. Der Alte war schwerhörig. Man mußte alles zweimal sagen oder sehr laut. Aber dem durstigen Schwiegersohn war es gleich, er verstand auch nicht viel, und von dem »herschlevener« Dialekt in der Kneipe schon gar nichts. Das bohrende Gespräch vorhin hatte ihm die Zunge gänzlich verdorren lassen. Am liebsten hätte er gar nicht mitgegessen. Das dunkle Zimmer hatte ihm zugesetzt, die Fliegen, der lästige Geruch nach Dorf und alten Leuten. Daran sollen sich die Kinder gewöhnen. Das ging ihn nichts an.

Uns wurde inzwischen das Anwesen gezeigt. Da gab es einen Hundezwinger, in dem ein von Staupe gezeichneter Schäferhund herumhumpelte. Man durfte ihm nicht zu nahe kommen. Er litt wohl auch, weil hier auf dem Hof der eitle, bunte, uralte Hahn Krischan regierte. Sein Wolfsblut begehrte gegen dieses dumme Gefieder auf. Aber er saß eingeschlossen. Bald sollte ihn ein Schuß erlösen.

Um in den Garten zu gelangen, mußte man durch eine Werkstatt gehen. Da lagen Hobel und Zugmesser, ein paar halbfertige Speichen, und es gab Werkbänke. Der Alte war noch tätig, er besserte seine Rente durch kleinere Arbeiten für den Gutsherrn auf. Und an Winterabenden schliff er Messer für eine Fleischerei auf einem Speckstein, auf den er Speichel tropfen ließ.

Hinter der Werkstatt waren noch ein paar dunkle Räume. Dort lagerte Korn, Spinnweben hingen vor den Fenstern, mit vertrockneten Fliegen. Auch die Spinnen waren schon tot. Eine Schrotmühle stand hier. An den Wänden hingen Dreschflegel. Man benutzte sie nicht mehr, den Spinnrocken auch nicht.

Kurz vor dem Garten mußte man durch die Spatenkammer. Ein Riegel wurde hart zurückgestoßen, und wir traten ins flirrende Grün. Wir wurden ermahnt, auf den Wegen zu bleiben und kein Obst abzupflücken. Nur das Fallobst war freigegeben. Der Garten war groß. Doras Mutter und der Alte hatten Nutzungsrecht. Die Wege waren von Hecken gesäumt. Sträucher, Obstbäume, Gemüse und Erdbeerbeete. Keine Blumen. Eine Katze wurde verjagt. Ich hätte sie gern gestreichelt.

Die soll Mäuse fressen!

Und Vögel sind dazu da, Insekten von den Bäumen fortzuhalten. Unnötiger Gesang.

Sie zeigten uns unser Zimmer. Es war eine Kammer über der Schattenmorelle. Von unserem Fenster aus blickten wir über den Garten bis zur jenseitigen Mauer. Das ist das Haus des Pastors. Dort steht eine riesige Kastanie.

Aus den Zweigen dieser Kastanie sollte in der kommenden Nacht der Große Wagen aufsteigen. Es war Vollmond, und alle Hunde des Dorfes würden ihn anbellen, bis sie heiser waren vom nächtelangen Gekläff.

Und ich würde wach liegen und immer neu erschrecken vor dem Unbekannten und Fremden. Ich war nicht zu Hause. Ich begriff nicht, wo ich war. Ich war irgendwo, wo es nächtens hell war und wo ich immer wieder aufgeschreckt wurde.

Vater war nur mitgekommen, um uns hier abzuliefern.

Ihr bleibt jetzt hier. Ihr bleibt so lange hier, wie es nötig ist. Das kann lange dauern. Das hängt von eurem Verhalten ab. Eure Mutter seht ihr nicht mehr wieder. Vermutlich bleibt sie für immer in der Klinik. Hoffentlich. – Nein, ihr dürft ihr nicht schreiben. Das verbiete ich. Verhaltet euch anständig. Ich will keine Klagen hören. Und bildet euch nur nicht ein, daß Jammern hilft. Nicht bei mir. Ist das klar?

Wir begriffen wenig, und dieses Wenige war unerfreulich. Dora mit der Overstolz, unsere zukünftige Mutter, hatte schon jetzt das Machtwort. Die war um kein hartes Wort verlegen. Die brauchte sich nicht zu räuspern. Die lachte nur einmal gellend auf.

Vater hatte sich im Harz einquartiert. Da waren richtige Wälder. Wenn er es erlauben würde, dürften wir ihn vielleicht dort einmal besuchen.

Nein, versprechen könne er gar nichts. Außerdem kostet Reisen Geld. Und Geld haben wir nicht.

Dora reiste dem Ränkevater nach. Eine Zeitlang besuchte sie uns noch. Sie war zuständig für Verweise, Tadel und die gute Meinung nach außen.

Hier habt ihr euer Saftbrot!

Wir gingen nun auf die Dorfschule. Das war ein freundliches Haus. Es gab keine Schulbänke, sondern viereckige Tische. Wir Berliner wurden mit »icke dette kiekemal« gehänselt. Ich sonderte mich ab; es war ungewohnt für mich, mit Mädchen in einer Klasse zu sein. Ich errötete leicht und war sehr bemüht, nicht zu stottern. In den Pausen gingen wir in den Schulgarten hinüber. Dort stand ich zwischen Tulpen und Petersilie und hoffte, mich würde bis zur Fortsetzung des Unterrichts niemand ansprechen.

Man mußte die weißhaarige Alte gewarnt haben. Sie traute mir nicht. Da war von Schuleschwänzen geredet worden, aber auf diesem kurzen Weg hätte ich wirklich nicht verlorengehen können. Wolfgang suchte sich einen gleichaltrigen Freund. Die bewaffneten sich mit Keulen und zogen über den Anger. Ein Schäfer hetzte seinen Hund auf sie. Unkas kam nicht mehr schnell genug auf eine Weide. Der Hund biß ihn ins Bein. Er wurde auf einem kleinen Leiterwagen zum Arzt gefahren. Vater mischte sich aus der Ferne nicht ein, ließ uns wissen, er wolle keinen Ärger haben. Gut möglich, daß er das Schmerzensgeld kassiert hat.

Sonntags wanderten wir zum Hakel, einem zwischen den Dörfern der Umgebung gelegenen Wäldchen, um das sich Sagen rankten. Es war ein langer Weg über schattenlose Felder, ehe sich dämmrig und kühl der Wald aufschloß. Wir schnitzten uns Pfeil und Bogen vom Haselgehölz und warfen mit Keulen nach den Krähen. In hohlen Baumstümpfen fanden wir Blindschleichen. Es gab einsame Tümpel, Bärlapp, Maiglöckchen und manchmal Hirschkäfer.

Am liebsten war ich allein. Wenn irgendmöglich entwich ich durchs krächzende Hoftor oder stieg vom Garten aus über die Mauer. Mich zog es zu den Kornfeldern, über denen sich riesige weiße Wolken türmten. Neben den Maisfeldern rauschte und wisperte es. Wenn das Korn in Mandeln stand, hörte ich die Hamster klopfen; sie brachten ihre Ernte ein.

Die Selke war ein Fluß, der sich durch das Dorf wand. Da gab es angeblich Untiefen, morastige Gründe. An vielen Stellen war der Fluß von Bäumen überragt und am geheimnisvollsten war er in der Nähe der Rübensaftfabrik, weil es hier ganz schattig war. Dort war der Fluß wie ein stiller See. Ein anderer Junge sprach mich an. Er wollte mir sein Boot zeigen. Es war ein Kahn, den er sich aus Brettern zusammengefügt und mit Dachpappe und Teer abgedichtet hatte. Wir ließen uns treiben und suchten nach einer geeigneten Stelle für die mitgenommene Reuse, die er sich aus Weidenruten geflochten hatte. Anderntags zogen wir die Reuse herauf; es zappelte und blitzte darin. Mir taten die Rotbarsche und Schleien leid, aber der freundliche Dachpappen-Seemann wickelte mir die Fische in Zeitungspapier, und ich trug das zappelnde Bündel zur Alten, die den Fischen mit kräftigen Hieben den Garaus machte.

Für sie war ich der Gnatz, der Gnibbel, der Grämling, der immerzu nur träumte und eigentlich nicht sagen konnte, wovon. Man suchte eine sinnvolle Beschäftigung für mich. Ich wurde in die Kinderschar eingereiht, die Rüben zu verziehen und Hederich aus den Furchen zu reißen hatte.

Wie hart hier die Sitten waren, wurde mir bald klargemacht. Ich hatte Zahnschmerzen bekommen. Die Alte fackelte nicht lange und ging mit mir zum Dorfbader. Der war Skatbruder vom Polterkarl und stand bei ihm vom letzten Spiel her noch in Kreide. Der mußte sich jetzt erkenntlich zeigen. Zwei Männer hielten mich fest, und der Bader riß mir erst den einen, dann den anderen Backenzahn heraus, ohne Betäubung. Leider wurde ich nicht ohnmächtig. Ich mußte es durchstehen.

Polterkarl war nicht eingeweiht worden, ich tat ihm leid. Er stellte mir ein Glas Kamille vor das blasse Gesicht. Damit sollte ich die Wunde spülen, das würde lindern. Ich hatte das Gefühl, ich würde nie mehr den Mund aufbekommen.

Dora gab abends ihren Kommentar dazu. Ich hätte sicher zu viele Süßigkeiten im Leben bekommen, und statt die Schule zu schwänzen, hätte ich mir lieber häufiger die Zähne putzen sollen. Und im übrigen könne ich ja zumindest jetzt keine dummen Fragen stellen.

Der Alte ermunterte mich gutmütig zum Hamsterroden. Das begann unmittelbar nach der Ernte. Ich zog mit einem Sack und einem Spaten los und erkundete das System der Fall- und Kriechlöcher. Die mußten zuerst verstopft werden. Dann begann das Graben. Hatte man die Kornkammer erreicht, war Vorsicht geboten. Manchmal biß sich das Tier wütend knurrend im Löffel fest. Als ich einmal ein Nest mit jungen

Hamstern fand – sie waren rosig und zierlich anzuschauen –, schämte ich mich. Was hatte ich hier zu suchen, warum drang ich in diesen Frieden?

Es sollte schlimmer kommen. Mich verstockten Gnatz wollte man hart machen. An einem Tag mit Schneesturm und großer Kälte wurde ich warm angezogen und als Treiber mit auf die Hasenjagd geschickt.

Wir trafen uns am Fürstengarten, der Dorfkneipe. Dort versammelten sich die Jäger und tranken ihr Zielwasser. Wir Treiber standen draußen und zitterten. Dann ging es hinaus. Ich kannte die Feldwege vom Sommer her. Jetzt war alles unter hohem Schnee.

Auf ein vereinbartes Zeichen ging es querfeldein. Ich stolperte durch Schneewehen, kam zu Fall und rappelte mich auf. Ich hoffte, warm zu werden, denn die Kälte stach wie mit Nadeln. Dann begannen die Schützen, und ich erfuhr, daß Treiber zu sein eine harmlose Bezeichnung war für die Rolle, die wir zu spielen hatten. Wir waren Totschläger, Leichenträger.

Die Hasen, die es erwischte, überschlugen sich mehrfach. Wenn sie Glück hatten, brachen sie sich dabei das Genick. Die meisten von ihnen waren nur am Lauf verletzt, waren von ein paar Schrotkugeln erwischt worden. Sie warfen sich vor Schmerz und Angst hin und her. Sie schrien laut wie Kinder. Diese jaulenden Wesen mit dem schönen, weichen und angstheißen Fell hatte ich nun zu greifen, hatte ihnen mit meiner Keule ins Genick zu schlagen. Ich tat es weinend, tat es zärtlich und zaghaft, ich redete dem Tier gut zu, doch still zu halten. Nichts half, der Jäger wurde wütend: Los, nimm den Hinterlauf, schlag zu, noch einmal, kräftiger, mach endlich!

Meine Tränen rannen und bildeten Eiszapfen. Meine Nase war weiß, meine Ohren schienen abzufallen. Der Schütze wurde besorgt, er reichte mir seine Feldflasche und etwas Scharfes rann mir durch die Kehle. Mich packte der Mut der Verzweiflung, ich band mir mit einem Strick die Hasen zu einem Bündel, das trug ich auf der Schulter, das wärmte ich. Das Blut rann den Tieren aus Maul und Nase und mir am Körper herunter.

Ich war der Treiber. Ich war der Getriebene. Ich konnte nicht wegtauchen aus dieser von Kälte und Mordlust erfüllten Jagd. Man ließ mich nicht fort. Ich hätte auch in diesem Meer von Schneewehen nicht heimgefunden. Ich war waidwund. Ich mußte aus Erbarmen mit den getroffenen Tieren zuschlagen. Ich bat die Tiere, mir und uns allen zu verzeihen. Ich stammelte lauter sinnlose Worte, als könnte ich sie damit betäuben.

Dann wurde die Strecke gesammelt. Die Schützen ließen eine Flasche kreisen. Nichts für Kinder. Man war nicht zufrieden, zu viele Hasen waren entkommen. Ein Treiber war angeschossen worden. Man schickte ihn nach Hause; ich durfte mit ihm gehen. Ein Humpelnder und ein Verstörter schlichen heimwärts.

Endlich war das krächzende Hoftor erreicht. Ich warf im Flur die blutige Jacke ab. Die Alte meinte, das habe nicht gelohnt. Die Jacke müsse gereinigt werden und das koste Geld. Es stellte sich heraus, daß ich des Geldes wegen mitgeschickt worden war. Ich wollte kein Blutgeld.

Dein Vater braucht das Geld, sagte die Alte. Der hat befohlen, daß du mitgehst. Schreib ihm, wie es gewesen ist. Vor allem will er wissen, wie dir zumute war.

Zumute wobei?

Na ja, wobei? Beim Zuschlagen, beim Töten! Er will wissen, ob du ein Mann bist oder eine Memme!

Ich verkroch mich ins Bett. Ich wurde nicht warm. Die Alte brachte mir einen Ziegelstein, den sie in der Ofenröhre geheizt und in ein Tuch gewickelt hatte. Daran wärmte ich mir die Füße. Unsere Kammer war nicht heizbar. Die Bettdecke war dünn und mit zu Staub zerfallenen Hühnerfedern gefüllt. Morgens zerschlug man das Eis in der Waschschüssel.

Wolfgangs Bett hatte statt einer Matratze eine Strohschütte, die mit einer dicken Decke verhüllt war. Nachts raschelten die Mäuse darin. Eine lief Wolfgang übers Gesicht. Das war ihm zuviel. Die Alte stellte eine Falle auf. Schade um den Speck. Wir lauerten im Halbschlaf auf den Ausgang der Sache. Klatsch und Quiek; das hatte geklappt. Wir zündeten die

Kerze an, denn die Glühbirne hatte die Geize rausgeschraubt, Strom sei zu teuer und nachts lesen sei eine dumme Angewohnheit. Wolfgang warf die Maus aus dem Fenster und richtete die Falle neu her. Manchmal machte es nur Klatsch und keinen Quiek. War die Maus entkommen oder hatte die Falle die Geduld verloren? Verdammt, wo sind die Streichhölzer? Endlich konnten wir nachsehen. Wieder eine Maus, raus mit ihr aus dem Fenster. Es raschelte weiter in der Strohschütte. Schließlich entdeckte ich hinter dem Schrank ein Loch in der Bretterwand, winzig klein, in Höhe des Fußbodens. Ich band ein kleines Messingglöckchen an einen Zwirnfaden, den klebte ich über die Öffnung. Jetzt klingelte jede Maus, bevor sie sich in Richtung Falle auf den Weg machte. Wir konnten vor Kichern kaum einschlafen.

Streit gab es morgens wegen der Waschschüssel. Wer schlägt das Eis auf? Wer wäscht sich zum gerechten Ausgleich mit dem verseiften Wasser des Bruders? Der zweite Streitpunkt war der Nachttopf. Wer hat ihn als letzter benutzt? Wer hat ihn so voll werden lassen, daß man ihn nun nicht mehr ohne Schwappen bis zum Hof bringen kann? Du, nein du!

Eine Toilette gab es nicht. Es gab in der Stallung neben dem Hühnerstall einen Abtritt. Der hatte zwei Öffnungen. Da konnte man zu zweit sitzen. Manchmal war die Grube so voll, daß man es nicht riskieren konnte, sich niederzulassen.

Der überfüllte Nachttopf blieb ein Streitpunkt. Wolfgang kommentierte kurz und knapp: »Ich bin der Erstgeborene. Ich bin der rechte Sohn!« Mithin oblag es mir, den Nachttopf hinauszutragen. Mir kam das ziemlich ungerecht vor. Ich nahm den Nachttopf und schüttete die Brühe in die Schattenmorelle, die unter unserem Fenster stand. Das gab neuen Ärger.

Die Alte lauerte uns auf, was immer wir taten. Sie zog unten die Schuhe aus und schlich auf Strümpfen an die Zimmertür. Sie bekam alles mit, und sie steckte alles ihrer Tochter. Die kam manchmal und teilte mit uns das Zimmer. Wolfgang bekam einen Vorhang vors Bett und ich mußte mich zur Wand drehen. Erst setzte sich Dora ans Fenster, rauchte ihre

Overstolz, dann zog sie sich aus. Wenn ich schwer einschlafen konnte und mich häufig im Bett umdrehen mußte, beschimpfte sie mich heftig. Ich sei wirklich ein Gnatz, ein unerträgliches Nervenbündel.

Irgendwann bekamen wir dann doch eine Glühbirne. Aber Lesen war verboten. Ich hielt mich nicht dran. Ich begann Gedichte zu schreiben. Wolfgang grinste. Er war der rechte Sohn, er hatte so etwas nicht nötig. Vorsicht, die Alte kommt. Ich knipste die Lampe aus. Aber die Alte kontrollierte die Birne mit der Hand. Aua, du hast ja doch gelesen, du Gnibbel, wo soll das hinführen!

Wir hatten nebenbei gehört, daß unsere Eltern inzwischen geschieden worden seien. Unser Vater und Dora würden nun heiraten.

Was wird nun aus uns? Wie lange müssen wir hier bleiben?

Das ist noch nicht entschieden. Das müßt ihr eurem Vater überlassen. Ihr steht doch hier nichts aus!

Wolfgang schickte sich grollend in die Lage. Ich konnte meine Enttäuschung kaum verbergen. Ich war eben der Gnibbel, der an allem mäkelt, der mit nichts zufrieden ist.

Mein Bruder wies mich zurecht: Nun hör schon auf, die haben uns abgeschrieben. Die wollen von uns nichts mehr wissen. Das ist doch deutlich. Jammere nicht, schick dich drein.

Eines Tages kündigte Ränkevater seinen Besuch an. Er hoffe keine Klagen über uns zu hören. Wir sollten uns anständig aufführen. Er wünsche, nicht vom Bahnhof abgeholt zu werden.

Die Alte verstand das nicht. Wieso nicht abholen? Ich wußte, warum. Aber ich behielt es für mich. Vater würde erst in der Bahnhofswirtschaft seinen Durst stillen. Das ging keinen was an.

Dann kam er – mit Lächelfalten. Wolfgang mimte den Freudigen. Ich war das, was ich immer war, traurig, der blasse Gnibbel. Nein, ich war nicht der rechte Sohn.

Vater nahm mich auf die Seite und räusperte sich: Sag mir, hast du etwas Geld? Du weißt, wir müssen sparen.

Ja, aber nur zwölf Pfennig.

Bitte, hol sie. Wieviel hat dein Bruder?

Ich glaube, der hat vierzig Pfennig.

Die will er mir aber nicht geben. Wolfgang sagt, er habe nichts.

Mein Bruder war also klüger gewesen. Mein Vater nahm meine zwölf Pfennig. Das reichte damals wohl für einen Korn.

Mein Vater revanchierte sich. Er hatte einen heruntergefallenen Apfel in der Hand, der war halbverwest, der sei süß, den solle ich essen.

Polterkarl ging dazwischen, schlug mir den Apfel aus der Hand: Das ist doch Dreck, das kann man nicht essen. Das hat bei den Ratten gelegen, da bekommst du die Tollwut. Wasch dir schnell die Hände.

Vater hat eine weiße Nase. Er grinst. Er ist wütend.

Wir gehen mit ihm in die Scheune. Die will er sehen. Er will mit uns allein sein. Wir zeigen ihm, wo wir von der höheren Etage nach unten springen. Die Scheune ist teilweise über den Stallungen. Dieser Teil liegt also höher. Ränkevater steht unten. Wir steigen die Leiter hoch. Unten, in der Einfahrt zur sogenannten Tenne, liegt ein Haufen Stroh.

Vater ruft: Wartet oben. Ich rufe gleich. Wenn ich sage »Jetzt«, springt erst Achim, ist das abgemacht!

Fein, daß Vater mit uns spielt. Vater nimmt die Leiter weg. Wir hören das Stroh rascheln. Er will es verteilen, damit wir nicht danebenspringen. Vater ist besorgt um uns.

Polterkarl kommt hinzu. Was ist hier los? Wo sind die Kinder?

Die sind oben, die wollen hier runterspringen, laß sie doch, hier ist doch Stroh, das ist doch harmlos.

Polterkarl kommt ungelegen, er mischt sich ins Spiel, er sieht einen bekannten Holzgriff aus dem Stroh vorschauen. Das ist der Griff von der Sense. Die Sense steckt im Stroh. Wie kommt die Sense hierhin, die hängt doch immer an der Wand. Wo ist die andere Sense? Die ist auch im Stroh. Polterkarl ist wütend, er stellt die Leiter an, wir müssen runter. Grinsevater steht lächelnd daneben. Er weiß nicht, wie die Sensen ins Stroh gekommen sind. Was geht ihn das an?

Polterkarl fragt mich, ob ich es war. Wir haben keine Erklärung. Polterkarl ist verstimmt. Was soll man von all dem halten. Der Gnibbel soll tückisch sein, das sei ihm zuzutrauen. Unsinn, der Junge ist traurig. Polterkarl nimmt den Schwiegersohn zur Seite, der weicht aus, der streitet ab.

Das Spiel mit dem Vater fällt aus. Auf Mutproben in der Scheune wird verzichtet. Solange Ränkevater zu Besuch ist, kontrolliert der Alte den Scheunenboden.

Wolfgang bekommt von Vater den Auftrag, eine Flasche Schlehenwein aus dem Keller zu holen. Aber das darf niemand sehen. Er würde inzwischen mit der Alten und dem Alten spazierengehen.

Der Plan kann nicht durchgeführt werden. Die Alte hat die Kellertür abgeschlossen. Sie erinnert sich noch gut an den letzten Besuch. Inzwischen sind die Flaschen gezählt.

Na wenn schon, Ränkevater geht in die Gastwirtschaft »Fürstenhof«. Dort kennt man Polterkarl, dort schreibt man an, dort wird Polterkarl, der preußisch Akkurate, nach Vaters Abreise an Begleichung beiläufig erinnert werden.

Hoffentlich geht das gut mit der Tochter. Die Alte ist gar nicht zufrieden.

Vater ist überraschend abgereist. Er hat sich nicht verabschiedet von uns. Er wollte uns das Herz nicht schwermachen. Er liebt Abschiede nicht. Und er wollte allein zum Bahnhof gehen und über alles nachdenken.

Über die Sensen im Stroh wird noch lange gemunkelt. Die Entrüstung des Vaters schien echt. Wer weiß, vielleicht wollte der tückische Gnibbel sich selber verletzten und dadurch Mitleid beim Vater erregen, damit er ihn mitnimmt; damit er nach Hause kommt, wie er immer meint. Was der sich nur denkt.

Die machen doch erstmal Flitterwochen. Nein, das sollen die Jungs sich aus dem Kopf schlagen. Und so bald werden sie den Besuchsvater nicht wiedersehen. Da muß erstmal Gras drüberwachsen, über die Sensen und über so manches andere.

In meiner Schulklasse war ein Mädchen, das hieß Marianne. Sie war anders als die meisten. Sie wirkte erwachsener. Sie hatte keine Zöpfe mehr, sondern braunes, gelocktes Haar und ernstblickende Augen. Sie kicherte und tuschelte nicht. Eines Morgens wußte ich, daß ich Marianne liebte. Ich hatte über Nacht von ihr geträumt. Dabei hatten wir kaum miteinander gesprochen. Denn Marianne saß hinter mir.

Nun hatte sich etwas geändert. Da war eine Nähe, ein Gefühl, daß Schmerz und Glück austauschbare Worte sind. Auch Marianne schien das zu ahnen. Ich begleitete sie nach Hause. Sie wohnte ziemlich weit entfernt am Rand einer neuen Siedlung. Wenn man so weit voneinander entfernt wohnt, war es schwierig, sich wie zufällig zu treffen. Wir verabredeten uns an einer Stelle, die von der Straße nicht so leicht einzusehen war. Dort standen wir nebeneinander an der Mauer und betrachteten den Sternenhimmel. Wir sprachen kaum etwas. Wenn sich unsere Hände berührten, zuckten wir beide zusammen.

Ich fühlte mich verstanden. Vielleicht blickte sie noch ein wenig trauriger drein als ich. Alles war zart, zerbrechlich, aber es kam unter die Leute. Die lächelten nicht nur. Da war ein Bruder, der war dagegen.

Man lockte uns, unabhängig voneinander, in den Keller des neu erbauten Jugendheimes. Da war Marianne. Sie lag am Boden, zwei Jungens hielten sie fest. Zwei andere stürzten sich auf mich, packten mich und legten mich auf sie. Schreiend liefen die Schinder davon und lachten laut über ihren gelungenen Streich.

Wir erhoben uns, standen beschämt nebeneinander und klopften uns den Staub von der Kleidung, jeder für sich. Wir sahen uns nicht mehr an. Wir mieden uns. Uns war Schande widerfahren. Trafen wir uns von nun an auf dem Weg zur Schule, so drängten wir scheu aneinander vorbei.

Das ganze Anwesen, in dem sich auch unsere kleine Wohnung befand, gehörte der alten Mutter Ziehmann. Wohnhaus, Scheune, Stallungen, Werkstatt und Nebenräume umschlossen den Hof. Der Garten umgab den Besitz an zwei Seiten. Die alte Ziehmann hatte ihre Töchter gut verheiratet. Die Schwiegersöhne hatten solide Höfe. Unser Anwesen wurde also nur noch der Scheunen wegen genutzt.

Zur Erntezeit standen nicht nur auf dem Kirmesplatz Dreschmaschinen, auch bei uns stand eine. Für einige Tage hatte man sie in die Remise geschoben. Nun wurden Säcke voller Korn geschleppt und große gepreßte Strohballen in die Scheune getragen.

Mir gefiel vor allem das monotone Geräusch. Es war verläßlich. Man konnte sicher sein, daß es für Stunden nicht unterbrochen werden würde. Und es war so laut, daß man meine kleinen Stotterlaute, meine verlegenen Fragen, nicht beachtete. Ich stand dabei und blinzelte in die Staubgebilde. Ich stand herum. Ich stand im Weg. Die heiteren Zurufe der Leute, Männer und Frauen, verstand ich nicht. Das waren Scherze, Anspielungen und harmlose Drohungen. Ich ging einem der Männer nach, der einen schweren Sack Korn in einen Nebenraum der Scheune trug. Da ist eine Frau. Die lacht und ist ganz rot im Gesicht. Der Mann stellt seine Last ab und hebt die Frau auf den Kornsack. Die Frau lacht leiser und zieht ihren Rock hoch. Ich sehe, daß sie darunter nackt ist. Die beiden lieben sich, rot und verschwitzt und das Lachen vergeht ihnen nicht. Ich stehe in der Tür und sehe allem zu, als wenn es zur Ernte gehörte, bis ein anderer Mann hinzukommt und sagt: Schämt euch, so was vor dem Kind!

Ich bin kein Kind mehr, sage ich trotzig.

Die Schattenmorelle unter unserem Fenster trug ihren Namen zu Recht. Nur im Sommer, wenn die Sonne länger über der Mauer blieb, bekam sie ein paar Strahlen ab. Die aus dem Fenster geworfenen toten Mäuse verwesten dort unten zwischen Buschwindröschen. Hier war es immer feucht, kühl und modrig.

Die Früchte des Baums waren klein, hatten sehr große Kerne und wenig Fleisch. Sie schmeckten bitter. Es hieß, sie seien gerade darum für Bowle gut geeignet und würden erst dort ihr Aroma entfalten.

Ich hörte nicht gern, wenn davon geredet wurde. Wolfgang grinste. Der rechte Sohn dachte an den Nachttopf. Was ging mich die Bitternis der Bowle an? Bisher durften wir noch nicht einmal den Schlehenwein probieren. Manchmal drehte ich die kleinen, aber schweren Kelchgläser in der Hand. Was war so Besonderes an der Morelle und an den Schlehen?

Die Alte schüttete aus großen Säcken Bohnen oder Erbsen aufs Wachstuch. Die galt es zu verlesen. Da wurde ein Märchen zitiert und zur Eile gemahnt. An solchen Tagen fiel die Dämmerstunde aus. Erbsenverlesen ist was anderes als Bücherlesen. Aber die Alte erzählte mir aus ihrem Leben, vom harten Alltag einer Plätterin »nur in guten Häusern« und von dem Husaren, den sie nicht bekommen hat.

9
KEIN KONTRA

Das Dorf lag in einer Senke. Die Äcker dehnten sich auf Anhöhen. An eine Seite des Dorfes schlossen sich Wiesen an, der sogenannte Anger. Der reichte bis zum Bahndamm. Die größeren Kinder wagten sich bis zur Bode. Im Sommer durften wir in der Selke baden, die sich in Windungen durchs Dorf zog. Zweimal im Jahr trat die Selke über die Ufer und drang bis in den Ort vor. Vom Herbst bis zum Frühjahr lag das ganze Dorf im Nebel. Es dampfte ohnehin nach dem Einbringen der Rüben aus zahllosen Kellern und Stallungen. Die Rüben wurden zu Saft gekocht, und jeder Bauer tat es für sich und nach seinem eigenen Rezept. Modrig und süß stank es aus den Abflußrinnen. Man stapfte durch Nebel und Geruch. Feuchte Kälte kroch in die Kleidung. Seit kurzem besaß ich eine Kletterweste und eine Skimütze. Der Weg zum Bahnhof war in dieser Zeit schwer passierbar. Dort rollten auf einem besonderen Gleis die Rübenwaggons. Der zähe Lehmboden bröckelte auf die Straße, der Regen löste ihn auf und verwandelte ihn in eine Schlammdecke.

Noch wenn der Schnee alles einhüllte, dampften die Rüben aus den Mieten, die man an den Ortsausgängen angelegt hatte. Manchmal entzündete sich das abdeckende Stroh, dann übten wir Sprünge durch Rauch und Feuer.

Mein Bruder hatte sich einem Jungen angeschlossen, der etwas älter war. Und der war vom Wasser wie berauscht. Nun bauten sie sich ein Floß und ließen sich auf dem schnell fließenden Bach, dem Koltoch treiben. Der Bach war von Weiden überrankt, und wo die Strömung schnell war, mußten sie sich an den ragenden Ästen festhalten. Floß das Wasser träge, so griffen sie nach stehenden Fischen unter den Wurzeln. Sie warfen sie ans Ufer. Einmal flog laut schreiend eine

Ratte durch die Luft. Wolfgangs Freund war der Sohn des Feldhüters. Der hatte Gewehre und der Sohn wußte, wo der Schlüssel zum Gewehrschrank lag.

Der Vater war der Meinung, daß sein Sohn zu alt für solche Wasserspiele war. Der meldete sich freiwillig zur Marine. Er wurde nicht angenommen; es hieß, glaube ich, er solle noch ein Jahr warten. Er wartete nicht. Er ging an den Gewehrschrank und nahm eine Flinte mit zum Koltoch. Mit Geschick und List setzte er seinen Entschluß in die Tat um und schoß sich eine Kugel in den Kopf. Wohl hatte man einen Schuß gehört, aber auf dem Anger schöpfte man keinen Verdacht.

Man hatte den Jungen dann gefunden, und nun lag er aufgebahrt in seinem Elternhaus. Man ließ meinen Bruder zu ihm. Wolfgang sprach wenig. Wir schlichen beide leise an den geschlossenen Fensterläden vorüber. Wolfgang sagte mir, der Freund habe oft mit ihm über den Tod gesprochen und wie man wohl ein Gewehr dabei halten müsse. Da gab es eine Waffe mit kurzem Lauf, die habe er manchmal im Scherz an die Schläfe gehalten.

Für Schulbücher war kein Geld da. Das Lesebuch war zu teuer. Wenn es nötig war, sollte ich zu einem Schulfreund gehen und in dessen Buch nachsehen. Das tat ich. Die Mutter des Jungen verstand das nicht. Ich kam wohl zur Unzeit. Sie schimpfte schließlich lauthals auf die Alte und den Polterkarl, der mal ein Machtwort sprechen solle. Aus lauter Geiz würden sie mir kein Lesebuch kaufen. Die Frau ließ sich gar nicht mehr beruhigen. Bedrückt ging ich fort und vertraute mich meinem Bruder an. Der behielt es nicht für sich.

Polterkarl sprach ein Machtwort. Er stellte jene Frau zur Rede, aber die stritt alles ab. Die ganze Familie dort war Zeuge, daß ich alles falsch verstanden, mich verhört haben müßte und sicher finstere Ränke gesponnen hätte.

Ich war also ein Lügner. Ich hatte übel nachgeredet. Ich hatte meinen Bruder hineingezogen und zwei Familien entzweit. Nun bekam ich mein eigenes Lesebuch. Die Alte war nicht geizig. Ich war schuld, und tückisch war ich obendrein. Nein, ich hatte alles falsch gemacht. Ich hätte besser alles für mich behalten. Ich hätte mich keinem, auch dem Bruder nicht, anvertrauen dürfen.

Die Alten waren verstimmt. Der Junge mit dem Lesebuch war am Tag darauf in der Klasse wortkarg. Er wollte von nichts wissen, vor allem überhaupt nichts gehört haben. Ich solle ihm vielmehr mein neues Lesebuch geben; er wolle mir sein gebrauchtes überlassen. Das wäre gerecht.

Nein, mir war nicht zu trauen. Das würde sich rumsprechen. Ich zog mich in die Kammer zurück. Aber man zwang mich, zu jener Frau hinzugehen und mich zu entschuldigen. Niemand begleitete mich, man ließ mich nicht ins Haus. Die Frau fertigte mich an der Tür ab. Sie hatte es eilig. Nun hast du ja dein Lesebuch. Nun siehst du, was du angerichtet hast.

Wir müssen Strom sparen. Und auf dem Land gibt es eine ausgedehnte Dämmerstunde. Das ist von früher so üblich. Das Haus hat noch nicht lange Strom. Das Kabel ist eine weiße Kordel, die ist auf die Wand verlegt. In Abständen sind mit Nägeln kleine Haltesockel für das Kabel befestigt. Zu gewissen Zeiten wird das Licht sehr schwach. Dann ist die Mahagonistube ziemlich düster.

Die Alte entschließt sich zur Petroleumlampe. Das ist stilecht. Man spricht von alten Zeiten. Der Alte legt ein bißchen grollend das »Blatt« hinter sein Sitzkissen, damit es ihm niemand wegnimmt und erzählt von Metz und Mars la Tour, von den Düppeler Schanzen, auf denen noch sein Vater gestanden hat, und er erzählt von Sedan und Verdun, und was man damals falsch gemacht habe und wie es an der Marne eigentlich hätte anders ausgehen müssen und können.

Polterkarl war ein Preuße aus Sachsen und ihn übermannte die Rührung, wenn er von Königin Luise sprach und vom kehlkopfkranken dritten Friedrich, der alles besser gemacht hätte als der letzte Hohenzoller. Von Bismarck war die Rede, vom Grafen Hollstein, der grauen Eminenz, und der zerbrochenen Freundschaft zwischen dem Kaiser und dem Dichter Eulenburg.

Man holte aus der guten Stube nebenan, wo die Alten sonst schliefen, aus dem knarrenden Schrank die Stöße alter Gartenlaube-Hefte. Da standen rührende Geschichten von schönen und armen Mädchen und von reichen aber oft gar nicht guten Männern, von Kammerzofen und Kommerzienräten. Manchmal sollte ich vorlesen, und ich hatte immer den Verdacht, daß sie mich nur zum Stottern verleiten wollten. Aber vielleicht wollten sie an meiner Stimme auch nur den Grad meiner Rührung erkennen, mir gar ins Herz schauen, um zu sehen, ob der Gnibbel nun wirklich der kleine Tückische ist, der er sein soll, oder ob nicht alles ganz anders gewesen sei, als gemunkelt wurde. Und wenn es anders gewesen ist, wie zu befürchten steht, dann freilich sei alles viel schlimmer; dann müsse man Sorge haben um die Tochter, auch wenn es dort, wo sie war, keine Sensen im Stroh gab.

Die Alten waren besorgt. Sie schwiegen, wenn wir hinzukamen. Sie hatten selten Streit miteinander. Der Alte hatte eindeutige Bedürfnisse. Das Essen mußte pünktlich um zwölf Uhr auf dem Tisch stehen, auf dem die Wachstuchdecke lag, und vor allem durfte es nicht zu heiß sein und sofort genießbar. Sonntags wurde mitunter schon eine halbe Stunde früher gegessen. Der Alte drängte, er wollte zum Hakel hinauf, er hatte dort seinen bestimmten Tisch. Dort konnten »Familien Kaffee kochen«, und bei gutem Wetter saß man auf Gartenmöbeln unter den Buchen in der Nähe der Domburg, der alten Raubritterfestung, die inzwischen eine Ruine war. Durch den Hakel führte die sogenannte Heerstraße, die auch ein Stück des alten Salzweges war.

Polterkarl interessierte sich weniger für die Ruine und wie das damals mit dem Salz gewesen war. Er wollte mit seinen Freunden, die zum Teil aus anderen Dörfern kamen, Skat spielen. Da waren einige Partner, mit denen er sich nicht gern einließ. Die kannten die Alte; die wollten ihn foppen und zu höheren Einsätzen verleiten. Pro Punkt ein Zehntel Pfennig war ihm eigentlich genug. Man wußte nie, ob da nicht zwei sich verabredet hatten und mauerten und ihn ins Minus trieben. Je nach dem Ausgang des Spiels war dann Polterkarls Stimmung. Die Frauen saßen inzwischen vor ihren Kaffeekannen und den Streuselkuchen.

Unweit der Burg war eine kleine Remise. Dort wurden die Pferde angebunden, denn einige Besucher kamen mit der Kutsche. Ein Bauerngaul, ein mächtiges Tier, riß sich los. Ich stand in der Nähe, lief weg, kam zu Fall und fürchtete, von den Hufen getroffen zu werden.

Anfangs war ich von der Ruine fasziniert, aber ich fragte mich bald, was haben Indianer auf einer Burg verloren? Der ehemalige Wall um die Burg war eingesunken. Brennesseln sprießten. Tollkirschen standen zwischen den Mauerresten. Es war verboten, den Turm zu besteigen. Aber Ränkevater hatte es mir ausdrücklich erlaubt. Ob die Tollkirschen eßbar sind? Na klar, probier doch mal.

Die Vision vom wilden Westen verblich. Die Beschwörungen waren nutzlos gewesen. Wir saßen fest bei Streuselkuchen und Blindschleichen. Lagerfeuer waren nicht erlaubt. Die Kartoffelfeuer auf den Äckern wurden von geschäftigen Landleuten bewacht. Wenn Manitu im Rauch war, so stieg er zeichenlos in den Nebel.

Mir vergingen die Bilder. Sie waren nicht zu halten. Aber es blieb die Unrast. Die wußte nicht, wo sie anhaften und neue Nahrung bekommen sollte. Ich hätte nicht sagen können, woher es rührt. Es war wie Herzklopfen.

Ich bin bedrängt von Worten und habe Scheu zu sprechen. Ein Wort sucht andere Worte, nimmt eine Richtung aus eigenem Willen. Kann ich mich den Worten anvertrauen? Was mich bestimmt, dafür fehlen mir die Worte. Es ist ein genaues Schweben, eine Monotonie ohne Überdruß.

Da sind die Häuser, die Giebel, die Mauern, die genauen, klaren Konturen. Schon bei den Bäumen verwischen sich die Linien, verlieren sich, greifen ins Leere.

Ich kenne jede Windung der Selke, die sich durchs Dorf

zieht, und sie ist doch immer wieder anders. Ein Geruch hat sich verändert, das Geräusch des Fließens wird drängender, weil ein Ast ins Wasser gefallen ist.

Wenn ich durchs Dorf gehe und man mich fragt, wohin ich gehe, werde ich leicht verlegen. Ich habe kein Ziel. Ich bin froh, wenn ich einen Gegenstand finde, dessen Zweck ich nicht kenne. Ich will gar nicht wissen, wozu er dient; ich habe lieber das Gefühl, daß er einen Zweck losgeworden und endlich mit sich selbst identisch ist.

Die Wagendeichsel, die wie befreit an der Tür neben der Schmiede lehnt, lenkt meine Gedanken mühelos zum Sternenbild des Großen Bären, und wenn ich im Kirchgarten auf weißem Kies gehe, halte ich sofort nach einer roten Blume Ausschau. Es ist ein dauerndes Gleiten und Entgleiten in mir. Ich liege auf der Lauer, um zu entkommen.

Seit Tagen versucht ein streunender Kater jeden Abend den Sprung von der Scheune über die Remise, um das Nest der Rotkehlchen zu erreichen, das in einer Mauerlücke liegt. Die kleinen Schnäbel blicken über den Nestrand.

Der Kater wagt den Sprung und fällt mit einem wütenden Klagelaut auf den Steinboden. Er schüttelt sich und sammelt Kraft für den nächsen Tag.

Wenn die Scheune leergeräumt ist, ist das Haus plötzlich etwas ganz anderes geworden. Da ist ein Dach, da sind Balken, da sind Mauern, da ist Stille. Durchs offene Fenster gleitet lautlos und ohne Flügelschlag die Schleiereule und fliegt zum offenen Fenster an der anderen Seite hinaus.

Schön und bedrohlich waren die Gewitter im Dorf. Die Leute hasteten von den Feldern. Dort war nirgends Schutz. Ich sah, wie sie ihre Geräte geschultert hatten und sah kleine Blitze an den Eisen züngeln. Da warfen die Leute erschreckt ihre Hacken fort und legten sich auf den Boden. Nachts wurden wir oft von Gewittern wach. Die Alte weckte uns sowieso. Wir mußten uns anziehen. Die Alte schloß die Fensterläden und legte die Bibel auf den Tisch mit dem Wachstuch. Essen und trinken durfte niemand, so lange die Donner grollten.

Ein Hof brannte ab. Es gab auch Brandstiftungen. Es wurde gemunkelt, es sei Erbneid gewesen. Es kam nie etwas heraus.

Manchmal saß ich in der Kammer und wartete sehnsüchtig auf den ersten Stern. Der Gedanke, den ich hegte, wenn ich seiner ansichtig wurde, so machte ich es mit mir aus, würde die Zukunft bestimmen. Ich hielt Ausschau nach dem Polarstern. Der flimmerte kalt in der großen Leere. Ich sann über Worte nach, dachte mir sinnvolle Sätze aus. Am besten wäre es, wenn ich geheime Zeichen erfinden würde. Niemand dürfte das lesen. Ich schrieb und schrieb, faltete das Papier klein zusammen und stieg über die Fensterbrüstung und über das Vordach zum Giebel empor. Dort verbarg ich die Botschaft unter den obersten First. Der Mörtel war locker, es war nicht ungefährlich, hier oben auf dem Dach zu sitzen.

Es dunkelte stärker. Nebel zog von den Wiesen auf. Mir schwindelte. Ich zog mich auf dem gleichen Weg zurück. Niemand hatte mich vermißt. Niemand hatte mich auf dem Dach erblickt. Niemand würde die chiffrierte Botschaft finden. Diese Nachricht aus Nebelworten, aus Rauch- und Angstworten, aus Behalte-es-für-dich-Worten.

Ich habe vergessen, was ich damals schrieb. Es kann sein, daß sie sich erfüllt haben, diese Sei-lieber-still-Silben, diese Hör-lieber-weg-Sätze. Es muß etwas gewesen sein aus dem strengen Keltergeruch der Rübenküchen, den rauchenden Mieten und dem reißenden Koltoch.

Im Seitenteil des Anwesens befand sich über der Werkstatt noch eine weitere Scheune. Der Zugang war nur vom Garten möglich. Die Strohballen, die hier lagerten, waren für den Notbedarf. Ich achtete immer darauf, daß mich niemand sehen konnte, wenn ich in die Scheune stieg und wenn ich sie verließ. Ich hatte mir einen Kriechgang gebahnt, den ich mit einem Strohballen verdeckte. Oben war ein Fenster. Dort hatte ich eine Decke liegen. Vom Fenster aus konnte ich das Geschehen auf dem Hof verfolgen.

Hier lag ich und träumte. Hier sann ich auf Reime und

hatte keine Inhalte für sie. Es gab kein Du. Es gab mich selber noch gar nicht, und ich sehnte mich schon danach, mich zu vergessen.

Ich sah die mißtrauische Alte zum Hühnerstall gehen. Jetzt wird sie die Eier zählen und überlegen, wie sie sie am besten ihrer Tochter schicken kann. Ich sehe Polterkarl mit seiner Pfeife und gutem Schuhwerk entschlossen zum Abtritt schreiten. In der Hand das Blatt. Ich sehe die alte Ziehmann kommen. Sie tritt an die Mistgrube, hebt den Rock und schlägt im Stehen wie ein Mann ihr Wasser ab.

Und ich sitze hier in meiner Strohkuhle unter dem Dachfirst und versuche kindliche Notizen. Wenn es eine Kraft gäbe, die aus der Schwäche kommt, so wäre ich mächtig. Ich tröste mich damit, daß es mich irgendwann einmal geben wird. Ich gehöre nicht hierher. Ich gehöre ins Scheunenluk, ich gehöre auf die Pappel.

Da bist du endlich! Laß uns beten. Das Essen wird kalt!

Ich war zurück aus dem Nebel, der feucht und klamm in den Straßen hing. Ich war an den Geräuschen und Gerüchen der vielen Saftküchen vorübergegangen. Die Abflüsse führten über verdeckte Rinnen an den Straßenrand. Zähe schleimige Spuren blieben zurück. Das war gekelterter Acker, fauliger Matsch. Das war der Treber der Rüben, der Stolz des Dorfes, der Saft, der die Kraft gibt, in zehn Jahren oder gar nicht.

Nun war ich zurück. Die Geize schüttete Pellkartoffeln aufs Wachstuch. Es gab Gehacktes, Soße und rote Rüben. Tat man die Rüben auf den Teller, so wurde alles ein blutiger Brei.

Es klopfte. Es kicherte. Es klopfte noch einmal. Herein, wenns kein Schneider ist! Es war kein Schneider. Es waren die hübschen Töchter des Pfarrers, die brachten der Uroma die Zeitung »Für alte Augen«. Die Töchter waren ungefähr in unserem Alter, die eine hatte blonde Zöpfe und blaue Augen, die andere braune Zöpfe und braune Augen. Die eine war kiebig und kicherte, die andere war sanft und beherrschte sich.

Ich blickte in rote Rüben und Pellkartoffeln. Mir war es peinlich, jetzt auch noch zu erröten. Warum eigentlich? Es gab gar keinen Grund dazu.

Wolfgang grinste. Was hast du denn? fragte er harmlos. Im Weggehen hörten wir die Schwestern kichern.

Das sind brave Mädchen, ließ die Alte sich vernehmen. Die gehen aufs Gymnasium in Halberstadt.

Das könnten wir auch, gab mein Bruder zurück.

Im Winter war der Anger eine ausgedehnte Eisfläche. Die Selke, die im Herbst über die Ufer getreten war, hatte sich über den Anger hinweg mit dem Wasser der Bode, das die Wiesen überschwemmte, vereinigt. Aus dieser Eisfläche ragten Riedbüschel hervor. Maulwurfshügel waren kleine Eisberge; die kräftigen Stauden der Schafgarbe hatten sich in einen weißen Wald verwandelt.

Polterkarl hatte mir aus einer großen Truhe ein Paar Schlittschuhe herausgeklaubt, sogenannte Holländer, die vorne gerundet waren. Man konnte sich nur seitlich abstoßen. Den Schlüssel dazu trug ich an einem Bindfaden um den Hals. Einen Mantel hatte ich nicht. Mir wurde ein abgelegter Gehrock angepaßt; den sollte ich in Ehren halten, der wurde um meine schlotternden Glieder gehüllt.

So stakste ich mit unfreiwilligen Pirouetten über das Kopfsteinpflaster. Ich schämte mich meiner Maskerade. Ich horchte auf das hohl klingende Eis und hielt mich im Nebel des Niemandslandes zwischen dem Lärm der schlittschuhseligen Kinder und dem Hundegebell des Dorfes.

Dort draußen irgendwo war das Nichts. So weit getraute man sich im Sommer nicht hinaus. Ich kehrte erst um, wenn die Dämmerung so stark war, daß ich vor einer plötzlich auftauchenden Weide erschrak. Ich hatte die Bode erreicht. Ich hörte sie schäumen unter dem Eis.

Ich wurde in die Geheimnisse des Skatspiels eingeweiht. Mein Bruder kannte sie schon. Im Winter konnte Polterkarl nicht in den Hakel. Nun saßen wir hier ums Wachstuch. Weg mit der »Gartenlaube«, jetzt kommen wir zur Sache.

Meine ersten Weihen empfing ich über deutschen Spielkarten. Ich habe vergessen, wie das alles hieß. Wir gingen bald zum französischen »Blatt« über.

Bärtige Könige, edle Damen. Alle ohne Unterleib. Wie oben so unten. Kreuz, Pik, Herz und Karo. Die Buben machen's oder die lange Hand. Am besten ein Grand mit Assen, manchmal gehts sogar mit nichts, einfach mit Null.

Die Alte hatte wenig Lust zum Spiel. Sie hatte immer aus jedem Dorf 'n Hund, lauter Luschen. Nun war ich der dritte Mann. Der Abend brach früh herein. Wir waren eingeschneit. Ein Grund mehr, mich nicht hinauszulassen. Wozu jetzt durch die Dämmerung stolpern? Du bleibst jetzt hier und gibst Bescheid. Achtzehn, zwanzig, die zwei, die drei und vierundzwanzig. Mit Hand gehts höher, du kannst liegenlassen. Nicht immer gleich passen! Nun komm raus und wehe, du bedienst nicht. Träume nicht, das hier ist Trumpf!

Laß dir nicht in die Karten schaun. Nun komm schon raus. Du bist dran. Immer der, der fragt. Es war aufregend. Neue Schuld, neues Versagen wuchs an. Die Polterstimme des Preußenkarl. Warum hast du die Zehn nicht reingegeben, die war doch blank, der wäre doch mit As gekommen?

Ich lernte das Notwendigste: den Eklat vermeiden, richtig bedienen. Ich reizte nie aus, ich sagte nie Kontra; seltsam, ich hatte keine Begabung für Null. Darüber wunderte ich mich am meisten.

Wenn ich gewann, schlief ich schlecht. Ich lag im Kartenhaus der bedrohten Träume. Herzdame zwischen den Buben, einer ist Eulenburg. Pik-König mit Pickelhaube, der lange Bart verhüllt den Kehlkopf des dritten Friedrich. Und Bismarck sagt kontra. Sedan ist mein Stich! Nun komm schon rüber, Wilhelm. Der spielt nicht mehr mit. Karo wird Wimpel, Kreuz zu Krieg, Pik kommt von links, Karo-Bube huscht übers Eis, ein Hund sieht rot, Herzdame blutet im Schnee, aber das As nimmt die blanke Zehn mit. Die Bilder fallen, wie oben so unten. Manitu mischt die Karten. Es sind Pfeile im Köcher. Die Pappel steht wie ein Marterpfahl, die Blätter werden vom Wind gereizt, die Wolken sind Trumpf, dem

Stern dort gehört der letzte Stich. Zähle die Augen nach, mit einundsechzig hast du gewonnen. Nein nicht mauern, auch Null kann gewinnen, und du kommst weiter, wenn du nicht aufdeckst. Der Nebel gilt nicht. Nun komm schon raus, sei kein Maulwurf!

Verdammt, du knirschst schon wieder mit den Zähnen, schreckt Unkas, dem der Grand mißlang, mich aus mühevollem Schlaf. Ich habe Fieber. Das ist mein Pech. Jedes Spiel nehme ich ernst. Der Alte wird grantig, wenn er meine zitternden Hände sieht.

Es ist eine Reuse in der Tiefe. Irgendwo muß es noch Rauchzeichen geben. Die hohe Mauer, die den Blick in den Gutshof verwehrt, ist mit Scherben gespickt. Die leuchten manchmal in der Sonne. Mein Sinn schärft Pfeile. Jeder Nerv ist eine Sehne. Ich bin der Bogen über einem heißen Wasser. Gefiederte Silben schweben durchs Scheunenluk.

Außer Polterkarl und der Alten gehörte auch deren Mutter zur Runde. Die war über neunzig Jahre alt. Bei gutem Wetter saß sie auf der Bank unter den Birnbäumen, abends in ihrem knarrenden Lehnstuhl. Sie zankte oft mit Polterkarl, beide waren schwerhörig, beide hörten nicht richtig zu. Kleine Anlässe genügten zum Streit. Die Uroma ging früh zu Bett. Wir hörten sie laut beten. Mich berührte es sehr, daß jemand so ergeben um sein Sterben bittet. Manchmal sollte ich der Uroma etwas vorlesen. Ihre Brille reichte nicht mehr für die kleine Zeitung, die der Pastor ihr brachte: »Für alte Augen«.

Sie erzählte mir aus ihrer Kindheit in der Altmark und daß sie nur wenig Lesen und Schreiben gelernt habe, aber eine Menge frommer Lieder auswendig kenne. Und sie sang mit zittriger Stimme. Vor allem ermahnte sie mich, an meine Mutter zu denken und sie nicht zu vergessen. Sie war nicht einverstanden mit dem, was hier mit uns geschah.

Eines Tages klopfte es an der Wohnungstür und meine Mutter betrat die mahagonidunkle dämmrige Szene. Wir hatten sie lange nicht mehr gesehen. Wir waren verunsichert.

Da waren ungute Erinnerungen an verzweifelte Szenen. Sie wollte mich mitnehmen. Ich wußte nicht, was ich durfte. Was würde sein, wenn sie erfuhr, daß ich angeblich am Tod ihrer Mutter schuld war?

Unsere Mutter hatte Mühe gehabt, die Söhne zu finden. Vater hatte seine Brüder bewußt nicht eingeweiht. Der Möbelspediteur hatte Schweigegeld bekommen. Aber die Nachbarin hatte den Namen der Firma notiert. Meine Mutter ging dorthin und drohte dem Mann mit einer Klage wegen Mittäterschaft bei einer Kindesentführung. Der Mann lachte sie aus und meinte, er habe es nur mit Möbeln zu tun gehabt. Nun, dann würde meine Mutter ihn wegen Mittäterschaft bei Diebstahl und wegen Hehlerei verklagen. Das war dem Mann zu viel. Er verriet das Ziel der Fracht. Der Ort sagte ihr nichts, wohl aber der Name Seile. So hieß ihre beste Freundin, die scherzhaft Strick gerufen wurde. Nun konnte meine Mutter über den Strick, den man ihr gedreht hatte, nicht mehr lachen.

Jetzt war sie hier und sah sich um und erzählte der mißtrauischen Alten und dem besorgten Polterkarl all das, was die noch nicht wußten. Die konnten sich nun einen Reim machen auf manches.

Nein, ich wollte nicht mit ihr gehen und nicht zurück. Ich hätte nicht sagen können, warum nicht. Die Leutseligkeit meiner Mutter, die anderen Menschen sogar gefiel, berührte mich eher peinlich. Sie war wenig diskret. Sie ging mit mir zur Schule und begann ein Gespräch mit allen Kindern. Und sie meinte, auf diese schönen Tische gehöre eigentlich nur noch Kaffee und Kuchen. Sie hatte Erfolg damit. Aber ich saß verlegen dabei.

Wir erfuhren, daß sie uns Pakete und Briefe geschickt hatte, die wir nicht erhalten hatten. Nichts ging zurück. Die Alte war listig.

Meine Mutter beschloß, wenigstens unsere Lage hier zu ändern. Sie ging zum Rektor unserer Schule und bat ihn, dafür zu sorgen, daß wir zumindest eine höhere Schule besuchen können.

Warum kümmert sich der Vater nicht? Wieso kommen Sie

erst jetzt? Warum sind die Söhne weder beim Vater noch bei der Mutter?

Man wurde aufmerksam. Wir kamen ins Gerede. Dora fühlte sich in vieler Hinsicht von ihrer ehemaligen Freundin ertappt und überführt.

Die dörfliche Abgeschlossenheit ging für uns zu Ende. Die gemeinsamen Wanderungen in den Hakel zogen uns nicht mehr an. Für Pfeil und Bogen hatten wir keinen Sinn mehr. Wenn ich über die Stoppelfelder lief, konnte ich sie in meiner Vorstellung nicht mehr in Savannen verwandeln. Am liebsten zog ich mich auf eine hohe Pappel zurück. Dort, an der höchsten Stelle, hatte ich einen sicheren Sitz. Ich schwebte, ich war über dem Nebel, über dem rauschenden Wehr. Unter mir war die Mühle und die Koppel mit den Schweinen. Zwar drang deren Grunzen manchmal bis zu mir hoch, aber die Monotonie des Rauschens war stärker. Ich fühlte mich für Augenblicke entrückt. Ich hielt es für möglich, daß es einen Weg für mich aus all den Rätseln geben würde. Ich hoffte, daß die Lösung nicht so kalt und sprachlos sein würde wie der Polarstern.

Eines Tages kamen Soldaten ins Dorf. Es war Manöver. Erst eine motorisierte Einheit, ein Vortrupp. Preußenkarl meinte, das sei der Stab. In einer Gastwirtschaft ging es feldgrau aus und ein, alles in Eile, alles sehr wichtig. Irgendwo bei Heteborn, hinter der ehemaligen Hasenstrecke und den weggeschmolzenen Blutspuren, sollte die Front verlaufen.

Wir liefen hin und durften uns mit den Soldaten unterhalten. Einer erklärte uns sein Motorrad, ein Krad. Es wäre ihm aber lieber gewesen, wenn wir eine Schwester gehabt hätten und mit ihr wiedergekommen wären. Aber dann kam ein Offizier und wies den Soldaten barsch zurecht, weil er die Deckung verlassen habe. Außerdem sei seine Tarnung saumäßig.

In den Nächten hörten wir bei günstigem Wind vom Bahndamm her Züge rollen. Manchmal nahm das Rollen kein Ende. Man munkelte viel. Jemand hatte unter den Planen auf offenen Waggons Kanonen erkannt. Das gehört zum Manöver, sagten die einen, das ist wie immer, wenn es Herbst wird. Es wird Krieg geben, sagten die anderen.

Wir fragten Preußenkarl nach seiner Meinung. Er erzählte uns vom Schlieffenplan und von Moltkes Rat, den linken Flügel stark zu machen. Preußenkarl war selbst abends zum Bahndamm gegangen und hatte besorgt festgestellt, daß die Züge in beide Richtungen beladen fuhren.

Der Neffe der alten Ziehmann war in die Scheune gekommen. Der hatte seine Arbeit getan und lag auf dem Stroh vor der Luke und unterhielt sich mit meinem Bruder.

Wie alt bist du, fragte er.

Mein Bruder war vierzehn Jahre alt.

Nun, sagte der Neffe, du wirst auch noch Soldat werden. Es wird Krieg kommen, und der wird lange dauern. Du wirst auch noch ins Feld ziehen müssen.

Mein Bruder wollte widersprechen. So schlimm würde es doch nicht werden.

Genieße die schönen Tage hier, sagte der Neffe, so schön wird es nie mehr werden. Ich habe nun meinen Wehrdienst abgeleistet, mich werden sie sofort holen. Ich bin als MG-Schütze ausgebildet, ich darf den Kopf nicht einziehen. Mich wird es sehr bald erwischen. Ich komme nicht davon.

Polterkarl, dem wir das nachher erzählen, angerührt von der ahnungsvollen Trauer des Neffen, winkt ab. Aber das Wort Krieg steht im Raum, und nachts hören wir Züge rollen.

Der Neffe hatte alles vorausgesehen. Er fiel als einer der ersten. Man schickte seiner Verlobten das Eiserne Kreuz, und die schickte es ohne Begleitbrief zurück.

Auch mit meinem Bruder hatte der Neffe recht behalten.

Und was hätte der Neffe wohl gesagt zu dem kleinen blassen Bruder, der in der Nähe stand und nach den Schwalben schaute, die sich gerade geschwätzig zum Abflug sammelten. Hatte er geahnt, daß auch der noch eines Tages würde mit Panzerfäusten schießen müssen?

Es war Krieg. Wir erfuhren es in der Schule von unserem Lehrer. Der hieß Eugen, war sehr groß gewachsen und hatte ein Kindergesicht. Wir nannten ihn Prinz Eugen. Der betrat heute mit Verspätung das Klassenzimmer. Er entrollte eine Landkarte.

Das ist Europa, sagte er, hier ist Polen, hier ist Frankreich und hier England. Und das hier ist Rußland. Ihr werdet es schon wissen, es ist Krieg, und es wird sehr schlimm werden. Prinz Eugen hatte plötzlich eine unsichere Stimme. Er sprach mit Pausen weiter. Ich hatte Scheu, ihn anzublicken.

Liebe Kinder, ich muß mich von euch verabschieden. Ich muß Soldat werden. Ich habe die Einberufung, ich muß euch verlassen. Und es wird für immer sein.

Eugen brach plötzlich ab, er stand am Fenster und weinte. Er ging schnell hinaus. Wir saßen still, kaum jemand sprach. Dann kam statt des Lehrers dessen Frau in die Klasse. Sie wohnte hier im Haus. Und die Frau entschuldigte sich für ihren Mann und wir möchten doch verstehen, daß ihm der Abschied von uns schwerfällt. Nun weinte auch die Frau.

Der Unterricht fiel aus. Wir hatten für heute genug gelernt. Prinz Eugen sahen wir nicht wieder. Er blieb in der Tucheler Heide.

Von Vater und Dora kamen Drohbriefe. Wer hat sich beklagt über uns und warum? Uns gab es, das war das Ärgernis.

Seid dankbar, und wehe euch.

Wolfgang war wütend. Manchmal suchte er Streit mit anderen Jungen. Dann schlug er furchtbar zu. Da mußte erst Blut geflossen sein. Ich zog mich zurück. Die Alte nannte mich den Gnibbel, den Gnatz, wenn sie mich rauslocken wollte, aus diesem stillen Hochmut.

Die Schattenmorelle hat grüne kleine Früchte. Da wächst

Bitteres heran. Drüben an der Mauer lehnt eine Leiter. Die kann mir auch nicht helfen. Ausschau halte ich nach Schwan und Capella, nach Krone und Leier.

Ich war kein Kind. Ich war uralt und wie nie geboren. Ich trieb im wortlosen Groll, das war mein Fruchtwasser. Ich möchte laut aufschreien. Es gibt keine anderen Botschaften als Drohbriefe. Kein Mucks und wehe dir und na wenn schon. Du hast doch Warten gelernt, oder!

Wo war der Riß in der Mauer? Wo ein Schlüssel? Das krächzende Hoftor. Die rauchenden Rübenmieten. Die Stoppelfelder entlarvten alle Savannen. Ich habe nicht Gold geschürft, ich habe Hamster gerodet, habe keinen Grisly erlegt, sondern halbtote Hasen erschlagen, die wie Kinder schrien. Und was war mit dem großen Rat, dem Palaver? Wir hatten Skat gespielt, und zornig hatte der Alte an der zischenden Pfeife gesogen.

Kam es auf mich an? Gab es etwas anderes für mich als diese schmalen Kriechgänge im Stroh, diese heimliche Zuflucht, wo ich mit mir und meinem Makel, der mich zu plagen begann, allein war?

Ich bin eine Mulde, in der sich ferne Wasser sammeln. Ich liebe, aber ich weiß nicht, wen.

Von morgen an müssen wir früher aufstehen. Wir werden einen langen Schulweg haben. Wir werden zum Bahnhof gehen und in die Stadt fahren. Dort ist unsere neue Schule, eine bessere, wie es heißt. Wolfgang packt seine Schulsachen. Er hat tatsächlich eine kleine handliche Keule dabei. Wenn die mit dem Rohrstock kommen, schlag ich zurück, meint er gelassen.

10
TEUFELSSTEIN

Die Keule in Wolfgangs Schulgepäck war ein schlimmes Zeichen für mich. Wenn er, der Beherzte, solche Vorsorge traf, was sollte dann erst dem kleinen, blassen Knirps passieren, der nun neben ihm hertrottete. Ich konnte mich nicht wehren, vielleicht wollte ich es nicht.

Du bist mir schon ein Winnetou, ließ Wolfgang spöttisch fallen. Sein Selbstbewußtsein hatte freilich seit dem Hundebiß einen argen Knacks bekommen. Da war eine tiefsitzende Angst zurückgeblieben. Noch Monate danach sprang Wolfgang auf eine Mauer, wenn ein kleiner Dackel heranwedelte. Und dieses Dorf hatte tausend Hunde!

Auch aus diesem Grund trug er wohl die Keule mit sich. Als er gebissen worden war, hatte er versäumt, sie zu benutzen. Das sollte ihm nicht noch einmal passieren.

Wir strebten eilig dem Bahnhof zu. Wenn man die Kastanienallee erreicht hatte, hatte man weithin freien Blick. Man sah das Nachbardorf. Das war die Bahnstation vor der unseren. Wenn dort die Lokomotive anfuhr – man konnte den kräftigen Rauchstoß sehen –, dann waren alle Nachzügler gewarnt. Und zu denen gehörten auch wir fast immer. Alle setzten sich in Trab, fluchend, lachend, schwitzend. Aber neben dieser Straße verlief das Anschlußgleis der Rübensaftfabrik. Meist wurden die Rüben in der Regenzeit geerntet. Der Lehmboden gelangte in die Waggons, der Regen spülte ihn heraus, verteilte die Schlammschicht auf die Straße. Und das war gerade die Strecke, auf der sich unser Endspurt vollziehen mußte.

Da gab es die Frühaufsteher, die mit vorsichtigen Schrittchen die Lage peilten, über den Bordstein balancierten, von Grasnarbe zu Grasnarbe hüpften, und es gab die Spätlinge wie uns, die keine Wahl mehr hatten; die ohne Rücksicht lospreschten. Mäntel hatten wir nicht; uns wurde durch Laufen warm. Der Lehm spritzte uns den Rücken hinauf bis zur Mütze.

Wir keuchten durch die Nebelluft, als letzte durch die Sperre, den Tunnel runter, den Tunnel hoch. Wir mußten ins Schülerabteil, aber das erreichten wir oft nicht. Dann kam es darauf an, ob einer der Arbeiter Mitleid hatte und uns die Abteiltür öffnete; es kam auch vor, daß einer von innen zuhielt. Wurden wir hineingelassen, atemlos und abgehetzt, holten wir tief Luft und wischten uns den Schweiß von der Stirn. Schlimm war es, wenn wir ein Raucherabteil erwischt hatten. Bei einer solchen Gelegenheit bin ich einmal umgefallen.

Ein paarmal sprang ich in den Packwagen, der der erste hinter der Lokomitive war. Das war verboten. Der Mann in der blauen Uniform und der hochamtlichen Mütze ermahnte mich: »Das war das letztemal! Nächstesmal werfe ich dich raus während der Fahrt!«

Manchmal verpaßte ich den Zug. Der nächste fuhr eine Stunde später. Man versäumte also eine Stunde Unterricht. Mitunter fiel das nicht auf, wenn nicht gerade diese erste Stunde vom Klassenlehrer bestritten wurde. Der rief die Namen auf oder hakte, als er uns hinreichend kannte, wortlos die Liste ab. War mein Banknachbar mutig, rief er »Hier«, wenn mein Name gerufen wurde. Es gehörte wirklich Mut dazu. Jakob brauchte mich, er war farbenblind. Und der arme Junge wurde wegen seines Namens oft verhöhnt.

Im Winter hatten die Züge oft Verspätung. Manchmal blieben sie ganz aus. Wir standen Stunden in der Wartehalle. Dann öffnete der Mann am Schalter sein ovales Fensterchen und verkündete das Orakel: Bald oder überhaupt nicht. Die Arbeiter murrten. Sie kamen nicht zum Akkord. Das gab Abzüge. Sie kamen aus den Dörfern zwischen Oschersleben und Halberstadt und mußten in die Waggonfabrik oder in die Fabrik für Dosenfleisch, die gegenüber dem Halberstädter Bahnhof lag und gegen den Ruß anstank.

Von diesem Bahnhof aus fuhren Straßenbahnen. Wir hatten

kein Geld dafür. Manche fuhren schwarz. Ich traute mich nicht. Einmal ging es nicht anders. Ich stieg ein und sagte dem Wagenlenker, was los war. Der schwieg und lächelte dem Kontrolleur nur zu.

Der Fußweg war ziemlich weit. Bahnhofstraße, Bismarckallee, dann der Breite Weg, Martiniplan, Kirchgasse bis zum Domplatz. Dort lagen die Schulen, Gymnasium und Mittelschule. Nur wenige von uns bogen ins Gymnasium ein. Ein schönes Portal empfing sie. Aus den Fenstern schien das Licht sanfter. Bis zum ersten Stock rankte wilder Wein, das war tröstlich im Herbst. Hier waren die Auserwählten, Bevorzugten, die Griechen und Lateiner, die Klassiker. Ich hätte gern zu ihnen gehört. Meine Lehrer rieten rechtzeitig zum Wechsel der Schule. Der Vater war weit weg. Er hatte taube Ohren. Er hatte kein Geld. Er brauchte es für sich. Das wäre ja noch schöner, nicht mit ihm. Nach dem Abitur käme das Studium, das nähme kein Ende, er denke gar nicht daran; er sei doch nicht der Knecht seiner Kinder, die können ihn alle mal.

Er war voll Argwohn und Häme. Er hatte im »grauen Kloster« versagt. Sollten es die Söhne nun etwa weiterbringen? Außerdem war Krieg. Den Söhnen sollte nichts erspart bleiben, die sollten sehen, daß sie bald Soldaten würden; nein, die sollten nicht an seiner Tasche hängen. Ihm war an unseren Lebensmittelkarten gelegen. Wir auf dem Lande, wir würden uns schon einrichten, ließ uns die Alte wissen. Und wenn Dora mit unseren Lebensmittelkarten in der Stadt im Harz zum Einkaufen ging, dann wurde sie wohl im Laden angesprochen: Ach, Sie haben ja Söhne. Wo sind die denn? Man sieht die ja nie. Ach, die sind zu Besuch?

Wir waren nicht zu Besuch. Wir versuchten durch den Hunger zu kommen. Wir schlichen in den Hühnerstall und wagten uns schon längst in den verbotenen Garten.

Törichterweise hoffte ich noch immer, vom Rätselvater angenommen zu werden. Wolfgang sah da klarer.

Hör auf mit dem Lamentieren. Die Alte hat schon recht, wenn sie dich einen Gnatz nennt. Gib es auf, die wollen uns nicht, basta, hier, beiß in die Keule!

Unsere Schule lag als roter Backsteinbau mit gotischen Fenstern am Domplatz. Wir drängelten über die Stufen und hetzten die Treppe hoch. Meist empfing uns der penetrante Geruch aus der Waschküche des Hausmeisters. Der wurde hier nicht Pedell genannt; der hatte oft ein Pappschild an der Tür und da stand drauf »ich bin ins Waschhaus«, denn er hatte eine kinderreiche Familie.

Hier begehrte niemand auf. Man hoffte heil durchzukommen. Man konnte auch mit Leistung kaum das abwenden, was das eigentlich Bedrohende war. Die Wolke der Furcht hing über allem und allen, ausnahmslos.

Wer lachte, war verdächtig. Man würde es ihm heimzahlen. Ich verhielt mich kleinlaut. Ich saß an der Tür, ziemlich weit vorn. Die Pauker rissen die Tür mit einem Ruck auf, der mich jedesmal zusammenfahren ließ. Der Schreck genügte. Man war überführt.

Bücher, Rohrstock, Heil Hitler, setzen!

Der erste Hieb fiel meist schon, ehe der Unterricht begann.

Es war Krieg. Aus dem Dienst entlassene Lehrer wurden reaktiviert, und sie rächten sich für die ihnen entgangene Rente.

Auf dem täglichen Gang kam ich an einer Buchhandlung vorüber. Das war zugleich die dauernde Versuchung. Es gab Erschwingliches. Da fand ich die kleinen gelben Reclamhefte. Es mußte möglich sein, sie zu erstehen. Das war es, weswegen der Schulweg lohnte. Wieder war auch hier das Wesentliche seitab. Diesesmal würde ich nicht auf die Friedhöfe ausweichen und einer verlorenen Blume auf weißem Kies nachtrauern. Hier lag das Ersehnte am Weg, noch hinter Glas, aber sichtbar und auf irgendeine Weise zugänglich.

Es gab auch eine Bibliothek. Die Öffnungszeiten waren ungünstig. Ich hätte erst gegen Abend mit dem Zug zurück fahren können, denn vormittags war Schule. Und ich bekam nicht, was ich wollte.

Was willst du mit dem Homer und Platon? Hier, lies Gerstäcker und Ganghofer!

Und wie man lernt, Gedichte zu schreiben? Das lernt man nicht, das kann man. Da kann ich dir nicht helfen.

Da verfiel ich auf die Hühner. Deren Gekratze auf dem Mistberg zu Hause auf dem Hof sollte zu etwas gut sein. Ich schlich in den Hühnerstall. Vorher mußte ich unauffällig nachsehen, ob die alte Ziehmann im Garten war und Doras Mutter zu tun hatte. Dann schob ich den Riegel leise zurück. Wenn bloß Krischan, dieser mißratene Hundehahn, nicht solch einen Lärm machen würde. Ich griff in die Nester. Nicht so hastig, da sitzt noch ein Huhn drauf. Schließlich hatte ich genug Eier; ich mußte vorsichtig sein, sie würden vermutlich gezählt sein; ich mußte die richtigen Tage abwarten. Ich wickelte die Eier vorsichtig in Zeitungspapier und transportierte sie in Pulswärmern in der Schultasche. Der Handel ließ sich gut an. Die Mutter eines Mitschülers war eine sichere Kundin. Nach zwei gezielten Fragen hatte sie zwar die Sache durchschaut. Wer weiß, vielleicht war das sogar ein Wirtschaftsvergehen. Ich verdrängte das. Ich hatte nun etwas Geld. Ich setzte den Eierklau über einige Wochen fort.

Dann hieß es: Ach, die Hühner legen gar nicht mehr gut. Am besten ist, wir schlachten ein paar ab.

Ich erschrak. Das war meine Schuld.

Was denn, an den Hahn traut ihr euch wohl nicht ran?

Die alte Ziehmann traute sich. Sie nahm das Beil, ergriff den Hahn mit Fausthandschuhen und schlug zu. Seinen Kopf verlor er stückweise, und als er ihn endlich los war, lief er noch ein paar Meter ohne. Sein Lebenswille war unglaublich. Sein Fleisch soll ungenießbar gewesen sein.

Jedenfalls erstand ich von diesem erschlichenen Geld die Ilias und die Odyssee, Goethes Faust und Platons Phaidon, Wolframs Parzival und – Storms und C. F. Meyers Gedichte. Ich mochte nichts Erzählendes, keine Balladen. Ich suchte die leisen Töne, die kaum wahrnehmbaren Anlässe, die überraschenden Tiefen, den Sog ins Dunkle, den freien Fall.

So pendelte ich zwischen Dorf und Stadt. Ich hatte meine erste kleine transportable Bibliothek. Ich las im Zug, ich las im Gehen, ich hatte endlich einen buchstäblichen Halt.

Die Zeiten vermischten und verwischten sich.

Der Sauhirt im Dorf hieß nicht Eumäos. Unser Melker hieß Amadeus, wir riefen ihm Mozart nach, worüber er sich freute. Seine Rinder waren nicht dem Jupiter heilig, sie gehörten dem Gutsherrn.

Ich ging mit Zauberworten. Hyazinthen, Morgane und Mondlicht, schwarzschattene Kastanie. Mir liefen die Worte voraus, ich paßte meinen Schritt an, und ich versuchte meinen Atem an den Silben. Doch das Gespann erlahmt, die Pfade dunkeln... es hört nicht auf, es rast ohn' Unterlaß... die Kerzen brennen und die Geigen schreien... du fliehst vor mir, du scheue Taube.

Ich trottete mit den anderen. Jemand stellt mir ein Bein.

He, aufwachen, du träumst schon wieder! Heute ist die Mathearbeit fällig.

Wieso, schon heute?

Ja hörst du denn nicht hin, wenn was angedroht wird!

Hinter dem Holzmarkt, den schönen alten Häusern mit ihren Blumenkästen und dem Fachwerk, kam die schmale Gasse, die zum Dom führt. Vor dem Dom lag der Teufelsstein. Es hieß, früher habe man hier Menschen geopfert. Jetzt liefen wir hier im Kreis, wenn Pause war.

Unser Rektor hieß Höhnemann. Er war reizbar und rabiat. Niemand kam mit Zählen nach, wenn er einen Schüler ohrfeigte.

Lothar brach unter den Schlägen zusammen, er verlor die Besinnung, lag unter der Bank.

Aufstehen, du verdienst keine Sechs, du verdienst eine Sechsundsechzig, was sag ich, du verdienst eine Sechshundertsechsundsechzig!

Lothar blieb liegen. Später konnte er sich an nichts erinnern. Seine Mutter suchte Zeugen für den Vorfall. Niemand wagte, sich zu äußern.

Cäsar, die Verdammten grüßen dich.

Höhnemanns eiliges Hereinstürzen und sein Heil-Hitler-Setzen waren so rasch, daß es wie »Heitsetzen« klang.

Sein spezielles Fach war Chemie. Er hatte zwei Schriften darüber verfaßt, die am besten auswendig gelernt wurden, denn er liebte seine Sätze. Sie waren raumsparend knapp und logisch. Einfügungen waren gefährlich; man geriet in Verdacht, ihn zu kritisieren. Chemie in Haus und Garten.

Erkläre den Unterschied von Säuren und Basen.

Lauernd und nervös stand er da, mit seiner bekleckerten Krawatte. Chemie aus der Küche. Höhnemann war seit kurzem Witwer. Das hatte ihn noch härter gemacht. Er konnte uns nicht leid tun, wir fürchteten ihn zu sehr.

In den oberen Klassen war man schon kriegsfreiwillig. Da gab man sich nahkampferprobt. Einer rief laut durch den Flur: Guck mal, dem rasselt ja schon der Kalk aus der Hose! Und im Allerheiligsten, im Chemielabor, ließ jemand einen von Silvester übrig gebliebenen Kanonenschlag im Abzugsrohr krepieren. Cäsar wurde kreidebleich.

Diese Plebejer mit dem Wehrpaß waren nicht mehr einzuschüchtern.

Ein einziger in unserer Klasse konnte es sich leisten, die Chemiefibel nicht nachzubeten. Er hieß Schäfer, war körperlich sehr schwach, sah noch blasser aus als ich, fast grau im Gesicht. Das muß wohl am praktischen Umgang mit Säuren gelegen haben. Er hatte zu Hause ein eigenes Labor oder hatte die Küche der Großmutter, bei der er lebte, in ein solches verwandelt. Daß die anderen weit besser turnen konnten als er, bedrückte ihn nicht. Er hatte immerhin schon kleine Explosionen überlebt. Er wagte es, Höhnemann mit seinem Wenn und Aber herauszulocken; er spielte wirklich mit dem Feuer, diese kleine zerbrechliche Phiole riskierte den Wutbrand.

Konrektor war Hottelmann. Er gab Französisch. Das lag ihm. Er sprach immer nasal.

Sprecht das klare öä!

Er litt unter Bluthochdruck. Wann endlich würde mit einem

krächzenden ÖÄ sein Kopf platzen? Wieviel Grad haben wir heute, die Hitze ist nicht zum Aushalten!

Man half mit einem Streichholz unter dem Thermometer nach. Fünfundzwanzig Grad bis 10 Uhr bedeutete hitzefrei.

Der Konrektor lief zum Rektor, der blickte verdutzt von seinen Formeln auf, er verwandelte gerade weißen Zucker in Kohlenstaub. Herrliche zarte schwarze Rauchfiguren trieben in der Sonne.

Nun bekam der Hausmeister Bescheid, der kam verstört aus der Waschküche. Fünfundzwanzig Grad, das kann nicht stimmen. Weiß das der Rektor? Ja, nun klingeln sie schon. Hottelmann wischte sich den Schweiß vom Gesicht. Ihm war gar nicht gut. Die Klingel schrillte, wir eilten die Treppe hinab und gewannen für heute das Weite.

Der Mathematiklehrer hieß Hartmann. Er schoß mit gewaltigem Schwung in die Klasse. Sein Rohrstock hatte Sonderlänge, er ließ ihn nie im Schrank, er traute keinem von uns. Hartmann war wild und zynisch. Er sprang auf die Tische, er warf mit großem Schwung die Schulhefte mit den Klassenarbeiten jedem einzelnen Schüler zu. Die Löschblätter flogen heraus, sanken zu Boden wie unsere vorschnellen Hoffnungen. Hartmann kommentierte kurz:

Hoffnungslos, nicht zu glauben!

Das Übliche!

Wie immer die Sauklaue!

Glück gehabt!

Eindeutig abgeschrieben!

Du hast die Kommas verschluckt!

Wehe, wenn beim Namensaufruf das *Hier* nicht markig genug kam. Komm nach vorn, aber dalli, bück dich. Ein Hieb, der Nächste!

Hartmann war Sadist. Er kündigte manche Prügel für den Montag an. Einer traf schlimme Vorsorge, er stopfte sich Hefte in die Hose. Der Aufschlag klang papieren. Das war verderblich. Hartmann fühlte sich verhöhnt.

Aha, feige bist du obendrein!

Er riß dem Delinquenten die Hose runter. Und dieser biß

vor Angst und Schmerz in den Arm des ihm zu Häupten sitzenden Mitschülers. Der jaulte laut auf.

So, und das wiederholen wir beide am nächsten Montag!

Geschrei und Chaos. Ich wurde von Ekel und Scham geschüttelt. Wie kann man diesen Mann gewinnen? Wie kann man das Verhängnis abwenden? Alles war nur eine Frage der Zeit. Auch ich würde eines Tages den Kopf auf den Block legen müssen, aber ich würde vor Scham sterben, nicht an den Schlägen.

Hoppe und Baumann hießen die anderen beiden Schläger. Hoppe, der Geometrielehrer, schlug aus Wut über irgendetwas. Er war ein wortkarger Zyniker. Damit er einen Grund hatte, einen Schüler zu bestrafen, ließ er ihn rasch schwierige Aufgaben im Kopf lösen. In einer solchen bedrängenden Situation ging das todsicher schief. Gelang es dem Schüler, von Angst beflügelt, dennoch die gestellte Aufgabe zu lösen, hielt er sich nicht lange mit Lob auf, sondern fiel gleich über den nächsten her.

Hoppe hatte einen leichten Sprachfehler. Er konnte das K dem ein N folgte, schwer aussprechen. In meinen Augen war das ein eher menschlich sympathischer Zug. Ein Mitschüler, der Knochenhauer hieß, profitierte davon. Er wurde nur selten aufgerufen. Schließlich fiel Hoppe eine Lösung ein: Du langer Lulatsch dahinten, dich mein ich!

Da dieser aber neben einem anderen großen Schüler saß, lag die Reklamation nahe: Welchen von uns meinen Sie, wir haben beide einen Namen!

In solchen Augenblicken war eine schwelende Spannung in der Klasse. Man wußte nicht, ob man den Mut bewundern oder grollen sollte wegen der unvermeidlichen Wutentladung, die nun leicht die Kleineren treffen konnte, deren Namen weniger schützende Konsonanten besaßen.

Während Hoppe aus Wut schlug, schlug Baumann, der Deutschlehrer, aus Lust. Hatte er große Lust, brauchte er viele Opfer. Eines Tages waren es besonders viele. Da Baumann unser Klassenlehrer war und er uns in Deutsch und Erdkunde unterrichtete und für beide Fächer Hausaufgaben erteilte, verlangte er in der Erdkundestunde die Vorlage der Arbeiten in Deutsch, die eigentlich erst am nächsten Tag fällig gewesen wären.

Wer hat, wer hat nicht? Die halbe Klasse stand vorn, und alle Herausgesonderten mußten sich über die Bank legen.

Daß Baumann der Arm nicht lahm wurde! Aber nein, noch spannte ihm die Hose, noch war er nicht erlöst. Dann ließ er sich schwer atmend am Podium nieder und winkte dem restlichen Häuflein zu.

Zurück auf den Platz.

Ganz sicher also, mein Kebes, ist die Seele unsterblich und unvergänglich, und in Wahrheit werden unsere Seelen im Hades sein…

Warnke war kein Schläger. Ein stiller Typ, bedachtsam. Biologie. Pilzkunde war seine Marotte. Er wollte es ganz genau wissen. Was heißt schon ungenießbar? Roh oder gekocht, mit Essig oder einer Prise Natron? Warnke war Idealist in Sachen Magenverstimmung. Ehe ein Pilz verworfen wurde, mußten verschiedene Zubereitungen erprobt sein. Der Mann lebte gefährlich. Manchmal fiel seine Stunde aus.

Wenn Warnke eines seiner strittigen Pilzgerichte verdaute, sprang Lins in die Lücke. Ihn hatte man reaktiviert. Er unterrichtete uns in Naturkunde. Die Sache mit dem Otter hatte ich nicht begriffen. Wie säbeln die die Bäume um und um Himmels willen warum bloß, treiben die damit den Fluß runter?

Ich war im Geiste auf dem Areopag, Lins holte mich auf den Domplatz zurück. Vom Olivenhain in Olympia in den Huy bei Halberstadt. Er meinte es gut, er machte mich nur wach, er zog mich nur eben so locker kurz von meinem Sitz hoch über die Bank. Mein Pech, ich saß immer zu weit vorn.

Dann gab es den Kapitänleutnant aus dem Ersten Weltkrieg. Hatte ein Unterseeboot gefahren. Nun trug er eine hellgraue Uniform in zivilem Schnitt. Er hatte ein Monokel, das trug er am Band. Er meinte, das sei nur eine Lupe, die er manchmal benötige. Nie hätte er einen Stock berührt. Der saß in ihm.

Versagte man bei ihm, so tat man sich selber leid, weil man ihn enttäuscht hatte. Er tadelte nicht, er war nur traurig und stellte richtig. Für die Schläger unter seinen Kollegen hatte er vermutlich nur Verachtung übrig. Er blieb beherrscht und wurde nie laut. Er war der einzige, der meine zitternden Hände bemerkte. Ganz beiläufig legte er im Hinausgehen seine Hand auf meine und sagte: Das wird auch noch besser. Er blickte mich dabei nicht an. Und niemand sonst hatte diese Geste wahrgenommen.

Schreibt nie ab, das ist Betrug und euer nicht würdig. Außerdem merke ich es! Ein Blatt unter dem Tisch macht euer Gesicht heller und den Geist dunkler. Bei mir irrte er sich. Ich war immer so blaß.

Den Namen des Physiklehrers habe ich vergessen. Der Mann war arm dran. Er hatte im Weltkrieg einen Kopfschuß erlitten. Immer kurz vor Weihnachten, ehe die Ferien begannen, erzählte er uns seine Geschichte. Sie spielte an einem Bahndamm, wo er sich hatte eingraben müssen. Der Schrapnellbeschuß habe ihn fast wahnsinnig gemacht. Irgendwann sei er dann aus dem Loch herausgesprungen und da habe ihn unvermutet ein Zeitzünder erwischt. Da war ein Splitter zurückgeblieben, inoperabel. Nun machten ihn die Schmerzen zeitweilig fast wahnsinnig. Da gab es Anfälle von Tobsucht, nicht nur Schülern, auch Kollegen gegenüber. Er unterrichtete in Physik und Werkkunde, er demonstrierte die Strömungs- und Fallgesetze, doch bei seinen Ausführungen über Körper und Widerstände wartete ich immer auf den großen Knall.

Der Farbsinn dieses Mannes war überentwickelt. Man brauchte mißlungene Arbeiten nur grün oder blau anzumalen und bekam bestimmt eine gute Note. Er mußte in einer schrillen Welt leben. Eines Tages traktierte er seine Kollegen mit einem Kartenständer. Dann durfte er auch dieses Erdloch, das Physikzimmer, verlassen.

Schladebusch war voll Noblesse. Bei ihm hatten wir Englisch. Er war ein ruhiger Clubtyp, dozierte wie unbeteiligt. Er kam zwar nicht aus Oxford, doch hatte er seine Kenntnisse als

Kriegsgefangener in England vervollständigt. Ihm entging nie, wenn ich die erste Stunde versäumte oder wenn ich die Tür leise öffnete, um auf meinen Platz zu huschen. Das war sowieso gegen die Vorschrift. Man hatte – wenn schon, denn schon – mit geschlossenen Hacken an der Tür stehen zu bleiben, die rechte Hand zum Gruß erhoben, und Meldung zu machen.

Wie hätte ich das herausbringen sollen?

Schüler Sparre wurde aus dem Packwagen gewiesen und mußte den Folgezug nehmen. Oder: das Hochwasser der Selke und Bode konnte nur zeitraubend überquert werden. Oder: mein Bruder war wütend über mein Zähneknirschen in der Nacht und hat mich zur Rache morgens nicht geweckt.

Das war alles nicht gut. Ich drückte mich schuldbewußt in die Bank und sah nicht hin.

Ich lebte träumerisch und war oft abwesend.

Ereignete sich etwas Besonderes, etwa daß mein Aufsatz so gut geraten war, daß der Lehrer ihn der Klasse vorlas, war ich der Einzige, der in dieser Stunde fehlte. Der Lehrer hatte sich höchstpersönlich die Mühe gemacht, umsonst. So etwas schuf Verdruß. Die Aufmerksamkeit des Schülers läßt zu wünschen übrig.

Ludwig der Schöne oder auch der schöne Ludwig geheißen, unterrichtete uns in Kunst. Es kostete ihn sichtlich Überwindung, uns Banausen zu belehren. Ludwigs bebende Nasenflügel zierte ein Goldrandkneifer. Er ging ohne Jacke und schob seine Hände lässig in die Hosenträger. Er gefiel sich selbst auf eine Weise, die man nicht einfach eitel nennen konnte. Wäre er im üblichen Sinn eitel gewesen, wäre er kaum mit Hosenträgern herumgelaufen. Auch hatte er einen beachtlichen Bauch, der ihn zwang, sich erheblich in den Rücken zu werfen. Er trug den Kopf hoch und strich sich häufig über seine grauweiße Künstlermähne.

Wir waren nicht nach seinem Geschmack. Wir waren die reinste Zeitverschwendung. Lothar vielleicht erhielt persönliche Zuwendung; ich weiß nicht, ob er gut zeichnen konnte, er sah vor allem gut aus. Seine hübsche Mutter, um die ich ihn beneidete, wegen der liebevollen Art, mit der sie ihren Sohn manchmal von der Schule abholte, hatte etwas Sanftes an den Sohn vererbt. Das mochte auch dem schönen Ludwig gefallen haben.

Der Unterricht begann mit dem Ursprung des Bauens und schritt über die Baukunst zur Stilgeschichte fort. Aber Ludwig liebte die Praxis und das Material. Wir mußten wie die ersten Deutschen ein Fachwerk im Kleinformat zimmern.

Polterkarl half mir beim Zusammenfügen des Holzteils, eine schlichte Fuge. Nun galt es, sie mit Erde, Lehm und Kuhmist auszufüllen. Meine Arbeit roch verräterisch nach Stallstroh; die Halme standen heraus wie aus einem Sperlingsnest. Mißbilligend sah der schöne Ludwig auf mein Opus.

Das ist fürwahr finsteres Mittelalter, murrte er ohne Groll, und seine Hand mit dem Brillantring ruhte für einen Moment gnädig auf meinem Kopf.

Dann lernten wir Zeichnen. Um keinen unberufenen Mut aufkommen zu lassen, enthüllte er auf einer Staffelei einen weiblichen Akt, bei dessen Anblick wir rote Ohren bekamen. Ludwig setzte sich in Distanz und Positur und betrachtete das Bild mit ergriffener Freude, mit Staunen.

Nun starrt nicht so auf die Geschlechtsteile, seht die Anmut der Formen und die Zartheit der Farbe!

Ich sah keine Teile, ich sah ein schwellendes Ganzes, meinen ersten Rubens. Da gab es keinen Makel. Das war das zarteste Rosa. Das paßte in keinen Schlüpfer.

Die höchsten Weihen empfingen wir im reinen Staunen. Er enthüllte den Rembrandt sehr langsam. Und er sprach immer wieder den langen vollen Namen aus, er liebte lange und klangvolle Sätze, er ließ sie auf der Zunge zergehen: Hermensz van Rijn.

Ich glaube nicht, daß mein Zeichenstift je anders als zaghaft und zittrig über den Block gehuscht wäre. Aber bald schon fiel die Kunst aus dem Lehrplan.

Unter all den Lehrern an dieser Schule ragte einer heraus. Er hatte Charisma, er hatte Persönlichkeit und die Größe seines Unglücks rührte mich an. Er hieß Faulhaber und unterrichtete uns in Musik.

Faulhaber trank. Er war kein Parteigenosse, anders als die meisten, er war niemandes Genosse, er stand ganz allein, das heißt er versuchte allein zu stehen und zu gehen.

Er war für den Rektor ein rotes Tuch und eine Schande für die Kollegen; jedenfalls empfanden sie es so.

Das Musikzimmer war die Aula, hier stand der Flügel, zu diesem Flügel strebte Faulhaber mit schwankenden Schritten. Wir erwarteten ihn in der Aula, beobachteten das Herannahen des Meisters der Klänge durchs Schlüsselloch.

Vorerst hörten wir Debatten. Es fielen drohende Worte, es war von Freistellung die Rede, und: Sie wissen, was das bedeutet, Herr Kollege! Der Kollege wußte es, und er redete sich fast um Kopf und Kragen, als er nun seinerseits die Kollegen Heuchler und Opportunisten schalt.

Herr Kollege, Sie wissen nicht, was Sie reden, entgegnete der Rektor, es ist besser, Sie gehen nach Hause.

Wirklich, in dem Mann war eine chemische Formel wirksam, gegen die in Höhnemanns logischer Haus- und Gartenfibel kein Kraut verzeichnet war. Und die Säurebildung der offenkundig politisch abweichenden Meinung paßte auf kein Lackmuspapier.

Faulhaber ließ sich nicht beirren. Er hatte genug debattiert, ihm war die Kehle trocken, er mußte jetzt zu seinen von Stimmbruch bedrohten Knaben.

Gehen Sie mir aus dem Weg, auf mich wartet der Flügel!

Krachend flog die Tür auf, mit rudernden Armen, die nach Akkorden dürsteten, nahte er entschlossen dem Instrument. Er sah uns nicht. Er spielte und notierte. Er komponierte und – ich sah es mit Freude – schrieb Lieder nach Gedichten. Es hieß, diese Gedichte hätte seine Freundin geschrieben, es gehe darin um Liebe und Tod.

Was wird aus uns, fragte mich mein Nachbar. Wie wird der uns Zensuren geben? Na, wie immer, wie letztes Jahr auch. Er ruft uns auf nach Namensliste und jeder wird eine Strophe singen müssen nach eigener Wahl. Ein Sehr gut bekommt keiner und ungenügend der, der es wagt, ein SA-Lied vernehmen zu lassen.

Musik du holde Kunst. Wir blickten in die Werkstatt, sahen die Mühen, die Tränen, das Verzagen, die Verzweiflung, den Grad der Selbstvergessenheit und die Unbill, die all das umgab.

Ich weiß nicht, ob der Mann mir leid tat. Ich konnte nicht einstimmen in den Spott der anderen. Da war etwas, womit ich mich solidarisieren mußte, ohne recht zu wissen, ob es mir zustand oder ob ich es überhaupt begriff.

Eines Tages war das Straßenbild verändert. Was war mit den Passanten passiert? Da gingen Männer in dunklen Anzügen und schwarzen Hüten. Und auf ihren Rockaufschlägen waren große, gelbe Sterne.

Ich starrte einen solchen Stern an. Ich fragte. Der Mann blieb stehen, sah mir in die Augen, und ich in die seinen, ich unsicher und er sehr fest, und er sagte, indem er auf den Stern zeigte:

Wir haben dieses Zeichen verliehen bekommen heute. Es ist ein Ehrenzeichen. Ich trage es mit Stolz!

Ich fühlte mich beschämt. Mir war gar nicht wohl. Einige dieser ehrwürdigen Männer mit Bärten und den steifen runden Hüten sahen traurig aus.

Ich weiß nicht, ob ich mich bedankt habe für die Auskunft. Irgendein Passant sagte zu mir: Laß die Leute in Ruhe, geh weiter.

Morgens holte mich der dicke Christian ab. Der kam sehr früh und atemlos; wenn ich noch nicht so weit war, holte ich ihn meist kurz vor dem Bahnhof ein. Er hatte Mühe mit dem Endspurt. Seine Leidensstunde war Turnen, er schaffte den Aufschwung nicht. Der Turnlehrer war zugleich Bannführer bei der HJ. Er hatte ein schweres Magenleiden, das er beim Vorturnen manchmal vergaß. An der Kletterstange war er in drei Zügen oben, aber dann ließ ihn der Schmerz beinahe ohnmächtig werden.

Wenn man ihn so zusammengesunken um ein Glas Wasser bitten sah, wollte man es nicht für möglich halten, daß er der am meisten gefürchtete Schläger war. Sparta war sein Ideal. Der Geist sitzt in den Gedanken, pflegte er zu sagen.

Ich wurde wegen eines Herzfehlers vom Turnen befreit. Als mein Vater davon erfuhr, tröstete er mich auf seine Weise: ich würde einmal einen leichten Tod haben.

Als auf dem Domplatz für eine artistische Darbietung einmal ein Drahtseil zwischen gegenüber liegenden Dächern gespannt war und bei der Demontage das schwere Gewicht eines Flaschenzuges an meinem Kopf vorbei zu Boden fiel und die Monteure kreidebleich vor Schreck zu mir liefen, konnte Ränkevater, als er davon erfuhr, seine Enttäuschung einfach nicht mehr verbergen:

Schade, das wäre eine Chance gewesen, sagte er knapp und legte keinen Wert darauf, dies als Scherz zu bezeichnen.

Das waren Augenblicke, in denen der Boden sich öffnete. Ich ging mechanisch neben ihm her. Er wußte, daß es keinen Zeugen gab. Er sah mich nicht an. In seinen bleichen Zügen sah ich manchmal die Maske des Verbrechers. Ich wollte es nicht glauben. Ich hielt es für einen Augenfehler bei mir. Ich glaube, daß mein törichtes Vertrauen, in das ich mich immer wieder zu retten versuchte, ihn auf Dauer zutiefst erzürnte. Ich war es, der ihn durch diese Blindheit zu immer neuen Abgründen verführte.

Einmal in den sechs Jahren kam er zu uns zu Besuch. Vorweg die übliche Belehrung. Er wolle keinen Ärger haben. Wir hätten keine lästigen Fragen zu stellen. Er wünsche, nicht abgeholt zu werden. Er kam zu meinem Geburtstag. Ich versuchte, ihn abzuholen. Ich sah ihn auf dem Bahnsteig. Er versteckte sich hinter einem Packwagen und schickte mir einen Fahrgast, einen Fremden, entgegen, der mir lächelnd sagte, mein Vater sei voraus gegangen.

Ich ging enttäuscht zurück, schlenderte über den Anger und dachte über den Vorfall nach. Auf die einfache Erklärung, daß

Ränkevater durstig war und ein paar Gläser ohne Zeugen auf mein oder sein Wohl trinken wollte, kam ich nicht. Er holte mich ein.

Wo warst du denn, fragte er, ich habe dich auf dem Bahnhof gesucht.

Und ich solle nicht sagen, daß wir uns verfehlt hätten. Das bleibt unter uns. Das geht keinen was an. Ist das klar?

Nichts war klar. Alles blieb rätselhaft. Vater war da. Er grollte mir und sich selber. Mir, weil es mich gab, sich selber, weil er die Reise gemacht hatte.

Schade ums Geld. Ich gratuliere dir zum Geburtstag.

Am Dom war ich in all den Jahren nur vorübergehastet. Ich mußte dem Klingelzeichen des Stundenbeginns zuvorkommen. In den Pausen zogen wir unsere Kreise in der Nähe des Teufelssteins, jenes heidnischen Altars.

Dann begann für mich der Konfirmationsunterricht. Ich hatte mir mein eigenes kleines griechisches Weltbild zusammengelesen. Ich würde meinen Zweifel schon zu wahren wissen. Plato gab mir das Geleit. Und mein Gott war Pan, den fühlte ich im Schilf der Bode und auf der windgeschüttelten Pappel.

Nun begrüßte uns vor einem schönen Portal der Domprediger Sänger. Der gab jedem die Hand und erzählte uns von Urgeschichte und Schöpfungsmythen. Wir hörten von der Edda, die diesem Mann so wichtig war wie die Bibel. Folianten wurden von Hand zu Hand weitergereicht. Da waren Saurier in Farnwäldern und nördliche und südliche Himmelssphären. Ursprung war Sängers Schlüsselwort. Nein, wir wurden nicht mit Gesangbuchversen und gequälten, frommen Reimen traktiert. Und unversehens wurde Christus für mich zu einem griechischen Gott und Golgatha zum attischen Hügel.

Der Dom war ein mächtiges Schiff, dessen Kajüte die Krypta war. Der Mann am Kreuz stand auf einer herzförmigen Muschel. Mein griechischer Gott war nicht von Phidias gestaltet. Er stand über dem Lettner, der strengen Grenze. Alle, die ihr hier eintretet, seid der Hoffnung würdig!

Seltsame Engel bewachten die Szene; schlank und schmal standen sie auf einem Rad mit je drei Flügelpaaren. In den Händen hielten sie eine Frucht.

Eines Tages war Faulhaber, unser Musiklehrer, der zugleich Organist im Dom war, der Theorien müde und unsere krächzenden Stimmen leid.

Also gut, kommt mit, ich will euch eine Ahnung von Musik vermitteln.

Er war berauscht. Leise schlichen wir ihm nach. Es war eine Verschwörung. Die beiden kräftigsten Schüler stützten Faulhaber beim Aufstieg auf die Empore. Dann ließen sie ihn an der Orgel allein. Wir hockten unten in den Bänken, klein, blaß, verloren im Gewölbe.

Dann brach es über uns herein. Toccata und Fuge. Es war, als würde eine Tür aufgestoßen. Die Steine bebten, wurden zum Segel, wir trieben im Meer, gerieten in einen Orkan. Ich konnte nichts mehr erkennen, meine Augen standen voll Wasser. Der Lettner war die Klippe. Die Engel hatten sich in Sirenen verwandelt.

Die Orgel verklang. Wir schwiegen. Wir sahen uns nicht an. Wir kamen uns nackt vor.

Draußen lärmte die Straße. Kreischend bog die Straßenbahn um den Fischmarkt, die profane Agora.

Der Bahnhof stank wie immer nach Ruß und Kohlsuppe. Plakate hingen verregnet an den Wänden. Vorsicht, Feind hört mit. Und Räder müssen rollen für den Sieg.

Vaterland, du Land der Schrecken, Land der Todesarten.

Ich buchstabierte die Fahrpläne in den Glaskästen, als wäre es wichtig, irgendwo anzukommen; als wäre ich dort zu Hause.

11

ROHRSTOCK UND RÜBENSAFT

Wolfgangs Krallen waren nachgewachsen. Die Keule hat ihm die Alte heimlich aus der Tasche gezogen. Ränkevater hat sie beauftragt. Eine Keule ist kein Alibi, sondern ein Indiz. Mit dem Strick wäre es etwas anderes gewesen.

Mein Bruder braucht keine Keule mehr. Er hat seine Fäuste, und er weicht keinem Kampf aus. Im Gepäckwagen verprügelt er den Sohn des Gutsherrn, bis das Blut fließt. Warum gerade ihn? Er hatte mir den Klappsitz weggeschnappt, auf den ich mich gerade setzen wollte.

Nun hat Wolfgang sich beim Zuschlagen den Handrücken aufgekratzt. Daran bin ich schuld.

Zwischen meinem Bruder und mir ist noch ein Dritter. Ich fühle seine Gegenwart, und mein Bruder fühlt sie auch. Mein Bruder ist gezeichnet, und er weiß es. Vieles, was ich sage, sage ich, weil ich weiß, daß es bald zu spät sein wird. Manchmal sind die Abende auf dem Anger von großer Stille.

Sprich nicht weiter, sagt Wolfgang zu mir, und in seinem Blick liegt etwas, das ist nicht mehr von hier und jetzt. Dann kann er plötzlich aufspringen und will um die Wette rennen. Komm, wer als erster am Bahnhof ist, stirbt als zweiter!

Pan verlangte es nach Syrinx. Die entwich ihm ins Schilf. Da verzauberte der Gott sie in ein Schilfrohr. Das schnitt er ab und schnitzte sich daraus eine Flöte.

Es war Sommer. Ich stolperte über den Anger. Die Ganter waren kleinlaut geworden. Ich war das Dorf leid. Ich kannte jeden Winkel und alle Gerüche, alle Nuancen des Rübensaftes waren mir vertraut.

Das Dorf war alles andere als eine Idylle. Die Schäfer auf

dem Anger hetzten ihre Hunde auf das müdeste Schaf; es hinkte zur Warnung für die anderen. Brav, sagte der Schäfer zu seinem bluthungrigen Köter und warf mir einen drohenden Blick zu.

Das Schreien der getroffenen Hasen hatte mir lange in den Ohren geklungen. Und in der Nachbarschaft unseres Hofes hatte man ein Schwein getötet. Das Schreien wollte kein Ende nehmen. Einmal stießen die Schlächter auf den gelungenen Stich an; nachher war das Schwein fort. Es hatte sich halbtot in die Jauchegrube gestürzt und war dort verendet. Die Schlächter packten ihre Messer ein und trollten sich.

Da war auch die Grausamkeit der Lust, von der in keiner Idylle die Rede geht.

Das Balzen der Tiere. Die nächtlichen Schreie der Katzen. Und der Hengst reißt wie in Qualen die Augen weit auf, die Flanken der Stute zittern, Schweiß rinnt, Hufe martern das Holz und zerstampfen den Boden. Der Eber hängt über der Sau, als müsse er qualvoll sterben.

Ich erinnerte mich an die Szene auf den Kornsäcken, an die verschwitzten Leiber, das girrende Lachen, den offenen Hosenschlitz. Die Liebespaare an der Bode jammerten, als ginge es ihnen ans Leben.

Welch ein grausamer, listiger, heimtückischer Gott trieb seine Kurzweil in Pferch und Weide, in Stall und Stube? Denn dies Spiel ging vom Dung bis zu den Daunen. Beißen und Stöhnen und Trauer zuletzt und Tränen.

Hahn und Eber wurden geschlachtet. Das krähte und schrie endlich zum letztenmal. Blut und Schweiß. Sau und Stute gebaren. Stroh schluckte die Laute. Quieken und Wiehern.

Aus Liebespaaren wurden Leute, die Hacke und Kiepe trugen. Sie trollten und sputeten sich, sie beugten sich über die Furchen.

Ich hoffte auf meine Syrinx. Und sie kam.

Rosemarie war die Tochter des Rektors der Dorfschule. Der war im Krieg. Rosemarie wurde Romi gerufen. Ich mochte dies knappe O und I nicht. Das war kein Name, es war eine Abkürzung. Aber wie hätte ich sie Julia nennen sollen? Klein war sie und blond, hatte sehr blaue Augen und eine leicht vorgewölbte Nase. Und sie mochte mich.

Die Ferien waren fast vorüber. Ich hatte sie auf der Pappel verträumt oder im Scheunenluk verdöst. Nun gingen wir an die Bode und wußten nicht, ob man den großen, in der Sonne blitzenden Libellen über dem Schilf trauen dürfte. Ratten ließen sich gottlob nicht blicken.

Wir zogen uns aus. Ich war besorgt wegen meines Makels. Ihre Brüste hüpften in der Sonne. Ihre blauen Augen blitzten mich keck an. Ich bekam eine trockene Kehle und hätte gern abseits gelegen.

Abends stand ich unter ihrem Fenster und schickte meine Gedanken zu ihr.

Romi wußte nicht, was in mir vorging. Meine zitternden Hände versuchte ich zu verbergen. Ich wagte nicht, sie zu küssen. Ich begehrte sie und hatte Angst. Romi traute sich nicht über die Mauer und nicht ins Stroh der Scheune. Und die Alte hatte sowieso ihre Augen überall.

Als die Schule wieder begann, wartete Romi jeden Tag an der Sperre auf mich. Wir tauschten kleine Briefe aus, die man in der Hand verbergen konnte. Einmal händigte ich meinen Brief in der verlegenen Eile dem Schaffner aus. Manchmal fuhren wir gemeinsam zurück. Es gefiel mir nicht, daß Romi die Göre spielte und wie ein Kind zwischen den Sitzbänken im Abteil schaukelte. Ich sah ihren rosa Schlüpfer.

Ich war verstimmt.

Was hast du?

Ach nichts, ich denke nur nach.

Meine Liebe war Selbstquälerei. Das war mir recht. Das war mir nicht recht. Daß sie im Zugabteil fröhlich war, daß ihr das Woher und Wohin bekannt war und genügte. Ich war immer woanders, auf irgendeinem Olymp oder im Strohwinkel. Ich sehnte mich immer weg. Ich war auf der Flucht und hätte im Grunde jedes Asyl verschmäht. Romi würde nicht mit mir auf die Pappel steigen.

Ich sehnte mich nach einer Umarmung. Und ich ahnte, daß ich in der Liebe nicht die Lust, sondern die Erlösung suchen würde.

Alles, was ich verdrängt hatte und verklärt, fiel mir in den Rücken. Du wirst versagen. Es hat keinen Sinn. Du bist kein Mädchen geworden und wirst nie ein Mann. Ich flüchtete mich auf die Pappel und versetzte Romi als Sternbild an den Himmel.

Ich sah Romis Tränen nicht. Ihr scheue Klage blieb mir verborgen.

Mein dummer Herzfehler. Das hat mir zu meinem Makel noch gefehlt!

Als der Kaiser den Archimedes zu sich befahl, zeichnete dieser seine Kreise und Figuren zu Ende. Man ließ ihn die Lösung nicht finden, man stach ihn nieder...

Was hat der Lehrer eben gesagt? Meint der mich? Mein Nachbar stößt mich heftig an. Zu heftig, ich hab ja gar nicht geschlafen.

Du träumst. Ich werde dich wachmachen! Komm vor. Hier über die Bank.

Geometrie in der Luft. Mein stumpfer Winkel. Der Rohrstock bei neunzig Grad über mir. Der Hieb ließ den Raum zerschellen. Aber ich blieb in der Zeit. Der da in der Bank vor mir grinste erregt, der genoß das, der bekam einen Steifen, dieser Mitschüler.

Ekel würgte mich. Ich gehe auf meinen Platz zurück und schließe die Augen. Niemanden mehr ansehen. Warum gehe ich nicht fort, einfach raus, auf den Domplatz, zum Teufelsstein, wo die Spatzen lärmen?

Es ist sinnlos, wegzugehen, sinnlos, zu bleiben.

Dieser Backsteinbau steht fest, dieser Mief hängt ungelüftet in den Gängen. Schweiß und Angst, Staub und Kreide. Mir ist, als hätte ich Asche geschluckt.

Langsam werde ich ruhiger. Die Mitschüler reden unbefangen mit mir. Jedem ist das schon einmal widerfahren. Und ich hätte gerne gewußt, wodurch ich es eigentlich verdient hatte. Das weiß keiner. Das ist scheinbar unerheblich.

Ich will niemanden mehr sehen, keine Erklärungen abgeben. Ich muß das erst runterschlucken. Hoffentlich wartet Romi nicht auf mich. Heute nacht gehe ich an den Schlehenwein. Aus Rachedurst in der Wutwüste!

Ach, Pan, warum hast du nicht den Rohrstock in eine Flöte verwandelt? Warum hast du dich am unschuldigen Schilf vergriffen?

Ach, Götter Griechenlands, wie rufe ich euch zu Flachs und Rüben? Kein Thymian und keine Zikaden. Nur Schachtelhalm und Tollkirschen. Wutpralle Rüben, die zu Saft gekocht werden. Fruchtbarkeit und Fäulnis, klebrig endlich wie Fliegenleim. Ich klebe fest in diesem Kaff. Der Gnatz ist mit nichts zufrieden. Vielleicht fehlt ihm der Met, diesem Maulhelden mit den Zitterpfoten.

Wir machen einen Schulausflug in den Huy. Ich suche nach einer Lichtspur über den Ruinen, und morgen ist ein Aufsatz fällig über Blindschleichen oder Pfauenaugen.

Wir schleichen müde zurück vom Huy, belehrt und enttäuscht. Und morgen wird es sein wie heute mit Setzen und Komm vor und zeig dein Heft, Wo ist und Wo hast du und Warum hast du nicht.

Man starrt ergeben und schuldbewußt zu den Sorgenfalten und Goldplomben empor, zu den Härchen in den Nasenlöchern, den geputzten Brillen, den zerfurchten Stirnen. Die Gerechtigkeit riecht nach Tabak und nach Juchten.

Keine anderen Verkündigungen als das Klingelzeichen. Versteck deine Seele wie einen Makel. Ein deutscher Junge tut seine Pflicht, der steht früh auf und trottet im Glied, der macht seine Schularbeiten, der verliest Erbsen und Bohnen, der sammelt Knochen und Papier. Ich habe meine Pflicht bei der Altmaterialsammlung nicht erfüllt.

Ich gehe allein an die Bode.

Eifrig ziehen die Ratten ihre lautlose Kielspur. Ich sammle

in Gedanken, was sich andrängt. Welche Instanz in mir wählt und verwirft? Warum sage ich Libellenflügel und Distelblüte, Taubenfeder und Rabenkralle? Warum fühle ich mich von Worten wie Melkschemel und Kohlrabi weniger angezogen?

Die von der Sonne getrocknete Schleimspur der Schnecken splittert wie zu zart geblasenes Glas. Am Schotterhang des Bahndamms duften Kräuter. Salbei und Melisse, Berle und Fenchel. Auch Eisenkraut ist eine blaue Blume.

Ich möchte Schlehenwein trinken und nicht mehr nach Hause gehen. Ich möchte nicht immer nur Fallobst essen.

Ich möchte, daß mein Bruder mich einmal in Ruhe anhört und nicht immer um unser beider Leben laufen will.

Die Alte meint, ich würde aus lauter Gnatz so mickrig aussehen. Ein Arzt untersucht mich. Ja, das Herz ist nicht in Ordnung, und ich müsse mehr essen. Ich bekomme eine Zusatzkarte und eine weitere für Vollmilch. Dora wird sich freuen, Ränkevater wird sich gut gelaunt die Hände reiben. Sie bekommen die zusätzlichen Lebensmittelkarten. Wir richten uns ein. Wir sehen, wo wir bleiben. Polterkarl murrt. Täglich wird die Plattersuppe dünner. Aber die Alte ist hager und hart. Die weiß, was sie will. Sie sagt zu ihm, daß er sich schämen soll, er habe doch nur eine Tochter.

Wir Brüder wissen wirklich nicht, was wir hier sollen. Wir haben das Gefühl, wir müssen uns für unser bloßes Vorhandensein entschuldigen. Wolfgang wagt Widerworte. Aber das hat Folgen. Ränkevater schickt einen Brief. Wolfgang wird die Schule verlassen. Er soll in eine Lehre. Mag er Stellmacher werden wie der Alte. Und ich hätte noch eine kurze Gnadenfrist, dann solle auch ich was Tüchtiges tun und endlich Geld verdienen. Er, der Vater, sei das Murren leid und wir hätten uns das selber zuzuschreiben.

Inzwischen haben Vater und Dora geheiratet. Wir durften sogar hinreisen und unten an der Tafel Platz nehmen. Die Gäste kennen wir nicht. Es sind Freunde der Overstolzen. Sie schütteln für sich den Kopf über diese seltsame Tischordnung.

Was mögen die Kinder verbrochen haben? Die wußten kaum, daß es uns gab.

Es ist Winter. Dora trägt einen Schleier mit Myrthenkranz. Sie hält einen Fliederstrauß. Der Flieder erfriert sofort. Sie hätte ihn nicht in der Höhe ihres Herzens halten dürfen. Vaters Eltern sind nicht gekommen. Vater murrt. Die hätten ruhig was zuschießen können.

Mit Ermahnungen und Drohungen versehen, reisen wir wieder ins Dorf zurück. Wir haben nun Eltern. Und wir wissen nun, was wir zu erwarten haben.

Die Uralte lallt ihre Gesangbuchverse und bittet allabendlich um ihren Tod. Sie spricht laut in ihrer Kammer mit ihrer Mutter, die sie zu sehen meint. Sie ist fast taub. Die Nachtigall kann sie nicht mehr hören, die abends von der Mauer her zu vernehmen ist. Krischans Krähen hatte sie noch hören können. Der hat nun ausgekräht. Die Hühner durften weiterleben, bis auf eines. Das zahme, das mir aus der Hand fraß, das war zu fett geworden.

Die Italiener, die man hier im Dorf die Mausefallenkerls genannt hat, sind längst in ihre Heimat zurückgekehrt. Ich hatte die Schwarzgelockten gemocht. Die spielten aus dem Steigreif kleine Dramen, die von Liebe, Eifersucht und Rache handelten. Sie sangen bei der Arbeit, sie lachten und sangen bis tief in die Nacht. Schöne Sizilianer. Im Dorf nannte man sie verdammtes Zigeunervolk. Wie kann man bei der Arbeit nur singen. Die haben kein Pflichtgefühl, sagten die Leute.

Dann waren statt ihrer polnische Kriegsgefangene gekommen. Tagsüber arbeiteten sie bei den Bauern und abends schnitzten sie Holzschatullen. Stanislaus half dem Alten in der Werkstatt. Er zeigte uns abgegriffene Fotos. Eine Frau ganz in weiß mit Hut und Schleier. Einmal bekam der Pole traurige Nachricht. Seine Frau war ihm untreu geworden. Manchmal ließ Stanislaus den Hobel sinken und stand still da. Der Alte stieß ihn an, wollte ihn aufmuntern. Stanislaus sagte nur: Ich warten, wann tot.

Einmal wurden alle Gefangenen aufs Feld hinausgeführt und mußten um einen Baum ein Karree bilden. Dann rollte ein Lastwagen vor. Dem entstieg ein Pole, der winkte freudig seinen Kameraden zu; er begriff noch nicht, was mit ihm geschehen würde. Man warf einen Strick über einen mit Blüten übersäten Baum, schlang die Schlinge um seinen Hals. Er flehte, weinte, fluchte. Wir hörten, wie der Wagen anfuhr. Wir hörten den Schrei der Gefangenen, einen einzigen lauten Schrei. Längst hatte uns das Entsetzen fortgetrieben. Die todeswürdige Schuld des Polen war, daß er eine deutsche Frau geliebt hatte. Er habe sie vergewaltigt, sagte man; sie habe ihn verführt, sagte man auch.

Dann kamen andere Gefangene. Wallonen und Flamen. Dunkelhaarige mit schwarzen Augen und blonde, sommersprossige Männer. Einer war Opernsänger. Abends standen sie mit Tränen in den Augen am Zaun des Lagers und schauten den Frauen nach. Aber sie waren so gerührt, weil der Mann mit der schönen Stimme ihre Lieder sang. Unsere scheuen Versuche, ein Gespräch anzuknüpfen, schlugen fehl.

Im Winter lief ich mit Romi Schlittschuh. Eisbahn war überall, auch auf den Dorfstraßen, wir liefen Hand in Hand bis zum Anger hinaus, in den Nebel, in das Nichts hinein. Manchmal sahen wir uns im Hallenbad nach der Schule in der Stadt. Aber dort winkten wir uns meist nur auf der Empore zu. Hier wurde unentwegt Lili Marleen gesungen.

Ich lebte wie im Niemandsland. Ich grenzte mich vom Krieg aus. Meine Front verlief zwischen Zeilen. Da gab es Worte wie Leuchtsignale, den hinhaltenden Widerstand eines Satzes. Ich suchte eine Sprache, es sollte eine eigene sein.

Pappelworte und Rauchworte, Rübenwut voller Saftsilben. Schlehensüchtige Sätze. Sie glitten als Wunschschemen mit der Schleiereule durchs Scheunenluk.

Von unserer kleinen Schar, die einst im Dorf gemeinsam Maikäfer gefangen hatte, war Helmut der älteste gewesen. Er wurde als erster Soldat. Er kam zur Fallschirmtruppe. Er fiel in einem Mai vom Himmel und kam in Kreta unter die Erde. Die Einheit, zu der er gehört hatte, kam zurück in

Ruhestellung. Wir kamen aus der Schule. Die Männer marschierten schweigend. Es waren große Lücken zwischen ihnen, von einem Zug waren nur zwei Mann geblieben. Unruhe entstand am Straßenrand.

Auch unsere Zeit hier war abgelaufen. Wolfgang verließ die Schule. Und da ihm nun der Arbeitsdienst bevorstand, machte mein Vater den letzten Versuch, mich in Hedersleben zu lassen, bis auch ich endlich die Uniform würde anziehen müssen.

Nun sprach Polterkarl ein Machtwort. Jetzt ist bei mir Sense, und wenn ich Sense sage, dann meine ich was Bestimmtes!

Da half kein Räuspern. Ränkevater konnte sich kaum beherrschen. Als mein Bett abgeschlagen und wegtransportiert werden sollte, wartete er auf den günstigen Augenblick. Er quetschte mir mit dem sperrigen Möbel den Hals. Das war auch Dora zuviel.

Aber das sind doch deine Söhne!

Ja, leider Gottes, kam die klare Antwort.

Polterkarl war sehr bewegt. Die Alte meinte: Ihr werdet noch an uns zurückdenken.

Und Wolfgang erwiderte: Wir wissen, daß wir nichts zu erwarten haben.

Der Vater räusperte sich höhnisch: Gut, daß du es weißt.

12

TISCHSITTEN UND SCHARFE GEWÜRZE

Nun waren wir endlich zu Hause. Natürlich gab es unsertwegen keine Girlanden über den Türen. Der Empfang war sogar frostig. Eine Spannung lag in der Luft. Wäre ich weniger erwartungsvoll gewesen, hätte ich vielleicht gespürt, daß die Lage bedrohlich war.

Vater mit der schmalen Nase lächelte beherrscht. Unsere Mutter, Dora, gab sich einen Ruck. Sie sagte ohne Umschweife, was zu sagen war.

Hoffentlich könnt ihr euch jetzt benehmen. Ich fackele nicht lange, damit ihr's nur wißt. Ihr seid jetzt nicht mehr auf dem Dorf. Macht eurem Vater keine Schande! Widerworte gibt es bei mir nicht! Wo es lang geht, bestimmen wir. Hier ist das Gästezimmer. Hier dürft ihr schlafen. Und wenn wir Besuch bekommen, werdet ihr ausquartiert. Dann schlaft ihr unter dem Tisch.

Dora bestimmte auch die Tischordnung. Ich saß am weitesten vom Vater entfernt, ihm gegenüber. Mein Bruder saß ihr gegenüber.

Schmalnase wartete auf einen geeigneten Moment. Wir waren allein. Er räusperte sich und sagte: Damit du es weißt, du gehörst nicht hierher. Es wäre besser für dich, du wärest nie mitgekommen.

Ich sah den Vater verstört an. Der wich meinem Blick aus. Sein Räuspern nahm kein Ende. Ich wagte eine Antwort und fragte: Wie soll ich das verstehen? Ich bin doch dein Sohn, wie Wolfgang auch. Wo soll ich hingehören, wenn nicht hierher?

Dann verstehst du es eben nicht! Dein Pech! Ich bin dir keine Erklärung schuldig! Was fällt dir ein! Das wäre ja noch schöner! Zu deinem Schutze wäre es besser, wenn du nicht hier wärest. Du glaubst doch nicht im Ernst, daß ich noch deutlicher werde. Und merke dir eins: du darfst nicht von früher sprechen, kein Wort über das, was war! Ist das klar?

Nein, mir ist nichts klar!

Schmalnase sah die Suppe nahen.

Schluß jetzt, kein Wort mehr! Du weißt Bescheid. Denke, was du willst.

Ich löffelte betreten und schielte über den Tellerrand. Die Ornamente des Tischtuchs waren verläßlich. Das brauchte man nicht zu befragen, das ging sinnvoll ineinander auf.

Ich wartete, bis ich mit Dora allein war. Ich vermied die Anrede »Mutter«, teils war ich bockig, teils hatte ich meine Schwierigkeit mit dem M am Wortanfang. Das wiederum konnte ich nicht erklären. Das war eben so. Hier konnte offenbar keiner recht sagen, warum etwas so war, wie es war.

Warum, so fragte ich sie, gehöre ich nicht hierher? Warum will Vater nicht, daß ich hier bin, nachdem ich fünf Jahre darauf gewartet habe?

Ach was, geh deinem Vater aus dem Weg! Er mag dich eben nicht. Er hat seine Gründe!

Welche Gründe?

Dora stampfte mit dem Fuß auf. Sie trug Wanderstiefel und die Dielen hallten. Ich bekam keine Antwort. Ich ging in mein Zimmer, ins Gästezimmer. Dort saß ich allein, wütend und ratlos. Hatte ich hier zu bleiben, bis man mich rufen würde? Was durfte ich tun und was nicht? Was durfte ich fragen? Durfte ich überhaupt Luft holen? Ich saß auf dem Bettrand. Ich war wütend auf mich, auf alles. Ich bekam einen Steifen. Das war unerträglich. Mir war es egal, ob jetzt jemand kam. Ich öffnete die Hose und ließ die Wut herausragen, half ihr nach, genoß die Wut, rächte mich an ihr. Dann ließ ich mich aufs Bett fallen und schämte mich.

Das Haus, in dem wir wohnten, lag am Ortsrand. Die Straße führte steil hinauf. Die Häuser waren holzverkleidet. Herden brauner Kühe stapften speicheltriefend über das Pflaster, das mit Dungfladen bedeckt war. Manchmal lief man in die Schleimfäden, die zwischen den Mäulern der Tiere schwangen.

Bei den Leuten hatte sich herumgesprochen, daß es uns gab. Vorher hatte man uns verschwiegen, um Erklärungen zu vermeiden. Die Leute hätten gefragt, warum sind die Söhne nicht hier.

Nun waren wir eben da. Na wenn schon, dalli und kein Mucks. Wolfgang war leutselig. Er war der »rechte« Sohn. Dunkelblond, lockig und blauäugig, verbreitete er seinen Charme. Sein Wortschatz war nicht eingeengt, er stotterte nicht; er wagte dem Vater auf die Schulter zu klopfen und suchte das Gespräch mit Dora. Warnende Untertöne schien er nicht wahrzunehmen und unbefangen blieb er selbst dann noch, wenn Vaters Nase noch schmaler und blasser als gewöhnlich wurde.

Ich zog mich zurück. Mir blieb die Luft weg im Gespräch. Ich war wieder der Gnatz, der Gnibbel, der den Beleidigten spielt. Erst einmal wurde ich konfirmiert. In einer großen Holzkirche kniete ich vor dem Altar und hörte meinen Spruch: Dein Wort ist meines Fußes Leuchte und ein Licht auf meinem Wege.

Auf dem Heimweg stieß Wolfgang mit dem Fuß an einen im Wege liegenden Knochen.

Sieh mal hier! Den haben sie auch mal konfirmiert, lästerte er fröhlich.

Vater rief ihn nicht zur Ordnung, der war mit seinen Gedanken woanders. Er hatte auf das Kommen seiner Eltern gehofft, aber die hatten abgesagt. Das war ein schlechtes Omen. Da muß doch wohl irgendein Bruder seine Hand im Spiel gehabt haben. Wozu nun die ganze Mühe mit der Konfirmation? Vater hatte mit Geld gerechnet. Nun saß er mürrisch vor einem Stück Kuchen. Das war eine trockene Enttäuschung.

Da kannst du es sehen, sagte er zu Dora, daß ich der vergessene Sohn bin!

Ich traute meinen Ohren nicht.

Dora öffnete erst einmal vorsorglich alle aus dem festlichen

Anlaß an mich geschickten Briefe, um beigelegte Geldscheine einzusammeln. Ordnung muß sein. Des nicht erschienenen Großvaters Wahlspruch wurde zitiert: Kinds Willen ist Drecks wert.

Schmalnase blickte blaß und verärgert zur Seite. Er ärgerte sich, daß er der Leute wegen heute einen guten Anzug tragen mußte. Außerdem haßte er Krawatten; diese vorgeschriebenen Stricke um den Hals waren ihm zuwider. Da mußte er sich noch mehr als üblich räuspern.

Ich warb um meinen Vater und holte ihn vom Dienst ab. Das war ihm nicht recht. Das wäre ja noch schöner, daß man ihn jetzt kontrolliert. Ich war lästig, aber ich wollte verstehen, warum und ließ nicht locker. Vater blieb wortlos. Hatte er mir zugehört? Manchmal reagierte er gleichgültig.

Meinst du, soso, hm hm.

Kein Gespräch, keinen Streit. Wir gingen nebeneinander her. Er hätte wohl kaum bemerkt, wenn ich stehengeblieben wäre.

Nach vielem bemühten Ausatmen und zaghaft stotternden Ansätzen scheiterte ich bei dem Rätselvater und trottete hinter ihm her. Er zog die Schultern hoch. War er um seinen Hals besorgt? War er voller Selbstgefühl? Täuschte er Stärke vor? War er schwach?

Ich stellte mir vor, kraftvoll und mit Anlauf in diesen anmaßenden, um seine unaufhörlichen Blähungen unbesorgten Hintern zu treten. Was würde dann wohl geschehen? Vermutlich würde der Vater nach seiner Brille suchen. Würde er wagen, zurückzuschlagen? War er, der keinen Ärger wollte, nicht zutiefst und vor allem feige?

Ich trat nicht zu; ich beherrschte mich. Ich ging in die Handelsschule und schämte mich schon des Wortes »Handel«. Immerhin war es besser, als Tischler zu werden, wie es mein Vater wollte, und früher oder später in eine Kreissäge zu geraten.

Ich mußte mein Mysterienspiel um Giordano Bruno zur

Seite legen und lernte statt dessen die Eröffnungsbilanz. Kein Umgang mehr mit den Nornen, keine fünffüßigen Jamben, sondern Verlust- und Gewinnrechnung.

Mein Bruder hatte seine Lehre auf dem Landratsamt begonnen. Kurz bevor er Soldat werden mußte, als er gerade seit einigen Wochen auf dem Personalamt arbeitete, nahm Vater ihn auf die Seite, ging mit ihm allein in den Wald, auf ein Wort unter Männern. Das ging keinen was an. Ich durfte nicht mit.

Wolfgang geriet in Gewissensdruck. Er sollte aus der Personalakte des Vaters einen bestimmten Aktenvermerk herausnehmen. Das verlangte der Vater. Es war die Protokollnotiz des Polizeiverhörs, die den ominösen Tod der Großmutter betraf. Da waren die Aussagen des Kindes notiert und in Zweifel gezogen worden, und die widersprüchlichen Aussagen des Vaters ließen einen schlimmen Schluß zu. Aber das Verfahren war eingestellt worden.

Wolfgang war nachdenklich und schweigsam. Er tat, was man von ihm erwartete. Er glaubte, er tue es für mich; er zweifelte und fragte mich schließlich: Warum hast du den Stuhl weggezogen?

Ich erschrak, ich erinnerte mich und versuchte zu erklären. Aber daß ich so lange gegenüber dem eigenen Bruder geschwiegen hatte, schien meine Schuld zu bestätigen. Der wollte lieber an einen Unfall glauben als an etwas Schlimmeres.

Der Vater hatte dem Bruder versprochen, den Vorgang wieder in die Akte zu legen. Er hielt nicht Wort. Wie denn auch? Ich fand das schreckliche Blatt Papier, auf dem mein Vater für alle Fälle alle ihn belastenden Sätze geschwärzt hatte, ein paar Jahre später.

Mein Bruder meldete sich zur Fallschirmtruppe.

Ich komme nicht mehr zurück, sagte er zu mir. Wir schrieben einander Briefe: Gardelegen, Allenstein, Toul und dann Nettuno, die letzte Adresse. Es war in einem blühenden Mai, als wir die Nachricht von seinem Tod erhielten. Ich warf mich ins Gras. Die Lerchen jubelten. Ich wollte nicht mehr leben. Ich schrieb das auf. Die verzweifelten Sätze fand Dora. Nun hatte Schmalnase ein Alibi für alle Fälle. Das würde man brauchen können.

Das geschieht ihm recht, sagte Schmalnase. Soll er doch leiden. Er hat seinem Bruder Kummer gemacht.

Den Tod meines Bruders nahm er gefaßt auf. Er zuckte mit den Schultern. Und mich fragte er: Wann wirst du Soldat?

Warum fragst du? Kannst du es nicht erwarten?

Ich will nur, daß du dich deines Bruders würdig erweist, entgegnete er.

Es waren Ferien. Dora und Schmalnase fuhren weg. Ich sollte »in mich gehen« und über alles nachdenken. Ich packte ein paar Sachen und riß aus. Ich fuhr zu meiner Mutter nach Berlin. Das Geld dazu lieh ich mir von den Nachbarn.

Wir sprachen über den Tod meines Bruders. Über den Tod der Oma sprach ich nicht; ich wagte es nicht. Ich hätte vom Strick reden müssen, was mir verboten war.

Ich wußte nicht, daß ich die Freiheit hatte, bei meiner Mutter zu bleiben. Sie bat mich auch nicht, zu bleiben. Außerdem fürchtete ich, sie würde wieder krank werden. Früher oder später würden wieder Leute mit weißen Kitteln kommen und vielleicht würden wieder Möbel umfallen und ich würde vor Angst nicht einschlafen können. Auch war hier wie damals die Tür zur Wohnung dreifach verriegelt. Ich mußte auf der Hut sein und schon wieder auf meinen Atem achten.

Als die Ferien zu Ende waren, fuhr ich zu meinem Vater zurück. Der sagte lange nichts. Als wir allein waren, fragte er mich: Was hast du deiner Mutter erzählt?

Ich sah ihn nur fragend an. Er blickte an mir vorbei. Seine Gedanken waren anderswo. Er würde Rat wissen.

An mir kommst du nicht vorbei. Warte es ab.

Vaters Eltern kamen aus Berlin. Sie suchten Zuflucht vor dem Bombenkrieg. Ich wurde ausquartiert und kam ins Nebenzimmer. Ich geriet zwischen die Fronten der Familienfehde und saß ungewollt auf Horchposten.

Ich vernahm das Grollen und Beraten auf beiden Seiten. In der Küche schob die gestiefelte Dora die Töpfe und Herdringe hin und her. Oma hatte keine eigene Küche mehr; sie verlernte das Kichern, drückte sich scheu mit ihren Töpfen an den angewiesenen Platz. Opa glich ihre Demutsgesten mit Türenschlagen aus.

Oma hatte etwas vernommen und wollte mich warnen.

Ich darf nichts sagen. Ich habe nichts gesagt. Sie haben was mit dir vor. Nimm dich in acht!

Ich war gerade mit Hyperion auf den Höhen des Korinthischen Isthmus, hatte mich in die herrliche Wildnis des Helikon und Parnaß gerettet. Ich sah von den Buchstaben auf und blickte in Omas verschmitztes, verschwiegenes und besorgtes Gesicht.

Was haben sie vor? Wovor soll ich mich in acht nehmen?

Oma hörte Schritte und entwich mit ihren Töpfen.

Dann kam sie noch einmal, stellte mir eine Schale Pudding neben den Hölderlin und sagte: Du weißt etwas. Aber du weißt nicht, was du weißt. Und sie wissen nicht, ob du weißt. Weißt du wirklich nichts? Weißt du nun, was ich meine?

Ich bedachte das Orakel. Dämmerte mir vom Strick? Wie könnte man wachen Sinnes davonkommen? Sollte ich mich schuldig fühlen? Was hatte man mit mir vor? War es nicht genug, mit verdrängter Erinnerung zu leben, mit Atemnot und Stottern das Abbild eines Schuldigen darzustellen?

Gegen den Schluckzwang schenkte mir der Körper eine Angina, gegen das Stottern die Heiserkeit; gegen das Händezittern war es ratsam, schwere Gegenstände zu tragen.

Ich entglitt mir auf geschickte Weise; ich mußte danach trachten, mir zuvor zu kommen; ich lernte, im rechten Augenblick der aufkommenden Erinnerung eine Falle zu stellen, eine Grube voll ablenkender Worte; ich bot ihr sublime Stoffe an, damit sie sich damit bekleidet und mir nicht mehr kennbar wird, kleine rhythmische Verlockungen schickte ich ihr entgegen, bereit sich ihr zu ergeben, wenn sie nur die Fährte verließ, die ohne Umschweife und Beschönigung zu mir führen würde.

Ich war nicht angeklagt und ich war nicht freigesprochen.

Ein dumpfes Gefühl von Schuld oder Mitschuld setzte sich in Angst um, über die ich nicht zu reden wagte, weil meine Frage nach dem Warum so oft das harte Darum ausgelöst hatte, und weil, träfe ich den Kern, zu befürchten war, daß die Angst zuletzt mich auf meiner Flucht einholen könnte.

Mir war mit Warnungen nicht zu helfen; ich wob an einem Schleier, hinter dem ich mir entkommen wollte; Groll war das Garn, die Angst das Schiffchen; mir stand ein Muster vor Augen, das immer nur den nächsten Knoten preisgab, so wie ich von Atemzug zu Atemzug leben mußte und oft stotternd meine Sätze nicht zu Ende bringen konnte.

Die Polterstimme Doras verriet mir nichts. Klopfe höflich an und erkundige dich nach ihrem Wohlergehen. Schenke der Oma Blumen, geh dem Opa aus dem Weg, komm deinem Vater nicht zu nahe, das ist Familie, das geht dich nichts an. Was Oma dir sagt, behältst du für dich und wenn Vater dich etwas fragt, dann achte darauf, wie oft er sich vorher räuspert und ob seine Frau sich einmischt oder ob du mit ihm allein bist. Und wichtig ist, ob die Tür nur angelehnt ist oder ob ein Zeuge dahinter lauern könnte. Man will dir auf die Schliche kommen; dem kleinen Verseschmied ist nicht zu trauen; der weiß mit Worten umzugehen, den muß man bei unsortierten Notizen erwischen, den muß man vom Sattel holen, ehe er seinen Pegasus besteigt.

Schmalnase bedenkt seine Pirsch wie eh und je. Er wartet auf das Wild in der Schneise. Knackende Äste sind zu vermeiden. Verlaß dich auf mich, bleib hinter mir, an mir kommst du nicht vorbei. Alles, was du sagst, kann gegen dich verwendet werden. Glaub ja nicht, daß ein Reim dich rettet. Noch gab es Hoffnung. Noch war Krieg. Noch konnte alles einen natürlichen Verlauf nehmen.

Die Handelsschule schloß ihre Pforten. Es gab einen Notabschluß. Die Lehrer wurden Soldaten. Schmalnase verkündet mir, daß ich eine kaufmännische Lehre zu machen hätte.

Nein, wage ich zu erwidern, ich will studieren!

Kommt nicht in Frage. Ich habe für dich keinen Pfennig! Außerdem wirst du sowieso bald Soldat. Nimm dir ein Beispiel an deinem Bruder. Und nun keine Diskussion mehr.

Und dann gab er mir einen Rat: Verhalte dich ruhig, falle nicht auf, meide die Öffentlichkeit, dann tut man dir nichts.

Warum? Ich habe nichts verbrochen!

Das denkst du! Schluß jetzt. Kein Wort mehr!

Dora war auch nicht recht wohl. Sie fragte mich eines Tages, wie denn das damals mit der Oma wirklich gewesen sei, ich war überrascht, ich war nicht bei der Sache, ich verstand sie nicht.

Warum, fragte ich die Frau meines Vaters, die nervös an ihrer Overstolz sog, fragst du mich, warum fragst du nicht meinen Vater?

Ich will es von dir wissen. Außerdem habe ich Angst um uns beide. Wir leben gefährlich. Und wenn mir etwas passiert, wirst du es gewesen sein, damit du es nur weißt. Aber das sag ich nur dir. Das bleibt unter uns!

Eines Tages, als wir zu Tisch saßen, fand ich in meinem Spinat sorgsam zerbrochene Teile einer Rasierklinge. Ich brachte die Stücke, die unter meinem Messer quietschten, auf dem Tellerrand zusammen. Schmalnase sagte: Stochere nicht im Essen herum!

Aber er sicherte selber seinen Spinat, als hätte dieser Anschlag ihm gegolten. Jetzt begehrte Dora auf: Was soll denn das heißen?

Sie wußte wohl nichts von dem scharfen Gewürz, sie schien nicht eingeweiht. Schmalnase kam um den Tisch und nahm eilfertig die Teile von meinem Teller.

Das bleibt unter uns. Sag Oma nichts davon.

Diesmal schwieg ich nicht. Oma fühlte sich verleumdet, sie weinte. Schmalnase wußte nicht, was er ihr sagen sollte. Solch ein Gewürz war nicht alltäglich. Dann fiel ihm doch noch etwas ein.

Das hat der Junge selber getan. Der will Unfrieden stiften. Der muß weg, so oder so, das geht nicht mehr weiter mit ihm! Der Junge ist tückisch, das haben wir doch erlebt.

Oma grollte leise. Dora lärmte verlegen mit den Herdringen. Schmalnase räuspert sich und blickt in die Zeitung.

Gefährliche Tage um Vollmond. Schmalnase zieht's in die Wälder, er schultert seinen Rucksack und achtet darauf, daß ihm niemand folgt. Großvater geht herrisch durch mein Zimmer und schlägt mit einem kurzen Strick auf meinen Schreibtisch.

Ich bin aus der Art geschlagen. Ich werfe Versschlingen aus. Da war ein Haschen nach Wind und Schweigen. Ich schlug nicht zu. Ich wehrte mich nicht.

13 SCHLINGEN

Schmalnase kommt lächelnd zu mir ins Zimmer. Ich wage scheu zu hoffen; vielleicht tut ihm was leid. Er kommt selten zu mir, es muß einen Grund geben.

Mal unter uns, räuspert er sich, wollen wir beide nicht einmal heute abend spät einen Spaziergang durch den Wald machen? Hättest du Lust? Na, wie wär's?

Wir beide allein? frage ich.

Natürlich, nur wir beide, sagt er.

Gut, wann wollen wir losgehen?

Nachher, wenn es dunkel geworden ist, sagt der unternehmungslustige Vater.

Da mein Vater gern allein in den Wald geht, muß es einen besonderen Anlaß dafür geben, daß ich ihn begleiten soll. Wer weiß, vielleicht gibt es Dinge, die er mir nur im Dunkeln anvertrauen kann. Vielleicht schämt er sich, mir etwas einzugestehen. Es hat zwischen uns beiden noch nie ein wirkliches Gespräch gegeben; immer ist er mir mit seinem Soso und Na und ausgewichen.

Meist kam Schmalnase nur durch mein Zimmer, um in das seiner Eltern zu gehen. Eine Hand schloß die Tür zu meinem Zimmer, die andere lag schon auf der Klinke zur Tür seiner Eltern. Damit tat er kund, daß er nicht aufgehalten werden wollte. Lästigen Fragen wußte er zuvorzukommen. Hätte ich Bitten an ihn geäußert, wäre ohnehin erst Dora zu befragen gewesen. Mein Zimmer war für den Vater also das Niemandsland, eine Passage, worin der Paria hockte.

Heute also wollte mein Vater mit mir in den Wald gehen.

Hör zu, sagte er, geh schon voraus, ich komme nach. Und nimm dieses Seil mit, ich brauche es, ich erkläre dir später, wozu. Ich hole dich bis zum Waldrand noch ein.

Ich war enttäuscht. Die Strecke bis zum Wald war ein bequemer Weg, man konnte nebeneinander gehen und brauchte im Dunklen nicht auf Steine achten, über die man stolpern konnte. Hier hätte ich mit meinem Vater reden können, leicht und frei. Hier war es nicht geboten, zu schweigen, wie es im Wald meist üblich war, um kein Wild aufzuscheuchen und um Fremde nicht aufmerksam zu machen. Nun sollte ich allein vorausgehen. Wollte mein Vater doch nicht mit mir reden? Und wozu der Strick? Wollte er einen Baum aus der Schonung holen, jetzt im Herbst? Bis Weihnachten war noch lange Zeit.

Schmalnase hatte seine Gründe, und immer vertröstete er auf später. Warte nur ab. Es geht wohl doch nicht um ein klärendes Gespräch, nicht um Reue wegen der Rasierklinge im Essen. Ich werde wohl froh sein müssen, nicht erneut Vorwürfe zu hören: Erzähl mir nichts, du willst Zwietracht säen zwischen Mutter und mir und was sollen die Großeltern von allem halten!

Ich nehme also das Seil und will die Wohnung verlassen. In diesem Moment kommt Oma durch den Flur und fragt: Was willst du mit dem Seil? Wo willst du hin?

Mein Vater braucht das Seil, ich soll vorausgehen, er kommt gleich nach, hat er gesagt.

Oma blickt mich an, sieht dann an mir vorbei, sie denkt nach, sie ahnt, daß der Junge offenbar mit dem Seil gesehen werden soll, falls Fremde ihm unterwegs entgegenkommen, und daß der Vater ihm – scheinbar besorgt – nachgehen will, falls überhaupt jemand was merkt.

Laß das Seil hier, sagt sie zu mir. Wozu ein Seil im Dunkeln?

Er will es mir nachher erklären, antworte ich. Vielleicht will er etwas aus dem Wald holen oder zusammenbinden, und ich soll ihm helfen dabei!

Oma gefällt die Sache nicht.

Warte, sagt sie, ich komme gleich wieder.

Sie geht in die Kühce und bringt mir ein kleines Messer.

Nimm das mit, sagt sie, vielleicht kannst du es gebrauchen.

Steck es in die Tasche, laß es deinen Vater nicht sehen, behalt es für alle Fälle.

Oma sieht mich besorgt und ein wenig listig an. Oma kennt ihren Sohn, sie weiß Bescheid. Und was sie nicht weiß, kann sie ahnen. Sie hat das schwarze, dünne Haar, das auch mein Vater hat, sie haben beide schmale, dünne Lippen, den lauernden Blick, die sparsamen Worte, das bedeutsame Schweigen.

Bleib hier, sagt sie, geh nicht weg, geh heute nicht mit deinem Vater in den Wald!

Warum denn nicht und warum nicht heute?

Warum? Weil heute Vollmond ist!

Oma blickt mich jetzt bohrend an. Wird der Junge nicht endlich verstehen? Sie kann und will nicht deutlicher werden. Genügt das denn nicht?

Ich werde aufbleiben und auf dich warten, sagt sie.

Ich nehme das Seil, stecke das Messer in die Tasche und gehe aus dem Haus.

Ich weiß nichts von der Geschichte von Isaak. Ich habe die Bibel noch nicht gelesen. Ich kenne nur den Katechismus für den Notgebrauch. Da steht nichts vom Messer drin und nichts vom Strick, schon gar nichts vom Vollmond. Und hätte ich von Isaak gewußt, wäre ich vermutlich trotzdem mit meinem Vater in den Wald gegangen.

Mein Vater hat mich wie versprochen am Waldrand eingeholt. Nun will er den Strick zurückhaben.

Können wir nun miteinander reden, frage ich scheu.

Warte bis nachher, sagt Schmalnase.

Warum können wir jetzt nicht miteinander reden, wage ich zu fragen.

Geh doch nach Hause, wenn's dir nicht paßt. Dann mache ich eben allein, was ich vorhabe!

Nein, Schmalnase ist nicht beizukommen. Er braucht mich nicht. Er brauchte mich für ein paar Schritte, um einen Strick zu tragen, der in seinem Rucksack viel besser untergebracht gewesen wäre. Aber wenn er auf mich verzichten kann, besteht ja wohl keine Gefahr für mich. Es ist egal, ob ich bei ihm bin oder nicht. Oder will er sich etwas antun, ist er unentschlossen? Soll ich es verhindern wie ehedem auf dem Friedhof, wo er sagte, ich hätte ihm das Leben gerettet?

Ich gehe hinter meinem Vater her. Wir haben den Wald erreicht und gehen den schmalen Pfad am See entlang. Hier können wir nicht mehr nebeneinander gehen. Ich halte Abstand. Da ist etwas, was mich warnt. Aber es ist nicht deutlich. Ich halte es nicht für Argwohn, sondern für eine natürliche Reaktion in der Dunkelheit eines Waldes.

Der Rätselvater geht als grauer Schatten vor mir her. Bleibt er stehen, stehe auch ich still. Ich komme nicht an ihn heran. Wenn er sich umwendet, kann ich in seinem Gesicht nichts erkennen. Es ist beherrscht wie immer. Hier braucht er nicht zu lächeln, er kann sich das Grinsen ersparen.

Schmalnase hat sein Ziel anscheinend erreicht. Wir stehen auf einem Damm zwischen zwei Teichen. Die Teiche liegen verschieden hoch. Sie sind von Wald umgeben, Hochwald und Schonung. Im Sommer pflege ich hier zu baden. Am Hang zum See stehen einzelne Bäume, deren Äste über das Wasser hinausragen. Es sind kräftige Bäume darunter, Kiefern und alte Tannen. Schmalnase räuspert sich mehrfach.

Was hat Oma denn vorhin von dir gewollt? Was hat sie gesagt? Du verschweigst mir doch was?

Sie war in Sorge wegen des Stricks!

Und was hat sie gesagt? fragt Schmalnase.

Sein Gesicht verrät nichts, noch nicht einmal Neugier. Es ist, als frage er ganz beiläufig, als gehe ihn das im Grunde gar nichts an. Ohnehin ist es zu spät. Was er vorhat, wird er tun.

Sie hat mir ein Messer mitgegeben, sage ich.

Ein Messer, sagt mein Vater, ach so, ja, das hatte ich vergessen. Gib es mir bitte, gut, daß Oma daran gedacht hat!

Wozu brauchst du ein Messer, frage ich zögernd.

Warte es ab, antwortet mir der Vater.

Wir stehen auf dem Damm. Es ist dunkel, wieder ist der Mond von Wolken verschluckt.

Sieh mal dorthin, sagt mein Vater zu mir und zeigt auf eine entfernte Wegstelle, wo dieser sich im Wald verliert.

Ist dort nicht jemand?

Er hat den Rucksack abgenommen und den Strick herausgenommen. Er hat die Schlaufe schon gelöst und hält den Strick in der Hand. Ich habe das Gefühl, daß es nicht gut ist, ihm jetzt den Rücken zuzuwenden. Darum trete ich ein paar Schritte von ihm fort und blicke in die gewiesene Richtung.

Was hast du? fragt er. Warum bleibst du nicht bei mir stehen?

Ich bin dorthin gegangen, um besser zu sehen, weil es näher ist. Aber es ist niemand zu sehn.

Also, hör zu, mein Junge, sagt mein Vater, du weißt, daß ich dich liebe, aber ich kann nicht anders, ich muß das tun!

Was denn tun? Und wieso mußt du es tun?

Mein Vater ringt um Worte. Ihm wäre lieber, ich würde das alles wie von selbst verstehen. Er weiß nicht, wie alles ausgeht, er muß das Nachher bedenken, den ungewissen Ausgang, alles, was er sagt, muß auch nachher noch notfalls erklärt und verharmlost werden können. Er spricht nicht mehr vom Tun, er spricht vom Sein.

Na gut, sagt er, ich meine, du mußt verstehen, daß ich so bin, wie ich bin. Und ich bitte dich herzlich, mir zu verzeihen!

Was soll ich dir verzeihen? Sollen wir nicht besser jetzt über alles erst einmal sprechen? Deshalb sind wir doch hier!

Es ist nicht nötig, daß wir reden. Ich denke, wir verstehen einander auch so.

Ich bin gerührt. Ich hatte das nicht erwartet. Sollte es wirklich ein wortloses Band zwischen uns geben? Konnte er, der Unzugängliche, sich wirklich darauf verlassen, von seinem Sohn verstanden zu werden? Mir fielen die Rasierklingen nicht mehr ein. Der Mond schien voll. Mein Vater sah mir eindringlich in die Augen. Und seine Augen schienen feucht zu sein. Schon hatte ich ihm fast mechanisch das Messer gegeben, und er hielt Messer und Strick und ging mir voraus.

Er stieg den Hang hinunter. Dann ließ er mich an sich vorbei. Es war, als suchte er Halt an mir. Ich war nun bei ihm. Er umarmte mich, küßte mich und sagte: Bitte, verzeih mir!

Ich gab keine Antwort, ich war benommen, ich ging zum

See hinunter. Vater hatte einen bestimmten Baum im Sinn. An diesem Baum lehnte ein schmaler, größerer Stein.

Bitte, steig auf diesen Stein und halte bitte hier das Ende des Stricks.

Mein Vater tat so, als benutze er das Messer, um den Strick zu schneiden. Ich stand über ihm und sah genau, daß er nicht wirklich das Messer benutzte. Diese kleine vorgetäuschte Geste warnte mich. Da war ein Rätsel im Spiel: Was war echt an der Rührung des Vaters? Und wenn sie echt war, war sie dann nicht um so gefährlicher? Was sollte ich verzeihen?

Ich hatte es aufgegeben, meinen Vater danach zu fragen, warum ich hier unter dem Baum stand, auf einem schmalen Stein und aus welchem Grund ich nun dieses Strickende an einen Ast band und weshalb ich die Stärke des Astes erproben sollte, indem ich ihn kräftig umfaßte und zog. Ich wußte nur, daß ich auf der Hut sein mußte mit jedem neuen Schritt. Aber ich war bereit, sehr weit in meinem Vertrauen zu gehen, um meinem Vater zu zeigen, wie sehr ich auch von ihm erwartete, mir entgegen zu kommen. Auch ich wollte verstanden werden, genau wie er.

Ja, der Ast ist fest, der Strick ist gut verknotet. Was nun?

Bitte, stell den anderen Fuß auch noch auf den Stein. So ist es gut.

Schmalnase steht halb unter mir, etwas höher am Hang zwar, einen Schritt weit oberhalb. Er hat das andere Seilende über einen Ast geworfen. Für einen Moment kommt mir der Gedanke, daß ich ihm helfen soll, sich zu erhängen.

Nimm diese Schlinge mal um die Schulter, nein, am besten, du legst sie dir um den Kopf, dann kann sie nicht wegrutschen. Ich erklär es dir gleich.

Er blickt an mir empor. Mein linker Arm ist zum Ast hin gehoben. Ich habe ihn sicherheitshalber durch die Schlinge geführt, so daß diese meinen Hals nicht zuschnüren kann. Mein Vater sieht den Arm und meint: Laß doch den Ast los!

Aber warum, dann falle ich doch vielleicht. Sag mir nun, was wir hier anhängen sollen. Reich es mir hoch. Erklär es mir doch endlich!

Er ist verunsichert. Er kneift seine Augen zusammen und starrt zur Schlinge. Er will mich ablenken. Erklären wird er mir nichts. Er glaubt wohl, es wird ohnehin nicht mehr nötig sein. Rätselvater hat seine Marotten, seine kleinen Streiche, seine großen Geheimnisse, er behält alles für sich, er denkt sich sein Teil, das ist nun mal so. Für einen kleinen Moment glaube ich, daß er etwas aus dem See herausfischen will. Das wäre die einfachste Erklärung. Wozu sonst der ganze Umstand?

Er räuspert sich, ist ganz sachlich und scheint zufrieden. Nur ansehen darf ich ihn nicht.

Sieh noch mal zum Ast hin!

In diesem Augenblick zieht mein Vater die Schlinge fest und stößt den schmalen Stein unter meinen Füßen fort. Ich suche nach Halt. Mein Körper gerät in eine halbe Drehung. Die Schlinge schließt sich zwischen meiner linken Achsel und der rechten Halsseite. Aber ich rutsche aus der Schlinge und liege dicht am Seeufer. Mein Vater steht zwei Schritte über mir.

Was tust du? schrei ich. Warum stößt du den Stein um? Du hättest mich ja beinahe aufgehängt!

Unsinn. Der Stein ist umgefallen. Dir konnte nichts passieren. Ich bin doch bei dir, ich stehe doch daneben. Komm, wir müssen den Stein wieder aufrichten. Wir müssen das noch einmal machen!

Ich bin froh, an ihm vorbeizukommen. Ich stehe schon auf dem Hang. Von mir aus soll er sich allein mit dem Stein abmühen. Hier ist was faul. Ich will nach Hause, die Oma will ich fragen. Die muß das doch geahnt haben.

Mir graut vor meinem Vater. Ich bin nicht nur vom Baum gefallen. Ich bin auf düsteren Grund gestoßen. Mein Vater atmet schwer. Er ist mir nachgekommen. Er hat tatsächlich allein den Strick vom Ast gelöst, also hätte er meine Hilfe gar nicht nötig gehabt! Das war ein abgekartetes Spiel. Das war geplanter Mord, rührselig und kalt, sentimental und infam.

Wir stolpern wortlos nebeneinander her. Er blickt mich scheu von der Seite an: Komm, wir müssen zurück, wir müssen es noch einmal versuchen. Oder ich tue es allein. Es hat nun alles keinen Sinn mehr.

Ich lasse ihn reden, ich bleibe stehen, wenn er stehen bleibt, aber ich gehe nicht zurück.

Sag mir, was du vorhast. Ich begreife gar nichts mehr! Ich will endlich wissen, was es mit dem Strick auf sich hat. Oder ich muß mir mein Teil denken.

Eine Weile herrscht Schweigen zwischen uns.

Vater bedenkt die Folgen. Er denkt an morgen. Dann räuspert er sich mehrfach.

Was denkst du jetzt, Junge?

Ich blicke ihn an: Was soll ich denken?

Und nach einer erneuten Pause, wieder stehen bleibend, fragt er: Willst du etwa zur Polizei gehen und sagen, ich hätte dich aufhängen wollen? Das laß lieber bleiben! Dir wird niemand glauben!

Er ist besorgt. Es ist ihm peinlich. Ich bin harmlos, und er ist ein Stümper. So muß er wohl denken. Zwischen uns beiden klappt eben nichts.

Ich hätte zu Hause beim Hyperion bleiben sollen. »Smyrna war mir nun verleidet... Was soll ich von dir denken, frug Hyperion und Alabande erwidert gelassen: das was ich bin!«

Mit diesen Rätselsprüchen konnte ich etwas anfangen. Dieser Sprache ging nicht die Luft aus, der stieß man keine Steine zwischen die Sätze. In diesen Schlingen fand ich mich zurecht. Man brauchte nur hinzuhören. Das war rätselvoll und unendlich klar.

Inzwischen hat er sich gefaßt. Sein Gesicht ist bleich, aber hochmütig. Der Junge spinnt, der Junge ist tückisch, der denkt sich was aus, das macht er immer, der zieht alten Frauen den Stuhl weg, der legt Sensen ins Stroh, der schlägt angeschossene Hasen tot, der spinnt wie seine Mutter, der steckt Rasierklingen in den Spinat, der Junge weiß nicht, was er redet.

Nun sind wir zu Hause.

Bitte, sag Oma nichts, bittet mich der Vater.

Aber ich antworte ihm nicht, ich weiß, daß sie mich fragen, daß sie auf mich warten wird.

Dora erwartet uns. Sie ist erstaunt.

Habt ihr es nicht versucht? fragt sie, und mein Vater erwidert kurz: Er hatte wieder einen Schutzengel!

Ich habe kaum mein Zimmer betreten, da kommt Dora hereingestürzt, umarmt mich und sagt: Gut, daß du wieder da bist! Bitte versteh deinen Vater!

Ich hab mich von meiner Verblüffung noch nicht erholt, ich bin noch kaum richtig zu meinen Büchern zurückgekehrt, die mich mit einem Mal befremdlich dünken und allzu papieren, als Oma leise die Tür öffnet und zu mir ins Zimmer schlüpft. Sie hat wirklich gewartet, sie hat keine Ruhe gehabt. Sie will es genau wissen. Ich muß ihr alles beschreiben, wie das war mit dem Strick, mit dem umgefallenen, umgestoßenen Stein. Ja, sie zweifelt keinen Moment daran, daß der Stein umgestoßen worden sei, sie will nur wissen, ob ich endlich begreife.

Was soll ich begreifen? Ich begreife nichts. Ich verstehe nicht warum? Warum tut mein Vater das mit mir?

Warum, warum! Oma ist ärgerlich, sie ist wütend, daß ich nach dem Warum frage. Es geht nicht um's Warum.

Darum eben! Du weißt etwas, das hab ich dir doch gesagt, und er hat Sorge, daß du dich erinnerst!

An was erinnerst?

Das sag ich nicht. Ich sage nur, sieh dich vor!

Es vergehen ein paar ratlose Tage. Man weiß nicht, was zu tun und was zu denken ist. Man beobachtet mich. Was wird er wohl tun? Wird er zur Polizei gehen? Wem wird er sich anvertrauen? Wer kommt in Frage? Auf wen muß man sich einstellen?

Mein Vater hat sich erholt. Er zieht die Schultern hoch wie immer. Ein paar Tage hat er sie hängen lassen. Nun fürchtet er sich nicht mehr. Frechheit siegt, ist sein Wahlspruch. Ihm kann man nichts beweisen. Er ist ein angesehener Mann. In seinen Papieren steht nichts mehr von ehedem. Und im Wald gab es keine Zeugen. Alle Mitwisser gehören zur Familie. Und die waren nicht dabei. Sie werden nicht wagen, gegen ihn vorzugehen.

Und der Sohn ist lyrisch vertrottelt. Der muß das alles

innerlich verarbeiten. Kein Zweifel, daß er das so verdrängen wird wie alle anderen Ereignisse. Sie werden ihm früher oder später unkenntlich werden und mit der Zeit immer unglaubhafter und darum unmöglicher erscheinen.

Oma entschließt sich, deutlicher zu werden. Sie ringt sich zu einer Frage durch.

Erinnerst du dich wirklich nicht? War da nicht was mit einem Stuhl? Hast du nicht mal einen Stuhl weggezogen?

Ich ahne etwas Schreckliches. Ich halte es für meine verborgene Schuld. Ich schweige, ich will es nicht wahrhaben. Ich darf nicht darüber reden. Ich darf mich nicht erinnern. Die Chance ergreife ich nicht, die in der vorsichtigen Frage liegt. Es muß die Oma Überwindung gekostet haben, sie hat es vielleicht lange mit sich allein ausgefochten. Ich soll nachdenken und alles für mich behalten. Und Opa ist für mich nicht ansprechbar. Der sagt nur kopfschüttelnd: Papperlapapp!

Ich will nicht daran denken, es könnte doch nur schlimmer werden für mich. Ich habe eine Wunde davongetragen, die werde ich als Narbe durch mein Leben schleppen. Ich kann die Signale meines Körpers nicht verstehen. Halsschmerzen und Atemnot in der Nähe meines Vaters. Die häufige Angina. An die Angst vor dem Strick wagt das Bewußtsein sich nicht heran.

Allmählich gestehe ich mir ein, daß ich meinen Vater hasse. Möge er an seinen finsteren Ränken, an seiner Heuchelei ersticken! Ich finde es verächtlich, wie er draußen in Sekundenschnelle seine Sorgenfalten in Lächelfalten legt, wenn er auf der Straße gegrüßt wird. Ich denke, daß alle Leute, die ihn grüßen, meine Feinde sein müssen, denn niemand, der ihn achtet, würde mir glauben. Ich allein scheine zu bemerken, wie sein Lächeln zum Grinsen mißrät.

Manchmal möchte ich vor Scham sterben. Dreimal habe ich mich freiwillig zum Wehrdienst gemeldet. Ich bin die Frage leid: Wann wirst du endlich Soldat?

Ich bin im Wege, ich will weg.

Dora gibt mir trotzdem zu verstehen, daß es ihr nicht unlieb ist, wenn ich da bin. Sie verabredet sogar ein Zeichen mit mir.

Wenn ich einmal laut an die Wand klopfe, dann komm bitte schnell ins Schlafzimmer, dann brauche ich deine Hilfe!

Sie scheint um ihr Leben zu fürchten. Wenn ihr etwas zustößt, werde ich schuld sein, hat sie einmal gesagt. Ich habe es nicht begriffen.

Ich will Gedichte schreiben. Ich will lyrisch leben. Das hier ist kein Wortgehege. Hier gehts um Strick und Messer, um leise Schritte und ums laute Türenschlagen.

Hier muß man an manchen Tagen die Tür verriegeln, wenn man sich schlafen legt. Aber selbst zum Abschließen fehlt mir der Mut. Es könnte neuen Ärger geben, und ich müßte sagen, was unaussprechlich ist. Daß man mir an die Kehle will, daß nebenan ein Strick liegt, daß im Flur ein Rucksack am Haken hängt, in dem sich schon immer ein Strick befand.

Ich habe jetzt einen Wehrpaß. Auf dem Foto darin ist ein blasser Knabe zu sehen. Der versucht ein ernstes Lächeln, als wüßte er, um was es geht.

14
WEHRERTÜCHTIGUNG

Widerwillig beginne ich eine kaufmännische Lehre. Mein Vater läßt mir keine andere Wahl; es gibt wohl nach Lage der Dinge und mitten im Krieg ohnehin keine andere mehr.

Die Firma, ein Baugeschäft, liegt ziemlich weitab. Unterwegs kann ich mich lange meinen Gedanken überlassen. Das ist wie früher auf dem Schulweg, nur daß ich jetzt nicht mehr auf Friedhöfe ausweichen und mich verbergen kann.

Bei der Vorstellung hatte sich der Chef mit mir unterhalten und meinte, bei meinen Interessen sei es doch wohl besser, wenn ich ein Studium begänne. Er versteht meinen Vater nicht. Er ist mißtrauisch; er verlangt ein polizeiliches Führungszeugnis.

Schmalnase wird blaß. Es nützt nichts. Das Zeugnis muß beschafft werden. Nun liegt es vor; ich lese das Papier. Da steht etwas Verklausuliertes. Bezogen auf diesen einen gewünschten Zweck und eingegrenzt auf nur diesen, werden keine Bedenken erhoben. Es liest sich so, als hätte ich Bewährungsfrist und dürfte ein paar Schritte unter Beobachtung tun. Ich bin empört. Ich will auf das Amt. Ich will es genau wissen.

Das wirst du bleiben lassen, das verbiete ich dir! Was bildest du dir ein? An mir kommst du nicht vorbei!

Schmalnase drohte mit seinen Kernsprüchen. Mir lähmt der Groll die Zunge. Der Stotterer hat Schwierigkeiten. Ich muß viel sprechen. Lohnlisten müssen namentlich vorgelesen und verglichen werden. Viele Namen fangen mit G und K und M an. Man lächelt nachsichtig. Ich würde mich am liebsten verkriechen. Auch habe ich Scheu, ans Telefon zu gehen. Die Leute am anderen Ende der Leitung scheinen zu nuscheln, oder sie reden in einem unverständlichen Dialekt.

Lehrjahre sind keine Herrenjahre höre ich täglich. Aber wie auch immer, am Ende soll daraus doch wohl mein Beruf werden, denke ich. Wäre es nicht besser, in die Wälder zu flüchten? Sich in einen Baum zu verwandeln, unter Steinen und Wurzeln irgendeinem Wasser zu lauschen?

Dora hat etwas anderes mit mir vor. Sie ist seit kurzem auf der Kreisleitung tätig. Sie weiß, wie man eine Einberufung zum Militär beschleunigt. Höchste Zeit, daß der Träumer hart wird, daß der lästige, bockige Knabe verschwindet.

Ich komme in ein Wehrertüchtigungslager und gerate in eine Gruppe vulgärer Gleichaltriger, vor denen mich ekelt. Das scheint das letzte Aufgebot zu sein. Die reden immerfort von Schwanz und Sackratten. Die stecken sich Nadeln durch die Backe, um ihren Mut zu beweisen. Die übertreffen einander mit Zoten, die stecken Furze mit Streichhölzern in Brand. Die stürzen schlimmer als ausgehungerte Tiere übers Essen her und reißen es sich aus den Händen.

Es ist November. Wir marschieren im Drillich, aber man versteht es, uns warm zu machen. Einer hat Pech. Der fällt bei Fliegeralarm im Dunklen in einen Feuerlöschteich und kann nicht schwimmen.

Ich bin nun »mannbar« geworden: ich kann den Karabiner 98 auseinandernehmen und wieder zusammenbauen. Mit verbundenen Augen muß man das in drei Minuten schaffen. Ich kann eine Meldung nach der Regel »Wann, wo, was, wer und wie« verfassen; kann mich in eine Schlammgrube werfen, daß mir der Schmutz bis zum Kragen steht, und kann schießen. Das genügt. Ich darf nach Hause.

Dort ist man nicht erfreut. Vater hat die Einberufung bekommen. Ich wage nicht zu grinsen. Er muß zu Schanzarbeiten nach Holland. Er muß seinen Strick zu Hause lassen. Ein Spaten wartet auf ihn. Dora ist empört. Warum der alte Mann und nicht der junge Kerl. Ich ziehe es vor, mich in den nächsten Nächten in meinem Zimmer einzuschließen. Denen ist so kurz vor dem Endsieg alles zuzutrauen. Ich hasse den Krieg, ich verabscheue die Eltern. Ich sehne mich nach dem Tod. Nur weg, nur weg von hier!

Aber wenn es mir doch wenigstens vergönnt wäre, so dachte ich, einmal ein Gedicht zu schreiben wie Der Römische Brunnen oder Im Grase oder Über allen Wipfeln ist Ruh – dann hätte ich gelebt. Diese wenigen Verse würden davonkommen, man könnte ihnen keinen Strick drehen.

Ich bekomme den Einberufungsbefehl. Dora, die meine Post sonst zu verlegen pflegt, hat ihn an die Tür geheftet. Den soll ich nicht übersehen. Sie ist befriedigt. Nun muß ich meinen Hausschlüssel abliefern.

Den brauchst du nun nicht mehr!

Und eine Blankounterschrift verlangt sie auch noch, nutzt meine Verblüffung aus. Dabei schließt sie das Zimmer ab, um die Oma nicht hinzukommen zu lassen. Ich gebe die Unterschrift. Es ist nicht das letzte Mal.

Ich bin also einberufen. Mir war es egal. Ich dachte an meinen Bruder. Ich wollte weg, so oder so.

Als ich mich verabschiede, sagt Dora zu mir: Schone dich nicht! Tue es für deinen Vater!

Wieso für meinen Vater?

Denke darüber nach! Du wirst schon noch darauf kommen!

Erkläre es mir!

Nein, ich kann nicht. Ich darf nicht!

Ich gehe. Hier ist nichts mehr zu verstehen. Nur weg. Weg von diesen Rätselräumen, der Rasierklingenküche, den Orakeln.

Der versesüchtige Schlafwandler wird eingekleidet. Das Traumkamel bekommt einen Karabiner, eine Tarnjacke, einen zu großen Stahlhelm. Blaß unter Helmen hocken wir in Bereitschaft. Ein Vorgefühl von Front und Erdloch. Springen oder Verkriechen? Einige witzeln, andere haben feuchte Augen.

Heiterkeit güldene komm. Auf zum letzten Gefecht. Lerne auf dem Seil zu balancieren. Verlege die Schwerkraft in den Traum. Das alles kann nicht wahr, nicht wirklich, nicht alles gewesen sein. Vielleicht wirst du bald etwas ganz anderes wissen.

Hier muß ich die Losung kennen. Ich muß eine Erkennungsmarke tragen. Da steht eine Nummer drauf. Das ist für eine Nachricht. Wen wird sie interessieren? Um mich würde keiner weinen. Eigentlich bin ich schon tot, ich bin abgeschrieben. Ich bin noch gar nicht geboren.

Man behängt uns mit Panzerfäusten. Wir haben Fahrräder. Panzervernichtungstrupp nennt sich diese Knabenschar. Wir marschieren täglich durch den kleinen Ort. Wir haben ein dummes Gefühl in der Kehle. Ein Lied wird befohlen. Ein alter Mann steht am Straßenrand und weint.

Eines Tages begegnet uns eine endlose Kolonne zerlumpter, ausgemergelter Menschen. Die Gesichter sind ausdruckslos, die Köpfe kahlgeschoren, die Leiber in gestreiften Drillich oder fremdartigen Uniformfetzen. Das sind keine Kriegsgefangenen. Das ist ein schwankender Leidenstroß von irgendwo nach nirgendwo. Sie stützen einander. Die Skelette geben uns keine Antwort. Ein paar Wachleute scheuchen uns fort. Wir dürfen nicht fragen. Los, weiter, das geht euch nichts an!

Wir sehen, wie jemand aus der Kolonne nicht weiter kann. Ein alter Mann, dem ist alles egal, er hockt im Gras, er kann nicht mehr. Wir hören zwei Schüsse. Es ist Frühling. Die Lerchen jubeln.

Uns führt ein Feldwebel an. Er will mit uns in die sicheren Wälder. Er will aus uns keine Helden machen. Er will uns heil nach Hause bringen. Einige Mütter haben uns aufgespürt. Die wollen ihre Söhne wiederhaben. Um mich wird es solche peinliche Diskussionen nicht geben. Der Feldwebel redet den weinenden Frauen gut zu. Er bittet um Verständnis, er hat seinen Befehl, er will das Beste für uns.

Die uniformierten Knaben liegen am Waldrand. Die Nacht verbringen wir in der Scheune. Morgens waschen wir uns in einem Bach. Ich suche die Nähe eines heiteren, gelassenen Kameraden. Der zitiert nämlich plötzlich den Hyperion. Wir kommen ins Gespräch.

Nackt und frohgemut, als ginge ihn das alles gar nichts an, steht er über dem Wasser und redet mir die Suche nach dem Untergang aus.

Alles ist Verwandlung, sagt er. Verlaß dich drauf. Ich

überlebe. Ich überlasse das Trümmerfeld nicht den Geiern. Stirb nicht deinem Bruder nach. Lebe für ihn mit. Lebe doppelt und nicht halbherzig und mit Trauermiene!

Ich weiß nicht, ob er davongekommen ist. Er meldete sich für jede Erkundung freiwillig.

Wir zogen weiter und stießen auf eine Streife, die Versprengte aufgriff. Unser Feldwebel hatte sich verdächtig gemacht. Wir mußten die Waldwege verlassen, die heimlichen Nebenpfade. Und wir sollten Hahnenklee zurückerobern, einen Kurort mit Holzkirche und Pavillons, Skilift im Winter und im Sommer Leharklänge vor dem Konzertcafé. Friederike und finsterer Tann. Bitte auf den Wegen bleiben.

So nahe also waren die Amis.

Wir stoßen auf zwei Soldaten, die sich eingegraben haben. Der eine hat ein Kommisbrot, der andere das Maschinengewehr. Und vom Ortsrand her kommt jemand mit einer weißen Fahne. Der will Frieden machen, der will den Amis entgegengehn. Aber die beiden Soldaten wollen nicht aus dem Loch heraus. Die ärgern sich über uns, über den verlaufenen Kindergarten.

Wir liegen nun in einer Lärchenschonung. Da ist duftendes Grün. Ich binde die Panzerfäuste von meinem Fahrrad und lege mich ins Gras. Dann rollen Panzer an. Man hört sie von weitem. Nur die Schüsse. Im Visier meiner Panzerfaust kreist ein Marienkäfer; der findet kein Ende, keine Stelle zum Abflug. Ich warte nicht mehr länger. Ich setze mich ab. Ich kenne mich hier im Hochwald nebenan aus. Nur mein Fahrrad nehme ich mit. Der Feldwebel sieht nicht hin, der ist eher froh, ein Sorgenkind weniger.

Ich habe es nicht weit bis nach Hause. Dort sind alle Bewohner im Keller versammelt. Dora ist kleinlaut und stopft sich den Mund mit Dauerwurst.

Im Morgengrauen rollt ein Panzer vor unser Haus. Die Amis stürzen die Treppe hoch und schießen aus dem Fenster. Die Schüsse gelten SS-Soldaten, die, wie jeden Morgen, ahnungslos mit ihren Kaffeegeschirren anrücken.

Sieben Mann sterben. Einige sind sofort tot, einige leben

noch ein paar Stunden. Einer stirbt drei Tage und drei Nächte lang. Niemand von uns darf das Haus verlassen. Keiner kann helfen. Der Mann liegt mit einem Bauchschuß auf der Wiese, schreit, bettelt, fleht, flucht, betet, singt. Dann wird es still. Zuletzt bewegt er nur noch ein wenig die Hand. Ich will mit einer Wolldecke zu ihm. Der Ami nimmt mir die Decke ab, hängt sie sich um, stößt mich ins Haus zurück.

Kein Rotes Kreuz, kein Gnadenschuß.

Man hatte KZ-Lager gefunden. Halbtote und Gefolterte, Knochen und Asche. Hier an diesem sterbenden Soldaten wurde vergolten. Dann kamen Männer mit Armbinden und nahmen den Toten die Papiere ab. Auf den noch nicht Toten schlugen sie ein.

Dann vergingen Tage. Verwesungsgeruch durchzog das Haus. Nach zwei Wochen lud man die unbekannten Toten auf einen Wagen. Die Papierfetzen verwehten im Wind.

Dora wird deutlich: Daß du noch lebst, ist sehr ungerecht!

Ich blicke sie entsetzt an.

Dann kommt mein Vater nach Hause. Ich öffne ihm die Tür. Ach, du lebst ja noch! sagt er enttäuscht, hüstelt verlegen und grinst. Der Krieg ist aus. Der Krieg geht weiter.

15
RATTENGIFT

Der Kellner der Bahnhofsgaststätte, ein umgänglicher, freundlicher Mann, fragt mich beiläufig, ob wir noch Ratten im Keller haben.

Wieso Ratten, wer sagt das?

Na, dein Vater. Ich sollte ihm Gift besorgen. Er meint, ihr hättet Ratten im Keller.

Ich kann dazu nichts sagen. Ich bin erstaunt. Wenn wir Ratten im Keller hätten, wüßte ich es bestimmt. Denn Schmalnase findet immer wieder einen Vorwand, mich in den Keller zu holen, sei es, um mich versehentlich mit der Schrotsäge zu streifen oder mir einen Stapel Holz auf den Kopf fallen zu lassen.

Hat es weh getan? Nun, das sollte es auch!

Das ist gut gegen Wortklaubereien und dumme Gedanken!

Nein, den Keller kenne ich zur Genüge. Das ist die Brutstätte väterlicher Finten. Gäbe es hier Ratten, ich wäre schon längst von ihnen gebissen worden. Hier stimmt was nicht.

Beim Abendessen frage ich den besorgten Hausvater, was es denn mit den Ratten auf sich hat. Er ist irritiert.

Wer sagt, daß wir Ratten haben?

Der Kellner im Bahnhofsrestaurant!

Ach der, sagt Schmalnase gedehnt, der redet viel, wenn der Tag lang ist. Da ist nichts dran. Und wenn es so wäre, würde ich es für mich behalten. Die Großeltern sollen sich nicht ängstigen.

War das nun ein Ja oder ein Nein? Die Sätze waren rund, die konnte man drehen und wenden, wie man wollte. Schmalnase erreichte sein Ziel. Ich vergaß den Vorfall.

Das Gift wird an einer Katze erprobt; wir haben seit kurzem eine. Die Katze verweigert das Futter. Sie ist nicht für Experimente. Der Futternapf riecht sonderbar.

Schmalnase wartet, bis kein Zeuge dabei ist. Er kommt aus dem Schlafzimmer und reicht mir ein kleines Fläschchen.

Bitte, öffne mir den Schraubverschluß, ich bekomme ihn nicht auf.

Seltsam, die Flasche geht ganz leicht auf. Ich reiche sie meinem Vater zurück, der aber sagt: Stell sie hin!

Dann nimmt er sie am Schraubverschluß sehr vorsichtig und verschwindet damit.

Bis jetzt waren wir ohne Zeugen. Nun kommt Oma in die Küche und sieht mein nachdenkliches Gesicht. Ich erzähle ihr den Vorgang. Oma wendet sich halb ab, blickt mich schräg aus den Augenwinkeln an, schüttelt den Kopf und meint: Sei vorsichtig, ich sage nur immer wieder, sei vorsichtig!

Die Vorbereitungsphase ist abgeschlossen. Vater hat in den letzten Tagen ein bestimmtes Ritual eingeführt. Jedermann spült nach dem Essen seinen Teller ab und stellt ihn so in die Schüssel. Auf diese Weise soll Dora Hausarbeit erspart werden. Und er führt das Tischgebet ein vor dem Essen. Das ist ungewöhnlich, weil er es nur auf die Geste beschränkt. Er tarnt sich moralisch, er betrügt mit frommer Maske. Und nun ist jeder sein eigener Spurenverwischer. Ein perfektes Alibi wird vorbereitet.

Schon lange war es üblich, mich stirnrunzelnd aus dem Eßzimmer zu weisen, wenn das Essen noch nicht aufgetragen war. Es hieß, das sehe nach Drängelei aus und so groß könne mein Hunger ja wohl nicht sein. Mein Hunger war freilich groß, und ich kam eigentlich nur, um Dora die Mühe zu ersparen, mich aus dem Zimmer zu holen.

Heute gibt es Gulasch. Aber was ist das? Auf meinem Teller bildet sich am Rande ein bläulicher Schimmer. Es riecht streng, wie angebrannt. Ich habe Hunger, aber dies hier ist ungenießbar. Ich blicke auf die Teller der Eltern. Dort sieht es anders aus, dort riecht es nur nach Gulasch. Dora blickt befremdet an mir vorbei, zu Schmalnase hinüber. Der blickt nicht auf, der räuspert sich nach seinem Tischgebet: Nun mach kein Theater, sagt er, iß, wir essen alle. Vor allem: der Teller bleibt hier, den trägst du nicht raus. Los, iß jetzt.

Ich mache einen zweiten Versuch; ich gehe mit dem Teller zu meinem Vater hinüber. Der nimmt schnell seinen Teller fort, er hat Sorge, ich würde ihm etwas abgeben. Ich nehme eine Gabel voll und will sie Dora in den Mund schieben. Aber die will nicht probieren.

Nein, iß nur auf, das ist dein Teil, wir haben alle, es ist gerecht verteilt!

Zwischen Hunger und Abscheu schicke ich mich drein. Seit der beiläufigen Bemerkung vom Rattengift ist Zeit vergangen. Inzwischen habe ich vieles gelesen. Jeder Verdacht ist verdrängt, zerrieben worden im Stakkato von Anapäst und Trochäus. Ich bin ohne Arg, ich bin hungrig, ich zwinge mich, ich würge das übelriechende Essen hinunter.

Nun ist Schmalnase mit einem Male besorgt. Er nimmt mir den leeren Teller ab, er spült ihn ab, rührend ist seine Fürsorge. Er rät mir, mich schlafen zu legen. Da mir das Essen doch scheinbar nicht geschmeckt habe, gehe es mir vielleicht nicht gut. Nein, es paßt ihm gar nicht, wenn ich im Zimmer bleiben würde. Das ist nicht vorgesehen in seinem Plan. Es muß alles so sein wie üblich. Zeit und Dosis sind bemessen. Jeder Schritt ist bedacht.

Ich kann nicht mehr. Mir ist furchtbar schlecht. Dies war mein Teil, dies war mir zugemessen. Ich schaffe es bis in mein Zimmer, ich schaffe es nicht bis zum Bett.

Ein Krampf reißt mich zu Boden, ich kann nicht schreien. Wird man mein Stöhnen hören? Wird man mich hier unter dem Tisch finden? Ich ziehe das Tischtuch herunter, wälze mich in Schmerzen am Boden. Ich bin wie gelähmt, ich erstarre nach und nach. Wird man mich finden? Wer wird Hilfe holen? Ein Arzt muß her. Ich werde müde.

Oma kommt aus ihrem Zimmer. Ich hebe ein wenig die Hand, ich will ihr ein Zeichen geben. Sie kommt herbei, sie will eine Erklärung, sie will mir ins Bett helfen. Sie kann es nicht allein. Sie will Hilfe holen. Dora läßt ausrichten, ich solle mich nicht so anstellen, und das wäre ja noch schöner, wegen eines verdorbenen Magens einen Arzt zu holen.

Großvater erscheint. Er blickt durch den Türspalt, er

kommt nicht näher. Nein, das ist eine schlimme Sache, da ist man am besten nicht Zeuge.

Nun kommt Schmalnase ins Zimmer. Er ist kaltblütig genug. Er ist beflissen, er weiß, wo man zu suchen und was man zu vermuten hat. Er geht an den Kleiderschrank, er sucht und findet das Fläschchen. Und da kann nur Gift drin sein, das ist klar, das erkennt er sofort. Es ist das Fläschchen, das er mich zu öffnen bat. Das ist plötzlich in meinem Schrank. Sieh einer an, so schnell überführt er den Sohn. Doch Oma hat ihm auf die Finger gesehen, sie hat bemerkt, daß er das Fläschchen eben gerade mitgebracht hat, in einem Tuch verborgen, vorsichtig, damit die Fingerabdrücke nicht verwischen. Außerdem hatte Oma selbst nachgesehen, an derselben Stelle, und nichts gefunden. Wieso wußten sie alle davon, wieso ahnten sie alle? Es ist meine Schuld, ich war gewarnt, ich habe die Warnung vergessen, ich habe den Abscheu überwunden, ich habe das alles heruntergewürgt wie die vielen kleinen täglichen Bosheiten, an die ich schon fast gewöhnt bin.

Schmalnase also ist fündig. Hier ist das Gift, das hat er bestimmt genommen, die Flasche ist halbleer, man sieht es, daß muß man sicherstellen, vorsicht, nichts verwischen.

Mir wird leicht bei aller Schwere. Eine wunderbare, erlösende Müdigkeit schläfert mich ein. Ich mag nicht mehr berührt und gefragt werden. Ich gleite davon. Ich liege an einem Wegrand, es kommen Menschen vorüber. Die kenne ich aus einem anderen Leben. Sie winken mir zu. Sie gehen mit eiligen aber behutsamen Schritten. Ich bin in einem zauberhaften Land. Es gibt keine Zeit mehr. Zeit ist Musik geworden. Es gibt keinen Raum mehr, kein oben, kein unten. Raum ist zum Schweben geworden. Und doch sind bei allem Überwirklichen Menschen vorhanden. In ihren Gesichtern ist Erkennen und Liebe zu lesen. Sie eilen zu mir, sie beugen sich über mich. Sie sind mir vertraut. Ich gehöre zu ihnen, ich gehöre hierher. Wie konnte ich dies nur vergessen? Ich atme im reinen Glück. Jemand, der sich über mich beugt, ich weiß nicht, ob Mann oder Frau, schüttelt den Kopf. Man entläßt mich mit Bedauern, mit Zuspruch, mit Vertröstung.

Oma rüttelt mich ohne Unterlaß, wach auf, schlafe nicht ein. Wenn du einschläfst, mußt du sterben! Willst du denn sterben?! Warum hast du Gift genommen?

Laß ihn doch in Ruhe, höre ich Schmalnase sagen, er wird sich erholen.

Oma antwortet wütend. Sie ist empört. Sie verlangt nach einem Arzt. Sie geht nicht. Der Patriarch hat sich zurückgezogen. Dora läßt sich überhaupt nicht sehen.

Man reicht mir ein Glas mit heller Flüssigkeit. Es ist keine Milch und es ist nicht Wasser. Ich will nicht trinken. Ich will in Ruhe gelassen werden. Oma zwingt mir das Glas an den Mund.

Ich will ein Ende der Quälerei. Ich will überhaupt nie mehr etwas zu mir nehmen. Oma rüttelt mich ohne Unterlaß. Sie weint, sie weiß inzwischen, was geschehen ist. Schmalnase hat gestanden. Das erfahre ich später. Er hat es mit bedeutsamen Blicken getan, mit Schweigen, mit Nicken – auf bohrende Fragen hin. Nun soll ich trinken, damit das Gift sich in meinem Körper verteilt, damit der Krampf nachläßt. Ich weiß nicht, was ich trinke, ich ergebe mich ganz, ich will endlich allein gelassen werden, dorthin zurück, woher ich kam.

Man hat mich ins Bett gehoben. Oma sitzt neben mir. Ich versuche ihr zu erzählen, was ich eben erlebt habe.

Du hast geträumt, sagt sie.

Nein, das war kein Traum, das war wirklicher als alles dies hier.

Schlafe nicht ein, sagt Oma, sie rüttelt mich immer wieder wach. Wenn du einschläfst, wirst du sterben.

Warum sie nur alle vom Sterben reden und niemand holt einen Arzt? Sie flüstern, sie verhandeln, sie wägen ab, sie beruhigen sich selbst, sie beschwichtigen. Was sollen die Leute denken! Ich liege im Bett, fast schmerzlos, aber wie gelähmt. Ich habe nur Schmerzen, wenn man mich bewegt. Am besten wäre, man ließe mich in Ruhe. Ich will zurück in die Vision. Was ist wirklich an diesem Gift? War es ein Trug? War es eine Tür? Habe ich mich getäuscht? Ist das einem Traum vergleichbar, nur elementarer, sinnlicher, deutlicher?

Diese Fragen kommen mir später. Jetzt liege ich in meinem Bett. Oma sitzt neben mir. Manchmal, wenn ich lange genug geschlafen habe und sie keinen Atem mehr an mir bemerkt, stößt sie mich besorgt an.

Am anderen Tag setzt sie das Verhör mit mir fort. Ich überzeuge sie schließlich. Schmalnase hat längst gestanden, aber seine Mutter zweifelt noch immer, sie kann es nicht fassen.

Schmalnase ist umsichtig. Er kommt allem zuvor. Ihm kann keiner. Er hat an alles gedacht. Er hat einen in der Nähe wohnenden Kriminalbeamten aufgesucht. Den kennt er gut. Den zieht er ins Vertrauen. Dem erzählt er vom Selbstmordversuch des Sohnes, und die Flasche mit dem Gift und den Fingerabdrücken hat er gleich mitgebracht. Zu diesem Mann muß ich nun. Der stellt Fangfragen, der will herausbekommen, was er zu wissen glaubt. Ich kann ihm nicht helfen. Ich erkläre die Fingerabdrücke. Ich schildere den Vorgang. Der Mann schüttelt den Kopf und meint, das sei furchtbar, das könne er nicht glauben. Und ich soll am nächsten Tag aufs Amt kommen und Anzeige erstatten. Er werde auf mich warten. Ich soll mir alles gut überlegen. Meine Fingerabdrücke werden zum Vergleich genommen. Mein Vater habe ihm anvertraut, daß ich tückisch sei. Es sei nicht das erste Mal, daß ich solche Anschläge gegen den Ruf der Familie unternommen habe. Mir schwindelt vor so viel Anklagen. Ich wehre mich, so gut ich kann.

Ich gehe zu einem Arzt. Der ist entsetzt, als er mein Blut untersucht. Ich bekomme Transfusionen. Das Blut wird ausgetauscht. Manchmal falle ich in Ohnmacht. Mein Körper ist mit Ausschlägen bedeckt.

Oma sagt: Wenn du deinen Vater anzeigst, kommt er ins Zuchthaus oder du in die Anstalt. Nun wähle!

Sie sagt es immer wieder. Und immer wieder fragt ihr Sohn: Was wird er tun?!

Ich vertraue mich meinem Lehrherrn an und meinen Freunden. Sie glauben mir nicht. Sie wollen von allem nichts wissen. Eine Anzeige würde die ganze Familie treffen. Gift war im Spiel und unterlassene Hilfeleistung. Das ist die bittere Wahrheit. Und vor dieser Wahrheit schrecke ich zurück.

Schmalnase sieht meinen Zustand mit kaltem Blick. Dora stiefelt laut wie immer durch die Wohnung. Oma huscht durch mein Zimmer. Opa läßt sich nicht sehen. Ich hocke vor meinem Tisch und überlege, was ich tun soll. Ich fühle, daß meine Kräfte nachlassen, ich denke im Kreis. Ich kann keinen klaren Gedanken mehr fassen. Aus eigenem Entschluß kann ich nichts mehr tun.

Der Arzt macht ein bedenkliches Gesicht. Ich schildere ihm, was sich ereignet hat. Er bietet sich an, statt meiner die Polizei zu verständigen. Ich bitte ihn darum. Es geschieht nichts.

Der Arzt fürchtet Spätfolgen; er meint, daß ich erblinden oder andere Sinnesausfälle erleiden könnte. Erblinden? War mir nicht in ferner Kindheit gesagt worden, ich würde durch die Schuld meines Vater erblinden?

Ich habe mein Gesicht verloren. Ich bin voller Eiterbeulen und Schwellungen. Ich werde ins Krankenhaus gebracht. Hohe Penicillindosen versetzen mich in Dauerschlaf; ich bekomme nicht mit, daß die Ärzte um mein Leben bangen. Ich habe keinen Spiegel, man gibt mir keinen, aber wie schrecklich ich aussehe, merke ich an den Reaktionen der anderen Patienten.

Ein paar Frauen stehen an meinem Bett. Einige erzählen mir in meinen kurzen Wachpausen von ihren Schicksalen. Sie kommen aus dem Osten. Sie wollten über die Grenze. Russen haben sie vergewaltigt. Nun kurieren sie hier ihre schlimmen Infektionen aus. Was hast du denn gemacht, fragen sie mich.

Die resolute Oberschwester scheucht sie aus dem Zimmer. Das ist ein Schlafsaal für Männer. Rauchen ist verboten, wird aber geduldet. Die Männer sagen heiter, sie seien Liebeskranke und vertreiben ihren Kummer mit Skat. Der Ton ist rauh. Einer sagt, ich sehe aus wie ein Syphilitiker im letzten Stadium. Ich kann nicht lachen. Ich kann noch nicht einmal lesen. Das ist schlimm. Gegen Schmerzen habe ich Tabletten.

Schlimm ist, daß ich dem Oberarzt nicht auf seine Frage antworten kann, was ich gemacht habe. Gemacht habe ich gar nichts. Ich habe Gulasch gegessen. Das war ein arger Fehler. Der Mann entschließt sich zu ein paar Schnitten in den Hügel, den man einmal Oberlippe genannt hat. Ein paar Neugierige wenden sich voller Ekel ab.

Eines Tages ist plötzlich Doras Mutter da. Sie ist zu ihrer Tochter gereist und hat offenbar Weisung, hier die Lage zu erkunden. Laut und vernehmlich macht sie mir Vorwürfe.

Wie kannst du nur so etwas tun? Wie kannst du deinen Eltern nur so was antun?

Sie kommt häufig. Ich bin sehr schläfrig. Immer wieder beklagt sie sich. Weiß sie es wirklich nicht besser? Irgendwann sagt sie, solange ich den Selbstmordversuch nicht zugäbe, würde ich meine Eltern bezichtigen. Mir scheint das Ganze für die Schwestern, die Ärzte, die Zeugen im Schlafsaal inszeniert. Mich ermüdet das Theater. Mir wäre lieber, sie würde gehen und mich schlafen lassen oder überhaupt nicht kommen.

Nach einigen Wochen habe ich alles überstanden. Ich darf aufstehen und nach Hause gehen. Ich bin wacklig auf den Beinen. Ich will mich verabschieden. Der Chefarzt ist nicht da. Die Sekretärin eröffnet mir, wie schlimm es um mich gestanden hat und daß man nicht mit meinem Überleben gerechnet hat. Außerdem möchte mich der Chefarzt sprechen. Ich soll am besten wiederkommen.

Schmalnase ist blaß. Er räuspert sich, er zieht die Schultern hoch. Er hat keinen Hals mehr.

Nein, mit dem Arzt brauchst du nicht mehr zu reden. Das ist erledigt, das habe ich schon getan.

Ich merke, daß mich das Zuhören anstrengt und daß ich alles nur langsam verarbeiten kann, was man mir sagt.

Man sagt, ich wäre beinahe gestorben, sage ich.

Er grinst mich an, starr lächelnd:

Na und, warum bist du nicht gestorben?

Es wäre besser für dich. Du quälst dich ja nur herum, wir haben nichts als Ärger mit dir!

Er wendet sich ab. Er hat es eilig. Ich habe ihn lange genug aufgehalten.

Ich habe das Rattengift geschluckt. Ich habe die Rache auf

der Zunge. Dort wird sie lange bleiben. Ich habe einen mächtigen Durst bekommen. Ich werde viel nachzuspülen haben. Gifte und Visionen haben sich in mir gemischt. Ich kann den vielen Widerständen und Widrigkeiten nur fließend begegnen. Ich kann keine böse Tat gegen böse Taten setzen. Ich vergelte sie an mir selbst. Ich suche die Erinnerung auszulöschen. Was ich vergesse, wird nicht geschehen sein.

Noch gilt mein Durst den Metaphern, noch kitzele ich meine Zunge mit trockenen Silben. Da ist ein Geschmack nach Salz. Da fluten Meere an, aber gemäßigt und im Versmaß reguliert. Wasser ist nur ein Wort. Irgendwann werden die Dämme brechen. Irgendwann wird die Wut lodern. Der Durst und ich suchen noch nacheinander.

16
LEIMRUTEN

Schmalnase hat Karriere gemacht. Er wird in einem anderen Ort Leiter einer Zweigstelle der Kreissparkasse. Ich habe ein Zimmer gemietet. Sie wollten zwar, daß ich mitkomme, aber so dumm bin ich nun doch nicht, daß ich Gift und Strick und Messer nachlaufe.

Aber ich bin noch nicht davongekommen. Schmalnase fürchtet, ich würde nun, von ihm befreit, irgend etwas unternehmen. Mutter Edert, bei der ich wohne, eine liebe, freundliche Frau, ist arglos. Schmalnase kommt, wenn ich nicht zu Hause bin. Er erkundigt sich besorgt. Er versucht noch einmal sein Gift – am Pudding und am Kaffee, aber ich rieche den falschen Gulasch. Mutter Edert hat Instinkt, sie findet meinen Vater verkniffen und unheimlich. Er bekommt Hausverbot. Bin ich ihn nun endlich los?

In der Lehrfirma, bei der ich beschäftigt bin, kümmert sich eine vom Krieg hierher verschlagene Polin, die nun den Haushalt des Chefs besorgt, um mich. Wenn es Klöße gibt, holt mich Puda in die Küche.

Komm du essen, ich meinen gut mit dir!

Von meinem Vater brauche ich nicht zu sprechen. Komisch, die haben ihn alle durchschaut. Sie mögen ihn nicht, der darf sich hier nicht sehen lassen. Seltsam, daß ich so lange gebraucht habe.

Mit Puda kann ich nicht viel reden, ist auch nicht nötig. Ich soll sie besuchen. Sie wohnt zusammen mit ihren Brüdern.

Komm nur, ist doch nichts bei. Aber behalt für dich, trotzdem! Pudas Zimmer ist am Ende eines langen Ganges. Vorn lärmen die Brüder. Die haben sich an dem Kuchen vergriffen, den sie für mich gebacken hat. Puda ist wütend, sie weint, sie braucht Liebe.

Das ist alles ohne Umschweife. Und die Turmstube für meine Unschuld habe ich mir anders vorgestellt. Die Brüder nebenan kichern. Puda ist es zu heiß, sie zieht sich ihr Kleid aus. Im Unterrock gefällt sie mir nicht. Sie muß das fühlen. Sie sagt: Warte, ich gleich alles ausziehen!

Wir schieben gemeinsam das Sofa vor die Tür, denn wir können sie nicht abschließen. Der Schlüssel ist verlorengegangen. Puda holt ein Laken herbei und breitet es aus. Ich habe erhebliche Bedenken. Das ist alles so eindeutig, als wäre man sich über die Absicht einig. Im Grunde habe ich keine Ahnung; mir wäre am liebsten, die Sache würde mit Gedichten beginnen. Aber hier geht es um meinen Makel, daran ist kein Zweifel. Immer verliere ich den Mut, wenn etwas von mir erwartet wird. Ich wäre gern wieder gegangen, aber das so eindeutig zum Bett verwandelte Möbel steht mir im Weg.

Ich denke nicht an Puda. Ich denke eigentlich schon jetzt daran, wie ich nach der Blamage mein inneres Gleichgewicht wiederfinden soll oder besser das gewohnte ausbalancierte Verstörtsein.

Puda hat ihren ganzen Mut zusammengenommen. Sie hat sich ausgezogen und ist den Tränen nahe. Ihre Haut ist meiner Haut fremd, eine ferne Welt. Puda, die Polin, schmeckt nach Tränen und Heimweh. Wir liegen nebeneinander, einmal sie in meiner Armbeuge, einmal ich in ihrer. Puda spricht von ihrer Heimat. Mehr und anderes kann sie nicht tun. Mein Makel verkriecht sich, der macht sich klein und so unauffällig wie möglich.

Mir wäre lieber, sie spräche polnisch. Ich brauche eine fremde Sprache für meine Ratlosigkeit. Was mich bewegt, kann nicht verständlich sein. Wir umarmen einander schluchzend. Ich bin kein Knabe, ich bin kein Mann, ich bin ein »komischer Kerl«, wie Puda sagt. Wenigstens lacht sie jetzt. Wir liegen da und starren an die kalkige Zimmerdecke.

Wie komme ich von hier fort? Wie schlüpfe ich wieder in meine Kleidung? Wie komme ich unbeschadet in mein verwundetes Ich, in dieses Hockergrab mit dem Seelenloch? Ich will hier weg. Ich will hier raus.

Ich bereite mich auf die Abschlußprüfung vor. Die Lehrzeit geht dem Ende entgegen. Bilanzkunde, Scheck- und Wechselrecht. Von meinem Patmos hat man mich schon lange heruntergeholt und Brunos Scheiterhaufen ist ausgeschwelt. Es geht um Verbindlichkeiten und Mahnfristen. Du sollst nicht mehr an Lethe denken, du sollst dein Rattengift verdauen. Komm zur Sache. Mach deinem Vater keine Schande. Wann verjährt die Verbindlichkeit? Alle Schuld rächt sich auf Erden. Belege brauchst du. Was heißt hier Alibi? Wenn du die Frist verpaßt und nicht beizeiten reklamierst, gehst du leer aus. Dann kannst du glatt Konkurs anmelden.

Der Buchhalter ist besorgt. Er ist für mich verantwortlich. Er weiß um meine geringe Bodenhaftung, und im Gleitflug ist die Prüfung kaum zu schaffen. Ich lerne den ganzen Kreditkatechismus in wesentlichen Passagen auswendig. Ich habe Glück. Der Prüfer bleibt im Vorfeld, er wittert sachfremde Interessen und geht ihnen nach. Wir geraten in den Hörselberg und kommen kaum wieder heraus. Der Buchhalter putzt seine Brille. Der Schriftführer wittert Verrat. Komischer Lehrling. Zu Sais nicht zugelassen und hier fehl am Platz. Bedenklicher Fall. Vergiftet und lethesüchtig. Man schließt die Akten. Ich habe bestanden. Ich habe ein schlechtes Gewissen. Das war keine Bilanz. Da ging etwas nicht auf in Soll und Haben.

Ich habe das dumme Gefühl, man hat Nachsicht geübt. Der Buchhalter freut sich mehr als ich. Der Chef gratuliert mir. Komisch, ich kann mich nicht freuen, über gar nichts. Ich kann mich nur ängstigen. Über alles.

Der Legende nach, die einiges für sich hat, war das Harzstädtchen, in dem ich wohne, ursprünglich ein Verbannungsort. Verbrecher sollen die ersten Siedler gewesen sein. Andere sagen, es sei ein Zufluchtsort für Verfolgte gewesen. Mönche seien dann nachgezogen. Sie hätten die Barbaren oder die Verbannten besänftigt. Ich fand, die Leute waren eher höhnisch als herzlich. Als es mich hierher verschlug, hing an jedem Holzhaus ein kleiner Käfig. Darin saß ein Fink und sang sehnsuchtsvoll. Die armen Vögel waren mit Leimruten gefangen worden. Die Klagelaute der Gefangenen waren der Stolz ihrer Besitzer.

Auf Festwiesen oder in Bürgerhäusern wurden zu Pfingsten Wettsingen veranstaltet. Erst erschöpften sich die gefiederten Sänger, dann erschöpften sich die Besitzer beim Jodeln und schließlich beim Flaschenbier. Auch das Bierbrauen hatten die Mönche gelehrt.

Abends wurden die rauhen Gesellen besinnlich. Sie hörten mit Jodeln auf und sangen, »s 'Faia-Obend«.

Die Leute waren »Häusler« und Bergbauern und Bergleute. Sie hatten ein paar Ziegen oder auch mehrere Kühe. Ihr Landbesitz waren Wiesen. Viele waren auch Waldarbeiter. Man brachte es zum Steiger und zum Haumeister. Wer es unter Tage oder im finsteren Tann weit brachte, wurde Obergrat oder Revierförster.

Zum Straßenbild gehörten die Herden brauner Kühe, um die Hälse der Kühe hatte man Glocken gehängt. Sonntags schritten Kurrende-Knaben von Haus zu Haus. Sie hatten weite Umhänge, traurige Gesichter und fromme Lieder.

Die Verhältnisse veränderten sich durch die Ansiedlung der Heimatvertriebenen. Sie kamen in eine Hungergegend und waren nicht gern gesehen. Ein Hausbesitzer hetzte seinen Hund auf eine Baltin mit Wohnschein. Er wollte keine Russin.

Wer nicht jodeln und keine Leimruten legen konnte, der gehörte nicht dazu. Ich konnte nicht jodeln. Ich war auf den Leim gegangen. Aber ich hatte eine Bleibe bei der fürsorglichen Mutter Edert gefunden, die die Witwe des seligen Chorvaters der Kurrende war. Mutter Edert mochte mich und redete mir gut zu.

Nun gehen Sie doch mal raus an die Sonne, gehen Sie doch bloß von den Büchern weg! – So ein junger Mann wie Sie. Kommt denn gar kein Mädchen zu Ihnen? Und was wollen Sie mit der Theologie. Sie leben doch noch eine Weile, nun lachen Sie doch mal!

Mich hatte nämlich ein Pfarrer ins Herz geschlossen und versuchte mich von meinem Griechentum zu erlösen. Er liebte meine Gedichte, aber mich mehr als meine Verse. Ich sollte ihn Hadrian nennen, aber ich war kein Antinous. Mich hatten die Krokodile schon früher erschreckt.

Ich lernte Gleichgesinnte kennen, deren Freund ich wurde. Da war der gutaussehende Herzensbrecher und Poet, der entschlossen war, seinem Elternhaus unbeschadet zu entkommen. Sein Vater hatte zwar ein goldenes Herz aber keine profitable Hand. Sein Kolonialwarengeschäft hatte den größten Umsatz an Flaschenbier am Ort. Er war verfolgter Antifaschist gewesen und sein Haus war das Nachtasyl aller Schlaflosen und Berauschten. Sein Sohn wollte heraus aus diesem Milieu, unter dem er litt.

Ein anderer Freund lebte mit seiner Mutter in einer Dachwohnung am Galgenberg. Der Vater war früh verstorben. Der Sohn hatte in der Kindheit eine schwere Krankheit überstanden, die ihn gezeichnet hatte. Es war kein Herzensbrecher. Er war einsam und genialisch. Er schrieb Pamphlete und Anklagen. Sein kühnster Beitrag war die »Rede des Stempelbruders«, eine Abrechnung mit der herzlosen Gesellschaft. Er war katholisch und Nietzscheaner; er hatte sich noch nicht entschieden, ein neuer Savonarola oder ein moderner Jakobiner zu werden. Er ging ins Priesterseminar und verlor seine Träume. Er starb jung.

In der Jugendrunde des Pfarrers lernte ich ein Mädchen kennen, in das ich mich verliebte. Sie hieß Annemarie und arbeitete als Werbezeichnerin. Sie hatte eine etwas rauhe, fast heisere Stimme, die mich erregte. Sie ging gern zum Tanzen, ich nicht. Ich begnügte mich vorerst damit, ihr in meiner Aktentasche Brennholz zu bringen und es ihr vor die Türschwelle zu legen.

Mutter Edert durchschaut mich. Ich sitze in ihrer kleinen Küche, und sie schenkt mir Tee mit Rum ein.

Lassen Sie nur, meint sie mit roten Wangen, die erste Liebe geht immer kaputt!

Was geht denn nicht kaputt? frage ich trotzig.

In meiner Lehrfirma bin ich nicht mehr. Seit kurzem bin ich Angestellter in einer Firma, die der Krieg hierher verschlagen hat. Da führe ich Konten und prüfe Zahlenkolonnen, und plötzlich steht im Journal statt April das Wort Annemarie. Ich konnte mich nicht konzentrieren. Ich wollte Annemarie gewinnen. Ich küßte Annemarie auf einem Friedhof; ein gußeiserner Engel wies toternst nach oben.

Annemaries Eltern waren dagegen. Sie mochten mich, aber was sie über meinen Vater gehört hatten, weckte ihre Bedenken. Wir mußten uns trennen. Ich sank wieder in meinen natürlichen Zustand zurück, den des Grolls, der Unruhe, der Trauer.

Der Betrieb, in dem ich tätig bin, wird aufgelöst. Ich muß die Stadt verlassen.

In diesem Augenblick werde ich törichter Weise sentimental und begehe einen folgenschweren Fehler. Ich besuche Schmalnase und Dora, um mich zu verabschieden.

Mein Vater ist unterdessen seiner eigenen Krise entgegengetaumelt. Seine trockenen Jahre sind vorüber. Es gibt wieder Alkohol. Hier sind sichere Wälder. Er ist Leiter der Zweigstelle, aber er schlägt sich in die schützende Schonung. Er macht Schulden, er lebt auf Kredit.

Ich wußte davon nichts, ich hatte ihn lange nicht gesehen. Schmalnase begrüßt mich freundlich. Er erlaubt mir, die Schreibmaschine in seinem Büro zu benutzen. Er ist äußerst zuvorkommend. Ob er bereut? Er bedauere, daß ich in eine andere Stadt wegziehe. Das Büro, in dem ich sitze, befindet sich neben dem Kassenraum. Dort steht ein Tresor. Ich gehe in die Falle, ohne etwas zu ahnen.

Ich tippe meine Verse, und die bekommen bei so viel Hammerarbeit ein fremdes Aussehen. Überleben sie diese Prozedur?

Heute ist Sonntag. Mein Vater kommt ins Büro. Wir sind allein. Er legt mir einen großen Schlüssel auf den Tisch. Der interessiert mich nicht. Schmalnase muß deutlicher werden.

Komm bitte nach nebenan, sagt er.

Aber ich habe keine Lust, hierzubleiben. Das Klappern der Schreibmaschine dröhnt mir in den Ohren. Hier ist alles sehr laut, und ich bin mit keiner Zeile zufrieden.

Schmalnase schließt den Raum von innen ab und sagt: Komm bitte mit zum Tresor. Ich will dir was zeigen. Es ist nämlich so: der Tresor geht so schwer auf, der klemmt. Du mußt mir bitte helfen. Versuch du es mal, die glauben mir nicht, daß der Tresor so schwer aufgeht.

Ich mag nicht, ich stehe in der Tür und sehe ihn an und sehe den verstaubten Tresor an.

Nun komm doch mal her, sagt Ränkevater ungeduldig. Ist doch nichts dabei. Ich bin doch hier. Ich habe doch hier Zugang und Verantwortung und den Schlüssel.

Was willst du von mir?

Versuch doch selbst und überzeug dich, daß der Verschluß klemmt!

Mach es mir doch erstmal vor, sage ich ausweichend. Mir behagt die Sache nicht. Irgend etwas warnt mich. Ich weiß nicht, wie weit es gehen wird. Ihm ist ja nicht zu trauen. Freundliche Worte hat er oft gefunden. Das war das Garn, mit dem er mich umspann. Ich will hinaus. Aber er hat die Tür zum Büro von innen verschlossen und den Schlüssel abgezogen. Warum wohl? Heute ist Sonntag. Es kann kaum jemand kommen. Allenfalls ein Kollege meines Vaters, der hier unten im Erdgeschoß seine Wohnung hat.

Nun mach schon, los, sagt Schmalnase.

Ich trete an den Tresor heran. Ein solches Ding habe ich noch nie gesehen. Ich weiß nicht, wie es funktioniert und wie man es öffnet.

Schmalnase drückt meine Hände an das halbrunde Stahlblech, und ich schiebe es hoch, es geht ganz mühelos, nichts klemmt; es geht so mühelos wie damals das Öffnen der Giftflasche. Schlagartig wird mir klar, daß ich wieder einen Fehler gemacht habe. Aber Schmalnase ist mir um entscheidende Längen in der Planung voraus. Ich kapiere zu spät.

Was hast du, frage ich ihn, das ist doch alles in Ordnung. Du brauchtest mich doch gar nicht.

Er zuckt die Schultern und scheint betroffen und erfreut. Dann nimmt er den schweren Schlüssel und fährt ein paarmal über die Gitter des Fensters. Das gibt ein fröhliches Klappern.

Das ist ein Signal, keine Frage. Dora kommt aus der Küche und fragt: Was macht ihr denn hier im Tresorraum?

Es war nur eine rhetorische Frage. Da ist niemand überrascht. Ich habe zu spät begriffen. Zwischen meinen Elegien habe ich ganz nebenbei ein Alibi geliefert. Von den Versen ist nichts geblieben. Geblieben sind meine Fingerabdrücke.

Ich darf den Raum nun verlassen. Vater, besorgt und verantwortlich, benachrichtigt noch am gleichen Tag einen ihm bekannten Kriminalbeamten. Der kommt und sichert die Abdrücke. Im Weggehen sagt er, als ich gerade zufällig im Treppenhaus erscheine: Ist das ihr Sohn? Dann kann ich ihn doch gleich verhören!

Ich traue meinen Ohren nicht. Mein Vater winkt ärgerlich ab: O nein, das überlassen Sie bitte mir. Er verabschiedet den Mann höflich, verbeugt sich sogar dankbar in der Tür. Mich aber fährt er an: Was hast du denn hier zu suchen?

Ich durchschaue nichts. Ich habe nicht genug Phantasie. Man hat meine Fingerabdrücke. Zu was sie dienen, das erfahre ich später und viel zu spät. Gab es damals schon Defizite in der Kasse?

Schmalnase war wachsam: Es erwies sich, daß Geld fehlte und daß Schmalnase verschuldet war. Er kam in eine Klinik. Und er bekam einen Prozeß. Ein schweres Schicksal, stand in der Zeitung. Eine kranke Frau und den Sohn im Krieg verloren. Mildes Urteil, Aufschub und Begnadigung. Die Leute erzählten, daß der noch lebende Sohn eigentlich schuld sei. Vom Giftanschlag war nicht die Rede, vom Strick auch nicht.

Als er achtzig war, mit steinerner Grinsemaske, zeigte mir mein Vater sorgsam auf eine Folie abgezogene Fingerabdrücke. Sie lagen neben Quittungen und eingeklebten Blumen.

Das bist du, kicherte er triumphierend und starb ein paar Wochen später, friedlich und selbstgerecht.

Mich Träumenden hatte man vor den Tresor gestellt. Dies hier war eine Steinzeithöhle. Ein Ritual der Wilden. Meine Hand am Fels. Tabu und Magie. Ich bin in die Falle geraten, bin auf den Leim gegangen. Tröste dich mit der Philosophie der Gewürze. Die Kannibalen kochen dich im Zuber. Was sollen deine Verse auf dem Papier, wenn man deine Hände auf dem Stahlblech braucht? Deine Fingerabdrücke sind die richtige Fabel, sind ein Familienroman, sind die knallharten Fakten. Holz, Glas und Stahl, eine Trilogie der Alibis. Du hast das Rattengift überlebt, schrecke nicht zurück vor dem Ratzeputz. Groll macht durstig, Wut macht eine trockene Zunge. Jetzt kommt das gebraute Laster. Mach es zu Lethe, wenn du kannst. Das wird dir nicht helfen. Aber deine Sache sind die Epiloge.

Ich mache mich auf den Weg zu flaschengrünen Horizonten. Ich finde endlich die klammheimlichen Nebenwege. Von mir gibt es Leberwerte und Fingerabdrücke, sonst wäre ich gar nicht vorhanden.

Weh dir und kein Mucks. So stand es auf deiner Tabula. Kein Smaragd, eine Zitterschrift! Es mag dir im Halse würgen, aber tröste dich: Lyrik ist Luftnot, ist Leben unter dem Strick. Besorg dir dein Opiat, ein bißchen lunares Erdreich für die Bitterrose.

17
NOTBETT

Eine Weile widerstand ich dem seltsamen Dürsten in mir; ich versuchte, ins Hohe zu leben. Bettina half mir dabei. Wir waren beide fremd in der zerstörten Stadt, in der wir Arbeit gefunden hatten. Bettina war Baltin, war sanft und scheu und hatte große Augen. Ihr gefielen meine Gedichte, besonders die »Zweite Geige«. Sie war eine Tagträumerin, ein Flüchtling im tieferen Sinn des Worts.

Wir suchten nach dem Gral. Ich unterlief meine trüben Erinnerungen, die mir gleichermaßen quälend und peinlich waren und vertraute einer Ahnung, einer Ur-Erinnerung. Die Angst und die Alchymie. Der Stein der Weisen. Welchen Stein hätte ich nicht wälzen wollen auf das offene Grab, dem ich entkommen war?

Trennen und Verbinden, Verdrängen und Verknüpfen. Ich lebte halb, und ich lebte doppelt. Ich sann über alles und jedes nach, statt schlicht und einfach in den Spiegel zu schauen. Ich lebte, als ob ich bei der Sache wäre. Mit Eifer tarnte ich mich als Angestellter und schämte mich zugleich meines Berufs. Er füllte mich nicht aus, aber er erschöpfte mich. Ich saß an meinem Schreibtisch im Büro und wollte in die weitläufigen Keller ausweichen oder mich auf den Dächern ergehen.

Auch Anne konnte ich nicht vergessen. Da war etwas ungesagt und ungelebt. Diesen Entzug konnte ich nicht verwinden. Bettina sah es mit Sorge. Schließlich heirateten wir. So gingen die Jahre hin, in sanfter Nähe, mit innerem Fernweh.

Nach der Geburt unserer Tochter erkrankte Bettina schwer und starb. Ich gab die Suche nach dem Gral auf und geriet an Thekengenossen. Aus dem Kelch mit Trauerrand wurde der handfeste Becher. Der Träumer wurde zum Trinker.

Meine Tochter sah ängstlich aus. Wie schwer mußte das Leben sein, wenn der eigene Vater unter ihm litt? Wie konnte Vertrauen stiften, wer die Flucht vorzog? Ich hatte nur Verse zu bieten, Rauchfiguren, Lufthauch aus Atemnot. Metaphern und Tremor. Elysium und Erbrechen. Kein Gral senkt sich herab; mir kam die Galle hoch.

Im Büro war mein Fleiß nichts als kaschierte Wut; ich verdrängte aktiv, ich trat auf der Stelle, aber nicht fest genug. Was war aus dem frühen Griechen im Geiste geworden? Mein Mäander war der Zick-Zack-Gang. Ihnen werd ich die Philosophie schon austreiben, schrie der Chef.

Termine, Preise, Mahnungen, Lieferverzug, Reklamation. Kein Wachs für Ikarus. Nur Formulare. Mit Valium und Korn kam ich durch die Engpässe. Die heimlichen Verse, die kleinen Schwindeleien, wurden knapper. Sarkastische Grablegung der Träume. Melodischer Widersinn. Beherrschter Fluch. Als wenn man eine Eisblume behaucht. Das paßte glatt auf einen Bierdeckel.

Ich war nicht bei der Sache. Der Schuleschwänzer war erwachsen geworden. Die fernen blauen Berge steckten in der Flasche. Aufruhr ins Leere, alles gegen den Strich. Nachts gehe ich in den Garten, um Blumen zu begießen. Ich hänge Laternen in die Kirschenblüten. Der Klare kühlt in der Regentonne. Ich laufe durchs Mondlicht als erstürmte ich Balustraden aus unergründlicher Traurigkeit. Das ist tiefer als jeder Anlaß, das ergibt keinen Sinn, den man verstehen könnte. Das ist der Text eines Liedes, das keine Worte hat. Das kann man im Dunkeln singen, wenn man schweigt. Schreiben kann man nur, was man verneint. Annäherung als Fermate. In mancher Silbe ein herbes Fis. Doch immer wieder der verdammte Celloton, der von unendlicher Melodie säuselt, ehe die Instrumente gestimmt sind. Sieben Worte weit dehnt sich der Atem. Dann kommt der Schluckauf. Bring das Schweben in die Stringenz; dreh dir den Strick. Der Tremor gehört in den Vers, nicht an die Hände!

Figur aus der Leere? Leere Figur? Sieh zu, wie du durch den Tag kommst mit dem leeren Flachmann!

Verdammt, kommt nun endlich die Akte?

Das war die Stimme des Chefs.

Ja, die Akte, wo ist die Akte, hab ich sie überhaupt? Ich muß die Akte finden. Ich muß es schwarz auf weiß haben und muß es zu einer fernen Kontur verschwimmen lassen; ich muß erklären und begründen und will doch nur verläßliche Rätsel schaffen. Ich leiste hinhaltenden Widerstand und bin doch längst überwältigt. Ich habe Durst und der Durst hat mich. Nur eine helle Erweckung wäre die Ernüchterung wert. Die bleibt aus. Täglich mehr entkomme ich der Erinnerung. Ich setze sie um in Zitterschrift. Ich siebe Asche, und der Wind bläst gegen mich. Nichts ist schlimmer als die Ode, die man gestern gehaucht hat.

Und ich falle auf. Ich kann die Flasche nicht schnell genug im Schreibtisch verstecken. Die ist so wichtig wie die Akten. Die muß greifbar und verborgen bleiben.

Ich gehe den Leuten auf die Nerven. Der will was Besseres sein. Der ist nicht bei der Arbeit. Der hat komische Anwandlungen. Der nimmt wortlos der Kollegin die Papiere aus der Hand und küßt sie. Der überlegt ernsthaft, ob er nicht die verdammt wichtigen Akten zum Fenster hinauswerfen soll. Ob das wohl endlich für die Rente reicht?

Ich will hier raus. Wohin weiß ich nicht. Nur raus! Ich muß endlich zur Sache kommen. Ich weiß nur noch nicht, zu welcher.

Auf dem Sterbebett hatte Bettina mich gebeten, nicht zu trinken.

Dein Vater – dir – Gift! hatte sie hinzugefügt; aber was sie meinte, lag schon so weit zurück. Ich hatte es längst verdrängt. Was wußte sie denn davon? Und von wem? Wir hatten doch nie darüber gesprochen.

Ich hatte ihr nicht versprochen, nicht zu trinken. Sie konnte mich nicht mehr verstehen; sie war schon weit fort. Ihre Hand lag vogelleicht in meiner Hand. Es war zu Ende.

Nun bedrückten mich Schuldgefühle. Ich war nicht nur süchtig nach Flaschen.

Vera war sehr jung, und sie warb um mich. Sie war verlobt, verwöhnt und kokett. Aber sie hatte es auf mich abgesehen. Ich ließ mich treiben. Sie bestimmte, wohin wir fuhren und was wir unternahmen. Sie meinte, man könne meinen traurigen Augen nicht widerstehen.

Wir hatten einen heftigen Winter miteinander. Manchmal fuhren wir auf einen am Wald gelegenen Parkplatz. Wenn wir uns liebten, machte sie einen ängstlichen Schmollmund. Und trotzdem, mit Vera war es heiter. Sie trank mit. Nach dem dritten Glas zählte sie ihre Finger. Ihr war egal, wieviel ich trank. Sie weinte, wenn wir uns trennen mußten.

Ulla ging anders mit mir um. Blond und blauäugig und selbstbewußt gab sie unserer Beziehung einen taktischen und vernünftigen Rahmen. Sie brauchte vor allem zeitliche Distanz und konnte mich »Klammeraffen« nicht auf Dauer ertragen. Meine plötzlichen Besuche kamen meist ungelegen. Mein heimlicher Griff zu ihrer Rumflasche, die sie nur zu medizinischen Zwecken bereithielt, war unverschämt. Ich war ein kranker Fall, meine Küsse schmeckten danach. Ulla lebte vernünftig, und in ihrem Diätplan kam ich vor. Für mich war Liebe wechselseitiges Verschlingen oder Aufstieben ins Absolute. Zur Hölle mit der Vernunft.

Aber Ulla blieb bürgerlich. Alles zu seiner Zeit. Sie ärgerte sich über das Unkraut in meinem Garten und über den Wildwuchs in meinen Gedanken. Rosen liebte sie nicht. Sie wollte Schönheit ohne Stacheln. Sie war nicht für wirre Verse und fürs lyrische Gelalle. Sie schrieb selber Gedichte, blauäugige Reime über die Freude.

Wann schneidest du endlich mal wieder den Rasen? Und den Löwenzahn mußt du vorher ausstechen!

Ich liebte dieses verachtete Gespinst, das so beständig war und dem Wind widerstand, eh es gelassen die zarten weißen Hauchgebilde davontragen ließ.

Ulla war ehrlich erschüttert: Wie kannst du nur hier an der Laube die Mäuse füttern und gar mit Schweizer Käse!

Ich hatte die Gartenmöbel rosa gestrichen. Bei Regen saß ich unter dem Vordach des Steinhäuschens und hörte zufrieden das Wasser in die Tonne gurgeln. Die Flasche mit dem Klaren hing an einer Schnur und kühlte. In der Nähe der Tonne war ich gut aufgehoben. Bei diesem plätschernden Metronom schrieb ich am liebsten. Niemand würde kommen, allenfalls der Kater, schwarz wie meine Hoffnung. Manchmal kam er zu spät, dann hatten sich die Igel, die sich längst an das Klappern der Schreibmaschine gewöhnt hatten, an seinem Futter gütlich getan.

Ulla mißfiel das meiste, was ich schrieb.

Das ist verschwiemelt, sagte sie und zupfte am Unkraut herum.

Das ist zu düster, warf sie ein, gib doch zu, du willst leiden. Du bist ins Unheil verliebt, darum hat es dich so gern.

Warum hängst du das Vogelhaus ausgerechnet in den Kirschbaum?

Wir stritten uns. Ulla war blaß und erschöpft. Sie war mir gram, aber sie brauchte mich. Und ich war ihr Reisebegleiter.

Ehe wir nach Gran Canaria fuhren, brauchte ich viel Zeit, um mein Gewissen zu beruhigen. In der Dünenwüste von Playa del Ingles trug der Wind Ullas weitkrämpigen Sonnenhut von dannen. Das konnte meiner dickbauchigen Flasche mit weißem Rum nicht passieren. Nachts sprang ich in den beleuchteten Swimmingpool; hier war ich allein mit dem Bacardi und dem Wind aus Afrika. Morgens gab es dann einen bitteren Disput.

Du bist nicht mit mir gereist, sagte Ulla, sondern mit deiner Angst, deiner Trauer, ich weiß nicht mit was. Du bist mit deinen Gedanken nicht bei mir, bist nicht wirklich hier!

Ich blieb die Antwort schuldig; mir war übel. Ich dachte an die Tischordnung des drohenden Frühstücks und wie ich mich wohl so setzten könnte, daß das Zittern meiner Hände nicht zu sehr auffiel. Ratsam war es, noch einen kräftigen Schluck zu genehmigen. Was heißt schon nüchtern!

Liebte Ulla mich oder nahm sie mich in Kauf? Ich wollte es herausbekommen, später, nach der Reise. Da gab es kleine

Psychodramen am Telefon, wortreiche Präludien oder vorwurfsvolle Epiloge. Ich war nicht begabt fürs Glück, ich war wie geschaffen fürs schlechte Gewissen. Und Ulla nahm vor allem Rücksicht auf die Nachbarn, auf die Leute.

Wir liebten uns am Schwedeneck, einem Waldrand am Kornfeld. Sie entdeckte den Flachmann in meiner Tasche.

Entweder der oder ich, sagte sie. Du mußt dich entscheiden!

Ich entschied mich für den Flachmann. Ich hatte keine Wahl mehr. Ich wäre gern besser verstanden worden. Ich wollte nicht geliebt, sondern erlöst werden.

Was willst du, fragte Ulla, die Sonne scheint doch.

Ulla brauchte Milch, Sonne und Schlaf. Sie ertrug mich nicht länger. Ich war ihr zu durstig.

Ich suchte nach belastbaren Frauen. Ich geriet an Ruth, die war Nachtschwester. Wir lernten uns in der Sauna kennen. Sie wollte lange mit mir reden, bevor wir ins Bett gingen. Sie weinte ergriffen, wenn sie ihren kleinen Tod erlitten hatte. Aber sie war gewöhnt, nachts lange wach zu bleiben.

Warum mußt du dich immer so betäuben, sagte sie verärgert. Sie hatte Kummer mit ihrer Tochter und wollte keine Probleme mit mir. Eines Tages – schon sehr bald – nahm sie ihren weißen Kittel vom Haken und kam nicht mehr wieder.

Marga lernte ich durchs Telefon kennen; es war mehr zufällig. Meine Stimme hatte es ihr angetan. Aber das war nicht so schmeichelhaft gemeint, wie ich es verstand.

Deine Stimme erinnert mich an meinen Mann, sagte sie, als sie zu mir kam. Sie war brünett, klein, von hübscher Figur. Sie schien lustig und guter Dinge.

Ich versuchte behutsame Zärtlichkeiten. Aber ihr Blick fiel auf meine Bücherwände. Sie war erschrocken.

Aus uns wird nichts, entfuhr es ihr.

Ich ließ nicht locker. Ihre kleine Wohnung war eine weitläufige Mädchenstube. Musik in allen Zimmern. Vor dem kippbaren Spiegel in ihrem blauen Schlafzimmer stand ein Kerzenleuchter, mit blauen Kerzen. Die waren schon ziemlich heruntergebrannt, als ich kam.

Marga freute sich über meine Blumen und fütterte mich mit Kuchen, der sehr süß war. Ich nahm Marga in die Arme. Die dunkle, sanfte Person gab mir sofort Bescheid.

Mich mußt du schon kräftiger schlagen!

Ich war verwirrt. Margas Blick war nicht mehr lustig. An ihren Handgelenken entdeckte ich Schnittnarben.

Was ist das? fragte ich.

Das? Das sind Erinnerungen an meine Hochzeitsreise!

Ich war der Rolle nicht gewachsen. Hier ging es nicht um die vertrauten schluchzenden Erlösungsriten. Hier war ein strafender Held gefragt. Ich hatte noch den süßen Kuchen auf der Zunge. Ich sollte mich mit der Qual eines anderen befassen. Darauf war ich nicht gefaßt; das war mir neu.

Nein, zu Trinken bekommst du nichts, sagte Marga. Ich sollte bei Kaffee bleiben. Wir verfehlten einander.

Versagen ist etwas, das dem Durst bekommt. Von einem Grund zum nächsten. Das ist ein Kausalzwang. Ich versuchte, den Automatismus zu kontrollieren. Aber der, der da etwas in den Griff zu bekommen versuchte, war schon längst gegriffen worden. Es gab nur noch einen halbwegs geordneten Rückzug.

Neben dem Wecker mußte die Flasche stehen. Es war zu deprimierend, auf allen Vieren in die Küche zu kriechen und gar noch am Spiegel vorüber. Den braucht man ja, um bedenklich die Zunge zu prüfen. Die Flasche neben dem Wecker. Das war vertrauenstiftend. Darauf war Verlaß. Ein Glas war nicht nötig, eher hinderlich. Der Flaschenhals war der richtige Trichter. Ich zählte die Schlucke und hatte meine eigene Mathematik. Die Unbekannte wuchs. Der Durst blieb konstant. Nach dem Erwachen also griff ich mit zitternden Händen nach der Flasche. Dann legte ich mich zurück und wartete auf den Pegelstand im Gemüt. Dann ging ich aufrecht ins Bad und erbrach mich. Das Würgen war peinlich, irgendwie sinnlos, weil unergiebig.

Für meine Arbeit brauchte ich ruhige Hände. Dafür hatte der Flachmann in der Jackentasche zu sorgen. Da waren als Reserve noch ein paar im Gepäck. Einen Schluck, um die Autoschlüssel zu finden, einen weiteren, um dies kleine Ding in das klitzekleine Schloß zu stecken. Das Auto fuhr mit Sprit. Manchmal ging die Vorsorge nicht auf. Dann war ich auf dem Weg zur Arbeit der erste Kunde am Kiosk. Was heißt da schon Halteverbot!

Nach der täglichen Fron auf der Bürogaleere bin ich zu Hause der Sklave der Syntax. Die Silben in der Zeilenschneise. Wenn die Lyrik vertrocknet ist, gehe ich in die nächste Kneipe. Rotes Licht hinter Butzenscheiben. Dann beweisen Striche auf dem Bierdeckel, daß es mich gibt.

Vom Barhocker zum Bürosessel und zurück, dazwischen Schlaf und Atemnot, Schreibzwang und ein unbestimmtes Pflichtgefühl. Stolpergang und Gleitflug. Abheben von der Realität, den Punkt finden, von dem aus alles herrlich fremd erscheint. Alles, was war, ist nur eine Kulisse in einem Stück, in dem ich meine Rolle noch nicht gefunden habe.

Ich müßte konkreter werden. Gift und Strick müßten ins Gedicht, das wäre zum Verrecken wichtig. Ich halte mich an der Theke fest, bis die banalsten Gegenstände zu Geheimnissen werden.

Also entweder-oder! Sage alles oder halte den Mund! Steige nach oben aus oder mische unten richtig mit. Raunen und Murren zugleich geht nicht. Entscheide dich! Nüchterne Lyrik oder helles Bier!

Manchmal bin ich auch auf Wein verfallen. Gewisse Probleme gibts mit dem Verstauen in der Aktentasche. Schraubverschluß ist unverzichtbar. Edlere Jahrgänge scheiden aus.

Ich will der Verzweiflung auf den Grund gehen.

Niemand steigt zum zweitenmal in den gleichen Fluß.

Ich sitze am Ufer und warte auf ein Zeichen. Ich komme vom Westfriedhof, von Bettinas Grab. Nicht weinen, nicht trinken. Es ist dunkel an der Badestelle, die sich Baggerloch nennt. Hier windet sich der Fluß um eine kleine Insel. Hier war ich oft mit Bettina. Wir sind bis zur Insel hinübergeschwommen. Es war ein heißer Tag heute. Ich will es noch einmal versuchen. Meine Weinflasche ist leer. Sehnsucht ist wie Salz in mir. Ich schwimme hinaus, sinke unter, ich fühle, daß meine Kräfte erlahmen und rette mich zurück ans Ufer. Unter einem Strauch breche ich zusammen.

Als ich aufwache, ist Nacht. Ich liege nackt unter der Heckenrose. Ein paar Männer sind da, ein junges Mädchen ist bei ihnen. Ich versuche aufzustehen, es gelingt mir nicht. Sie haben mir die Kleidung weggenommen. Nun wollen sie ihren Spaß mit mir haben. Ich bin willenlos und wie gelähmt. Sie legen mich auf das Mädchen, und ich umarme sie, als könnte mich das retten. Ich flüstere ihr zu, sie möge mir, den Männern, der Scheißwelt und den gleichgültigen Sternen verzeihen. Aber sie versteht mich falsch und sagt: Er betet.

Die Männer grölen: Er betet.

Das Baggerloch wird zum Orkus, die Fulda zum Acheron. Der Abgrund grinst. Das Wasser ist trübe und voller Pappelsamen. Und gestern ist hier jemand ertrunken.

Du lebst nicht in der Mythe. Das sind Leute, die gerne lachen und quälen. Das ist reine Schadenfreude. Die lassen dich nicht ins Wasser. Die wollen keinen Ärger wegen einer Leiche. Sie lassen dich schließlich liegen.

Die Heckenrose blüht. Es ist still im Strauch.

Mein Herz klopft. Ich möchte mich ausspeien.

Hier ist meine Kleidung: Scham, Zorn und Durst.

Ich sitze auf dem Thekenhocker genauso verdrossen wie vor dem Schreibtisch. Da ist ein Groll, den kann man weder mit Arbeit noch mit Bier ersäufen.

Bitte, noch ein Bier.

Noch ein Strich auf den Deckel. Vier senkrechte, einer waagerecht. Sieht aus wie ein Gitter am Zellenfenster. Schöne Aussichten. Santa Maria im Musikautomaten. Richtiges Wiegenlied für die Flaschenkinder. Bei der Milch zu kurz gekommen? Man läßt mich allein, läßt mich in Ruhe. Ich bin kein Normaltrinker, ich bin ungesellig. Die anderen würfeln, knobeln, flippern. Ich bin am Rausch interessiert. An dem Schnee im Gehirn, an der vollkommenen Blume. Schwierig ist es, wenn man mit Zitterpfoten kommt. Da bin ich am liebsten allein.

Ein Pils muß her, gleich. Von wegen sieben Minuten. Erst ein Wackelpils, zweihändig, dann ein Zitterpils, schon einhändig, dann ein Ruhepils, glatt weg. Dann das Blumenpils, dick wie Schnee, aber bei diesem Neuschnee bleibt es nicht. Muß erst ganz Winter werden in mir, alles zuschneien mit reiner Lust an Schlaf und Wegsinken.

Draußen hat es auch geschneit. Man müßte schreiben können auf dieser Straße, Frostworte mit großen Lettern. Mit was habe ich mich abgequält? Ein bißchen im Gepäck gestöbert. Mich nicht auf den Weg gemacht, nur über Fußschmerzen geklagt. Das Ziel aus den Augen verloren. Leise vor mich hingegrollt. Alles für möglich gehalten. Nichts geglaubt.

Ich hab es noch immer nicht gesagt.

Ich gehe zu Sybille. Die wohnt nicht weit von hier. Ich kann mich notfalls an der Mauer entlangtasten. Aber ich habe die Situation falsch eingeschätzt. Ihr Mann öffnet mir die Tür. Ich bin kaum eingetreten, da ist es schon heraus.

Ich liebe Ihre Frau!

Nun setzen Sie sich erstmal, sagt der und stopft seine Pfeife. Dann schiebt er mir ein Glas zu. Ich blicke durch Rauchschwaden und Grünpflanzen.

Die Sache mit Sybille hatte verrückt begonnen. Ich lag im Krankenhaus. Das Telefon stand am Bett. Warum sollte ich nicht mal ein Inserat aufgeben? Ich diktierte also mein Inserat einer Dame von der Anzeigenannahme. Ich probierte meine Stimme und meinen Text. Mal sehn, was die sagt. Hingerissen war sie nicht, gelacht hat sie auch nicht, aber das hat nichts zu bedeuten. Die sind wohl allerhand gewöhnt. In meinem Inserat war von »Suche nach dem wahren Eros« die Rede. Ich bekam zwei Zuschriften. Eine von einem Mann. Und eine von Sybille. Nur kurz, Foto und Visitenkarte. Dunkler schmaler Typ, ein bißchen indianisch und irgendwie tiefgründig. Sie wollte den, der nach dem wahren Eros suchte, gern kennenlernen.

Sie lernte mich kennen und versuchte, mich schnell wieder loszuwerden. Ich war für sie zu anstrengend. Sie empfahl mich weiter, sie schob mich fort. Dann tat es ihr wieder leid. Es war ein quälendes Dafür und Dagegen. Vom wahren Eros war nicht mehr die Rede.

Sybille zog in meine Nähe. Das habe nichts mit mir zu tun, sagte sie. Sie hatte die Sterne befragt. Das war wohl negativ ausgegangen. Ihr indianisches Flair zog mich an und stieß mich ab. Ich löste mich von ihr. Das erregte ihr Mitgefühl, denn es ging mir schlecht.

Nun war ich an der Mauer entlang getastet. Nun war ich hier. Ich stieg ins Finale. Eine andere Dame kam hinzu, man tanzte. Den Teppich rollte man beiseite. Ich hätte mich am liebsten in den Teppich rollen lassen. Trost der Bodennähe. Was liegt, kann nicht fallen. Filigranbilder aus Staub. Wie war das damals mit den Sonnenkringeln im Kinderzimmer?

Mein Waterloo beim Soleado. Ich werde schrecklich müde und lege mich ins Bett, ins falsche. Es gehört dem Ehemann. Aber ich schlafe ein. Das Ehepaar trägt mich aufs Sofa. Die Fete ist ohne mich zu Ende gegangen.

Ich will überhaupt nicht mehr. Wenn schon Esel, dann endlich mal störrisch! Mich bringt keiner mehr durch den Stacheldraht. Sybille ist so lieb und ruft meinen Boß an. Das Gespräch ist kurz. Klare Faktenlage.

Der kaputte Nachbar, Ihr Mitarbeiter, ist diese Nacht bei uns erschienen. Er ist sehr depressiv und ziemlich fertig. Wir haben ihn hier behalten müssen. Er braucht einen Arzt.

Das wäre geklärt. Erstmal für heute hat der wahre Eros gesiegt.

Nun sehe ich mich um. Im Kleiderschrank finde ich seltsame Flaschen. Ostpreußische Reminiszenzen. Zubrowka, Wodka mit Bisongras. Bärenfang. Ach, die letzten Elche von Memel. Kurlands verwitterte Wimpel. Ich habe meinen Treck verlassen. Ich bin der Versprengte und mal wieder im Niemandsland. Ich gehe an fremder Leute Frauen und Flaschen.

Bisongras für die Leber. Mir fallen ganz komische Sachen ein. Die heimliche Sauferei mit dem Kollegen im kleinen Büro an der Nordseite. Am Fenster stand ein Gliederkaktus, der verstaubte seit zehn Jahren, der hatte noch nie geblüht. Wir leerten gerade eine Flasche Rum, achtzigprozentigen. Jetzt ist aber Schluß, sagt der Kollege und schüttet den Rest in den Kaktus. Keine drei Tage später stand der in voller Blüte.

Aber jetzt bin ich hier bei Sybille und wir müssen nun vier Treppen runter. Ich kann nicht sagen, daß ich gehe. Sybille trägt mich halb. Was mag sie ihrem Mann gesagt haben? Was mag er von mir halten. Kein Ruhmesblatt. Hätte ich doch den Mund gehalten. Zu spät. Bloß nicht nachdenken. Ich wate in Treibsand. Ich kann keine Konturen mehr gebrauchen. Es ist erreicht. Ich hab das Attest.

Mit Sybille in der Heide. Es ist August. Wenn abends die Heide blüht, liegt Silen in der Suhle. Sybille bekränzt den Schlafenden. Den Kranz hänge ich später der Don Quichote-Figur auf meinem Schreibtisch um. Und du hast doch gesiegt!

Sybille will durch die Heide laufen. Ich muß die Strecke bedenken. Für welche Etappe reicht die Flasche? Zwei Daumenbreiten vom Birkenhain bis zum großen Wacholder. War nicht der brennende Busch ein Wacholder gewesen? O Elias, was ist aus meiner fremden Zunge geworden, aus meiner Atemnot und der Schluckangst!

Eine Herde Heidschnucken zieht über den Hügel. Daß die von so trockenem Kraut leben können!

Sybille schummelt. Die verdünnt den Stoff mit Wasser. Und sie erschrickt, weil die Täuschung nicht klappt. Ich merke es nicht am Geschmack. Ich hab keinen mehr. Aber die Menge reicht nicht! Es geht mir um die Substanz. Nicht um die Fassung. Ich brauche Karat.

Ulrike, die mal wieder aus Afrika zurück ist, kommt zu Besuch. Ich stolpere mit ihr durch den Habichtswald. Sie sieht mich nachdenklich an. Die hat mich ganz nebenbei durchschaut. Die hilft mir bei keiner Stufe am Herkules.

Komm mit mir durch Sahara, sagt sie. Lerne dürsten von Oase zu Oase. Das Heil liegt im Wasser!

Nein, Rike, es liegt in der Fata morgana!

Ich sitze beim Suchtarzt. Das Warten ist schrecklich. Ich pendele zwischen Wartezimmer und Toilette, um heimlich zu trinken. Warum habe ich nicht den Mut, die Flasche auf den Tisch zu stellen? Hier ist kein Ort für Mätzchen. Wen will ich täuschen? Warum die Scham? Ich bin längst in die Chemie geraten. Die macht mit mir, was sie will. Die Leber geht in Deckung, die macht dicht. Die Hormone rekrutieren ihre Hiwis, auf zum letzten Gefecht. Hunde, wollt ihr ewig leben!

Rückfälliger Knabe trinkt Feuerwasser und übt Anschleichen an den Flachmann in der Manteltasche. Nichts paßt mehr zusammen. Häuptling Paracelsus auf dem Kriegspfad, jetzt bist du dran! Dein Name ist aufgerufen, ja so heißt du, komm zur Sache!

Es wäre Zeit für meine Geburt. Den Angestellten hab ich abgeschrieben, den disziplinierten Streuner, der das Maul hielt, der seinen Namen hergab für faule Sachen. Dreißig Jahre verlorenes Leben.

Und dabei tief drinnen dieser leise Gesang, den ich nicht in schlichte Worte zu verwandeln vermochte. Die Trauer nicht gelebt, die Fragen der Tochter nicht wirklich beantwortet. Sie erkennt das Leiden und vermag es nicht zu deuten. Sie fürchtet meine Brandzeichen wie die Merkmale unaufhaltsamer Pest. Sie wehrt sich, sie meidet mich, sie erkennt den Versager, den Vater, der sich verleugnet.

Ich verlängere mein Finale so lange es geht. Ich bin mit Sybille auf einem Campingplatz. Der Sommer ist vorüber. Die Stadt ist so weit weg wie ein Sternbild. Tauperlen im Gras. Ich fürchte mich nicht mehr, so lange die Flasche noch halbvoll ist. Ich habe keine Eile mehr.

Die Kontur der Flasche; das Kerzenlicht. Und das da oben, das ist der Große Bär. Ein ziemlich schief hängender Wagen. Was für eine Fracht!

Leier und Schwan sind entrückt. Komm herunter, Kassiopeia! Leiste dem kleinen Fallensteller Gesellschaft.

Nie mehr zurück ins Büro. Von nun an diese Milchstraße entlang. Vorsicht mit der Transzendenz, schon trete ich barfuß bei Nacht auf die Igel.

Und der Morgen dämmert. Als erstes meldet sich die Galle, die braucht die Flasche, der werde ichs geben! Sybille muß sie mir halten, meine Hände können noch nicht, nicht in der Frühe. Dann atme ich tief durch. Im Spiegel stecke ich mir heimlich die Zunge raus. Klarer Fall, die Leber!

Wir packen unsere Sachen. Aus mit dem Fluchtversuch.

Ich ziehe mich am Treppengeländer des Diakonischen Dienstes hoch und denke an die Fingerabdrücke jener, die mir vorausgegangen sein mögen.

Mein Blick fällt auf ein Plakat, das für Milch wirbt. Eine vollbusige Schönheit saugt am Strohhalm ein weißes Gesöff. Sie sieht unheimlich gesund aus. Oben ist der Sozialtherapeutische Dienst. Bin ich ein Sozialfall? Wohl kaum. Aber hier ist die Suchtzentrale.

Ich weiß, was mich erwartet. Alles, was ich sage, wird aufgeschrieben, dreifach kopiert und auf einer Karteikarte vermerkt.

Dr. K. lächelt gleichbleibend freundlich. Ich möchte wenigstens von ihm hören, daß es schade um mich wäre. Er läßt sich nicht ablenken und bleibt beharrlich bei den Symptomen.

Tabelle nach Professor Jellinek, Punkt eins bis fünfundvierzig, von der Amnesie bis zum Alkoholdelirium. Da ist vom grundlosen Unwillen die Rede, vom Niveauverlust, vom Zusammenbruch des Kontrollsystems, von innerer Zerknirschung. Dr. K. setzt den Punkt acht, den Kontrollverlust, als gegeben voraus. Er geht zu Punkt neun über.

Warum trinken Sie?

Ich finde diese Frage sehr qualifiziert; sie verlangt nach einer gewichtigen Antwort.

Weil ich Durst habe! sage ich schlicht.

Ich fürchte, Dr. K. wird mir gleich mit Milch kommen. Ich bin in einer Zwangslage. Tiefschürfende Begründungen stuft Jellinek als Alkoholausreden ein. Von unbestimmten religiösen Wünschen ist es nicht mehr weit bis zum Delir. Aber ich bin im Haus des Diakonischen Dienstes und wage zu sagen: Wie der Hirsch schreit nach frischem Wasser, so schreit meine Seele ...

Ich höre auf. Das Zitat sitzt. Dr. K. lehnt sich amüsiert zurück, schlägt ein Bein übers andere. Ich bin gereizt. Er lenkt ein. Meine Stimme ist heiser geworden. Ich kenne diese Stimme an mir. So reagierte mein Kehlkopf immer im Vorzimmer der Direktion. Da wird das Schlucken schwer, da muß nachgespült werden.

Sind Sie süchtig? fragt er nun.

Ich versuche wahrheitsgemäß zu antworten und sage: Ich bin sehnsüchtig!

Dr. K. verzieht keine Miene, schreibt meine Antwort genau auf. Aber dann fragt er: Wieviel?

Kein Zweifel, er geht nicht logisch vor. Hier wird nicht nach der Tiefe meiner Sehnsucht gefragt, hier gehts um Promille; hier gehts nicht um die blaue Blume, sondern um's Bier.

Meine Kehle ist trocken, mein Puls schlägt heftig. Mir bricht der Schweiß aus, ich vermisse meinen Flachmann. Ich hab mir wohl zuviel zugetraut. In dieser Verfassung kann ich die Theologie meiner Trunksucht nicht entwickeln. Es muß eine geben. Sie ist noch nicht geschrieben worden.

Jellinek ist Scholastiker. Er bleibt bei den Symptomen. Die fünfundvierzig Punkte seiner Tabelle sind Stufen einer Jakobsleiter, die man nur hinunterstürzen kann.

Man bleibt auf der Strecke. Man meint die Oase, den Quell im Fels und bleibt am Kiosk stehn und begnügt sich mit Flaschen, die ein Etikett tragen. Durst wird dingfest, aus Sehnsucht wird Sucht.

Und es ist auch egal, an welchem Kiosk man steht und auf welchem Hocker man sitzt und wer neben einem steht. Da ist eine unheimliche Solidarität mit allen und eine schreckliche Gleichgültigkeit trotzdem.

Dr. K. fragt mich nach der genossenen Menge.

Ich kann nicht genießen. Das erstmal voraus. Ich kann nur schlucken. Ich schlucke Wut und Verzweiflung herunter. Ich spüle einfach nach.

Der macht nun ruhig einen Haken auf meiner Karteikarte, diesem Freibillet für die Entgiftung. Dr. K. kommt zu Ende mit mir, diesem Verrätseler und Begründer. Er läßt den knallvollen Metaphysiker jetzt in seinen Vorgarten. Unsicher und erschöpft von diesem Gespräch gehe ich die Treppe hinab. Punkt für Punkt zur Prodomalphase hinunter. Versagen des Erklärungssystems, ethischer Abbau (trifft für mich nicht zu), grundloser Unwillen (von wegen), Verlassen des Arbeitsplatzes (viel zu spät), Perioden der Abstinenz, Aggressionen, Nachlassen des Sexualtriebs. Habe ich die chronische Phase erreicht? Ich gehe an der vollbusigen Milchtrinkerin vorüber und überlege, ob in meinem Kühlschrank noch eine Flasche Klarer steht.

Mein Koffer ist gepackt. Man wird mich abholen. Man kommt mit einem Krankenwagen. Eine Liege hat man mir nicht angeboten. Die Mechanik des Klappsitzes kann ich nicht bedienen. Ich halte mich also an einem Griff fest. Der ist kalt und schlank wie eine Wodkaflasche. In der anderen Hand halte ich meinen Koffer. Ich befinde mich in einer schiefen Lage. Ich versuche, die Männer, die mich abholen, mit Scherzen zu bestechen, aber meine verzweifelte Heiterkeit hat keinen Witz. Ob ich ein paar Flaschen mitgenommen habe, wollen die wissen. Wo ich jetzt hinkomme, sei ziemlich trokkene Luft, meint der eine. Mir fällt ein, daß ich meine Schreibmaschine vergessen habe. Aber die beiden wollen nicht mehr umkehren. Wir fahren mit Blaulicht. Peinlich, dies Sirenengeheul in eigener Sache.

Eine Schwester nimmt mich in Empfang, führt mich in ein Zimmer. Da ist eine Liege, eine Decke, ein Notbett. Ich bin angekommen. Das Mäander ist abgerissen. Ich hab die Mitte des Labyrinths erreicht. Ich will die Hand der Schwester nicht loslassen. Dann ziehe ich endlich die Decke über den Kopf und nehme die Haltung eines Embryos ein. Notbett, Notfall, Nötigung. Man hat mich in die Enge getrieben. Da ist ein Strudel aus zu lange zurückgehaltenen Tränen. Dem stürze ich nach in den Schlaf.

18
LEBERWERTE

Schlafen. Untersinken. Einsinken in den Traum. Fliehen. Schwerfüßiger Schritt über die Schwelle. Flaschengrüne Düsternis. Die Welt im Zerrspiegel. Erinnertes zersplittert. Scherben treiben vorüber. Vorsicht, gib acht auf die Wunde.

Auftauchen, erwachen. Wieder die Droge des Denkens. Die Schwester kommt und gibt mir ein Schlafmittel. Sie versucht erst gar nicht, mir das Glas in die Hand zu geben, sie setzt es mir an den Mund. Meine Zähne zittern am Glas, mein Kopf liegt in ihrer Armbeuge. Ich trinke langsam. Jeder Schluck dehnt die Sekunden in diesem Arm, unter diesem fallenden Haar, den gesenkten Wimpern.

Nachtdienst, halbes Licht, nur das Notwendige. Nur die Neige noch. Dann nimmt die Nähe sich zurück, entläßt mich ins Kissen. Wieder ziehe ich die Decke über den Kopf, rolle mich ein in den Uterus, treibe im Fruchtwasser. Schmal ist die enge Pforte, die ins Vergessen führt. Scheidenschmal, flascheneng. Dürsten nach Schlaf. Treiben auf einem Floß, das nirgendwo anstößt.

Schock der Geburt im Notbett. Hier klingelt kein Wecker. Die Station erwacht unter Geschirrklappern. Fester, heller Schritt der Oberschwester.

Nein, der Neue will nichts, der sieht die Wand an und schweigt.

Arztvisite. Einer mit Goldrandbrille, einer in Jeans. Nüchterne Erörterung des Debakels. Somatische Fakten. Üblicher Programmverlauf. Alles wie gehabt. Alles ist schluckbar. Leicht ins Metaphysische tendierender Casus. Tantalusaspekt. Na man wird sehen.

Der Tageslauf besteht für den Neuen im Notbett aus einer Folge von Geräuschen, aus sich nähernden oder sich entfernenden Schritten, aus Gesprächsfetzen und halben Sätzen, aus Öffnen und Schließen der Türen. Noch haben die Menschen, die sich nähern und entfernen, die laut oder leise reden, die Türen öffnen und schließen, keine Gesichter. Festes Auftreten kündigt den Arzt an. Der schlurfende Gang gehört dem Patienten nebenan. Später höre ich, daß sein ganzer Körper von einem seit Monaten währenden Kribbeln heimgesucht wird. Er findet keinen Schlaf.

Die lauten, fröhlichen Stimmen stammen von den Schwestern und den jungen Helfern. Manchmal dudelt ein Transistorradio. Versehentlich dringt ein Adagio von Brahms durch. Schon vorbei, abgestellt, schade. Es würgt in der Kehle. Besser, ich drehe mich gleich zur Wand. Nun stupides Ping-Pong von der Tennisplatte unter dem Fenster. Das sind zwei, die zittern nicht mehr.

Der Patient, der mit mir das Zimmer teilt oder besser: in dessen Zimmer man mein Notbett gerückt hat, sucht einen Gesprächspartner. Noch bin ich's nicht. Gestern hat er die Schwester gerufen. In seinem Zimmer liege ein Toter. Gaby kommt und berührt meine Schulter. Ich sehe in dunkle Augen. Die lächeln mich freundlich an. Ich lebe. Gaby setzt sich zu mir ans Bett, und mir tut diese Zuwendung so wohl, daß mir die Augen naß werden. Sie fragt, wie es mir geht. Sie schüttelt den Kopf, als ich mich dafür entschuldigen möchte, daß ich so heillos durstig bin.

Ich bin schon wieder müde geworden und sinke in einen Halbschlaf. Metaphern wie Fischschwärme. Korallenleuchten. Konterbande. Immer wieder tauche ich weg. Ich hätte gern Wachs in den Ohren, dann könnte ich lange fortbleiben.

Nach und nach erfahre ich die Lebensläufe. Die zerbrochenen Ehen. Erst hat man heimlich getrunken, dann war es egal. Der Mann ging fremd, die Frau hielt sich an die Flasche.

Also, was mir da passiert ist, denke ich, ist ziemlich normal und bürgerlich. Wozu sich also wichtig vorkommen? Kein Grund für Selbstmitleid. Von wegen Edelsuff. Das ist ganz normale Prosa. Das muß ich endlich einsehen.

Ich muß aufstehen. Mir bringt keiner mehr das Frühstück ans Notbett.

Komm, mach den Flattermann ruhig in Gesellschaft, ist nichts dabei. Nach drei Tagen bekommst du die Kaffeekanne schon selber bis zur Tasse. Kannst ruhig überschwappen, Tischdecken gibt es nicht. Das ist hier wie im Kindergarten. Hier wirst du trockengelegt. Leben ist kauen und schlucken, und jeder hat seine Tarnfarbe. Man nennt das Charakter. Es ist alles ganz einfach.

Freundliche Wortmuster und kleine Sticheleien. Der Umgang zwischen den Menschen ist von der normalen Boshaftigkeit, da ist nichts dabei. So was wie eine Hack- und Sitzordnung bildet sich bald heraus. Das gehört zur Therapie.

Mein Zimmergenosse hält auf Distanz. Er ist der Senior hier. Er gibt sich von oben herab. Noch hat man ihn geschont, hat ihn nicht als Süchtigen eingestuft. Der Ausgang wird halbwegs geduldet. Wenn er nur nicht immer so überheblich wäre. Er reizt das Personal. Das ist unklug.

Ich gehe, sagt Senior, und die Schwester fragt: Wohin gehen Sie und für wie lange?

Ich gehe weg, gehe spazieren, genügt das nicht?

Senior blickt ihr süffisant ins Gesicht. Die arme Frau ringt um Fassung. Nun mischt sich ausgerechnet der junge Wehrdienstverweigerer ein, der will der Schwester zur Hilfe kommen. Das kann nicht gut ausgehen.

Ach, sagt Senior, da hätten Sie mich *damals* mal fragen sollen. Ich wollte nur einen Wodka trinken und lief durstig bis zum Kaukasus. Lieber junger Freund, ich sags Ihnen mit Güte. Ich verordne Ihnen drei Tage Woronesch, egal welche Jahreszeit, ein bißchen Dampf um die Ohren, dann stellen Sie keine Frage mehr!

Der tägliche Abgang verläuft nach diesem Schema. Wenn er zurückkommt, ist er leutselig. Bald erfahre ich seine Geschichte.

Er hat den Suff an der Haubitze gelernt. Für jeden geknackten Russenpanzer eine Flasche Wodka. Seine Kriegsgeschichte ist eine Getränkeliste. Zwischen Krimsekt und Puschkin und Cointreau und Hennessy liegt der Frontwechsel. So hatte er es zum Bataillonskommandeur gebracht. Bataille des Bouteilles.

Humor, Charme und ein bissiges Selbstgefühl hat er sich bewahrt. Er weiß, was er sich schuldig ist. Täglich geht er zur Lagebesprechung in den Forellenhof. Anschließend unterhält er die Station. Er kennt die Daten der Feldzüge ganz genau, fragt mich aber dreimal täglich, was heute für ein Tag ist.

Und eines Tages kommt seine Frau zu Besuch. Die hat besondere Finten im Gepäck. Der alte Streit. Hoffnungsloser Frontverlauf. Dem Senior fehlen die Haubitzen; man läßt ihn nicht mehr weg. Er ist inzwischen seinen Sonderstatus losgeworden. Er gehört jetzt zu uns. Man fragt ihn nicht mehr, wohin er geht.

Freds Geschichte berührt mich ganz besonders. Er hatte seine Frau verloren, dann war er ernst und traurig in den Alkohol gerutscht. Der Witwer ahnte den Abgrund. Da war noch ein Sohn, ein schwieriges Kind. Er mußte an die Zukunft denken. Eine couragierte Dame trat in Erscheinung und erkannte, was los war. Er wurde das Opfer der neuen Partnerin. Er glaubte ihr. Und das war schlimmer als der Suff. Die Frau ging zielbewußt vor. Sie machte sich erstmal, kaum daß man sich kannte, einen Nachschlüssel zu seiner Wohnung und traf sich dort mit einem Freund, der noch gebunden war. Freds Wohnung wurde zur Absteige. Die Frau sichtete die Sparbücher und die Möbel. Dann spannte sie ihre Familie ein; es gab Vorwände und karitative Zwecke. Der Freund half beim Möbelverladen. Den kriegte er nie richtig zu Gesicht, nur einmal seine Stiefelspitzen hinter dem Flurvorhang, als er unerwartet früh nach Hause kam. Und einmal hatten Nachbarn mitbekommen, wie der aus dem Fenster sprang. Der Sohn, als er einmal vorzeitig aus der Schule kam, hatte ihn auch gesehen. Er sprach mit dem Vater. Doch die Frau redete ihm alles aus. Du mußt dich geirrt haben, das Kind lügt. Es ging alles sehr rasch. Man verfrachtete ihn und seine Habe.

Die Frau stellte obendrein Bedingungen besonderer Art; sie ließ ihn alles mögliche unterschreiben. Das Aufgebot wurde bestellt, die Sparbücher konfisziert. Von nun an galt die Devise: Das ist weg! Und das kannst du nicht beweisen!

Auf der Hochzeitsreise war er, als er im obersten Stock des Hotels sich aus dem Fenster lehnte, dem plötzlichen, heftigen Ansturm seiner Angetrauten kaum gewachsen. Das war verwirrend und hätte ihn nachdenklich stimmen müssen. Die Frau hatte ihn geheiratet, aber offenbar haßte sie ihn. Vielleicht wollte sie dem Freund, der nicht frei war, eins auswischen. Sie machten eine weitere Reise. Er ahnte nicht, daß der Freund mit von der Partie war. Bei Charterreisen fällt das ja kaum auf. Auf der Mittelmeerinsel arrangierte sie einen Unfall. Dann lag Fred verletzt im Hotel. Sie flößte ihm eine hohe Dosis Schlaftabletten ein, doch er war offenbar an Gifte gewöhnt, er wachte nach zwei Tagen im Hotelzimmer auf, das von außen verschlossen war.

Es dämmerte ihm, als er im Flugzeug auf der Heimreise jenen Freund sah, den er schon einmal gesehen hatte, beim Möbelverladen damals.

Dann ging es Schlag auf Schlag. Psychoterror, Krach. Das Kind muß aus dem Haus. Und dann mußte auch er gehen. Bücher und Zahnbürste durfte er behalten. Das Rasiermesser behielt sie sicherheitshalber da. Dann klagte die Frau auf Scheidung. Klarer Fall, der Trottel taugte nicht für die Ehe. Sein Kind verzieh ihm die Trennung nicht und nicht die Torheit.

Jetzt hatte er wirklich Grund zu saufen und er tat's. Ins Haus durfte er nicht mehr. Wichtige Papiere waren für immer verschwunden. Und da schlief inzwischen die Frau mit ihrem Freund in den ihm geklauten Federbetten.

Ich schlucke weniger Tabletten. Die Hände werden ruhiger. Die Suppe bleibt allmählich auf dem Löffel. Das Blutbild bessert sich. Die Ödeme an den Füßen sind verschwunden. Ich gehe im herbstlichen Wald spazieren. Man hat mir meine Schreibmaschine gebracht.

Schwester Jarka, der Mann muß verrückt sein. Der säuft nicht nur, er schreibt auch Gedichte!

Man schickt Gaby vor, die hat am meisten Chancen. Und der Verrückte deklamiert: Was hätten Sie lieber, ein Divertimento oder ein Delirium? Mozart oder Tübinger Turm, das vom Neckar verspiegelte Bild und die Kutsche an die Moldau? Etwas Gereimtes, Ihro Gnaden, über die Linien des Lebens?

Gaby lächelt nur mit ernsten Augen.

Hier gibt es eine Suchtgruppe. Man sitzt auf harten Stühlen im Kreis und beichtet, klagt, flucht, frohlockt und stellt bange Fragen. Wollt ihr den totalen Entzug?

Eine Ärztin und eine Psychologin leiten das Verkrachtenteam. Die sind noch jung, haben noch nicht alles hinter sich. Es gibt ja viele Probleme, die den Entzug betreffen. Diese Art von Quarantäne bedeutet ja auch Liebesentzug. Und ich habe den Punkt achtundzwanzig nach Jellinek, Abnahme des Sexualtriebs, noch nicht erreicht. Anscheinend bin ich kein klassischer Alkoholiker. Vielleicht darf ich hoffen. Mein Durst gilt Frauen und Flaschen. Die beiden informierten Therapeutinnen lenken ein; das sei ein Problem, zugegeben.

Aber sie hätten nur bohrender nachzufragen brauchen. Was ist für Sie die Liebe? Ist sie nicht eher Sucht als Vertrauen? Umarmung ein Ausdruck der Angst? Orgasmus als Todeswunsch? Eine schluchzende Flucht aus der Einsamkeit? War ich je Partner? War ich nicht immer Patient?

Ich bin zum Entzug nicht entschlossen, weil ich in das trockene Hurra nicht einstimmen kann. Nicht mehr zu trinken bedeutet einen beherrschten Umgang mit der Verzweiflung lernen. Mehr und anderes bedeutet es für mich nicht. Und die schlimmste Sucht ist die Traurigkeit und die Sehnsucht nach dem Ich weiß nicht was und warum.

Der Stationsarzt ruft mich zu sich. Gaby darf dabei sein. Ob mir das recht ist? Warum nicht. Eine Blume auf dem Weg zum Abgrund. Eine Beichte wird das nicht. Ich versuche auf den Kern zu kommen. Durst als Zug ins Abstrakte, ich schlucke mich quasi ins Gebirgsmassiv. Der Therapeut erläutert mir indessen das Marschgepäck und die besonderen Bedingungen der Höhenluft.

Kein Ödipuskomplex. Sein Fehlen war das Problem. Rattengift ist mythologisch nicht vorgegeben. Von Jocaste hätte man eher reden können. Aber Gaby verunsichert mich. Ihr Schwarzhaar ist wie ein Vorhang. Das Gespräch stockt.

Zu früh entwickelter Überbau. Bedürfnis nach Abstützung. Ich hätte ein feines Netz gesponnen aus Beziehungen und Kontakten, Frauen und Visionen, Metaphern und Mythen. Das ganze Leben eine Trinkerausrede? Dünkel und Skrupel als Cocktail im Thulebecher.

Soviel ist klar, ich bin auch hier nicht bei der Sache. Ich verspreche mir nichts vom Karottensaft. Ich bringe die vorgeschriebenen drei Wochen hinter mich.

Letztes Gespräch mit dem Stationsarzt. Diesmal unter vier Augen.

Sie müssen lernen, mit dem Durst umzugehen. Was Sie dem Leben als Mangel ankreiden, ist Ihr Defizit an Lebensfreude. Zu so viel Unglück gehört Begabung, gehört Charisma. Haben Sie das?

Ja wer kann das schon sagen. Vielleicht bin ich ja nur mit meinem Durst in ein Hopfenfeld geraten. Ich trat nicht der Schlange auf den Kopf, nur einer Blindschleiche auf den Schwanz. Ich hab mich in Vorgärten herumgetrieben, das Jelängerjelieber beschnitten, den Türkenbund zertreten, nach dem Dreck im Keller gesehen; und eine ziemliche Weile hockte ich in einem Büro. Vielleicht hab ich Spießer verschreckt den Steppenwolf in der Stehbierhalle gespielt. Nun hechele ich hier in den Requisiten herum und warte darauf, daß Sie mich hinauslassen.

Sie sind ganz schön zynisch, sagt er, alles spricht dafür, daß Sie wiederkommen. Sie sind der typische Wiederholungstäter. Alles in allem ist Ihre Leber ziemlich elastisch.

Noch ein paar Marginalien. Ich kann ihm ja nicht sagen,

daß ich den Rückfall ins Büro am meisten fürchte. Bin ich nun ausgestiegen oder nur ausgerutscht?

Ich darf meinen Kram zusammenpacken und gehen. Ich verabschiede mich. Senior fragt mich zum letztenmal, was heute für ein Tag ist und ob ich nicht doch einen Korkenzieher für alle Fälle übrig hätte.

Gaby werde ich wohl wiedersehen. Ich hoffe, es wird nicht hier sein.

Ich fahre ohne Sirene heim. Kein Blaulicht mehr. Ich warte kleinlaut an der Ampel. Zu Hause verschwinde ich mit meinem Koffer in die Wohnung, will niemandem begegnen.

Das wars. Nur blauer Rauch und Schluckbeschwerden. Ich spanne Formulare in die Schreibmaschine und mache meine Existenz dingfest. Bericht zur Lage. Ich beantrage Rente. Ich spiele den Wolf im Vorgarten. Die Steppe ist mir zu windig. Die Savannen sind schon lange aufgegeben. Wo immer sie lägen, sie wären ein paar Fußbreit über der Erde. Es gab Lichtblicke. Manchmal war die Pforte nur angelehnt. Wer weiß, bei mehr Schmerzbereitschaft und sinnvoller Besessenheit hätte ich vielleicht das Schiff nach Cythera, das schon abgelegt hatte, schwimmend noch erreicht. Bei so viel Nachdenken, ob man an Bord geholt worden wäre oder von den Haien geschluckt, geht die Kraft dahin.

Kein Pfeil ins Blaue.

Nur eine Flaschenpost. Und ein wenig Wind um die Pappelsamen.

19
GLASSARG

Der Rückfall stimmt seine Instrumente. Wirklich, es geht musikalisch vonstatten. Das Finale ist kurz und heftig.

Ich höre Wagner-Musik – und erinnere mich an Katrin, an ihre Vorliebe für Mezzo-Partien, an das ihr verwehrte Leben, an dem teilzuhaben auch mir nicht erlaubt ist. Ich sehe sie in dem Park, wo die Krokusse blühten. Ich sehe ihr Gesicht im Lichtkreis der Opferkerzen. Wo war das? Und dann unsere kleine Seenot zwischen Mykonos und Delos. Die springenden Delphine von Naxos.

Und nun hocke ich hier bei Tristan-Klängen und muß trocken schlucken. Ach, was du fragst, das kann ich dir nicht sagen. Das hält niemand aus. Da bleibt kein Auge trocken. Und schon gar nicht meine Kehle.

Ich gehe zu Jorgos, dem Griechen. Dionysos hinter Butzenscheiben. Ich sitze auf einem Hirtenteppich und bin mit Ouzo und Retsina versorgt. Die grünen Wasser von Salamis. Da hockt nun der gestrandete Witwer vor Schafskäse und Zwiebelringen. An der Wand ihm gegenüber ein Plakat. Ein archaisches Bildnis. Ein Jüngling neben einem Stier. Mensch und Tier haben den gleichen Blick. Keine Fehde, sanfte Kraft. Nach einer zweiten Flasche Retsina bekomme ich den sanften Blick des Stiers und den Mut des Jünglings. Ich sammle alle Blumen von den Tischen und lege sie einer schönen Schauspielerin zu Füßen. Die hat heute abend die Ophelia gespielt. Lyriker oder Säufer, das ist hier die Frage. Es ist wohl keine Frage mehr. Jorgos lächelt. Die Schöne nimmt die Blumen an.

Ich fühle lauter Stilbrüche. Ich muß hier raus. Ich gehe so durstig, wie ich gekommen bin. Draußen klappert ein Ventilator. Es ist wie Hohngelächter.

Ich betrete ein italienisches Lokal. Es ist spät. Ich bin allein, der letzte Gast. Ich sitze versonnen vor meinem Glas, drehe dessen Rund im Viereck des Bierdeckels. Quadratur des Kreises. Ich wollte, mein Leben wäre eine offene Linie, die sich im Unendlichen findet. Nun drehe ich mein Bierglas auf dem Pappdeckel. Es wäre Zeit aufzubrechen. Ich habe nur Buchstaben, keine Urworte. Durst anstelle von Gesang. Es wäre Zeit für die Grabschrift.

Ober, bitte zahlen!

Die Mythe ist entlarvt. Echo grinst schadenfroh aus dem Bierglas. Narziß muß sich erbrechen. Keine Seepferdchen im Eimer. Nein, da wiehert kein Pegasus. Das ist das Gelächter der Kumpanen. Ein paar noch spätere Gäste sind gekommen, von der Laterne angelockt.

Komm zur Sache und sieh es ein. Du treibst im Brackwasser. Lauter sinksüchtige Worte als Rettungsringe. Wie immer ist der Tremor dein Versmaß, und geträumt hast du von einem Solo für Schlagzeug. Nichts als Fransen am Gemüt.

Der flotten Italienerin, die mir das Bier bringt, die Blume Namenlos, tue ich leid, wegen der nördlichen Verdrossenheit. Zwischen zwei Pils korrigiert sie meine südlichen Anwandlungen: Sagen Sie Gondola statt Galeere!

Worte wie Schwanenfutter. Du stößt ein Loch in die Seelenargo und nichts als Pils dringt ein. Du gehst unter. Mit dir ist es zu Ende.

Ich bezahle meine lustlos verzehrte Pizza und beim Versuch, aufzustehen, versagen mir die Beine.

Ist es nun soweit? Wird man dich nun endgültig hinter Schloß und Riegel bringen?

Der Pils-Petrarca sucht seine Laura. Aber die hat schon Dienstschluß. Jetzt hilft dir keiner mehr auf die Gondel. Keine Canzone mehr. Nur ein Taxi kommt. Das bringt mich in die Wohnung. Der Mann begleitet mich, führt ungefragt ein Telefonat nach Übersee, klaut mir die letzten Scheine aus der Kassette, die ich mit meinen Zitterpfoten nicht verschließen kann, und macht sich vondannen. Bis zur Ecke fährt Charon ohne Licht. Das wars.

Der Steppenwolf ist zahm, der traut sich nicht mehr weit in

die Gasse. Er hat ein schweißnasses Fell und bebende Flanken. Da zittert ein Pfeil in der Leber. Der Pfeil ins Blaue war ein Bumerang. Schöne Blamage.

Ich trieb an einem langen Seil. Meine Art von Strick. Wenn das mein toter Vater wüßte, er würde sich krümmen vor Hohnlachen. Seinen Schlingen bin ich entkommen. Nun wird man mich an andere Schnüre binden. An deren Ende hängt eine Nadel, die in meine Vene reicht. Nun werde ich bald an andere Flaschen geraten.

Es ist so weit. Glastüren öffnen sich. Wird das ein gläserner Sarg? Viel Weiß ist um mich. Man beugt sich über meine Atemnot. Ich liege weder hart noch weich. Von draußen höre ich einen Vogellaut. Der berührt mich fast körperlich. Eine zärtliche Verkrampfung, die sich allmählich löst.

Eine Quadriga von Flaschen hängt neben meinem Bett. Im Zimmer nebenan liegt einer im Delir. Und einen Stock höher schreit eine Frau. Tabletten und Tiraden.

Decke über den Kopf. Der kümmerliche Ikarus grübelt über seine Brandmale. Das war kein Looping. Das war wieder nur ein Blindflug zwischen tönenden Fässern.

Das heisere Flüstern hier nach dem Durst wie nach der Liebe. Man blickt die Geliebte an und scheu beseit. Ach, ferne Anima. Katrin, meine Undine.

Manchmal kommt eine Schwester und prüft meinen Puls. Ich wage keine Hand mehr zu halten. Mich holen meine Gedanken ein. Die trüben Zwänge, die mich vergiften. Mein Lebensschiff eine Krankentrage. Was soll da das Gerede von Takelage und Navigation. Kieloben treibe ich. Ratten hecheln mir Rat zu. Ich hab ihr Gift geschluckt. Wieviel Zeit habe ich noch und für wieviel neue vergeblichen Anfänge?

Das Nootrop sickert und tropft. Ich blicke ins winzige Kontrollglas, in die gläserne Kugel, die meinen Augen Halt gibt. Die Krise beginnt. Das ist mehr als ein Entzug. Beten habe ich nicht gelernt. Dazu muß man atmen können und Vertrauen haben. Alles in mir bröckelt und bricht. Wenn ich jetzt nicht an den Herzschlag denke, hört das glatt auf zu pochen. Muß man denn leben? Warum nicht weggleiten? Draußen greift der Wind in nasse Bäume.

Ach Katrin, Meerjungfrau, schick die Delphine von Naxos zu mir. Die schönen Quadern, das Tempeltor. Es galt wohl noch dem Dionysos, nicht dem Apollon. Schwimme ich auf deinen Gedanken? Erreichen mich deine? Finden wir uns endlich in weitester Ferne? Schreiben wir den Lebenssatz zu Ende mit dem Saft des Krokus? Ich bin in Seenot, ich treibe auf einer Gondel im Rheingold. Es-Dur raunt Das Leben verwehrt sich, o Mezzostimme, halte mich, ruf mich zurück!

Ein gespenstischer Traum sucht mich heim. Soldaten dringen in ein zerschossenes Haus. Polternde Stiefel, Schreie, Schüsse. Helme und gräßliches Gelächter. Jeder kämpft gegen jeden. Da liegt der Mann mit dem Bauchschuß, dem man nicht half und der uns alle verfluchte. Am Ende starb er durch einen Keulenschlag. Die Soldaten in meinem Traum tragen Tarnjacken. Lachend zieht einer von ihnen eine Frau herbei, reißt ihr die Kleider vom Leib. Die dunkle Schönheit erstarrt wie in einer Ballettpose. Der Soldat dringt in sie ein. Die Verwundeten werden zu Voyeuren. Ich versuche, der Orgie zu entfliehen und springe als Affe auf einen Phalluspfahl. Mordlust bei Sphärenmusik. Ich muß hier raus. Ich muß hier weg.

Ich erwache schweißgebadet. So deutlich wie in diesem Traum habe ich noch nie Gesichter gesehen. Lohengrin hat den Schwan vergessen. Der verblutet in der Schelde. Elsa hat sich scheiden lassen und geht ins Bordell.

Ich bitte darum, mit den Infusionen aufzuhören. Ich kann diese gespenstischen Visionen nicht mehr ertragen. Aber man faßt nur nach meinem Puls und rückt die Quadriga der Flaschen zurecht.

Das ist Ihr Frühstück, sagt die Schwester lakonisch. Dann geht die kokette Persephone.

Ab und zu wird mein gläserner Sarg geöffnet. Wie war das

mit meinem Troja, mit meiner Trauer? Uneinnehmbar graue Gedankenmauern. Die geschluckten Gifte und die ungeschriebenen Gedichte.

Ich habe keinen Mut mehr, aufzuschreien, ich hatte ihn nie. Ich habe von Lethe geflüstert und nicht gelebt.

Ich bin gar nicht an Bord gegangen. Was heißt das schon: Wachs und Sirenen? Ich habe im Strandgut gestöbert und mich in den Schenken herumgetrieben.

Man rollt mich aus der Intensivstation. Schwester Christiane lächelt aufmunternd. Sie kommen in ein Einzelzimmer, sagt sie.

Also Einzelhaft, bringe ich heiser heraus.

Dann kommt der Chefarzt. Herzlich willkommen! sagt er locker. Freuen Sie sich, die Kastanien blühen!

Na wenn schon, sage ich, die können mich alle mal!

20
EPILOG

Herzlich willkommen hat er gesagt. Als hätten sie mich hier schon lange erwartet. Der Streuner war im Pferch; er war runter vom Barhocker, weg von der inwendigen Philosophie, vom ideologischen Überbau aus blauem Rauch. Mit schönen Worten ist der Leber nicht beizukommen. Der untere rechte Rippenbogen war schon lange im Wege. Druck und Gegendruck. Klarer Befund. Blick in den Spiegel und streck die Zunge raus. Ja das bist du. Und so ist die Lage.

Ab und zu kommt eine Schwester, um Puls und Fieber zu messen. Meine Existenz gerinnt zu kargen Zeichen auf einem Krankenblatt. Ich blicke scheu auf, wage der Schwester nicht ins Gesicht zu sehen, schon gar nicht, nach ihrer Hand zu greifen. Es würgt mich in der Kehle. Nur nicht reden, mir könnte gar das Wasser in die Augen treten.

Was mag die wohl denken? Die klopft dem Säufer das Kissen zurecht. Selber schuld, was will der hier.

Ich gebe auf, ich lasse los. Ich liege in der Stille. Um mich ist ein weißer Raum. Wenn draußen im Flur die Schritte sich verlaufen haben, höre ich nichts als den Wind, der in die Bäume greift. Kastanienblüten kann ich von meinem Bett aus nicht sehen. Nur eine Pappel ragt bis zu meinem Fenster.

Damals hatte ich mir als Knabe hochoben in einer Pappel voller Vertrauen ins Abenteuer Leben einen lockeren Sitz gebaut. Ich ließ mich schaukeln von windbewegten Zweigen. Manchmal schrak eine Krähe auf. Ich hörte unten das Wehr rauschen und die Hunde bellen. Abends hatte der Nebel das Dorf verschluckt. Ich saß über einer weißen Fläche, unter der alle Geräusche leiser und fremder wurden. So wartete ich auf den ersten Stern. Ich glaubte fest daran, daß ein später Stern, ein Stern kleinster Größe, meine Hoffnung tragen würde.

Ich ahnte das Gedicht in mir; den Vers, der mein Leben sein sollte; die beredte Schneise zwischen den noch nicht geschriebenen Zeilen. Vom Wind berauscht, trunken von unbändiger Erwartung, stieg ich hinab und ging zögernd heim.

Und jetzt liege ich in einem Metallbett. Bei meinem vorigen Klinikaufenthalt hielt ich die Hand der Schwester, und unter der Bettdecke hatte ich für alle Fälle die Flasche Klaren verborgen. Ich fühlte mich als Gast in einer Herberge. Bald würde ich wieder gehen und das Verdrängte ertränken.

Hier ist es anders. Ich leiste keinen Widerstand. Als Lawine kommt die Vergangenheit auf mich zu. Ich kann nicht ausweichen. Es genügt, mich mühsam im Bett aufzurichten und mit den Händen das kalte Metall zu berühren. Schon bricht etwas auf in mir. Vergessene Bilder werden sichtbar.

Das Kind hielt voller Angst das Messingrohr, das den Küchenherd umgab. Drüben im Wohnzimmer der Eltern fielen die Möbel um. Die Sachwalter des Vertrauens schlugen und beschimpften sich. Ich flüsterte Stoßgebete. Mir versagte der Angstlaut. Ich wagte kaum zu atmen.

Durfte ich denn leben? Da war die Sache mit dem Strick. Des Vaters Würgegriff an meinem Hals. Wehe, du tust nicht, was ich sage. Wehe, du verrätst mich. Das bleibt unter uns. Und du bist schuld!

Zunge und Atem wurden mir fremd. Das ging mich nichts an. Ich ging mir verloren. Ich hatte keine Kraft zu kämpfen. Die Marionette und ich. Entfernungen wurden lebenswichtig. Der Weg zur Schule wurde immer länger. Schließlich kam ich gar nicht mehr an. Ich ging auf Nebenwegen verloren. Auf Schleichwegen suchte ich nach der roten Blume Leben.

Der Vater kam mir auf die Schliche; der führte mich auf laute Bahnhöfe, in Hallen voller Rauch. Wehe du sagst deinen Namen. Warte nur ab, ich krieg dich noch. An mir kommst du nicht vorbei!

Der Strick unter dem Mantel, der Strick im Rucksack. Später nannte man meinen Vater scherzhaft »Rucksack«. Aber man vermutete nicht den Würger im Bürger. Er konnte alles beweisen. Er hatte Alibis. Meine Fingerabdrücke. Sein Ansehen. Der Junge spinnt. Der hat sich das Rattengift selber ins Essen getan und selber die Rasierklinge in den Spinat gemischt. Der muß das schlucken. Wozu lebt der eigentlich noch? Der sollte doch gar nicht auf die Welt kommen.

Geh mir von der Seite, du blasser Hampelmann. Ich will dich nicht mehr sehn. Spring vors Auto, wenn ich »jetzt« sage. Nun los, du Memme. Und wehe, du erinnerst dich. Ich habe dir versprochen, ich bringe dich um.

Aber ich will leben. Ich muß fliehen. Ich muß Fluchtwege erfinden und die Auswege sichern. Wenn Leben nicht möglich ist, dann wenigstens einen Ersatz dafür.

Ich sitze in einer Scheunenluke und sinne über Worte nach, die so leise herbeigleiten wie Schleiereulen. Es muß ein Geheimnis geben am Horizont. Es muß einen Schlüssel geben für die Ferne. Irgendeine Chiffre aus Silben, feingesponnen wie ein Spinnennetz. Ein Gewebe aus Worten, lebendiger, wirklicher als das Leben, dessen man nicht sicher sein kann.

Manchmal suche ich auf andere Weise und gleite mit Schlittschuhen im Nebel übers Eis. Der Anger ist weit. Die Welt beginnt erst wieder, wenn die Hunde bellen. Ich bin tief drinnen in mir. Ich muß abheben von der harschen Musik der Kufen. Irgendwann muß es gelingen. Ich suche die leere Stelle in mir, den Raum ohne Angst. Das Geheimnis, das frei ist von Atemnot und Schluckzwang. Die rote Blume unter dem Eis.

Keine Scheunenluke mehr, keine Schlittschuhe. Dafür harte Getränke. Wer trinkt? Wer schützt Schluckzwang vor? Wer bekennt sich schuldig? Wer flieht vor wem? Wut und Empörung sind ein flüssiger Stoff. Das muß runter, das muß geschluckt werden.

Es ist ohnehin zu spät. Die Akteure haben sich davongemacht. Der Ränkevater umschloß mit Greisenfingern krampfhaft obskure Papiere, Unterschriften und auf Folie abgezogene Fingerabdrücke und hielt sie mir schmalnasig grinsend vor die Augen. Seine letzten Worte an mich: Das bist du, das warst du, hier ist der Beweis! Da kannst du gar nichts machen! Wehe, du sagst was, dann bist du dran!

Auch Dora hatte Jahre danach, gestützt vom Schrittmacher, weinselig und höhnisch ihren letzten Auftritt. Sie schrie ins Telefon: Du hast deine Großmutter umgebracht! Von wegen drei Jahre alt! Alt genug warst du, den Stuhl wegzuziehen. Und dein Vater hatte sein Leben lang Angst deshalb, damit du es nur weißt! Und was du sonst noch alles verbrochen hast, das habe ich erst jetzt in den Papieren entdeckt. Sei froh, daß ich das viele Geld nicht zurückverlange!

Ich schluckte Zorn und Empörung hinunter. Ich sagte, was gesagt werden mußte: Du weißt sehr wohl, wer die Untat begangen hat und nicht nur diese, und du weißt, daß ich um alles gebracht worden bin, beinahe um mein Leben. Und Geld von Euch? Wen willst du beeindrucken mit diesen erschlichenen Unterschriften? Du weißt, wie sie zustandekamen.

Nun ruhen Häme und Tücke. Schrittmacher und Rucksack haben ausgedient. Die sich Eltern nannten, ruhen unter rotem Marmor. Ihre Namen prangen in anmaßenden goldenen Lettern auf dem kleinen Dorffriedhof. Wie ein letzter Protest: die können uns alle mal. Sie hatten vorgesorgt.

Das Krankenzimmer, in dem ich liege, ist ein weißer Würfel voller Fragen, Zwänge und Schrecken. Sie fluten heran und überspülen mich. Ich liege wie ein Gestrandeter am Ufer eines noch immer unentdeckten Landes. Das bin ich selbst. Ich versuche mich aufzurichten. Ich bin meiner Erinnerung überlassen.

Wie war das damals? Wie konnte es zu jenen Papieren, Texten, Unterschriften und Alibis kommen? Warum hatte ich es nicht, durch Rattengift und andere Anschläge belehrt, vermieden, meinem Vater noch einmal zu begegnen? Warum bin ich meinem Unglück nachgelaufen? Und hartnäckig habe ich auch die deutlichen Zeichen übersehen. Ich fühlte mich gedrängt, ihn zu überzeugen, ihn zu einer Krise zu bringen, zur Erkenntnis seiner Schuld. Einmal war er nahe am Zusammenbruch. Es war in seiner Waldhütte. Er weinte, er konnte vor Schluchzen kaum reden: Ich habe so Schlimmes getan, ich mußte es, frag mich nicht, dring nicht in mich, es ist zu schrecklich, ich kann dir nicht alles sagen!

Aber er bereute seine Reue. Er sicherte sich auf seine Weise ab. Für den Strick war es zu spät, es gab sublimere Methoden. Aus dem Rucksack wurde niemand klug.

Rufmord war seine Devise. Er schrieb obskure Briefe gegen Zusicherung der Vertraulichkeit. Da gab es Förderer und Vorgesetzte; er war fintenreich; er sorgte dafür, daß mir nichts gelang. Alles blieb unaufgeklärt, blieb in der Schwebe, nichts war zu fassen.

Man schwieg, man war peinlich berührt. Ein Mitarbeiter des Personalbüros, dem es zu viel wurde, rief mich an: Also hören Sie mal, ob es nun stimmt oder nicht, wenn ich solch einen Vater hätte wie Sie, würde ich mich aufhängen! Nein, ich gebe keinen Kommentar! Schluß des Gesprächs, ich habe schon zu viel gesagt!

Ich saß perplex neben dem Telefon und griff gedankenschwer nach der Bierflasche unter dem Schreibtisch. Und mein Kollege meinte trocken: Prost, vergiß es, da will dich einer verulken!

Da lag ich vor langer Zeit in einer Klinik, wegen Erschöpfung. Mein Körper versuchte, sich in seiner eigenen Weise mir bemerkbar zu machen; es war so, als wäre ich fremd in mir. Als müßte ich mit Hilfe des Denkens atmen, schlucken und den Herzschlag in Gang halten. Das war etwas, was meine Erinnerung erzwingen wollte, und ich gewährte ihr keinen Zugang. Ich beharrte auf der Schreckschwelle; zugleich war ich wund allem gegenüber. Eine Blume, ein Vogelruf berührten mich tief. Als bedürfte es nur eines kleinen Schrittes, um ins letzte Geheimnis einzudringen. Ich wagte den Schritt nicht. Fürchtete ich, an der Erinnerung zu sterben?

Ich bekam hohe Dosen Valium. Plötzlich ging die Tür auf. Ränkevater und Dora betraten die Szene. Sie schienen in großer Sorge. Ich war gerührt.

Komm, du mußt hier was unterschreiben. Die Schwester schickt uns, die hat das vergessen.

Wieso, worum geht es? Das ist ja ein leeres Blatt Papier.

Nur los, das ist schon in Ordnung!

Dann hatten sie es plötzlich sehr eilig. Der Zug würde fahren, sie müßten schnell wieder fort.

Ich blickte den beiden Alten nach. Ich fragte den Arzt wegen der Unterschriften. Der sah mich groß an. Die Schwester meinte: Hören Sie mal, was denken Sie von uns?

Allmählich dämmert es in diesem weißen Geviert, meiner Gedankengruft. Schwester Christiane sieht nach dem Rechten.

Wollen Sie kein Licht, fragt sie.

Lassen Sie nur, ich kann so besser nach draußen schauen. Wissen Sie, die Bäume sind so beredt und hilfreich. Die Pappel dort meint es gut mit mir. Ob Sie es glauben oder nicht, ich steige langsam von Ast zu Ast, und ich muß bis zur Wurzel kommen.

Als ich damals meinen Vater besuchte, war ich wohl nicht arglos, aber die Trauer um Bettina war stärker als alles andere. Es war dumm von mir, zu meinem Vater zu fahren. Warum nur, was hatte ich gehofft?

Mein Vater sagt: Ja, ich verstehe dich. Du hast es schwer. Komm, trink mit mir. Und er sagt: Zum Wohl, mein Junge!

Wir trinken ein Glas und noch ein Glas. Mein Vater füllt nach. Sein Bier hat eine Blume, meines nicht. Das fällt mir auf. Es warnt mich nicht. Das Bier schmeckt, wie Bier schmeckt, aber etwas stimmt nicht. Da muß was drin sein; ich weiß nichts von K. O.-Tropfen. Doras Andeutungen hatte ich auch sonst nicht verstanden. Die verläßt nun das Zimmer. Das braucht hier keinen Zeugen.

Jetzt sind wir unter uns, mein Junge, komm, schreib jetzt, was ich sage.

Er legt mir ein Papier vor. Ich habe keinen Willen mehr. Ich habe offenbar nur noch eine kurze Frist. Der Listenreiche hat es eilig, er weiß um die Zeitspanne zwischen Willenlosigkeit und Ohnmacht. Je schwächer ich werde, desto drängender setzt er nach: Los, schreib, ich diktiere. Schreib, was ich sage.

Und er diktiert mir meinen letzten Willen, eine Verfügung, die unwiderruflich sein soll. Los, deinen Namen noch!

Ein neues Blatt legt er mir vor. Ich höre ihn sprechen, und ich forme mühsam Wort für Wort: daß ich Gift geschluckt habe, daß ich jene Frau gewürgt, eine andere erwürgt habe, und für den Namen muß ich Platz lassen, und da ist von einem Handschuh die Rede, der an einem Tatort gefunden wurde, und am Ende diktiert er mir den Namen des Opfers silbenweise von rückwärts.

Schreib hier »na« und dort »han« und nun »Jo«. Er will nicht »Johanna« sagen, denn ich vergifteter, willenloser Kerl könnte mich ja vielleicht doch erinnern, man kann ja nie wissen, wie zäh der geprüfte Sohn ist. Und ich sage zu ihm, schon fast lallend: Was soll das, da stimmt doch kein Wort, das ist doch alles nicht wahr! Warum soll ich das schreiben? Das sind doch lauter Lügen!

Los, schreib zu Ende! Du kommst hier nicht lebend heraus.

Richtig streng redet er mit mir: Mit dir ist es aus, so oder so. Du lebst nicht mehr lange. Dein Leben hat keinen Sinn mehr. An mir kommst du nicht vorbei!

Ich fühle, wie mir die Sinne schwinden. Die Frist ist um.

Ich kann nicht mehr, sage ich.

Los, schreib das auf, schreib hin: ich kann nicht mehr!

Ich bringe den Satz nicht mehr voll aufs Papier, die Schrift gleitet nach unten und ich sinke unter den Tisch. Nun ist auch Dora wieder da. Sie heben mich beide hoch und tragen mich ins Bett. Da liege ich wie gelähmt, höre das Gespräch, Vaters infantile Fistelstimme, seine gehetzten Worte.

Der ist fertig, der kriegt kein Bein mehr auf den Boden. Jetzt hab ich ihn, sein Ruf ist hin, dem hab ichs besorgt. Und er hat keinen Zeugen mehr.

Ich höre, wie die Tür verschlossen wird. Die sind sich nicht einig. Er will mit dem Strick zu mir, und sie läßt ihn nicht.

Wieso nicht, sagt die Fistelstimme, geh doch weg, laß mich nur machen. Er hat selbst geschrieben, er kann nicht mehr. Das genügt. Wer weiß, vielleicht erinnert er sich gar.

Sie flüstern und hecheln, aber sie kommen nicht herein.

Dann wird es still. Ich gleite in den Schlaf. Als ich am Morgen erwache, muß ich an die Tür klopfen. Die haben wohl befürchtet, ich würde über Nacht verschwinden.

Die beiden, die sich Eltern nennen, sitzen etwas verunsichert am Tisch; sie wissen nicht, was auf sie zukommt. Was weiß er? Wird er sich erinnern?

Was war das gestern? Was war denn los? Was war denn da im Bier? Da hat doch was nicht gestimmt! Was hab ich denn da geschrieben? Zeigt mir die Papiere! Ich will das sehen!

Papiere, fragt grinsend und heiser der Listenreiche. Du mußt geträumt haben, ich weiß von nichts. Dir ist das Bier nicht bekommen, muß wohl zu viel gewesen sein. Entschuldige bitte.

Nein, zwei Glas Bier hauen mich nicht um. Das weiß ich besser. Gib mir die Papiere zurück, von wegen letzter Wille, ich lebe, und ich habe eine Tochter, für die ich noch leben muß, ob du es nun glaubst oder nicht.

Die beiden schweigen, sie murren, sie sind beleidigt. Die igeln sich ein. Wir haben alles schwarz auf weiß. Der weiß noch gar nicht, was wir alles belegen können. Der hat alles auf sich genommen, der soll sich hüten, was zu unternehmen.

Wenn du was sagst, bist du dran!

Ich nehme meine Habseligkeiten und gehe davon.

Als ich im Auto sitze, kommt Ränkevater mir eilig nach. Was wird er jetzt tun, wird er mir den Reifen aufstechen, wird er mir sagen, daß es falsch war, ihn bei Vollmond zu besuchen? Das kalte Gestirn hat Macht über ihn. Wie konnte ich das vergessen? Aber habe ich das je vorher richtig begriffen? Gab es überhaupt etwas, was hier nicht rätselhaft war im Bannkreis dieses Mannes, den ich ein Leben lang nicht zu erreichen vermochte?

Der kommt nun ans Autofenster, und ich blicke in Sorgenfalten, in kalte Augen und auf eine schmale, blasse Nase. Er räuspert sich und bringt mit gepreßter Stimme heraus: Was willst du jetzt tun? Willst du jetzt zur Polizei fahren? Willst du dort etwa alles sagen?

Was soll ich denen sagen, was denn wohl?

Was ist geblieben von der Ahnung hochoben auf der Pappel, vom schwebenden Gleichgewicht zwischen mir und dem fernen Stern kleinster Größe? Alle meine Worte galten dem Schweigen. Mit Arabesken habe ich die Leere durchzogen. Meine Lyrik war Luftnot, zähneknirschende Metaphern habe ich mir nicht erlaubt, nur schöne Schnörkel, als hätte ich was zu verbergen, als müßte ich tot umfallen, wenn man mir auf die Schliche käme. Der Arglose ist blamiert, der ist ein Versager, der kann kein Glas mehr halten, nichts wars mit Lethe, zu wirren Zeichen auf Bierdeckeln hat ers gebracht, zu flüssigen Elegien.

Nachts höre ich den Wind in der Pappel rauschen; der Schritt der Schwester passiert leiser den Flur. Um wieder einzuschlafen, würde ich gerne lesen. Aber ist nicht alles Papier und mit krausen Zeichen bedeckt? Was von dem, was zu sagen wäre, dringt bis zum Wort vor? Ich möchte eine rabenhelle Gewißheit, einen klaren Satz, das taghelle Geheimnis, ein offenbartes Dunkel.

Tags geht es prosaischer zu. Ich werde vertraut mit meinen Befunden. Der Arzt nimmt sich Zeit. Er erklärt mir die Kabbala seiner Karteikarte. Die Leberwerte normalisieren sich. Das Pankreas, meine »Straucheldrüse«, registriert den Entzug. Meine Hände werden ruhiger. Nicht mehr schweißnaß schrecke ich aus Visionen auf. Ich richte mich auf, ich komme zur Welt. Dies hier ist mein Wochenbett. Ich schreie auf und atme. Lasse die Bilder kommen und gehen. Lerne den Schrecken mit einem Lächeln zu begrüßen. Früher oder später werde ich mir und den anderen verzeihen müssen, so schwer es auch fallen mag. Das Leben als Latenzzeit, als beherrschter Wutausbruch, als verdrängtes Entsetzen ist nicht genug. Nicht mehr aus Flaschen leben, es darf kein Stoff übrigbleiben, der flüssig werden könnte. Ich spiegele mich in den Scherben, ich will keine Schonfrist. Der bleiche Freund, der aus dem Spiegel auf mich zukommt, bin ich selber. Dem will ich vertrauen dürfen, wenn ich draußen mit ihm allein bin. Nichts gibt es zu halten, alles gilt es loszulassen.

Zur Welt kommen wie ein Mann, der keiner Mutter mehr bedarf und keinen Vater mehr zu fürchten hat. An nichts und niemanden sich hängen. Blick auf den Baum hinter diesem Fensterkreuz, auf den Himmel, durch den die Wolken treiben. Wo hab ich das einmal gelesen, diese Sätze verneinter Fragen? Ich liebe nicht mein Vaterland, nicht meine Eltern, nein. Sag, was liebst du dann? Was ich liebe? Sieh dort die fernen weißen Wolken ...

Ich weiß, daß ich der Dürstende bleiben werde. Eines Tages werde ich von hier fortgehen als ein langsam Genesender. Ich werde nicht aufhören, nach der roten Blume zu suchen. Zunge und Atem werden mir nicht mehr fremd sein. Ich werde in mir wohnen und es mit mir aushalten und mit mir unterwegs sein. Kein Strick wird mich mehr halten, nicht der von ehedem und nicht der in die Wolken geworfene. Ich will Schritt für Schritt gehen und will weder hoffen noch mich fürchten.

INHALT